正史 영웅 三國志

강영원

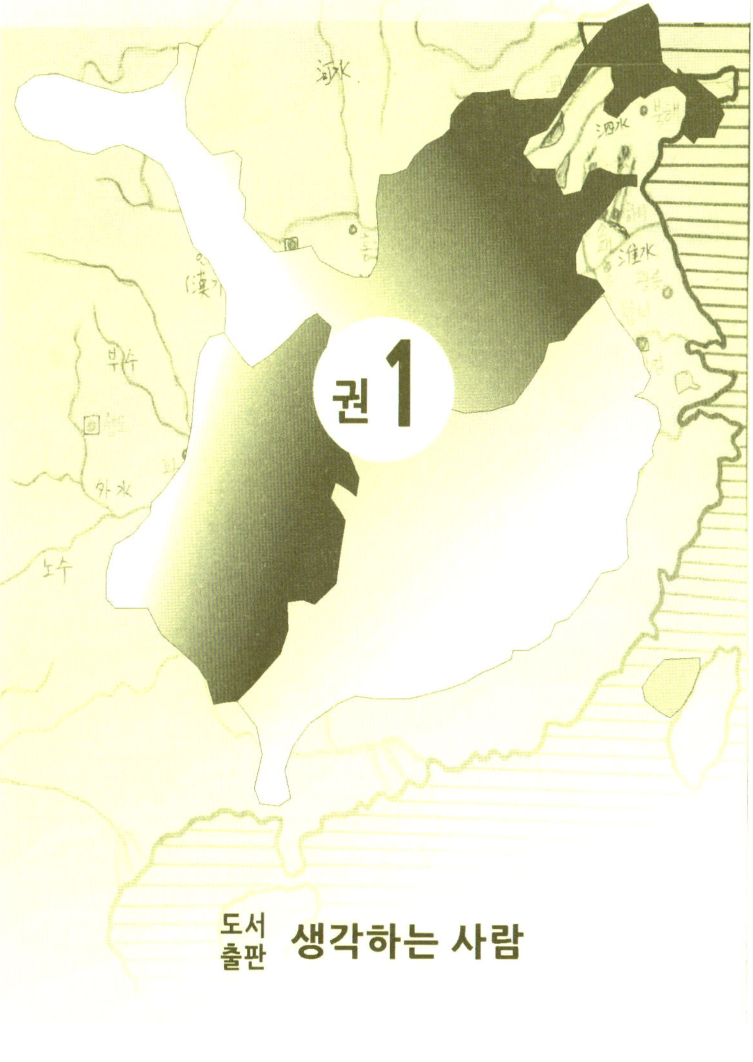

권 1

도서출판 **생각하는 사람**

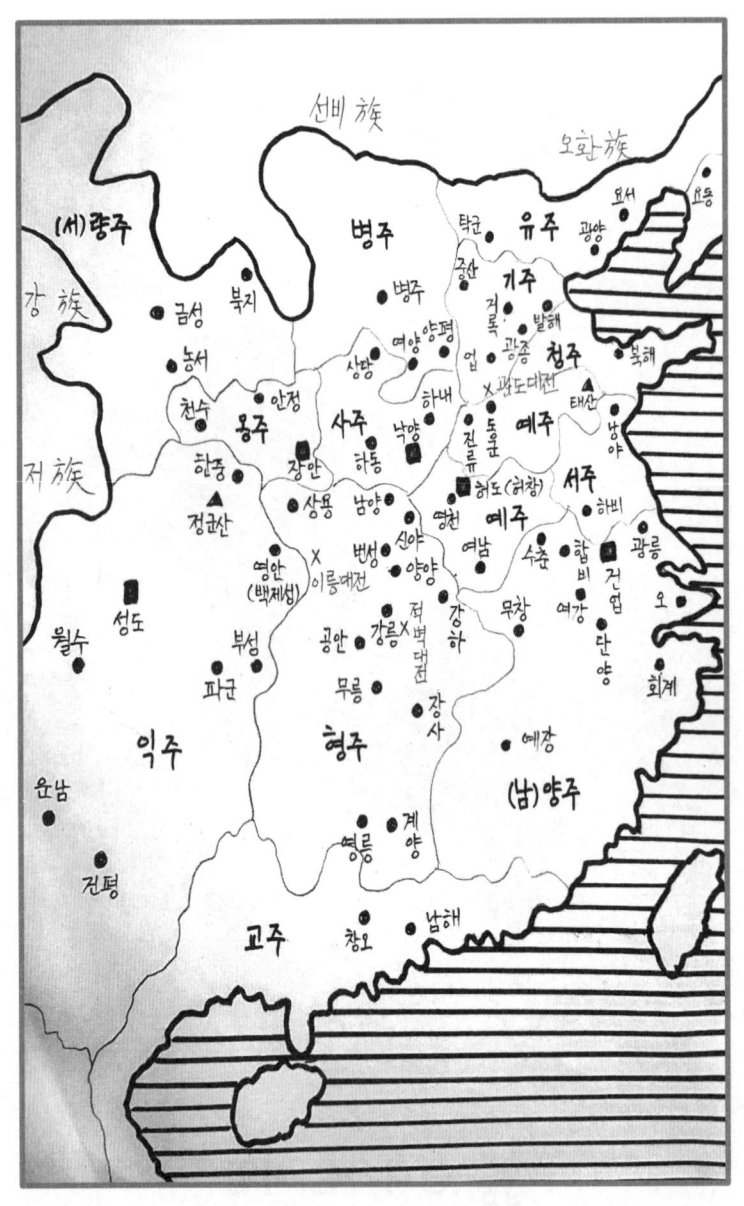

한 제국 13개주 지적도

강 영 원 (姜榮元)
서울 마포 출생

　성균관 대학교에서 경제학을 전공하고, 同대학원에서 교통행정학 석사학위를 수여를 받은 후, 서울시립대학교 대학원에서 도시정책학 박사과정을 마치고, 도시의 신생, 성장, 성숙, 쇠퇴. 소멸 등 도시의 생(生)·멸(滅)을 한껏 그렸다가 지우고, 지웠다가 다시 그리기를 거듭하던 어느 날, 전원의 조용한 침묵에 매료되어 아름다운 전원생활을 구가하던 중, 어린 시절 어머니의 사랑을 가슴 깊이 간직하다가 어머니를 추모하고자 어머니의 어린 시절을 착안하여 갈뫼回想을 집필했다.
　이후, '갈등의 自畵像' 등을 구상하면서 아버지를 추도하는 습작을 접하다가, 나관중 모태의 기존 삼국지 소설이 보이는 모순을 접하면서, 새로운 시대의 개념에 맞는 正史를 토대로 하여 영웅의 삶을 새로이 조명하고자, 현대사회의 시각과 관점으로 '正史 영웅 三國志'를 집필하기에 이른다.

저 자 소 개

　필자의 전공은 역사학이 아니었지만, 한국 역사와 동양 사학에 깊은 관심을 가지고 전공보다도 역사를 더욱 탐닉했던 적도 있었습니다.
　삼국지와의 인연은 어린 시절에 만화로 출간된 삼국지, 코주부 삼국지 등을 읽으면서 흥미와 재미에 빠져 밤잠을 설쳐가며 책을 읽었고, 중학생 시절에는 박종화 선생님의 삼국지를 몇 번이고 읽으면서, 관우와 장비, 조자룡, 여포 등의 무용담에 흠뻑 빠지기도 했습니다. 그 후, 세월이 흘러 30대에 이르러서 다시 새로이 국내에서 출간된 나관중 本 삼국지 번역본 또는 편역본을 수없이 찾아 읽었는데, 그때에는 어린 시절에 느꼈던 감흥이 일어나기보다는 장수끼리 일기토를 벌이면서 승패가 결정되는 장면에서부터 의문점이 생기고, 여기저기에서 납득하기 어려운 새로운 의구심들이 마구 일어나는 것을 느끼게 되고, 그때부터 소설 삼국지에서 전개되는 의구심을 해소하기 위해 정사를 찾아 진수의 '정사 삼국지', 상지의 '화양국지', 진서, 촉서, 인물전 등을 읽게 되었습니다.

그렇게 정사를 접하게 되면서, 청대 역사학자 장학성 선생이 말한 "나관중의 삼국지연의는 열 중 일곱이 사실이고, 셋이 허위"라고 평한 자체도 과한 평가라는 사실을 알게 되었습니다.

  그런데도 나관중 本 삼국지 번역본 또는 편역본을 정사로 오인한 일반 독자들이 일상생활에서 이를 마치 역사적 사실인 양 여과가 없이 인용하는 것을 보고, 삼국지연의를 사실로 잘못 인지하고 있는 독자들에게 바로 된 정사를 알리면서도 현대의 감각에 맞는 새로운 개념의 삼국지 소설을 집필해야겠다는 생각을 하게 되었습니다.

  동시에 삼국지를 사랑하는 독자 여러분에게 흥미도 제공하고, 잘못된 역사뿐만 아니라 만들어진 역사적 인물에 대해 바른 정보를 드림으로써, 실제로 있었던 역사를 통해 현실의 세계에서 인간이 행하는 처신과 세상을 사는 지혜를 얻게 하는 데 도움을 드리고자 하는 바람을 가지게 되었습니다.

  2014년 9월부터 6년간 정사를 추적하면서 오랜 집필에 몰입한 결과, 드디어 2020년 3월 31일에 95% 역사적 사실을 근간한 소설의 집필을 끝내고(특히 등장인물에 대해서는 99% 정사에 입각한 인물상을 구현), 그 바탕 위에 작가의 독창성, 창의성을 가미하여 기존 삼국지 소설과는 전혀 다른 관점에서 접근한 신작을 완료하게 됩니다.

차 례

서문
  1) 소설의 배경   9
  2) 소설의 구성과 스타일   17
1. 후한 황실의 암흑상   23
2. 중국 삼국시대를 풍미하는 영걸의 태동   29
3. 황건농민군 기의   69
4. 북방 이민족의 서량의 난   163
5. 장순과 장거의 '요동의 난'   191
6. '십상시의 난' 전야(前夜)   207
7. 십상시의 난   241
8. 동탁의 폭정과 국정 농단   267
9. 동탁의 곁을 떠나 낙향하는 조조   303
10. 천하 18로 제후의 반동탁연합군 기의   327
11. 동탁, 반동탁연합군의 공세를 피해 장안으로 천도하다   363
12. 반동탁연합군과 동탁의 낙양 공방전   373
13. 손견, 연합군 최초로 낙양성으로 입성하다   417
14. 반동탁연합군의 분열   435
15. 군웅이 할거하는 지방시대의 서막   451

8 正史 영웅 三國志

서문 - 1) '정사 영웅 삼국지' 소설의 배경

　기존 국내에서 출간된 '삼국지 관련 소설'은 나관중 선생의 "삼국지연의"를 모태로 함으로써, 대부분의 전개 과정과 구성이 유사하게 짜여있는 듯하여 획일적인 느낌을 가지게 됩니다. 나관중 선생의 "삼국지연의"를 바이블로 삼은 국내소설들은 서로 "삼국지연의"의 '정역이냐 오역이냐'를 따지면서 서로 자평하는데, 이로 인해 발생하는 창작된 역사적 오류를 실제 역사 속의 사건으로 잘못 인식하는 독자들이 많아지면서 역사적 작위성에 대해 소설이라고 극히 너그럽게 배려하는 역사적 의식에 두려움을 느끼게 되었습니다.
　이런 중대한 문제는 '정역이냐 오역이냐'의 문제로 임하기보다는 역사적 사실에 입각한 근본적인 문제로 접근하여야 한다고 봅니다. 이런 관점에서, 본 저자는 95% 역사적 사실에 입각한 '새로운 삼국지 관련 소설'을 집필하여 "正史 영웅 三國志"라고 명명하게 됩니다.

　청나라 역사학자 장학성 선생은 '삼국지연의는 사실이 열 중 일곱이요, 셋이 허위'라고 말했듯이, 처음 출발부터 역사적 허위를 끼고 출발한 소설이지만, 워낙 나관중 선생의 삼국지를 모태로 한 소설이 지구상에 널리 유포되어있는 관계로 "삼국지연의"의 모든 내용이 마치 실제의 역사적인 사실인 양, 전 세계의 인구에 회자가 되는 현실에 안타까움을 갖게 되었습니다. (본 저자가 2014년 9월 9일부터 2020년 7월까지 6년에 걸쳐 1차 집필을 완료하며 실제 역사를 추적하는 과정 중, "삼국지연의"는 사실이 10중 7정도가 허위라는 사실을 새로이 알게 되었습니다). 물론 소설을 쓰려면 독자에게 흥미와 재미를 유발하기 위해 작가의 창작적 사고, 독창성이 가미되는 것이 당연하겠지만, 필자는 최소한 역사소설이라고 하면 절대로 간과해서는 안 되는 "불변의 가치"가 있다고 주창합니다. 독자에게 흥미와 재미를 주기 위해 허황된 역사적 사실을 중심으로 소설에 지나친 허위를 가미하게 되면, 독자들은 허황된 역사적 사건이 실제 일상에서 발생한 것으로 착각하여, 가상의 세계와 현실의 세계 속에서 인간이 행할 수 있는 한계를 구분 짓지 못하고, 실제 인간사회에서 발생하는 현실의 생활을 가상적 인물이 행했던 초인적 행위로 모방하려다가 실생활에서 그릇된 판단을 할 수가 있다는 점입니다.

나관중 선생의 "삼국지연의"를 모태로 직역 또는 편역한 삼국지에서 독자들에게 소설의 흥미와 재미를 제공하려다가 허구가 지나쳐서, 작가가 의도성을 가지고 부각시키려는 인물에게 승자 독식의 구도가 체계화하여, 제갈공명 같은 경우에는 신격화가 지나쳐서 귀신으로 만들어지기도 했고, 인기가 없는 무명의 전략가가 세운 전략과 전술은 몽땅 몇몇 명사에게 귀속시켜, 명사들은 무한한 능력의 소유자가 되는 반면, 실제로 신출기묘한 계책을 제시한 무명의 전략가가 세운 전략 전술과 그들의 명망은 전혀 부각이 되지 않는 전근대적인 사회의 모순을 그대로 노정시키고 있습니다.

본 저자는 이 모두가 독자들의 기호에 맞추기 위해 만들어진 나관중 선생의 '소설의 소설화'를 벗어나지 못한 한계라고 보게 되었습니다. 이런 관점에 입각하여, 본 저자는 새로운 시야와 시각을 제시하고자 시도했습니다. 역사적 인물에 대해서는 작가의 자의에 의해 역적이 충신으로 바뀌거나 충신이 역적으로 바뀌고, 위인이 소인배로 인식되거나 평범한 사람이나 소인배가 위인으로 둔갑하는 사실은 고쳐져야 한다는 것이 역사소설에 임하는 작가의 소신입니다.

이것은 역사소설에 대한 기본적 정립이 없이 재미와 흥미만 겨냥하여 인물의 실체가 뒤바뀌는 소설의 창작성이 일반화된다면, '어느 누가 역사를 두려워하고 역사의 진실 앞에서 더욱 근신하고 경건해지겠는가?' 하는 역사에 대한 경건함 때문이라고 보시면 됩니다. 필자는 이런 점을 기본으로 해서 기존 나관중 선생의 기본서를 배격하는 대신 정사를 철저히 조사하여, 역사적 사실에 근거하면서도 현대인의 의식과 감각에 맞게 소설의 구성과 스타일을 완전히 뜯어고쳐, 기존의 나관중 선생 모태의 삼국지 소설과 전혀 다른 유형의 창조적 파괴를 시도하였습니다.

현대사회는 한·두 사람의 영웅에 의해 이끌어지는 사회가 아닐 뿐만 아니라, 수를 이루 셀 수 없을 정도로 많은 대중이 모두 영웅 못지않은 능력을 보유하고 있습니다. 그러함에도 불구하고 일반인들은 이런저런 연유로 세상의 밖으로 부각이 되지 못할 뿐이고, 그들은 각자의 활동무대에서 누구 못지않게 자신의 독자성과 창의성을 발휘하여 영웅적 삶을 영위하고 있는 시대에 살고 있으나 역사에서 제대로 된 평가를 받지 못하고 있습니다.

본 저자는 나관중 선생의 소설을 모태로 한 삼국지에서 몇몇 책사에 의해서만 기발한 기책이 나오고, 몇몇 명장만이 전장에서 멋진 승리를 이끄는 것으로 설정된 것을 일반의 대중이 잘못 받아들이게 되면, 세상이 오로지 한·두 명의 주도자에 의해 이끌려지는 것으로 잘 못 인식될 수 있겠다는 점을 우려하고, 이에 경종을 울리기 위해 나관중 선생 모태의 역사소설에서 왜곡된 것을 찾아내어 가능한 한 정사에 입각한 역사소설을 쓰고자 '창조적 파괴'를 시도하기로 했을 뿐 다른 의도는 전혀 없습니다.

인간사회, 특히 현대사회는 최첨단 과학이 발달하여 시간과 공간의 한계가 희미해지고 있으며, 역사소설에서 합리성을 상실한 지나친 비현실성은 아무리 소설일지라도 독자들에게 오히려 역풍을 맞을 수 있는 시대가 도래하였다는 생각에 필자는 역사소설에 현대적 합리성을 부여하고자 합니다.

더욱이 인류사회는 옛날이나 지금이나 한결같이 오직 한·두 사람에 의해 영위되기보다는 집단지성에 의해 이끌어지고 있다는 것을 다시 한번 주지시키기 위해, 인기가 없는 무명의 인사들이 헌책한 묘책들을 모두 찾아 그들에게 돌려줌으로써, 그들도 소위 말하는 영웅 못지않게 모두 영웅의 기재를 지니고 있다는 의미에서 기존 삼국지 소설에서 왜곡된 것을 새로이 정리하여 새로운 작품으로 탄생시키는 '창조적 파괴'에 도전했다는 점을 가상히 여겨주시기 바랄 뿐입니다.

이상과 같은 여러 가지 점을 고려하여 기존 나관중 선생의 소설을 모태로 한 소설과는 완전히 구성과 스타일이 다른 새로운 소설을 쓰기 위해, 2014년부터 2020년까지 6년간을 중국 삼국시대의 정사를 바탕으로 한 역사서 진수의 "정사삼국지," 상지의 "화양국지," "진서," "촉서" 그리고 중국 삼국시대의 인물전 등을 수집하여 역사적 사실이 발생한 년도 별로 정리해가면서, 전혀 다른 방향으로 접근한 정사에 입각한 새로운 삼국지 소설, "正史 영웅 三國志"를 시도했습니다.

이같이 오랜 시간을 투자하여 "正史 영웅 三國志"에 몰입하여 집필하게 된 것은 필자의 역사적 의식에 대한 사명감

내지는 정사를 바로 알리고자 하는 알량한 소명을 가진 필부로서 할 수 있는 최선을 찾았기 때문입니다. 물론 필자가 한국의 역사소설을 대상으로 할 수도 있었으나, 나관중 모태 삼국지는 전 세계에 두루 보급되어있는 관계로, 이왕이면 무대를 한국에 국한하지 말고 세계를 상대로 역사의 존엄성과 경외감을 피력하고자 하는 작가의 의도를 행동으로 옮긴 결과입니다. 중국역사 소설을 먼저 선택한 것은 결코 중국에 대한 사대주의적 발상에 기인한 것은 절대 아니었고, 동시에 단순한 삼국지 마니아에 불과한 필자가 한국의 역사소설을 쓰시는 분들뿐만 아니라 세계의 역사소설을 쓰시는 분들에게 필부의 역사소설에 대한 독단적 견해를 주창하기 위함도 아닙니다. 단지 '정사 영웅 삼국지'라는 역사소설을 통해 부수적인 성과로 독자들에게 올바른 역사관을 알리게 된다면, 필자는 이보다 큰 보람은 없을 것이라 생각합니다.

  비록 한국역사가 아니고, 중국역사일지라도 잘못된 역사적 인물 또는 만들어진 역사적 인물에 대해 바른 정보와 올바른 평가가 전해지지 않으면, 현대를 사는 인류가 후세의 자손들에게 전해질 역사를 두려워할 이유가 없게 됩니다. 인간은 죽어 이름을 남기고, 호랑이는 죽어 가죽을 남긴다고 했습니다. 인류가 역사를 존중하는 이유는 후세의 자손들에게 전해지는 후세의 평가를 두려워하기 때문일 것입니다. 그런 연유로 인류는 현실의 삶에서 처세와 처신을 조심하는 등 하루하루 역사를 쌓아가는 과정에서 후세의 자손들에게 누(累)를 끼칠 것을 우려하여 근신하고 조심하게 되는 것이 사실입니다.

그런데 역사소설에서 왜곡된 인물상이 버젓이 전해시게 된다면, 어느 누가 역사를 두려워하고 경외하겠습니까?

글은 독자에게 읽혀야 생명감이 있는 것이지만, 역사소설에서만큼은 인물에 관한 행적은 역사적 인물의 실체를 사실대로 묘사해야 한다고 생각합니다, 왜냐하면 일반인은 역사적 기록인 정사는 딱딱해서 읽기를 꺼리는 반면, 역사소설은 나름 흥미를 유발하여 일반인은 역사소설을 통해 간접적으로 역사를 배우는 경우가 많으므로 역사소설이 감당해야 하는 역할은 지대하다고 생각합니다.

본 저자도 "正史 영웅 三國志" 소설을 시도하면서 한때 큰 난관에 부딪히기도 했습니다. 그것은 다름이 아닌 '역사적 사실만을 가지고 현실적으로 과연 독자에게 흥미와 재미를 유발할 수 있을까?' 하는 우려였습니다. 그러나 정사를 점점 깊이 탐독하면서부터는 정사의 근본을 왜곡시키지 않고 정사의 한 구절을 가지고도 얼마든지 흥미와 관심을 갖게 하는 삼국지 역사소설을 집필할 수 있다는 확신을 가지게 되었습니다.

이를 통해 바른 역사적 사실을 독자에게 전하여 인간이 역사를 대하는 겸허한 자세를 정립시킬 수 있다는 확신에 이르자, 감히 1800년 전부터 전해 내려오는 역사적 사실을 그리고 나관중 선생에 의해 500여 년을 이어져 내려온 "삼국지연의"의 아류와 전혀 다른 새로운 관점의 소설 "정사 영웅 삼국지"를 집필하겠다는 결심을 하고 6년간 충실히 자료조사에 임했습니다.

"正史 영웅 三國志"는 나관중 선생의 "삼국지연의"와는 관점과 문체 등에서 전혀 다른 구성을 취했지만, 나관중 모태 소설의 내용 중에서 4~5 장면 즉, 관운장과 화웅의 낙양 공방전 장면, 동승의 '헌제의 의대조 혈서 사건'의 장면, 관운장이 조조에게 투항하는 장면, 황건농민군 기의에서 벌어지는 장면 등 4~5 장면은 워낙 삼국지 독자들에게 깊이 인식이 되어있는 관계로 역사적 사실과 무관하게 "정사 영웅 삼국지"의 내용에서도 일부 게재하였음을 밝혀 드립니다.

서문 - 2) '정사 영웅 삼국지'의 구성과 스타일

'정사 영웅 삼국지'는 기존 삼국지 소설과는 전혀 다른 구성을 시도했습니다. 첫째, 작가의 의도성을 배제하고 대부분 正史를 토대로 한 객관적 사실을 중심으로 독자에게 흥미와 재미를 제공하는 전략과 전술에 의한 전투를 작자의 소설적 창의성과 독창성에 기초하여 구성했다는 것입니다.

둘째, 이름난 명사 몇몇에게만 업적이 집중되는 일인독식(一人獨食) 구성의 폐해를 정정하여, 정사에서 실존한 다수의 인물이 행했던 역사적 사실을 찾아 그들의 행적을 그들에게 다시 돌려주면서, 사실에 입각하고 작가의 창의를 가미하여 소설의 흥미와 재미를 잃지 않도록 했습니다.

셋째, 중국 삼국시대의 정사에 등장하는 인물에 대해서는 철저한 역사적 개념을 부여하면서, 역사소설을 창작하겠다는 나름의 역사소설에 대한 의식을 담아, 소설에 등장하는 가상의 인물을 가능한 철저히 배격했습니다. 나관중 선생의 의도인지는 몰라도 기존소설에서는 이미 죽은 사람이 다시 태어나서 중요한 전투에 참여하는 경우도 있었고, 어떤 인물은 병사했는데도 의도성을 부여받은 장수에 의해 불명예스럽게 일기토에서 패하여 죽는 장면 등은 영걸들을 부각시키기 위해 만든 장면에서 불쏘시개로 전락시키는 의도성에 문제가 있다고 보아 가급적 원상으로 복귀시키려고 시도했습니다.

넷째, 기존소설에서 나관중 선생이 보이고 있는 구성의 틀에서 벗어나지 못한 인물을 실체적으로 회귀화시켰다는 점입니다. 시대적 간신이 충신으로 변질이 되고, 소인배와 평범한 인물이 위인으로 둔갑하고, 진정한 위인이 형편없는 소인배와 낭인으로 만들어지는 우를 고쳤습니다. 이런 터무니없는 내용이 1522년 이래 21세기까지 버젓이 존재한다는 사실은 어떤 면에서는 안타까움을 느낄 정도입니다. 인물에 대한 잘못된 역사가 고착화되어 인물에 대한 조작이 가능하도록 후대에 전해진다면, 어느 누가 역사를 두려워하고 역사를 통해 현대를 사는 인간의 처신과 처세를 할 것이며, 세상을 사는 바른 자세를 견지하겠는가 하는 생각을 하게 됩니다. 가상의 인물은 가급적 역사소설에 이름이 올려지지 않아야 역사소설에서 등장하는 인물이 행한 행적이 모두 역사적 사실에 입각한 행위라는 확신을 주게 됩니다, 만들어진 역사적 인물, 잘못된 역사적 인물을 창작하는 일은 없어야 한다고 생각합니다.

다섯째. 실제로 전투가 벌어지는 현장에서 전혀 무기를 쥐고 싸울 수 없는 등애와 같은 문관이 강유와 무예를 겨루기 위해 일기토를 벌이다가 단지 3합 만에 도주한다는 비현실적이고 터무니없는 기술로 재미를 유발하기보다는 이들이 펼쳤을 것으로 추정되는 진형(陣形)싸움과 전략과 전술에 의한 전투로 독자들에게 접근했습니다.

여섯째, 기존 삼국지 소설이 전체적 구성면에서 기전체 형식으로 쓰인 것과는 달리, 편년체 형식으로의 변화를 시도했습니다. 기전체 형식의 역사소설은 한 가지 사건에 대한 전개는 일관적으로 기술할 수 있지만, 시간적 흐름으로는 앞뒤가 뒤섞여서 소설의 흐름을 체계화시키는 데 어려움이 있어, 독자들이 흐름을 파악할 때 혼선을 빚을 수 있다는 단점이 있었습니다. 필자는 이를 시정하고자 편년체 형식으로 바꾸는 새로운 시도를 했습니다.

일곱째, 나관중 선생께서 1522년도에 발표한 작품은 아직까지도 고대소설의 근간을 유지하면서 고시(古詩)와 삽화를 충실히 기재하였으나, 본 저자는 고대소설 삼국지의 재판(再版)이 아닌 현대사회의 변화와 현대인의 사회적 처세에 부응하는 소설로 재현하고자 하는 의도로 고시와 삽화를 철저히 배제하고, 대신 각 전투에서 이해도를 돕기 위한 전략도 등의 지도를 각각 전투의 장면마다 게재했습니다.

여덟째, 과거형 고대소설의 감각보다는 현대적 시야와 감각을 공유하고자 소설의 전개를 현재 진행형으로 전개했습니다.

아홉째, 의도성을 가지고 쓴 역사소설은 독자에게 흥미와 재미는 유발할 수 있을지 모르나, 잘못된 역사관을 독자에게 제공하여 준엄한 역사적 대가를 받게 된다는 사실을 각인하여, 기존소설과는 달리 어떤 주석도 달지 않았고 주관적 논평도 배제하여, 오로지 독자들이 스스로 객관화된 역사의식을 갖도록 구성했습니다.

열 번째, 나관중 모태 삼국지에 등장하는 가상의 인물은 가능한 한 철저히 배제하였습니다. 가상의 인물이 등장함으로써 독자께서 일으키는 혼란을 없이해야 "정사 영웅 삼국지"에서 등장한 인물은 실제로 역사 속에서 실존의 활약상을 펼쳤다는 확신을 주기 위함입니다.

열한 번째, 아군이 삼천의 군사를 이끌고 있고, 적장이 수만의 병사를 이끌고 있는데도, 아군의 장수와 적군의 장수가 수만의 군사들 앞에서 일기토를 벌여 아군의 명장이 적장을 주살하면, 적장을 잃은 적군은 열 배에 이르는 군사적 우세에도 불구하고, 순식간에 퇴각하는 도저히 납득이 되지 않는 전투내용은 철저히 배제했습니다. 실제 전쟁사 속에서는 수장끼리의 일기도는 거의 존재하지 않았으며, 오로지 난전 중에서 우연히 마주친 장수끼리의 무예 겨룸 그 이상도 이하도 없었다는 사실을 중시하여 기술했습니다.

(어떤 하찮은 전투에서도 지휘관은 자신이 이끌고 있는 전체 병사의 생명과 안전을 책임지고 있는 관계로 실전에 투입되기보다는 작전지휘에 임했을 뿐, 섣불리 일기토를 벌여 수많은 부하의 안전과 목숨을 소홀히 하는 경우가 결코 없었다는 점을 강조합니다).

열두 번째, 기존 삼국지 소설에서는 삼국 분열의 첫 시작을 대부분 '황건적의 난'으로 시작하고 있으나, "정사 영웅 삼국지"에서는 중국 삼국 분열의 첫 시작은 환관과 외척이 서로 암투하면서 발호하기 시작한 순제(順帝) 시대로부터라고 보고 소설의 발단을 시작했습니다.

열세 번째, 조정의 권력투쟁으로 환관과 외척 등이 다투면서 황권이 안정되지 못하자, 힘없는 백성들이 중앙관료와 지방 관리의 무능과 부정부패, 그리고 백성에 가해지는 압제와 탄압에서 벗어나기 위해, 황실을 배격하고 등을 돌리면서 농민이 조정에 반기를 들게 되었음에도 원인은 무시한 채, 반란을 일으키게 만드는 원인을 제공한 위정자들이 오히려 백성이 압제와 탄압에서 독립하려고 일으킨 농민의 민란을 "황건도적의 난"으로 규정하는 고대 전제주의적 개념에서 탈피하여, 모든 국민이 시대의 주인이요 모두가 영웅인 현대사회에는 국가가 사명을 다하지 못하면, 민간도 거부의 뜻을 세울 수 있다는 개념으로 "황건적의 난"을 "황건농민군의 기의"로 명칭을 변경하였습니다.

열네 번째, 기존소설에서는 실제 전투현장에서 벌어지는 전략과 전술보다는 두 장수의 일기토를 통한 무예 겨루기 식으로 독자의 기호를 자극했으나, "정사 영웅 삼국지"에서는 상식적으로 이해가 되지 않는 흥미를 유발하기 위한 일기토에 의한 전장에서의 장면보다는 전략과 전술에 의해 상대를 제압하는 실제적 전장에서의 사례를 찾아 접근했습니다.

열다섯 번째, 기존 삼국지 소설의 대부분이 제갈공명 사후에는 흐지부지 종말의 부분을 끝냈으나, '정사 영웅 삼국지'에서는 이와 같은 독자에 대한 무뢰함을 자행함에 대해 자성하는 의미로써 새로운 변화를 시도하여, 제갈공명 이후의 실제 역사적 사실도 정사에 근간하여 상세히 전개하였습니다.

끝으로, 인간사회에서 영웅은 선천적으로 태어난다고 잘못 인식되는 점에 경종을 울리며, 인간은 모두가 영웅의 자질을 지니고 있다는 점을 부각시키고자, 기존 삼국지 소설에서는 평범한 인물로 등장시킨 인물일지라도 업적이 있으면, 그의 역사적 업적을 찾아내어 흥미와 무관하게 그들이 성취한 업적을 그대로 돌려주는 방향으로 "정사 영웅 삼국지" 소설을 구성하였다는 것을 말씀드립니다.

1.
후한 황실의 암흑상

일월영측(日月盈昃) 진수열장(辰宿列張)

-해와 달은 차면 이지러지고, 이지러지면 다시 찬다. 별과 별자리들은 해, 달과 같이 하늘에 널리 벌려 펼쳐있다.

1. 후한 황실의 암흑상

　　　　　일월영측(日月盈厠) 진수열장(辰宿列張)
  - 해와 달은 차면 이지러지고, 이지러지면 다시 찬다.
    별과 별자리들은 해, 달과 같이 하늘에 널리 벌려 펼쳐있다.

  수백 년 한자리를 지키던 거목도 어느 순간 무성했던 나뭇가지가 마르고, 나뭇가지에 달려있던 많은 나뭇잎은 떨어지며, 굵은 줄기는 고사하여 거목은 사라지고 새로이 돋는 뿌리에서 새로운 생명이 열린다. 대자연 속에서 문명이라는 것을 이루고 있는 인류사 또한 마찬가지여서 영원이라는 것은 애초부터 존재하지 않는다.
  인류 4대 문명발상지인 중국 황하문명을 중심으로 이룩된 중국의 역사 역시 생멸(生滅)이 항시 순환하고 있었다. 중국 역사를 살펴보면, 중국에서 망해가는 왕조에는 왕권의 약화가 있었고, 이러한 왕권 약화의 원인으로는 외척의 전횡과 환관의 발호가 주된 원인으로 등장한다.
  후한(後漢) 8대 황제 순제(順帝)는 황권의 암투 과정에서 19명의 환관의 비호아래 즉위하자, 이들을 후(候)에 봉하고 양자를 들이는 세습제를 허용한다. 이때부터 환관들이 세습을 통해 세력의 강화를 형성할 수 있는 단초가 제공된다.

후한의 대표적 간신 양기는 여동생 양날을 순제의 비로 바쳤는데, 양날이 순제의 황후가 되자, 대장군으로 승격한 양기가 조정의 대소사를 자의적으로 행하면서, 외척의 횡포가 후한을 혼돈의 역사로 몰아넣기 시작하더니, 순제가 죽자 대장군 양기는 고작 2살의 충제(沖帝)를 제위에 올렸는데, 충제는 불과 제위 1년 만에 사망한다. 양기는 후임으로 8살짜리 질제(質帝)를 즉위시켰으나, 질제가 너무 총명하여 자신의 미래에 대한 두려움을 갖게 되면서, 양기는 자병에 독을 넣어 질제를 독살한다. 양기는 중상시 조등(조조의 조부)과 손을 잡고, 여오후(蠡吾候) 유익의 아들 유지를 제위에 올리니, 그가 후한 11대 황제인 환제(桓帝)이다. 양기는 공을 세운 조등을 비정후 겸 대장추로 봉하면서 조등을 통해 환관까지도 장악하게 되자, 국정은 물론 황제의 즉위, 폐위까지를 마음대로 행하는 무소불위의 지존이 된다. 기고만장해진 양기는 조금만 자신에게 불편하거나 장애가 되면, 거침없이 상대에게 보복을 자행하기 시작한다. 형주자사 오수가 자신에게 고분고분하지 않다고 독살하고, 요동태수 후맹이 자신이 부여한 관직을 거부하자 요참(腰斬:허리를 베어 죽임)을 행하고, 양기에게 '정신수양을 해야 한다'고 충언한 낭중(郎中) 원저를 태형을 가해서 죽이는 동시에 원저와 친하게 지낸 호무, 학혈 등에게는 자신의 권위에 도전한다는 이유로 호무의 집안 60여 명과 학혈을 주살하는 등, 무고한 관리와 유지들을 살해하고 전 재산을 몰수하는 만행을 서슴지 않고 자행한다.

159년(연희2년)에는 환제가 직접 통치하려고 하자, 양기는 주변의 측근들과 연계하여 환제를 격리시키려고 한다. 이에 위협을 느낀 환제는 단초, 당형 등 다섯 환관과 손을 잡고, 군사를 일으켜 양기 일족을 궤멸시킨다.

이로써 외척의 발호는 끝났으나, 열후에 봉해진 단초 등 다섯 환관을 중심으로 이제는 환관의 발호가 시작된다. 이들은 황제의 총애를 받게 되자, 내정을 간섭하고 관직을 매관매직할 뿐 아니라, 세습제를 통해 구축한 자신들의 일족을 지방관으로 파견하여 토지겸병을 자행하니, 이로써 후한의 멸망을 자초하는 징후가 보이기 시작한다. 당시는 유교주의가 성행하여 환관의 내정 참여와 권력 행사를 터부시하는 것이 시대적 조류였다. 후한의 명망있는 선비, 권문세족, 태학의 학생들이 환관들의 참정을 비판하면서 환관과 대립각을 세우기 시작하던 165년(연희8년), 환제는 유교주의자들의 추대를 받는 진번을 태위로 삼고, 이응을 사례교위로 임명하여 환관에 치우친 조정의 세력을 조정하여 사림과 균형을 이루고자 한다.

그러나 환제의 의도와는 달리 사인(士人)과 환관과의 반목이 점점 더 심해지더니, 마침내는 사인(士人)과 환관 간의 극한 대립으로 치닫는다. 사례교위 이응은 대환관 장양의 동생 장삭이 임신한 여성을 겁탈하려다가 살해하는 사건을 일으키자, 유교주의에 입각한 철저한 법 집행으로 장삭을 사형에 처한다. 또한, 대환관 장양의 위세를 믿고 온갖 악행을 저지르던 장성의 아들이 살인을 저지르자, 이응은 장양과 장성이 선처를 간청에도 불구하고 장성의 아들을 법에 따라 처형한다. 이에 분노한 장양은 환제에게 이응의 단죄를 요청하나, 법에 의거한 정당한 처결이어서 환제도 이응을 벌할 수가 없는 것은 당연한 이치이다. 태위 진번, 이응 등은 환관의 부당한 정치를 바로 잡기 위해 세력을 규합하려고 사인과 태학생들과 널리 교류하기 시작한다.

당시 후한에는 학문과 교육에 대한 열망이 높아 태학생이 3만 명에 달했는데, 이들이 청류파와 사인들과 힘을 합쳐 정치개혁을 주장하게 되고, 환관들은 위기의식을 느끼면서도 정당한 방법으로는 이응에 대한 단죄가 어렵게 되고 태학생은 급격히 증가하자, 신변에 두려움을 느끼기 시작한 장양은 환관들과 밀모하여, '사례교위 이응이 태학생들을 부추겨서 붕당을 만들어, 조정을 농락하고 황제를 능멸한다.'는 상주서를 환제에게 올린다. 이에 환제는 166년(연희9년) 12월,당인(黨人)들을 모두 잡아들이라는 어명을 내리니, 이로부터 제1차 '당고의 화(黨錮之禍)'가 일어나서 이응 등 2백여 명의 당인이 투옥되는 사태가 발생한다.

환제의 장인 두무는 평소 환관의 발호를 못마땅하게 여기다가 '당고의 화'가 일어나자, 영천사람 가표가 올린 '당인 석방에 관한 상주서'에 동참한다. 얼마 후, 외척 두무를 무시할 수 없는 환제는 당인을 모두 석방하라는 특사령을 내리고, 그로부터 얼마 지나지 않아 환우를 얻어 병사한다.

후한 12대 황제로 12살짜리 靈帝(영제)가 즉위하여 두황후가 섭정하면서 외척 두무가 정권을 잡고, 태위 진번, 이응을 다시 중용하여 환관의 세력을 경계한다. 이로 인해 잠시 동안은 조정에서 환관의 발호가 멎는 듯하더니, 얼마 지나지 않아 환관의 발호가 다시 기승을 부리기 시작하자, 대장군 두무와 태위 진번 등은 환관 세력을 제거하지 않으면, 어지러운 정국을 안정시키고 민심을 수습하기 어렵다는 점에 의견의 합치를 이루고 드디어 168년(건녕 원년) 9월, 이들은 환관들을 일시에 척결하기로 밀약을 하고 헤어진다. 그러나 모의가 치밀하지 못하여 사전에 중상시 조절에게 밀고 되면서, 오히려 환관들에게 역습을 당하여 태부 진번이 살해당하고 환제의 장인 대장군 두무는 자진한다.

이 사건을 계기로 환관들은 169년(건녕2년) 자기들의 세력을 공고히 하기 위해, 제2차 당고의 화(黨錮之禍)를 일으켜, 이응, 두밀 등 1백여 명의 청류파 관료를 살해하고, 7백여 명의 선비, 태학생들을 사형, 유죄, 금고에 처하여 관직에 오르지 못하게 하는 칙령을 받아낸다. 뜻있는 선비들은 이에 대항하여 조정을 개혁하고 백성을 구제하려고 투쟁하나, 이미 천자의 칙령이 있어 겉으로는 드러내지 못하고, 뒤에서 무고하게 당한 선비에 대한 구명운동을 벌이게 된다.

2.
중국 삼국시대를 풍미하는 영걸의 태동

2. 중국 삼국시대를 풍미하는 영걸의 태동

1) 삼국시대 주역의 어린 시절

낙양성 북쪽 고즈넉한 야산의 평평한 지평 위에 당대 환관의 대부인 비정후 조등의 저택에 노년의 선비가 찾아온다. 삭풍이 몰아쳐 가지만 앙상한 고목들이 더욱 을씨년스러운 사회 분위기를 반영하듯이, 선비의 얼굴은 싸늘하게 굳어 정적만이 감돌고 있었다.

"이리 오너라."

위엄 있는 저음의 노년 선비 부름에 문지기 하인이 행간 창문을 빼꼼히 열고 묻는다.

"어떻게 오셨는지요?"

"비정후 어른을 뵈러 왔느니라."

고고한 인품이 엿보이는 노년 선비의 위엄에 하인은 곧바로 선비를 안채로 모신다.

노년 선비가 안청에 도달하여 보니, 열 서넛쯤 되어 보이는 아직 개구쟁이 틀을 벗어나지 못한 소년이 서책을 읽고 있었는데, 고고한 인품에 위엄까지 엿보이는 노년 선비를 보자, 소년은 곧바로 대청마루에서 내려와 공손히 예를 올린다.

"소인은 비정후 조등 어른의 손자로 이름은 조라고 하옵니다. 때로는 아만이라고 불리기도 하옵니다만, 어르신께서는 어떻게 조부님을 찾으시는지요?"

말을 마치고 고개를 들어 자신을 쳐다보는 소년을 노년 선비는 아무 말 없이 뚫어지게 쳐다본다. 한참을 조용히 조조를 쳐다보던 노년 선비는 비로소 입을 연다.

"나는 하남윤을 지낸 교현이라는 사람일세. 비정후 어른을 뵈러 왔는데, 뵈올 수 있겠는가?"

어린 조조는 조정과 재야에 명망 높은 어른을 만난 것이 큰 광영 인양 힘차게 대답한다.

"아! 그 유명하신 하남윤 공조(公祖) 어른이시군요. 조부님께서는 출타 중이십니다. 무슨 용건이신지요. 조부님께서 돌아오시면 제가 말씀을 전해 올리겠습니다."

교현은 어린 조조에게 무엇인지 말로 형용할 수 없는 깊은 신뢰를 가지고 편한 마음으로 임하게 된다.

"얼마 전, '당고의 화'를 당한 태위 진번과 사례교위 이응과 친밀하게 교류하면서, 유학자의 길을 걷던 태학생 중에 하옹이라는 젊은 학자가 있는데, 그가 사례교위 이응과 친하다는 이유만으로 옥사를 당할 위기에 처했다네. 내가 노구를 이끌고, 비정후 어른께 젊은 유학자의 무고를 알리려 왔네만 어른이 아니 계시니, 자네가 대신 하옹의 무죄를 어른께 고해 줄 수 있겠는가?"

대학자 교현이 조용하지만 애절한 뜻을 담아 입을 열자, 조조는 무엇인지 모를 위엄에 이끌려 너무도 힘차게 대답한다.

"어르신 명성이야 천하가 알고 있는데, 어느 안전이라고 허튼 말씀을 올리겠습니까? 조부님께서 오시면 소인이 비록 변변치 못하오나, 어른께서 이르신 말씀을 한 치의 착오도 없이 전하겠습니다."

그동안 낙양에서 방탕하고 무도한 악동으로 소문난 개구쟁이 소년 조조의 평상시 행동과는 전혀 다른 태도였다. 어린 조조의 결기에 찬 발언을 들은 교현은 다시 한번 조조를 빤히 쳐다보더니 조용히 말을 잇는다.

"지금 천하는 어지러워지고 있네. 어린 자네를 보니, 앞으로 어지러운 백성들에게 평안을 심어 주는 것은 자네와 같은 동량의 몫이 될 것 같네. 내가 천하의 젊은 인재를 많이 보았으나, 자네와 같이 눈빛이 비범한 아이를 본 적이 없네. 어떤 인재는 남의 이목을 두려워하여 명망을 얻기에만 관심을 두는 바람에 실제로 필요한 백성의 욕구를 충족하지 못하고, 어떤 인재는 그 반대인데, 자네는 한쪽에 치우쳐 있지 않고, 필요한 때에 적당하게 균형을 이룰 수 있는 임기응변의 지혜와 배포를 겸비한 것 같네. 군은 스스로를 잘 보중하시게."

대학자 교현이 떠난 후, 조조는 교현이 던진 말을 천천히 곱씹으면서, 자신을 인정해준 대학자, 대정치인 교현에게 다시 한번 감사한다.

며칠 후, 교현이 구명운동을 한 하옹은 성과 이름을 바꾸어 도성을 빠져나가면서, '당고의 화'를 면할 수 있게 된다. 하옹이 도성을 빠져나간 후, 십상시(대환관 장양, 조충, 하운, 곽승, 단규, 건석, 봉서, 정광, 조절, 후람)중 조충, 단규 등은 조조가 환관의 대부 조등에게 부탁해서 벌어진 사태인 것을 알게 되고, 이들은 조등의 양아들이자 조조의 부친인 대사농 조숭에게 하옹에 관한 일련의 책임추궁과 공격을 가한다.

조숭은 계속적으로 환관들의 추궁을 당하자, 어떤 경우에도 야단을 친 적이 없는 아들 조조를 보호하는 동시에 가문의 안위를 우려하여 그를 고향 패국 초현으로 보낸다. 조조가 초현으로 가기 전에 대학자 교현을 방문하자, 교현은 조조에게 고마움과 미안함을 함께 표하며 따뜻한 조언을 건넨다.

"군은 아직 명성을 얻지 못했으니, 향후 허소와 교류를 하도록 하게. 큰 도움이 될 것이네. 나는 늙어 내 자손을 돌볼 힘이 없어지니, 후에 뜻을 얻거든 내 후손을 잘 부탁하네. 내가 죽은 후에 내 무덤 앞을 지날 일이 있거든, 술 한말과 닭 한마리를 마련하여 제사를 지내주게. 그렇게 하지 않으면, 군이 이끄는 수레가 세 걸음을 지나기 전에 군은 복통을 일으킬 걸세. 그때는 나를 원망하지 말게."

다소 익살맞은 교현의 우스개를 되새기면서 조조는 고향길을 향해 발길을 돌린다.

고향 패국 초현에서는 조조의 부친인 대사농 조숭이 조조의 7숙 조윤에게 조조를 엄하게 교육해 달라고 부탁하여, 조윤은 책임을 느끼고 조조에게 엄격한 교육을 시행하려 하지만, 조조는 공부보다는 친족인 조씨 집안 형제들과 외척인 하후씨 집안 형제들과 함께 하는 전쟁놀이를 더욱 즐겨한다.

이때부터 조조는 병법서를 읽기 시작하며, 전쟁놀이에 병법을 실제로 적용하여 전쟁놀이에서 친척 형제들 사이에서 발군의 실력을 나타내면서, 고향의 또래 친척들로부터 낙양 출신이라는 우러름과 동시에, 뛰어난 지략과 순발력, 유학적 학식 등으로 인해 절대적인 추앙을 받기에 이른다.

171년(희평 원년), 고향에서 몇 년간의 어린 시절을 보낸 조조는 부친 조숭의 부름을 받고, 고향 패국 초현을 떠나 다시 낙양으로 되돌아온다. 낙양으로 돌아온 청년 조조는 독서를 싫어하고 악동 짓만을 일삼던 지난날의 망나니 조조가 아니었다. 낙양의 본가로 돌아온 조조는 차분히 손자병법을 재정리하면서, 손자병법 죽간에 자신의 주석을 달기 시작할 정도로 크게 성장해 있었다. 이것이 주위에 알려지면서 병법은 물론 유교적 소양과 경전을 통한 시문 활용, 도가적 사상까지 두루 섭렵한 청년으로 인구에 회자되며, 조조는 낙양 일대에 널리 이름이 알려지게 된다.

비록 양조부 비정후 조등과 대사농, 대홍려를 지낸 부친 조숭이 큰 배경이었지만, 환관의 자손이라는 뒷담화와 보이지 않는 냉대와 질시로 꼭 집어 말할 수 없는 위축감과 열등감을 가졌던 조조에게 명성을 들은 젊은 명사들이 교류를 요청하면서, 조조는 자신감을 가지고 활발하게 각종 활동에 참여하기 시작한다.

조조가 고향 패국 초현에 내려가서 전쟁놀이와 병서읽기로 몇 년을 소요하고 낙양으로 돌아왔을 때, 낙양에서는 유교교육을 받은 젊은 청년을 중심으로 청류파 운동이 일고 있었는데, 그 중심에는 4대에 걸쳐 3공을 다섯 명이나 배출한 당대 최고 명문가 자손인 원소가 있었다.

이때 원소라는 젊은 청년이 '당고지금(黨錮之禁)'에 반발하여 벼슬길에 오르지 않고 사당의 문을 굳게 닫아걸고, 연구와 저작에 몰두하고 있던 훈고학의 창시자 장현에게 가르침을 받는 동시에, 사례교위 이응 등 청류파 선비들의 학문과 유교적 실천을 존경하여 이들에게도 가르침을 받고 있었다. 그러다가 원소는 이들이 환관에게 핍박을 받는 것을 보면서, 충효와 인의의 나라를 만들자는 취지로 젊은 청류파 운동을 전개하면서, 이 운동을 통해 유교의 가르침을 직접 행동으로 옮기고, 천하에 유교주의를 전파하고자 젊은 명사들과 두루 교류하여, 원소의 명성은 이미 천하에 널리 퍼져 있었다.

어느 날, 이런 원소가 조조에게 분주우교(奔走友交:위기를 맞으면 달려올 정도의 우정)를 맺은 친구 허유(子:자원)를 보내 만나자는 전갈을 보내온다. 그 당시 허유는 비록 재주는 뛰어났으나, 사람됨이 경박하고 오만하여 탐욕이 지나치다는 평을 받고 있었다. 조조는 잔뜩 긴장하면서 허유를 맞이한다.

"한동안 연락이 없더니, 어떤 연유로 나를 찾는가?"

"자네에게 전갈을 보냈듯이, 젊은 청류파 당인들이 자네와 교류를 하고자 하여, 내가 다리를 놓았네."

허유가 어김없는 자기과시형 발언을 한다.

"아! 그런가? 그전에는 아만은 환관의 자손이어서, 청류파에 합류시킬 수 없다고 하지를 않았나? 그런데 왜 지금 이 시기에 이르러서는 청류파 활동을 같이하자고 하는가?"

조조는 지난날의 섭섭함을 기억하여 상대방의 의중을 의심하면서 묻는다.

허유는 특유의 간드러진 웃음을 지으면서 말한다.

"과거는 과거이고, 현재는 현재일세. 자네는 이미 병서에도 능하고, 유학적 소견도 풍부한 것으로 알려져 있지 않는가? 대학자 교현도 자네에 대해 난세를 구원할 인물이라고 평판을 했다고 알려져 있고, 월단평 허소 형님도 자네를 '치세에는 능신이요, 난세에는 간웅이라' 평할 정도로 자네는 이미 명망을 얻고 있다네. 더욱이 자네의 양조부 비정후 조등 어른은 후한 안제(安帝)시절, 홍문종관으로 환관이 된 이래로 순제, 충제, 절제, 환제에 이르기까지 5대 황제를 모시면서 환관의 대부 노릇을 하시면서도, 큰 과오가 없이 명예롭게 은퇴하신 환관의 전설이 아니신가? 대장군 양기가 외척의 발호를 할 때, 중상시로 계시면서 환관 스물두 명을 움직여 22열후에 봉해지시고, 그때 환관들이 양자를 들이는 것이 인정되어 자네 부친이 양자로 입적된 것이 아닌가? 엄밀한 의미로 자네는 환관의 혈통이 아닐세. 충제 시절에는 외척이 발호하여 뜻있는 유학자들이 청류파를 조직해서 민의와 민생을 위해 대항하다가, 양기를 제거하는 과정에서 환관들과 일부 유학파 중신들이 환제를 등극시키고, 이때 형성된 탁류파의 수장이 조등 어르신이 아닌가? 영제께서 즉위하신 이후, 청류파와 탁류파의 첨예한 대립 속에서도 다른 환관들과는 달리 청류파에 대해 우호적이어서 모든 청류파들에게 존경을 받고 계시네. 당신은 청류파 관료들에게는 부족한 정치적 현실과 경륜을 일깨워 주시고, 스스로는 몸을 낮춰 당신의 부족한 유교적 소양과 학문을 청류파로부터 배우시면서, 청류파 관료들과 유대를 돈독히 하시려는 노력을 청류파에서는 높이 인정한다네. '당고의 화'가 발생해서 환관들이 청류파 당인들을 처형하려고 할 때, 환관들과 탁류파 관료들을 설득하여 2백여 명의 청류파 당인들이 목숨을 건지게 해주셨지. 이로 인해 국가가 혼란해지는 것을 막고, 조용히 문제를 수습하신 덕에 청류파 당인에게는 생명의 은인이요, 탁류파에게는 외척으로부터 나라를 구하고, 환관의 권위를 일으켜 세운 대부로 양쪽 당파 모두에게 추앙을 받고 있지를 않는가? 아만 자네는 엄밀히 말해 환관과 직접적 연관도 없으면서도, 명성에 손상을 입고 있는 것을 모두 인정하고 있네. 자네같이 지혜가 남다르고 유교, 도교, 시문, 병법에 두루 밝은 인사가 우리 청년 청류파 활동에 합류한다면 큰 힘이 되리라고 모두들 기대하고 있네."

평소 그대로 달변을 토해내는 허유에게 조조는 마음속으로 크게 감탄한다.

'나의 가문에 대해 철저히도 조사했군. 허유는 나를 통해 환관들로부터 얻을 수 있는 이익과 청류파 내에서의 입지를 공고히 하고자 하는 의도일 테지.'

조조는 허유(子:자원)의 얕은 속셈을 간파하고 잠시 생각에 빠져든다. 아무리 생각해 보아도 조조의 입장에서는 하나도 손해를 볼 일이 없기에, 허유의 제안을 받아들여 함께 원소의 자택을 방문한다. 허유가 이끄는 대로 거대한 저택에 들어 정원 앞으로 나가자 청년 여럿이 담소를 하고 있는데, 그중에서도 한눈에 띄는 자모위용(姿貌威容)의 인사가 모임을 주도하고 있는 것이 감지된다.

'저 친구가 원소로구나'

조조는 단번에 원소를 알아보고, 속으로 그의 빼어난 용모에 감탄한다. 이때 원소가 조조를 보자마자, 앉은 자리에서 일어나 인사를 한다.

"어서 오시게. 맹덕, 익히 맹덕의 명성을 듣고 있었소. 나는 원소이며 子는 본초라고 하오."

원소는 본이 예주 여남군 여양현 사람으로 낙양에서 태어났다. 고조부인 원안(袁安) 이래, 4대 연속 3공(태위, 사부, 사도)의 지위에 다섯 명이나 배출한 명문가문의 자손으로서, 원봉과 노비 어머니의 사이에서 태어난 서출이다. 원봉은 지극히 사랑한 노비의 자식에게 서출의 아픔을 안기지 않으려고, 태어나기도 전에 작고한 친형 원성의 양자로 입적시켜, 원소는 원성의 유복자로 세상에 나온다. 아직 약관의 나이가 되지 않아 관직에는 오르지 않았으나, 모친에게서 물려받은 뛰어난 용모, 그리고 명문대가 자제의 위엄이 있는 말과 행위와 자태에서 묘한 기운이 서려, 또래들도 함부로 범접하지를 못했다. 조조보다는 두 살 손위였을 뿐이나, 조조도 처음 만난 원소에게 그런 기운을 느낀다.

원소의 이복동생인 원술은 자신이 스스로 방탕한 생활을 하면서도 서출인 원소가 자기 가문의 명예를 혼자 독식을 한다고 여겨 항상 시샘해 왔다. 그런 청년 원소가 청년 청류파의 중심인물이 되어 청류파의 사상가, 활동가로 두루 이름을 떨치고 있는 것은 아마도 당연한 이치이리라.

조조도 이들을 보며 오랜 벗을 만난 것 같은 기쁨에 들떠서 반갑게 통성명을 한다.

"나는 조조라고 하며, 자는 맹덕이라 하오. 여러분과 함께 활동하게 된 것을 큰 기쁨으로 생각합니다."

이어서 장막(子:맹탁), 한복(子:문절), 한수(자:문약), 오부

(子:덕유), 오위(子:자경) 등 "분주(奔走)의 우(友)" 친목회의 청년 청류파들이 조조를 반갑게 맞이한다. 이들이 조조와 인사를 끝내고, 끝으로 하옹(子:백구)이 전면에 웃음을 지으며, 조조에게 가까이 다가와 반갑다는 듯이 말한다.

"반갑소. 맹덕, 나는 하옹이라 하고 자는 백구이외다. 스승 교현 대학자께서 예전에 비정후 어른댁에서 만났던 맹덕에 관한 말씀을 해 주셨는데, 그동안 세파에 휘둘려 만나지 못하다가 오늘 이렇게 만나게 되니, 참으로 세상사의 진리가 깊고 오묘함을 느끼게 되오. 그때 맹덕에게 입은 은혜가 엄청나게 컸는데, 오늘 건강한 모습으로 만나니 실로 감개무량이외다."

하옹은 원소, 조조 등보다는 다소 연배였으나, 나이를 떠나 호걸들과 교류하기를 좋아하여, 여러 가지 면에서 이미 형주, 예주 일대에서는 명성을 올리고 있었다. 학문이 뛰어나고 주역에도 능하며, 어떤 인물의 말과 행동을 보고 인물을 감별하는데, 그의 감별은 후일 거의 적중할 정도의 예지력을 지니고 있었다. 후일 하옹은 조조에게 '한나라가 망하게 되면 천하를 안정시킬 사람이다.'라고 평하고, 순욱에 대해서는 '왕을 보좌할 인재'라 평했으며, 장중경에 대해서는 '장차 훌륭한 일을 해낼 의사'라고 평하고, 원술에 대해서는 '겉치레로 망칠 사람'이라고 평한다.

조조가 청년 청류파들과 교류하기 시작할 때는 하옹이 '당고의 화'로 낙양을 떠났다가, 다시 낙양으로 들어와서 원소

등과 청년 청류파의 활동을 전개하고 있었던 시기였다.

"외람된 말씀입니다. 그 당시는 저 맹덕이 너무 어려 철이 없어서, 백구 형이 어떤 인물인지를 몰랐었으나, 최근에야 명망을 들은 점을 용서 바라며, 이제 다시 한번 죄송하다는 말씀을 올리겠습니다."

조조는 최대한 겸양을 표하면서, 우연이 필연으로 이어지는 너무도 신기한 인연에 놀라워한다.

젊은 청류파들은 서로 상견례를 끝낸 후, 국가의 안위와 민생안정, 유학적 소양 등을 통해 후한의 안정과 발전을 위한 담론을 마음껏 펼친다.

수도 낙양에서 명망 있는 젊은이들이 웅지를 풀기 시작할 때, 강동에서도 또 한명의 젊은 영걸이 지방에서 등장하게 된다. 171년(건녕 4년) 늦은 봄, 강동에서 오군(吳郡)의 수로를 따라 일단의 상선이 전당호(錢唐湖)에 이르렀는데, 한 젊은이가 탄 상선의 앞에 있는 배에서 호왕(胡王)의 해적 무리 10여 명이 상선에 탄 상인을 겁박하여 재물을 나누고 있었다. 이 광경을 본 건장한 청년 한명이 부친과 주위 사람의 만류에도 불구하고, 홀로 칼을 쥐고 강가에 뛰어올라 도적들을 큰 소리로 꾸짖는다.

해적들은 떡 벌어진 가슴과 큰 골격의 우람한 덩치를 가진 청년을 보자, 장강을 관리하는 병사들이 출동한 것으로 착각하여 급히 도망을 친다. 이때 청년은 흩어진 무리 속에서 해적의 우두머리를 쫓아가서 머리를 베어 돌아온다. 이 사실이 오군 전역에 입에서 입으로 전해지면서, 청년은 오군에서 일약 명사가 된다. 해적들 때문에 골치를 앓고 있던 오군 부춘(富春)현령은 이 소식을 듣고 곧바로 청년을 부춘현으로 불러들인다.

"젊은이는 어디 사는 누구이며, 군민들이 그토록 두려워하는 해적 두목을 잡는 용기는 어떻게 생겼는가?"

손견은 겸손히 그러나, 패기 있게 대답한다.

"소인은 이름은 손견이며, 子는 문대라 합니다. 양주 오군 부춘현 출신으로 일찍이 부친과 상업을 위해 강동 지역을 배로 자주 오르내렸습니다. 항간에 해적들이 출몰하여 상인들의 재물을 약탈한다는 소문을 듣고, 이들을 손보려고 오래전부터 대비하고 있었습니다. 상업으로 어느 정도 가계의 안정을 일구어, 이제는 군민들에게 무언가 도움을 주고자 고심해 왔는데, 이런 작은 일로 주변의 이목을 받게 되어 실로 외람될 뿐입니다."

부춘현령은 손견의 기상이 기특하고 가상하여 관심을 가지고 손견의 의중을 묻는다.

"그대는 나와 함께 현민을 위해 일해 보지 않겠나?"

손견은 크게 감동하여 소신껏 대답한다.

"소인 비록 가족의 생계를 위해 상업에 종사하고 있으나,

언제라도 군민을 위해 일할 마음의 준비를 하고 있었습니다. 우연히 기회가 되어 현령께서 챙겨 주시니, 몸 둘 바를 모르겠습니다. 현령 어른 분부대로 현민을 위해 일하겠습니다."

부춘현령은 손견을 즉시 군사마로 임명한다. 손견은 비록 하급관리일지라도 17세 이른 나이에 관직에 오르는 행운을 잡게 된 172년(평원 원년), 양주 회계군 구장현에서 허창이라는 자가 양명황제라 참칭하며, 수만의 양민을 이끌고 탐관오리의 압제에 저항하여 반기를 든다. 남양주자사 장민은 관군을 이끌고 난을 진압하러 가는데, 손견은 이들과 함께 참전하여, 큰 공적을 세워 염독현의 승(현령보좌관)으로 승진하고, 곧이어 우이현의 승으로 영전한다. 손견은 신의로써 군민을 대해 가는 곳마다 칭송을 받으며 군민에게 신망을 얻는다.

이와같이 후한 말엽, 천하가 뒤숭숭한 시절에 영걸의 기개를 가진 인재들이 경,향 각처에서 태동하고 있었다.

유주 탁군 탁현에는 전한 경제(前漢 景帝)의 아들인 중산정왕 유승의 후손들이 살고 있었다. 유씨 집성촌인 탁현 누상촌의 한 초가집 정원에는 다섯 길이나 되는 수백 년 된 뽕나무가 하늘을 찌를 듯이 높이 솟아있는데, 매우 신비한 자태를 띠고 있어, 멀리서 보면 마치 황제의 수레 위에 씌우는 거개처럼 보였다. 그 집 앞을 지나는 사람마다 이 뽕나무를 마을을 지키는 수호목이라 찬사를 보냈는데, 일찍이 탁현에 용무가 있어 이 집의 뽕나무 앞을 지나던 가상 이정(家相 李定)은 '곧 이 집에서 필히 귀인이 태어날 것이라' 예언했었다.

172년(평원 원년) 어느 날, 12살의 어린 소년 하나가 동리 아이들과 어울려 놀다가, 돌연히 뽕나무 위에 올라가서는 엉뚱한 말을 던진다.

"나는 이런 깃털로 장식된 덮개가 덮인 수레를 탈거야."

이런 터무니없는 발언으로 주변 사람에게 깜짝 놀랄 이야기의 거리를 만든 소년은 바로 이 뽕나무 집의 어린 주인으로서, 이름은 유비, 자를 현덕이라 불렸다.

유비는 한황실의 후손이다. 그의 선조인 전한 경제의 아들 중산정왕 유승의 아들 유정은 한무제(漢武帝)시절, 탁군의 탁록정후(涿鹿亭候)의 벼슬을 받았는데, 유정은 황제께 매년 바치는 주금(酎金:황실의 제사 때 바치도록 배분된 분담금)을 내지 못해 삭탈관직을 당하고, 그대로 탁현에 눌러앉아 이곳에서 유씨 집성촌을 이루었다.

그 이후, 가계는 평범하게 계속 이어져서 유비의 조부 유웅은 효렴으로 천거되어 동군 범현현령을 지냈으나, 부친인 유홍은 일찍 세상을 떠나 변변한 관직도 얻지 못했고 재산을 물려준 것이 없어, 유비는 일찍 어린 나이에 생계를 위해 모친과 돗자리를 짜고, 짚신을 팔면서 어렵게 살아갔다.

어린 유비는 당장 끼니를 잇기가 어려운 형편임에도 또래들에게 조금도 위축이 되지 않았고, 사람 사귀는 것을 좋아하여 동리 아이들과 스스럼없이 교류하며 낙천적으로 살아갔다.

학문이나 성현의 말씀을 배울 기회가 없었음에도 촌구석의 또래들과 달리 의연한 기풍과 품위가 서려 있었다. 삶이 어려울 때마다 부친 유홍이 건넨 이정(李定)의 예언이 어린 유비에게는 큰 위안과 포부를 잃지 않는 계기와 배포를 가지게 하는 데 동력이 된다.

숙부 유자경은 동리 아이들로부터 유비의 이런 터무니없는 말을 전해 듣고, 유비에게 심한 질책을 가한다.

"그런 허튼소리를 하면 역모로 가문이 파멸된다. 그런 수레는 황제만이 타는 것이다. 앞으로는 입을 조심 하거라."

그런 가운데에서도 유비를 남다르게 관찰하는 이가 있었으니, 유원기라는 집안의 당숙 벌이 되는 사람이다. 그는 유비가 15살 되는 해에 아들 유덕연과 함께 당대 최고의 학자 노식에게 수학하도록 학자금을 지원한다.

유비 모친은 비록 아들이 분수에 맞지 않는 말을 해도 걱정을 하기보다는 기개가 남다른 아들의 가르침을 갈구했으나, 당장 끼니도 잇기 어려운 형편에 글을 배우는 것은 사치라는 생각으로 치부하다가, 친척의 배려로 유비에게 배움의 기회가 찾아오자 기꺼이 아들을 위해 홀로 생계를 책임지기로 한다.

이렇게 경향 각처에서 미래의 동량들이 자라나고 있던 중 173년(희평2년)에 이르러, 낙양에서 청년 청류파 활동에 매진하고 있던 원소가 20세 되던 해, 원소는 당시 낙양의 조정에서 3공 모두의 눈에 들어 삼공부로부터 직접 벽서(壁書)되는 파격적 절차를 거쳐 복양장(濮陽長)으로 임명된다. 원소는 임지로 파견된 복양에서도 수려한 용모만큼 깨끗한 행정을 이끌어 군민들에게 칭송을 받는다.

원소는 유교주의에 기초를 두어 신분에 구애받음이 없이 인의로 군민을 대하고, 어려운 군민의 일은 마다하지 않고 자기의 일과 같이 돌보아줌으로써, 원소는 복양에서도 후한을 이끌 미래의 지도자라는 평판이 온 고을에 두루 퍼진다. 그는 그런 와중에도 낙양의 젊은 청류파 명사들과도 계속 교류하며, 충효, 인의의 나라를 만들어 국태민안을 이룩하자는 운동을 꾸준히 전개한다.

어느덧 한해가 바뀌어 조조도 약관의 나이가 되자, 효렴에 천거되어 곧바로 낙양북부위에 임명되고, 낙양의 북문 경비대장으로서 북문의 금령을 정하여 원칙과 규칙을 철저히 적용한다. 조조는 인의라는 유교주의적 가치보다는 법가사상에 가까운 엄격함으로 행정의 기본을 정하여 법을 집행하였기에 통금시간을 어기는 자는 예외가 없이 곤장을 때리는 금령을 가했는데, 어느 날 십상시 건석의 숙부가 조카의 권세를 믿고 금령을 무시하며 통행하려 하자, 조조는 건석을 붙잡아 들여서 엄하게 문초를 가한다.

"이 문은 천자가 계시는 도성의 관문 중의 하나이고, 백성을 도적으로부터 보호하는 관문인데, 어찌 금령을 어기고 함부로 출입하려 하십니까? 사사로운 인정이나 압력에 밀려 관문을 열어주게 되면, 이런저런 연유를 대고 도적들이 관문을 쉽게 침입할 수 있게 되어, 황제와 백성의 안위가 위태로워질 수 있습니다. 그런 연유로 금령으로 정해 출입을 통제하려고 하는 것인데, 어찌 법을 어기면서까지 기어이 출입하려고 하십니까?"

건석의 숙부는 가소롭다는 듯이 조조에게 호통을 친다.

"북부위는 내가 누구인지 모르는가? 그까짓 금령이야 인간이 만든 것인데 바꾸면 그만이 아닌가?"

조조는 크게 격노하여 목청을 높인다.

"당장 이 사람을 끌어내어 금령대로 곤장 1백대를 쳐라."

곤장을 맞고 초주검 상태가 된 그는 건석에게 고한다.

"조카님, 조조가 건석 조카를 무시하여, 나에게 장형을 내려 초주검으로 몰아넣었다네."

십상시 건석은 조조에게 자신의 권위를 무시당했다는 생각으로 조조를 응징하려고 하나, 감히 비정후의 손자를 건드리지는 못하고 호시탐탐 기회를 노린다. 그러나 이 사건으로 인해 조조의 명성은 오히려 온 도성에 널리 알려지게 된다.

법과 원칙에 의해 행정집행을 하는 조조는 오히려 승승장구하여 돈구현령으로 승진하고, 곧이어 의랑에 제수되어 낙양으로 되돌아온다.

한편, 원소는 생부 원봉의 정부인이 상을 당하자, 3년 상을 치르기 위해 복양장을 사임하고 여남으로 시묘살이를 떠난다. 방탕한 생활에 젖은 원술은 친자인데도 3년 상을 두려워하는데, 정작 원소는 배다른 모친인 정부인의 시묘살이를 떠나자, 백성들과 많은 유학자들의 찬사와 격려가 끊이지 않는다.

원소를 배웅하러 온 많은 학자와 명사들 속에서 하옹은 조조에게 넌지시 말을 건넨다.

"원소는 안정된 세상에서는 좋은 평판과 가문의 힘으로 당대 최고의 명사가 되겠지만, 후한이 난세에 들어서면 이를 수습할 사람은 자네뿐이네."

하옹의 듣기 좋은 말에 조조는 잠시 생각에 잠긴다.

'난세에는 유교적 사고와 명분, 형식주의로는 혼란을 바로잡는 데 한계가 있기 마련인데, 원소는 유교의 틀을 벗기에는 너무 멀리 나갔다는 말일 것이다. 평소에 하옹이 내게 말했듯이 한쪽에 치우치지 않고, 적시적소에 변화를 추구함으로써 임기응변을 이끌어내는 나의 순발력을 하옹이 높이 평가한 것이리라.'

이즈음, 탁군 후씨산(猴氏山) 자락의 근처에 있는 초당에서는 흐르는 세월을 뒤로 하고, 176년(희평5년) 고향의 어린 학동들을 가르치기 위해 낙향하여 교육에 전념하고 있는 중년 학자가 종처럼 우렁차고 낭랑한 목소리로 학동들을 훈계하는 소리가 들린다.

"너희들은 나라의 기강과 안위가 지금 얼마나 위태한 줄을 알고 있느냐? 조정은 환관에 의해 암(暗)이 명(明)을 가려 국정이 문란하고, 환관의 매관매직으로 임명된 무능력한 관료들은 본전 찾기에 골몰하여 백성의 삶은 안중(眼中)에도 없고, 천재지변은 끊임없이 일어나고 있어, 백성들이 초근목피로도 연명하지 못해, 심지어는 인육까지 거래하는 지방이 있다고 한다. 이렇게 가다가는 나라의 운명이 어찌 될지를 모르는 백척간두의 위기인데, 글 읽기를 소홀히 하고 졸기만 한다면, 장차 이 나라는 누가 구할 것인가? 모두 긴장하여 장차 이 나라가 어찌 되어가고 있는지에 초미의 관심을 두기 바란다."

훈장의 지엄한 말씀에 감명을 받은 학동들은 꾀부리는 일이 없이 학문 탐구에 몰입한다.

중년 학자의 이름은 노식으로 子는 자간이라 했다. 탁군 탁현 출신으로서 높은 유학적 경륜을 지니고, 병법에 능해 '문무를 겸전한 학구파 장군'으로 강직하고 청렴하기로 소문난 현실감각이 뛰어난 대학자이다.

'제1차 당고의 화'로 한창 위축된 청류파의 입지를 살리기 위해 평소에도 주변에 대해 조심스러운 처세를 당부해 왔다. 환제가 승하하고 영제가 즉위하면서, 환제의 장인 두무가 대장군으로 되자, 향후 벌어지게 될 외척과 환관의 암투로 나라가 혼란해질 것을 우려하여, 한때 두무에게 분쟁에 끼어드는 작업을 사양하도록 권했었다.

그러나 두무는 진번, 이응 등과 의기투합하여 십상시를 제거하려다가 실패한 것을 보고, '제2차 당고의 화'를 피해 벼슬을 내놓고 향리에 은거해 있었고 몇 년 후, 다시 영제가 불러들여 정치와는 무관한 박사(博士)로 임명되어 저술과 학문탐구에 전념했었다.

175년(희평4년) 구강군에서 만족이 반란을 일으켰을 때, 삼공부에서 모두 노식을 추천하는 바람에 구강태수로서 만족의 반란을 진압하는데 참전하기도 했다. 176년(희평5년)에는 환관들이 청류파 학자들과 가족을 다시 탄압하기 시작하자, 병을 핑계로 향리로 돌아와 후학을 양성하면서 상서장구(尙書章句), 삼례해화(三禮解話) 등의 저술을 하던 중이었다.

이런 노식에게 176년(희평5년) 어느 날, 탁현 누상촌에서 유원기의 추천서를 가지고, 한 청년이 노식의 문하에 들기를 청한다. 유원기는 아들 유덕연을 노식의 문하로 보내고, 먼 친척 유비에 대해 깊은 관심을 가지고 관찰하던 중, 고향으로 돌아온 대학자 노식에게 유비를 교육시키는 것이 미래에 큰 보람이 될 것이라는 판단을 하여, 넉넉지 못한 살림에도 유비의 학비를 후원한 것이다. 얼굴은 옥처럼 맑고 깨끗하며 입술은 붉은 용모를 가진 유비, 귀가 어깨에 닿을 정도이고, 팔이 유난히 길어 손목이 무릎에 닿을 정도로 특이한 용모의 유비, 어떻게 보면 부처님의 온화한 상을 닮은 유비를 쳐다보며 한동안 말이 없던 노식은 잠시 후, 유원기가 보낸 추천서를 들여다보고는 유비를 바라보며 낭랑한 목소리로 묻는다.

"살림도 어려운데 왜 생업을 마다하고, 학문을 배우려 하며, 장래 포부가 무엇이냐?"

유비는 취할 수 있는 최대한의 겸손을 연출하며 대학자 노식에게 당당하게 대답한다.

"저 유비, 비록 생활은 빈한하나 배움이 없이는 천하의 혼란을 인지하기도 어렵고, 인지하더라도 어떻게 천하의 난국을 헤쳐나갈까 하는 지혜를 얻기 어렵다고 생각합니다. 비록 천한 몸이나, 한황실의 핏줄이 흐르는 청년으로서, 황실의 앞날이 불투명한 현실을 그대로 두고 볼 수 없어, 열심히 학문을 탐구하여 황실에 조그만 힘이라도 보태려고 합니다."

이미 유원기가 보낸 추천서에서 유비의 집안 내력이며, 유비 초가집의 수백 년 된 뽕나무에 얽힌 사연을 읽은 노식은 유비의 당당함에 고개를 끄덕인다.

비록 친척 유원기가 지원해주는 덕에 서당에 들게 되었으나, 유비는 조금의 위축됨이 없이 노식 문하의 학동들과 깊은 우의를 맺는다. 유비는 학문에는 특출하진 못했지만, 개와 말을 좋아하여 개를 몰고 말을 타고 달리는 사냥놀이를 즐겼고, 동리 아이들과 편을 갈라서 벌이는 전쟁놀이를 좋아했다.

특히 서당에 다니면서는 통이 큰 호걸풍의 학동과 사귀기를 좋아하여 공손찬 등의 영걸 기질이 있는 미래의 동량과 깊은 교분을 맺는다.

유비가 노식의 초당에서 만난 공손찬은 유주 요서군 영지현 사람으로 子를 백규라 했다. 부친은 봉분 2천석을 받는 태수급 고급관리였으나, 모친이 비천한 신분이어서 가문의 작위를 이어받지 못하고, 문하서좌라는 말단관리로 관직을 시작했다. 워낙 총명하고 빼어난 용모에 절도가 있는 목소리로 행하는 변설은 어느 누구에게나 매력을 느끼게 했다. 모친이 비천한 신분임에도 전혀 주눅이 들지 않고 당당했으며, 일찍부터 대장부의 풍모를 지니고 있어, 요서 태수의 눈에 들어 사위가 되었다. 태수는 공손찬을 큰 인물로 여겨, 배움을 채우도록 하려고 노식에게 보내 문하에 두도록 배려한 것이다.

공손찬은 유비보다 네, 다섯 연배이지만, 학문에만 열중하는 백면서생보다는 장부의 기개가 있는 유비와의 사귐을 더욱 활발히 하면서 호연지기를 펼쳐나가기 시작한다.

이렇게 유비가 공손찬 등과의 사귐을 이어가고 있던 178년(희평7년) 초엽, 조정에서는 유학 경전과 예기에 조예가 깊은 노식을 다시 불러들여 오경(五經:시경, 서경, 역경, 춘추, 예기)의 교정과 한기(漢紀)의 편찬을 맡기고자 한다.

후일의 지방 군웅할거시대의 주역이 되는 유비와 공손찬, 두 사람의 만남은 노식이 조정의 부름을 받아 탁군을 떠나면서 아쉬운 작별을 고하게 된다.

노식의 문하를 떠나 요서로 돌아온 공손찬은 곧바로 군의 상계리(上計吏)로 임명되어, 낙양과의 문서관리와 교류, 회계

관리의 중임을 맡는다. 그러던 중, 요서의 후임 태수인 유기가 비리에 연루되어 낙양으로 소환되자, 노식의 문하에서 배운 충효와 인의의 이상을 구현하기를 되새기며, 공손찬은 곧바로 벼슬을 사임하고, 유기를 보호하기 위해 군졸로 위장하여, 각종 궂은일도 마다하지 않으며 낙양까지 무사히 호송한다. 조정에서는 유기에게 일남으로의 유배형을 내리는데, 당시 일남으로 가는 유배형은 사형선고와 다름없는 중형이었다.

이때 공손찬은 북망산에 올라 조상께 제례를 올린다.

"조상님께 고합니다. 이제 백규는 평생 유기 태수님을 모시고 수발들기 위해 일남으로 유배를 떠납니다. 하늘이 무너지고, 땅이 솟구쳐도 목숨을 바쳐 끝까지 태수님을 모시겠습니다. 다시는 고향산천에서 조상님을 모시지 못하겠지만, 고아와 다름없던 찬을 키워주신 은혜를 보답하는 일은 성현들께서 말씀하신 인의와 충효의 가치를 지키는 의미가 있는 일이라 여겨, 부디 불효 찬을 용서해 주시어서 유배의 외롭고 고통스러운 생활을 견딜 수 있도록 돌보아주시기를 바랍니다."

공손찬의 강개와 의리에 북방의 많은 사람들이 탄복한다.

조상께 제례를 올리고 유배 길에 오른 공손찬이 유기태수와 함께 유배지를 향해 험한 길을 한달 정도 가던 도중, 조정에서는 유기에게 사면령을 내려 이들은 다시 고향으로 돌아온다. 유기는 공손찬을 효렴으로 추천하여 공손찬은 낭을 지내다가, 곧이어 요동속국 장사로 임명된다.

어느 날, 공손찬은 임무를 수행하기 위해 기병 수십 기를 거느리고 성채 밖을 순찰하다가, 느닷없이 나타난 수백의 선비족 기병을 만난다. 공손찬은 부하들을 단속하여 용기를 북돋우고, 양인모를 휘두르며 사나운 기세로 수백의 선비족 기병에게 돌진하여 전광석화와 같이 선비족의 기병을 주살하자, 그들은 공손찬의 위압적인 기세에 눌려 도주한다.

이 싸움에서 공손찬은 비록 기병의 절반을 잃었으나, 수십의 기병으로 수백의 선비족 기병을 무찌른 공손찬의 위명은 요동과 북방 이민족에게 널리 전파되기 시작한다.

이즈음 낙양에서는 의랑이 된 조조가 여러 차례에 걸쳐 환관에 의해 일어나는 매관매직 등의 부정부패를 바로잡아 달라는 상소를 올린다. 영제는 자신도 함부로 대하지 않는 비정후 환관의 후예가 오히려 환관의 병폐를 바로 잡고자 상소를 올리니 조조에 대한 신뢰가 더욱 깊어 가지만, 조조의 상소는 십상시의 반대로 번번이 가로막히면서, 조조와 환관들과의 관계는 점점 더 악화되어 가기만 한다.

이 시기를 즈음하여 젊은 시절, 주변의 젊은 유협들과 어울려 방탕하고 사치하며 무절제한 생활을 끊임없이 벌인 탓에, 낙양의 시장거리, 저잣거리의 사람들로부터 경계의 대상이었던 원소의 이복동생 원술 또한 가문의 명성 덕에 효렴에 천거되더니, 곧바로 낭중으로 임명되어 관직을 시작한 지 불과 얼마 후에는 젊은 나이에도 불구하고 절충교위, 하남윤에 오른다. 반면, 적모의 3년 상을 치르기 위해 여남에 있는 원소는 당금의 정치적 형세와 정국의 흐름을 모색하면서 깊은 생각에 빠져든다.

'내가 3년 상을 끝내면 조정에서는 반드시 나에게 출사를 강요할 것이다. 조정에 출사하려면 환관에게 승인을 받아야 하는 것은 명약관화한 것인데, 이것이 과연 내가 중심이 되어 이끌어온 청류파가 추구하고 지향한 방향과 합당한 것인가? 당장의 출사보다는 한 제국이 이념으로 지향하는 유교주의에서 중시하는 예기를 따르면서, 유교의 충효, 인의에 무게중심을 두는 것이 향후 전개될 정국의 변화에서 주도적 위치가 되기 수월할 것이다.'

원소는 이런 생각에 미치자, 원성의 유복자로 입적된 입장에서 양부 원성의 제사를 모시지 못한 사실을 애석해하여, 원성의 3년 상을 추가로 모시기로 결심하고 복상에 들어가면서, 다시 3년간의 시묘살이를 계속한다.

이로써 원소는 중국 역사상 유례가 없는 복상을 치르면서, 관직을 얻기 위해 환관과 탁류파 관료에게 고개를 숙이지 않고도 높은 관직을 얻은 것보다 더욱 큰 명성을 얻게 된다. 원소의 복상은 경,향 각처에 널리 알려져서, 원소가 있는 시묘살이 근처에는 원소를 보려는 천하의 사람들로 북새통을 이룬다.

2) 유비와 관우, 장비의 도원결의

유비가 대학자 노식의 문하에서 수학했다는 사실 만으로도 유비는 탁군에서 큰 반향을 불러온다. 탁현은 탁군 태수의 치소가 있는 탁군의 행정 중심지로서, 탁군 도처에서 모여든 사람들로 탁현의 저잣거리에서 일어난 일은 삽시간에 탁군 전체에 알려지게 마련이다.

어려서부터 동리 유협들과 사귐을 나누어서, 유비의 인물됨을 아는 탁현의 유협들은 이전부터 유비와 주막에 앉아 담론을 펼치기를 좋아했다. 이들은 주변의 시시껄렁한 잡담부터 한 제국의 돌아가는 정세까지 때에 따라서는 터무니없는, 때로는 어느 대학자도 추론할 수 없는 혁신적 담론을 펼치면서, 마치 대단한 학자인 양, 정세분석가인 양 스스로 우쭐하면서 자가당착에 빠지곤 했다.

이런 탁현에서 대학자 노식에게 수학한 유비가 다시 등장해 논리정연하고 시류에 가장 근접한 정세를 논하면, 이들은 설혹 유비의 말이 옳지 않더라도 한풀이 꺾여 유비의 발언을 경청할 수밖에 없는 것은 일반적인 우중(愚衆)의 심리이리라. 유비는 탁현에서의 입지를 위해서는 탁현의 비루한 유협과는 다소 다른 모종의 특별함이 필요하다는 생각에 집안에서 대대로 내려오는 손잡이에 구슬 장식을 한 보검을 패용하고, 남의 눈에 쉽게 띄는 흰 비단옷을 입고 다니는데, 이것은 유비가 중산정왕의 후손이라는 것을 알리려는 궁여지책이었다.

탁군에는 넘치고 넘치는 것이 한황실 유씨 종친이다. 비록 폐족과 다름없는 황족이지만 그나마도 없는 것보다는 있는 것이 낫다는 생각으로 취한 행위였는데, 돗자리장사 유비가 유협들에게 우습게 보였다면 탁군의 웃음거리로 전락했겠지만, 대학자 노식에게 수학을 한 이력과 유교의 예기를 중시하여 행하는 예사 유협과는 다른 품위와 행동, 절제가 있는 언변 등으로 탁현의 저자거리와 시장에서는 유비가 어느 정도는 명사로 인식되어 있었다.

특히 부처님을 닮은 중후한 미소는 온후함 속에 특유한 위엄을 더해주어 많은 유협이 유비를 따른다.

그러나 모두가 유비를 탁현 유협의 우두머리로 인정한 것은 아니었다. 그중에서도 유비보다 서너 살 연하인 푸줏간 주인 장비는 이런 유비를 가소롭게 본다. 장비는 냉정하면서도 급한 성격에 강한 자존심을 지녀, 툭하면 상대방과 싸움을 벌여 저잣거리에서는 유명한 싸움꾼으로 통했다.

유협사회에서 우두머리가 되려면, 남들과 다른 특별한 무엇인가가 있어야 한다. 남들보다 재물이 많아서 무리들에게 멋진 회포를 베풀 수 있든지, 특별한 가문의 범접하지 못할 명성이 있든지, 어떤 유협보다도 힘이나 기량이 뛰어나 그들을 제압할 강력한 무력이 있든지, 그도 저도 아니면 공적으로 인정된 지도력이나 명철한 두뇌와 판단력, 미래에 대한 비전을 지니고 있어야 한다.

장비가 짚신장사 유비를 인정하지 않는 것은 어쩌면 당연한 귀결로 보인다. 그렇다고 장비가 유비를 함부로 대한 것도 아니었다. 싸움꾼 장비에게 유비는 나약한 백면서생으로 보였을지 모르지만, 이미 탁현 저잣거리에서 유비의 존재는 그저 무시할 수 없을 정도로 주변 유협들이 깊은 신뢰를 보이고 있었다. 장비는 유비가 명문가 자손 흉내를 낸다고 유비를 비방하며 가끔 시비를 걸었으나, 그때마다 유비는 너그러운 미소를 지으면서 장비를 품자, 장비는 자신에게 없는 그 무엇인가를 가진 유비에게 남다른 품위를 느껴 더 이상은 심하게 나아가지 않았다. 이렇게 유비가 탁현 고향에서 유협과 어울려 지내면서 3년이라는 세월이 흐른다.

유비가 성년이 된 181년(광희4년) 봄, 노식의 문하에서 유비와 함께 동문수학을 하던 공손찬이 탁현현령으로 취임한다. 공손찬이 현령으로 취임하기 이전에도, 유협들은 조그만 마찰도 참지 못하고 서로 싸움을 벌여 관아에 끌려가곤 했었다. 현령에게 불려와서 징벌을 받게 되면, 글을 아는 유비가 나서서 정상참작을 바라는 호소문을 써주곤 했었다.

그러나 이 당시에는 유비가 구명을 청할 수 있는 사건은 경미한 범죄로서 구명에는 한계가 있었는데, 사형(師兄) 공손찬이 탁현의 현령으로 부임하자, 유비는 탁현에서 가장 영향력이 있는 유협으로 자리매김을 한다. 탁현에서 유협들 사이에 벌어지는 사건들은 사형, 유형을 처할 정도의 대형사건이 아니면, 유비의 호소문으로 해결될 정도의 위력이 생기면서 유비는 탁현의 유협에게는 의지하고 기댈 언덕이 된다.

이렇게 저렇게 시간이 흘러 탁현 도원의 복사꽃이 피기 시작한 이른 봄, 일단의 유협 무리가 누상촌의 초가집에서 낮잠을 자고 있는 유비를 다급히 찾아와 깨운다.

"형님, 큰일이 났습니다. 푸줏간 장비가 사고를 쳐서 관아에 끌려갔습니다. 형님이 구원해 주셔야 할 정도로 큰 사건입니다." 헐떡거리며 달려와서 외치는 소리에 깜짝 놀라 일어난 유비는 사안이 심상치 않음을 느낀다.

"장비에게 무슨 급한 일이 생겼는데?"

"장비가 중산국에서 찾아온 건달 우두머리와 싸워서 반 불구를 만들어 놓아, 관아에 끌려가 문초를 받고 있습니다."

유비는 평소에 자신에게 고분고분하지 않은 장비를 복속시킬 좋은 기회로 생각하고, 서둘러 무리들과 함께 관아로 내달음을 친다. 관아에 도착하여 정황을 살펴보니, 중산국을 중심으로 활동하는 대상(大商)인 소쌍과 장세평이 사건의 내막을 이야기하고 있었다.

"우리는 중산국을 무대로 장사를 하는 장사치들인데, 자주 탁군에 들어와 말을 사고팔았습니다. 그러나 번번이 장비 무리에게 훼방을 당해 제대로 말 장사를 할 수가 없었습니다.

말 장사를 하려면 상납금을 내라고 하면서 무리한 비용을 요구하여, 도저히 이를 용납할 수 없어 중산국에서 장비 무리와 타협을 이룰 무리를 이끌고 왔습니다. 장비와 대화가 이루어지지 않아 사소한 다툼이 일어나더니, 장비가 싸움을 유발해서 급기야 지금과 같은 사태가 발생하게 된 것입니다."

장비는 소쌍과 장세평의 주장에 거칠게 항변한다.

"저 장사치의 말은 절대로 사실이 아닙니다. 저 작자의 말을 믿지 마십시오. 절대로... 절대로..."

장비는 무언가 더 말을 하려고 하나, 극도로 흥분하여 제대로 된 항변을 맺지 못한다. 이때 유비가 나서서 공손찬에게 일목요연하게 상황을 설명하며 장비의 선처를 부탁한다.

"소인 유비, 고명하신 현령님께 감히 말씀을 올리고자 합니다. 제가 탁현에서 태어나 여태까지 장비와 함께 탁군에 살면서, 단 한 번도 탁군을 떠나본 적이 없는 사람으로서 장비의 인물됨을 잘 알고 있습니다. 장비가 비록 외양은 우락부락해 보여도 성품이 냉정하고, 양과 같이 순한 사람으로 절대로 먼저 싸움을 일으킬 인물이 아닙니다. 아마도 상대방과 사소한 마찰이 일어 자신을 보호하려다 발생된 정당방위가 아닌가 생각합니다. 몸을 다친 사람은 협의를 통해서 보상하도록 할 테니, 현령님의 관대한 선처를 바랍니다."

유비는 혹여 소쌍과 장세평이 자신과 공손찬과의 관계를 눈치 차리면 정실에 의한 판결이라고 반발할 것을 우려하여 조심스럽게 선처를 구하자, 분위기를 감지한 공손찬은 근엄한 얼굴로 한참을 고민하는 듯하더니 이내 판결을 내린다.

"이번 사건은 쌍방이 자기를 보호하기 위한 행위가 지나쳐 발생한 격투로서, 쌍방의 책임이 동등하기 때문에 장비만을 벌할 수는 없다. 그러나 몸을 심하게 다친 피해자에 대해서는 정당한 배상이 있어야 하는 바, 양측의 대표들이 협의하여 적정한 합의점을 찾도록 하라."

공손찬의 신속한 판결로 인해 장비는 옥살이를 겪지 않고, 소쌍과 장세평의 무리들과 합의에 임하게 된다. 유비가 소쌍의 무리에게 서로의 상생을 위한 제안을 한다.

"두 대상(大商)께서는 몸을 몹시 상한 피해자를 평생 돌보아주시면, 우리는 두 분이 탁현에서 행하는 사업에 추호의 훼방도 없이 해드릴 뿐만 아니라, 오히려 두 분의 사업에 큰 힘이 되어 드리겠습니다. 어차피 외지에서 사업을 하실 때에는 현지인이 텃세를 부리는 탓에 모든 것이 불편한 것은 주지의 사실이 아닙니까?"

소쌍과 장세평은 유비의 중재에 수긍하면서 장비와는 화해를 하고, 이로써 중산국의 유협들과 탁현의 유협들 간에는 깊은 유대가 맺어진다. 장비는 자신의 생명을 구해준 유비를 평생 대형(大兄)으로 모실 것을 맹세한다.

이때부터 유비는 유명한 싸움꾼들까지 손안에 쥐는 명실상부한 유협의 대형(大兄)이 된다. 얼마 후, 소쌍과 장세평은 공손찬과 유비가 사형사제의 긴밀한 관계라는 사실을 알게 되면서, 탁현에서 유비의 배경을 활용하기 위해, 유비에게 그가 이끄는 유협의 관리에 필요한 지원을 아끼지 않는다.

그로부터 한 달 정도 지나고 봄기운이 완연해지자, 겨우내 움츠렸던 탁현 사람들의 가슴을 활짝 펴게 하려는 듯이 탁현 도원에는 복사꽃이 한 망울 한 망울 피어나기 시작한다.

이런 아기자기한 분위기에 걸맞지 않게 어느 날 갑자기 범상치 않은 용모를 지닌 키가 9척이나 되어 보임 직한 가슴이 떡 벌어지고 위풍이 당당한 사나이가 탁현의 시장거리에 모습을 나타낸다. 길쭉한 면상에 피부는 대추의 빛이 감도는데, 봉(鳳)의 눈 위에는 숯덩이를 얹은 것같이 짙은 눈썹이 있고, 입술은 붉은 윤기가 흐르며, 입술 양쪽으로 삼각의 수염이 길게 늘어져 배를 덮고 있었다. 그는 시장거리를 배회하다가, 장비가 고기를 보관해 놓은 우물 앞에 다다른다. 우물 뚜껑에는 2백근은 족히 되어 보이는 지지름 바위가 얹혀 있었다. 그리고 우물에는 '이 지지름돌을 들어내는 사람은 속에 있는 고기를 가져가도 좋다.'는 문구가 쓰여 있었다. 이 사나이는 지지름 바위를 냉큼 들어내어 우물 옆에 내려놓고 우물 속의 고기를 건져간다. 시장의 사람들이 깜짝 놀라 장비에게 급히 알리니, 장비가 허겁지겁 달려와서 사나이에게 시비를 건다.

"어떤 도적놈이기에 남의 고기를 훔쳐 가느냐?"

사나이는 대수롭지 않다는 듯이 대꾸한다.

"지지름 바위를 들어내면, 마음대로 고기를 가져가라 해서 그렇게 했을 뿐이오."

장비는 장사 밑천을 빼앗길 수 없어 억지를 부린다.

"그대가 나를 눕히지 못한다면 결코 내어줄 수 없다."

장비는 다짜고짜 사나이에게 달려든다. 탁현의 최고 싸움꾼 장비에게 사나이는 만만치 않은 호적수였다. 한나절을 싸우고도 승부가 나지를 않아, 중식을 먹고 다시 싸움이 붙었으나, 끝장이 나지를 않는다.

저녁에 노을이 질 무렵이 되어서야 서로 지친 쌍방은 싸움을 중지하고 서로 화해를 청한다. 먼저 시비를 걸어 온 장비가 헉헉거리며 입을 연다.

"나는 장비라 하며, 자는 익덕으로 탁군 탁현 사람이외다. 내 탁군에서 태어나 탁현으로 들어와서 여태까지 탁현을 지켜온 사람인데, 그동안 탁현에 살면서 한 번도 그대와 같은 사람을 만나보지 못했다는 것이 신기할 정도입니다. 탁군에서 싸움이라면 일인자라고 자부했는데, 당신과 같은 괴력을 가진 사람은 오늘 처음 만나보오. 특이한 인연으로 만났으나, 앞으로 변함없이 사귐을 이어 나갔으면 합니다."

대추 빛 얼굴을 가진 사나이는 전혀 피곤해하는 기색이 없이 근엄하게 대답한다.

"나의 이름은 관우인데, 자를 운장이라 하오. 사례주 하동군 해현 출신으로, 아시다시피 해현은 국가 전매품인 소금 생산지가 있는 해지를 품고 있는데, 우리 현의 주민들은 거의 소금과 연계되어 살고 있소이다. 우리에게서 소금을 가지고 장난을 친다면, 그것은 우리를 죽으라는 것이오. 그런데, 어떤 못된 토호 놈이 관부와 손을 잡고 해지에서 소금 장사들을 핍박해서, 내가 끓어오르는 분노를 참지 못해 그 염상(鹽商)을 죽이고, 고향을 떠나 도피 생활을 시작하다가 흘러흘러 탁현까지 들어오게 된 것이오."

장비는 관우에게 크게 호기심이 생겨 계속 말을 건다.

"그런데, 도피 생활을 한다면서, 그 많은 고기는 어디에 보관하려고 전부 챙겨 가려는 것이오?"

관우는 기다렸다는 듯이 말을 잇는다.

"도피 생활을 하다 보니까 생계에 어려움을 겪어, 하는 수 없이 탁현의 치소로부터 10여 리 떨어진 변두리 해량촌에서 성과 이름을 바꾸고, 예전부터 공부해 오던 예기와 춘추좌씨전을 주변 초동들에게 가르치며 은둔생활을 하고 있소이다. 고기는 살림이 어려운 문하의 초동들에게 나누어 주려고 챙겼던 것이외다."

한동안 허심탄회하게 대화를 하다가 배포가 맞게 된 이들은 가까운 주막에 들러 말술을 마시면서 의기가 상통하여, 며칠을 함께 숙박하며 호형호제하기에 이른다.

그로부터 한달 정도가 지나고, 관우는 장비에게 초당의 학동들에게 줄 고기를 얻기 위해 장비를 찾아간다. 장비는 관우를 반갑게 맞이하여 저녁식사를 하며 반주를 곁들이다가, 서로 반죽이 맞아 밤새도록 술판을 벌이게 된다. 그때 관청에 일이 있어 탁현 저잣거리에 나온 유비는 자연스럽게 장비의 집을 찾아간다. 이곳에서 유비는 관우와 장비가 벌이는 술판에 자연스럽게 합류하게 된다.

"현덕 형님, 오랫동안 집에 틀어박혀 꼼짝을 아니하더니, 오늘은 웬일로 이 아우를 다 찾아 오셨수?"

장비가 유비를 빈정거리듯이 그러나 반갑게 맞이한다.

"내 오늘 관청에 일이 있어 현령을 뵈러 왔다가, 용무가 끝나고 익덕을 찾게 되었다네."

"마침 잘 오셨소. 내가 일전에 한번 대형에게 넌지시 언급을 했던 그 형님이 마침 나와 함께 자리하여 한창 대작하고 있던 중인데, 대형이 오셨으니 우리 함께 자리나 하면서 서로 통성명을 교환해 보시우."

유비는 장비의 말이 끝나기도 전에 술판에 앉아있는 관우를 유심히 쳐다보고 있었다. 유비는 범상치 않은 용모를 지닌 관우를 보는 순간, 오랜 기간을 떨어져 있던 형제를 다시 만난 것 같은 착각을 일으킨다.

뜻이 맞는 인간의 만남은 소설과 연극에서 보듯이 꼭 극적으로만 만나는 것은 아니다. 자연스럽게 만나 술자리를 함께 하게 된 유비와 관우는 서로 통성명을 하고, 잡다한 주변의 이야기부터 거창한 천하의 흐름에 대해 함께 논하다가, 다양한 현실의 문제에서도 일맥상통하는 서로의 공통점을 느끼게 된다. 다름이 아닌 한황실의 안녕과 천하 백성의 안위에 대한 공감이었다.

유비와 관우, 장비 세 사람은 융기하는 젊은 혈기를 담아 도원에서 멋진 의형제를 결의하는 의식을 행하기로 한다. 물론 이전에도 뜻이 맞는 유협끼리는 술판에서도 형님, 동생의 맹약을 맺어오곤 했지만, 유비는 관우를 만난 순간에는 다른 유협과는 다른 의형제, 주종의 결의를 맺고자 하는 욕구가 생겨 관우에게 자신의 뜻을 밝힌다.

"나와 장비는 이미 오래전부터 의형제의 관계를 맺어 왔으나, 오늘 운장을 만나게 된 순간에는 멋진 결의를 했으면 하는 생각을 하게 되었습니다. 의형제의 예를 위해 나이 순서에 따라 가장 연장자인 운장이 대형이 되고, 내가 중형, 익덕이 막내가 되기로 하여 내일 정오에 도원의 복사꽃 앞에서 의형제 결의를 맺는 것이 어떻겠습니까? 이 문제에 있어서 익덕 또한 어떻게 생각하는가?"

관우가 유비의 말을 받아 곧바로 이견을 제시한다.

"물론 내가 제일 연장자임에는 틀림이 없지만, 나는 이 지역에서 생소한 인물일 뿐만 아니라 이 지역에 기반도 없습니다. 게다가 현덕은 증산정왕의 후손으로 우리가 앞으로 한황실을 위해 일을 하게 되더라도 대의명분에 현덕이 대형이 되는 것이 옳다고 생각합니다. 다만, 세상의 순리에 나이가 많은 사람이 어린 사람에게 형으로 부르는 것은 어폐가 있는 만큼, 나는 현덕을 형님으로 부르는 대신 주군으로 모시는 색다른 의형제 결의를 하면 어떻겠습니까?"

이때 장비가 끼어들어 말한다.

"현덕 대형, 운장 형님의 말이 맞는 것 같습니다. 나는 어차피 두 분을 형님으로 모시기로 하고, 현덕 대형과 운장 형님의 관계는 의형제의 맹약을 맺되 형, 동생의 관계보다는 주군 관계로 하는 특수한 의형제 결의로 하여, 내일 도원의 복사꽃 앞에서 멋진 결의를 맺기로 합시다."

이튿날 정오, 장비의 절충안을 받아들인 세 사람은 도원의 복사꽃이 만개한 자리에서 의형제 겸 주종의 맹약을 맺는 의식을 거행한다.

"천지신명이시여! 저희, 유비와 관우, 장비는 비록 성이 다르나, 의형제 겸 주종의 맹약을 통해 한 피를 나눈 형제와 같이 의리를 배신하지 않고 마음을 같이하여, 위로는 한황실을 위해 충성을 바치고, 아래로는 위기에 빠진 백성들을 위해 혼신을 다해 봉사하겠습니다. 모두가 한날한시에 태어나지는 않았으나, 나라와 백성을 위해서라면 한날한시에 함께 죽기를 천지신명께 고하노니, 우리 세 사람의 갸륵한 뜻을 받아주시어 맹약을 지키지 않는 자는 하늘의 벌을 내려주심으로, 맹약의 숭고함을 길이 간직하도록 하여 주시옵소서."

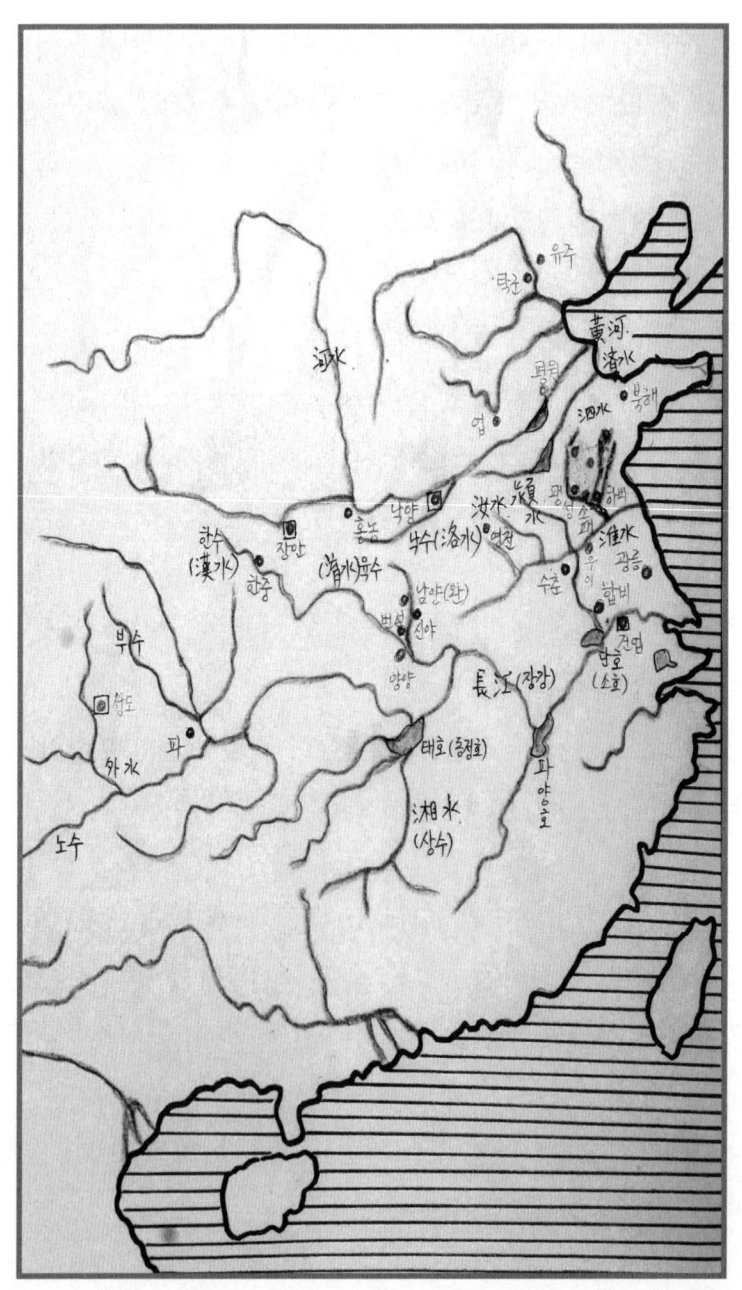

3.
황건농민군 기의(起義)

3. 황건농민군 기의(起義)

젊은 영걸들이 후한 경,향의 각처에서 태동하고 있을 무렵, 한실 천하는 조정의 청류파, 탁류파의 암투와 환관의 발호, 천재지변 등으로 극도의 혼란에서 벗어나지 못하고 있었다.

한실 조정의 암울한 실태를 눈여겨 살펴보면, 지난 2차에 걸친 '당고의 금'으로 외척과 유학자 간의 분쟁에서 이긴 환관들이 이전보다 더욱 발호하여 조정의 인사권, 행정권을 장악하고, 지방 말단 관직까지 환관과 연계된 혈연, 지연으로 채워 세력을 키워나가고 있었다.

이로써 의식이 있는 유학자들은 호시탐탐 환관의 발호를 종결짓기 위해 암묵적으로 분파를 지어, 후한의 정세는 걷잡을 수 없이 혼란해지고 백성의 삶은 극도로 궁핍해지면서, 민생은 말로 표현할 수 없을 정도로 도탄에 빠져들고 있었다. 그뿐만 아니라, 전국적으로 벌어지는 기이한 자연재해는 백성들 사이에서 하늘이 한황실에 대해 응징을 내리는 것이라는 유언비어가 나돌면서, 극도로 민심이 동요되어 천하가 당장이라도 뒤집어질 것 같은 분위기가 팽배했다.

지난 건녕 2년 4월 보름날, 황제가 온덕전에 들어 막 자리에 앉으려고 할 때, 전각 모퉁이에서 갑자기 일진광풍이 일어나며, 난데없이 푸른 구렁이가 대들보 위에서 옥좌로 떨어지더니, 옥좌에 똬리를 틀고 앉았다. 황제가 그 자리에서 혼절하여 환관들이 황제를 급히 내전으로 모시고, 주위에 있던 문무백관들과 궁녀는 혼비백산하여 달아났다. 구렁이를 잡으려고 숙위병들이 몰려오자 순식간에 구렁이가 사라지더니, 갑자기 우레 소리와 함께 태풍이 몰아치면서 우박이 엄청나게 쏟아지고, 수백에 이르는 가옥과 전각이 한꺼번에 무너졌다.

또한, 건영 4년 2월에는 낙양에 지진이 발생하고 바다에는 해일이 일어나서, 해변에 살고 있던 수도 없이 많은 백성들이 해일에 휩쓸려 목숨을 잃었고, 178년(광희 원년)에는 암탉이 수탉으로 변하는 괴변이 일어나더니, 그해 6월 초하루 날에는 10길이 넘는 검은 기운이 온덕전 안으로 휩쓸고 들어왔다. 그리고, 동년 7월에는 궁궐 옥당에까지 무지개가 늘어져 궁인들을 놀라게 하더니, 오원산의 기슭이 무너져 내리면서 수없이 많은 이재민이 발생했다. 이때, 전염병까지 창궐하여, 병들어 죽은 시체와 굶어 죽은 시신이 길거리에 즐비하여도 백성들이 모두 어려운 처지임으로 다른 사람의 불행에 손톱만큼의 관심도 보일 수 없을 정도로 백성들의 삶은 처참했다. 관료는 백성의 안위보다는 자신들의 보위와 벼슬을 사려고 투자한 본전 뽑기에 정신이 없으니, 관료들에게 백성을 제대로 돌보기를 기대하는 것은 하늘에서 별 따기와도 같은 상황이었다.

이같이 불길한 징조를 보이는 기이한 천재지변이 계속 일어나고, 전염병까지 창궐하여 백성들이 도탄에 빠지자, 백성들 사이에서는 '한황실의 수명이 다한 것 아니냐?'는 단순한 자조가 반동적 행동으로 옮겨질 분위기로 걷잡을 수 없이 퍼지면서, 이 틈새를 타고 혹세무민의 태평교도가 급속히 확산되고 있었다.

천하의 민심이 이같이 최악으로 치닫고 있는데, 설상가상으로 조정에서는 환관들이 외척과의 암투에서 승리한 후, 영제의 눈과 귀를 가리고 황제를 꼭두각시로 전락시켰다. 환관들은 매관매직으로 긁어모은 재물을 별궁 서원의 만금당(萬金堂)에 쌓아 두고, 주지육림의 세월을 보내면서, 측근의 악랄한 수탈까지도 황제에게 알려지지 못하도록 철저히 황제를 능욕했다.

백성들과 농민들은 부패한 중앙정부와 잇따른 지방 관리들의 수탈로 고향을 떠나, 천하 각처를 유랑하기 시작했고, 호족과 부패한 관료에 의한 토지의 겸병은 날로 심각해졌으며, 메꾸기에 의한 황충 피해는 쌀값의 폭등을 일으키는 바람에, 먹을 양곡이 없어 기아에 허덕이는 백성 중에는 인육을 먹는 사람들도 생겨났다. 이런 와중에도 홍수와 가뭄이 연이어 발생하여 거듭된 대기근은 백성들로부터 한황실에 등을 돌리는 결정적 계기를 제공하기 시작한다.

한실 조정이 백성의 생명과 재산을 지키지 못할 지경에 이르자, 좌절과 실의에 빠진 농민들은 혹세무민의 도교적 신흥 종교에 빠져들기 시작했고, 이런 사회적 분위기 속에서 장각이라는 자가 뒷날 도교의 뿌리가 되는 태평교를 하북성 거록에서 일으켜 백성들의 가슴 속 깊이 파고들기 시작했다.

장각은 대기근으로 몸과 마음이 허약해진 농민들에게 주술적 심리요법으로 병을 고쳐주면서, 백성들에게 민심을 얻어갔는데, 원래 그는 관리가 되기 위해 학문을 탐구했으나, 실력보다는 매관매직으로 관직을 얻게 되는 현실을 보고 환멸을 느끼던 차에, 건강까지 나빠져서 산에 올라 약초를 캐면서 살아갔던 인물이었다. 장각은 약초를 캐다가 우연히 남화노선인(南華老仙人)이라는 도인으로부터 태평요술(太平要術)이라는 서책을 얻어, 1년여 밤낮을 가리지 않고 공부를 했는데, 서책에는 비, 구름, 바람을 마음대로 부리는 신통력과 사람의 병을 고치는 주술, 부수(부적과 약수)를 만드는 비법이 적혀 있었다. 공부를 마치고 산에서 내려온 장각은 몸과 마음이 병든 농민들을 찾아가서 서책의 비법으로 병을 낫게 하니, 장각의 신통력은 천하에 알려지기 시작하며, 제자가 되기를 희망하는 수백의 의사가 장각의 뒤를 따르고 있었다.

183년(광희6년)에도 천하에 대기근이 휘몰아치면서, 이제는 선량했던 백성들조차도 먹을 것을 찾아 고향을 떠나 유랑민으로 전락하다가, 급기야는 도적, 산적으로 돌변하더니, 어쩔 수 없이 땅에 정착해 살고 있는 양순한 백성을 겁박하여 재물을 갈취하기에 이르렀는데도 이를 보호해주어야 할 중앙과 지방관청의 통제력이 급격히 상실되기 시작한다.

설상가상으로 184년(중평 원년)에는 천하에 전염병이 창궐하기 시작하면서, 장각은 제자들과 함께 이전보다 더욱 활발히 백성들을 치료해주고, 이들에게 부수를 나누어주는 등으로 백성들의 몸과 마음의 병을 고쳐주는 선행을 펼친다.

장각과 수백의 제자들이 백성을 구호하는 일에 앞장서서 구제활동을 활발히 전개하자, 스스로 장각의 제자가 되겠다고 따르는 사람이 순식간에 수만 명에 이르게 된다. 이런 상황에서 장각이 아무리 구호, 구민 활동을 폭넓게 펼쳐도 백성들의 환난은 끊임이 없이 계속되자, 장각은 주술이나 부적으로 치료하는 단순한 심리요법으로는 근본적으로 백성을 구제할 수가 없다는 생각에 이르러, 농민들을 이끌고 국태민안을 이룩하기 위해 '농민군의 기의(起義)'를 일으키고자 결심한다.

장각은 태평교를 창시한 지 불과 10여 년 만에 화북에서 양자강까지 걸쳐 수십만 명에 이르는 교도를 모아 만든 교단을 군사조직으로 전환한다. 장각은 각 지방을 36방으로 나누고, 대방에는 1만여 명, 소방에는 7천여 명의 교도를 배정하여 거사를 우두머리로 삼고, 각 방의 거사들을 통해 천하에 참요(讖謠:미래를 예언하는 노래)를 전파시키도록 지시한다.

 蒼天己死 푸른 하늘은 이미 죽었으니
 黃天當立 마땅히 누런 하늘이 서리라

歲在甲子 때는 바야흐로 갑자년이니

天下大吉 중원천하가 크게 길하리라.

"창천은 한황실을 일컫는 것으로 황실이 무너지니, 농민을 상징하는 황건이 일어나서 갑자년에 천하를 좋은 세상으로 만든다."

장각이 만든 참요는 세 살짜리 어린이까지 따라 부를 만큼, 중원의 민심은 한실을 떠나 새로운 시대의 개막을 기다리고 있었다.

장각은 청주, 예주, 기주, 유주, 서주, 연주, 형주, 남양주 8개 주에 걸쳐 집집마다 백토로 '갑자'라는 두 글자를 써놓아 피아를 구분하도록 한다. 지방의 거점을 확보한 장각은 거사의 성공을 위해서는 조정에도 내통할 인사를 포섭하여야 하리라는 생각을 하게 되어, 제자 마원의를 낙양으로 보내 막후에서 모의를 동조할 인사를 포섭하도록 지시하고, 이에 마원의는 금은보화를 활용해서 조정의 든든한 인맥을 찾던 중, 결국은 환관 봉서를 접하게 되고 이를 매수하여 황건의 앞잡이로 활용하기로 한다.

이로써 장각은 조정과 지방에 대한 사전 정지작업을 끝내고, 장보와 장량 두 아우를 불러 다시 한번 각오를 다지도록 결심을 촉구한다.

"이제 기본적 준비는 다 되었다. 가장 중요한 것은 민심이

요, 가장 얻기 어려운 것도 바로 민심이다. 이제 천하의 민심이 내게 오고 있으나, 방심해서는 아니 될 것이다. 천하의 민심을 잃지 않기 위해 근신하고 절치부심하여, 이 기회에 반드시 천하를 얻도록 해야 한다."

장량의 둘째 아우 장보가 대답한다.

"우리 형제들이 합심한다면, 추호의 착오도 없이 대사를 성공시킬 수 있을 것입니다."

막내 장량은 더욱 단호한 각오를 밝힌다.

"하늘이 우리 형제에게 나라를 구하고, 백성을 돌보라고 주신 이 기회를 절대로 허무하게 놓칠 수는 없습니다. 막내 량, 목숨을 바쳐서라도 반드시 거사를 성공시키는 데 앞장설 것을 다짐합니다."

두 아우의 흔들림이 없는 각오를 확인한 장각은 안심하고, 다음 단계에 대한 장기적 구상에 들어가더니, 드디어 60년 주기가 새로이 시작되는 갑자년인 184년(중평원년) 3월5일을 황실을 바꾸는 거사 일로 정하고, 황천을 의미하는 황색기를 대장기로 결정한다. 장각은 각 지방의 장군과 함께 군사체재를 점검한 후, 제자 당주를 불러 매수해 놓은 환관 봉서에게 거사 일정을 알려주고, 이에 따라 행할 행동강령과 전략을 은밀히 전달하도록 지시한다.

당해 1월 보름날, 장각의 지시를 받은 당주는 거사를 위해 낙양을 향해 출발하면서 가는 내내 깊은 고민에 빠진다. 아무래도 농민 지도자들이 조정의 명장들을 상대로 벌이려는 거사는 성공하기 어렵다고 생각한 당주는 낙양에 도착하자마자, 곧바로 금부에 찾아가 장각의 거사계획을 고변한다. 어차피 성공하기 어려운 반란이라면, 반역모의를 고변해서 두둑한 상금을 받아 가족들이라도 편히 살자는 속셈이었다. 봉서의 고변을 들은 금부도사는 곧바로 영제에게 보고를 올린다.

"폐하, 하북성 거록에 살고 있는 태평도 교주 장각이 3월5일 전국적으로 난을 일으키려고 모의하고 있습니다. 천하의 각 지방뿐만 아니라, 조정에서도 환관 봉서 등이 같이 봉기하려고 내통하고 있습니다."

금부도사의 보고를 받은 영제는 금부도사에게 명한다.

"지금 즉시 봉서를 잡아들여 문초하라."

영제의 명으로 금부에 잡혀 온 환관 봉서는 금부의 문초를 견디지 못하고 모의를 자백함으로써 태평도의 반역 전모가 백일하에 드러나고, 그는 낙양에서 함께 거사하기로 한 무리 1천여 명과 함께 참형을 당하게 된다.

태평도 교주 장각은 거사 계획이 탄로 난 것을 알게 되자, 거사를 급히 앞당겨 당해 2월 초에 황건농민군 40여 만 명을 휘동하여 대대적 봉기를 일으키게 된다. 장각은 스스로 천공장군이라 칭하고, 둘째 장보를 지공장군, 막내 장량을 인공장군으로 삼고, 각 방의 거사를 장군으로 임명하니, 태평교 교단은 일시에 군대조직으로 전환된다.

장각은 '황건농민군 기의' 당일에 각 지방에 배치되어있는 거사를 통해 전국 방방곡곡에 격문을 붙이도록 한다.

"한황실 조정의 무능과 부정부패, 그리고 지방 관리와 지방 호족의 토지 겸병으로 우리 농민들은 현실에 대한 자포자기로 꿈과 희망과 포부를 잃고, 삶을 포기한 지경에 이르렀다. 백성들에게 미래를 열어주려고, 하늘에서 보낸 성인이 누런 깃발을 들고 나타났다. 이제 한실의 종말이 다가왔으니, 모든 백성들은 하늘의 뜻을 따라 순응하고 바른길을 따르라. 태평성대를 누리게 될 것이다."

184년(중평원년) 2월 초, 전국 각 지방에 황건의 격문이 나붙자, 환관과 조정 대신의 무능과 부정부패, 지방 관료들의 수탈로 인해 한황실에 대한 원한이 골수에 사무친 백성들은 장각의 황건농민군 격문을 하늘에서 내린 구원의 손길로 받아들인다. 수많은 백성들이 머리에 누런 수건을 두르고 장각의 황색 깃발 아래 모여들었고, 거사에 참여하지 못하는 백성들은 마음으로라도 적극적으로 의거에 동참한다.

중앙의 조정 대신과 지방 관료와 호족에 대한 울분이 쌓여 있던 백성들이 날이 갈수록 불어나는데, 부패한 조정이 황건농민군의 무서운 기세를 이겨낼 수 있겠는가? 황건농민군은 태평성대를 열겠다는 기치를 들어, 각 지방의 관청을 습격하여 부패한 지방 관속과 호족들을 죽이고, 곡창 문을 열어 굶주린 농민들에게 나누어 주니, 백성들의 환호와 지지는 더욱 강렬하게 중원 전역으로 번져 나간다. 지방 관군들은 황건농민군이 당도했다고 하면 싸울 생각도 하지 않고 도망치기에 급급해진다.

이대로 조금만 더 지나가면, 후한은 황건농민군에게 집어 먹힐 상황이 되자, 조정의 대신들이 영제를 배알하여 긴박한

정황에 대해 보고한다.

"황제 폐하, 이번에 봉기한 '황건도적의 난'은 과거의 소규모 난리와는 확연히 다른 양상으로써, 한실의 존망과 직결될 정도의 이전에는 한 번도 접해본 적이 없는 격렬한 반란입니다. 지방 관군으로는 수습이 되지 못할 정도로서, 황건도적들의 예기가 충천하여 지방 관군들은 사기도 떨어지고, 기강도 형편없이 무너져 내리고 있습니다. 중앙조정의 신속한 대책 마련이 필요합니다."

환관들에 둘러싸여 눈과 귀가 가려있던 영제는 도저히 믿어지지 않는 보고를 받고 중상시 조충을 불러들인다.

"중상시 조충은 답하라. 대신들의 보고가 사실인가?"

조충은 두손을 모으고, 머리를 조아리며 대답한다.

"그러하옵니다. 황제 폐하."

쥐구멍이라도 기어들어 갈 듯한 작은 목소리로 답하는 조충의 말이 영제에게는 하늘의 벼락이 내리치는 청천병력으로 들리자 한탄하듯이 명한다.

"어떻게 이런 지경에까지 이르렀단 말인가? 빨리 대책을 마련하도록 하시오."

영제는 중신회의를 통해 대장군 하진에게 황건농민군 진압을 위한 총괄적 권한을 부여한다.

영제의 명을 받은 대장군 하진은 대책을 마련하기 위해 막료회의를 개최하는데 이때 황보숭이 하진에게 청한다.

"지금 조정에는 인재가 절대적으로 부족합니다. 전투에 앞장설 수장은 어떻게든지 구성되겠지만, 중간 허리를 받쳐줄 책사들과 중견 장수들이 절대적으로 모자라는 실정이니 극단의 대책이 필요합니다. '당고의 금'으로 향리로 쫓겨난 인사들을 불러들여 다시 등용하고, 이들을 전장에 배치하여야 할 것입니다. 동시에 황건적들은 반란이 일어난 지방에서 마필뿐만 아니라 병기들까지 모두 빼앗아 마필과 병기가 풍족하나, 황건도적이 지나간 지방에서는 마필 뿐만 아니라 병기들까지 모두 반란군에게 빼앗기는 바람에 관군은 전투 자체가 어려운 실정입니다. 부족한 병마를 충당하려면, 궁중에서 관리하는 말을 모두 꺼내어 황건적의 진압에 활용해야 할 것입니다."

중상시 여강도 황보숭의 의견을 강력하게 지지한다.

"황보숭 장군의 대책이 가장 현실성이 있는 방안이라고 생각됩니다. 황제 폐하께 주청을 올려 보겠습니다."

대장군 하진이 영제에게 대책회의에서 나온 대책을 건의하고, 중상시 여강이 영제에게 품의하자, 영제는 '당고의 금'으로 묶여 있는 경,향 각처의 명사와 학자를 다시 등용하여 관군을 이끌게 한다. 함곡관, 대욕관, 광성관, 이궐관, 환원관, 선문관, 맹진관, 소평진 등의 관에는 도위를 설치하여, 황건농민군의 낙양 진입을 막고 황건농민군을 지방 반란의 차원에서 섬멸하도록 엄명을 내린다. 동시에 영재는 피해가 큰 지역에는 자체적으로 의병을 모집하게 하고, 조정에서는 관군을 증원하여 각 지방군으로 파병하게 한다.

이때, 경사를 지키던 문무겸전의 명신인 노식, 황보숭, 주준 세 장군이 중랑장으로 임명되어, 황건농민군을 진압하기 위한 군사조직을 구성하기에 이른다.

영제는 하진을 대장군으로 하여, 북중랑장에는 노식을 임명하고 장각의 주력군이 있는 기주를 진압하게 한다. 좌중랑장에는 황보숭을 임명하여 연주, 예주 등 중원지방의 황건적을 진압하게 하고, 우중랑장에는 주준을 임명하여 형주, 남양주 등 남부지방을 진압하게 한다.

하진은 세 장군과 협의하여 특별히 황건적이 발호하는 유주, 광양, 여강, 완성, 남양, 완화, 영천, 여남, 진국, 양적, 서화, 소릉, 하곡양, 창정을 중심으로 강력한 대책을 강구하기 위해, 새로이 형주자사에 서구, 예주자사에 왕윤, 유주자사에 곽훈, 남양태수에 저공, 거록태수에 곽전, 소령태수에 조겸, 진왕태수에 유충, 광양태수에 유위를 임명하고, 교위 추정에게는 위급한 지역에 보내 의용병을 조직하여 지휘하게 한다.

대장군 하진은 중앙의 방어를 든든히 구축하기 위해 마땅한 인재를 찾던 중, 6년이라는 세월을 부모의 복상에 헌신을 바치고도 출사하지 않고 있는 청류파 청년지도자 원소를 대장군의 부관으로 임명하여 참모로 활용한다. 한동안, 중상시 조충의 압력과 숙부 원외의 가문을 위한 권유에도 출사를 마다하던 원소는 국난을 계기로 충효의식이 발동하여 하진의 부름을 받아들인다. 이로써, 원소는 자신이 세운 원칙대로, 환관의 도움을 받지 않고도 당당히 출사하게 된 것이다.

북중랑장 노식은 자신을 보좌할 부장으로 백마장사 공손찬을 천거하지만, 탁군현령으로 있던 공손찬은 탁군현령으로 있다가 북방에서 이민족의 침구로 인해 변방이 위태로워지면서, 유주자사 장온이 조정에 요청하여 유주, 병주 일대 북방이민족의 방비를 맡고 있었기 때문에 스승 노식의 천거에도 불구하고, 한실 조정에서 거국적으로 행하는 황건농민군 진압에는 참여하지 못한다.

좌중랑장 황보숭은 기도위 조조를 부장으로 천거하였으며, 우중랑장 주준은 별부사마 장초를 부장으로, 하비승 손견을 군사마로 천거하여 자신의 부관으로 삼아 황건농민군 진압에 나선다. 조정에서는 중앙군의 전략적 배치와 동시에 전국 각처에 의병을 모집하는 공고를 내어, 공을 세우는 자에게는 관직과 함께 상금을 하사한다는 칙서를 게재한다.

황건농민군이 기의(起義)한 이후, 조정에서 대비책을 마련하고 황건농민군을 상대로 싸운 관군에게서 날아온 최초의 패보는 황건농민군의 위세가 가장 살벌한 남양에서 발생한다.
"남양에 새로이 임명된 남양태수 저공이 황건적 장수 장만성에게 패배하여 목숨을 잃었습니다."

남양으로부터 급보를 받은 하진은 지휘관들을 불러들여 황급히 새로운 대책을 세운다.

"새로이 진힐을 남양태수로 임명하여 수성을 명하노니, 태수는 신속히 의병을 모집하여 관병과 함께 장만성의 공격을 무력화시킬 전략을 수립하시오."

대장군 하진이 남양에 대한 대책을 제시하고 있을 때, 유주에서 하진에게 두 번째 비보가 전해진다.

"광양에서 일어난 황건농민군이 유주 광양을 향해 파죽지세로 몰고 쳐들어와서, 유주자사 곽훈과 광양태수 유위를 죽이고, 그 기세를 몰아 유주의 전역을 휩쓸기 시작했습니다."

숨 쉴 틈이 없이 들이치는 패보에 하진은 대장군 부관 원소에게 대책을 강구하도록 한다.

"자사와 태수가 전사한 유주에 교위 추정을 파견하여, 관군과 의병을 총괄 지휘하도록 하여야 체계적인 반란군 토벌이 가능할 것입니다. 관군과 의병을 이원화시켜서는 효율적 작전 수행이 어려워져, 급속히 증가하는 반란의 부화뇌동자를 통제하기 어려워질 것입니다. 다른 지역도 의병모집이 시급하지만, 특히 황건적의 기세가 드높은 유주에는 유주 전 지역의 곳곳에 황제의 칙서를 게재하여, 다른 어떤 곳보다도 시급하게 의병모집 공고를 하여야 할 것입니다."

하진은 원소의 대책을 받아들여 황제의 칙서를 받아 긴급히 의병모집 공고를 내린다.

"지금 천하에 황건이라는 도적들이 기승을 부려 백성의 삶을 피폐시키고 있는바 뜻이 있는 자들은 의병으로 나라를 구하는 데 앞장서기를 바라노라. 공을 세운 자에게는 공의 정도에 따라 그에 합당한 관직을 내리고 상금을 수여하겠노라."

평시와 같이 탁현의 저잣거리에서 농민군의 기의에 대해 유협들과 담론을 벌이던 유비는 탁현 군부에 붙은 의병 모집 공고를 보고 곧바로 관우, 장비에게 연락을 취한다.

"천하가 위기에 놓여 있는 이제야말로 우리 형제가 국가를 위해 봉사할 때인 것 같네. 우리 모두 힘을 합하여 뜻이 맞는 유협을 소집하도록 하세."

유비가 관우, 장비와 함께 탁군의 유협들을 소집하자, 순식간에 탁군 곳곳에서 유비와 의리로 함께 활동해온 유협 5백여 명이 모여든다.

유비는 관우, 장비에게 속내를 털어놓는다.

"일단 모병은 그럭저럭 이루어졌지만, 이들을 무장하고 갖출 병기와 먹일 군량의 문제가 절실하네. 병기와 군량 마련에는 어마어마한 자금이 투여되어야 하는 만큼, 어차피 이런 일은 엄청나게 많은 재력을 가진 독지가가 나서지 않으면 불가능한 일일세. 현재 우리 형제가 해야 하는 가장 급선무는 일단 모인 의병들을 배불리 먹여 그들의 용기를 북돋우는 일이다. 우선 우리들이 융통할 수 있는 전 재산과 주변 친지들이 지원한 기금으로 의병에 참여한 사람들을 배불리 먹이기 위해, 소, 돼지를 잡고 술을 마련하고 연회를 열어, 이들이 마음껏 먹고 마시게 하면서 결의를 다지게 하도록 하세."

유비 삼형제는 장비가 보유한 재산과 근근이 확보한 자금으로 유협들의 결기를 다지는 회식과 술판을 연일 벌이면서, 가뜩이나 넉넉지 않은 자금은 이삼일 만에 거덜이 난다. 시장과 저잣거리에서 유협들과 좋은 관계를 유지하여, 안정적으로 장사터전을 보호받으려는 장사치들이 소액의 모금을 지원하는 식으로 유비는 근근이 의병의 양곡을 충당한다.

이와같이 열악하고 어려운 환경에서도 관우와 장비는 전투에 필요한 검술과 창술, 봉술을 의병들에게 가르치면서 한동안 의병을 근근이 이끌어가던 중, 더 이상은 의병을 이끌 수 없는 정도의 심각한 자금난에 부딪혀 결정적으로 의병을 해체해야 할 어려움에 봉착하자, 유비 삼형제는 근본적 문제를 해결하기 위해 머리를 맞대고 깊은 고민에 빠진다. 장비가 걱정스러움을 굳이 숨기지 않고 직설적으로 내뱉는다.

"지금 우리는 주변의 사람들에게 동냥하듯이 기금을 만들어 어렵게 의병을 꾸려나가는데, 이렇게 해서 언제까지 지속할 수 있겠소? 어떤 특단의 조치가 필요할 것입니다."

관우 또한 우려의 목소리를 낸다.

"이렇게 해서는 우리의 숭고한 뜻이 용두사미로 그칠 수도 있을 것입니다."

두 사람의 우려에 대해 유비 또한 근심스러운 어조로 대꾸를 한다.

"나도 이점을 우려하고 있네. 탁현에는 의병을 전폭적으로 후원할 만한 거상이 없기에, 친지들이 후원하는 기금으로는 근근이 조직을 끌고 갈 수밖에 없다는 것을 나도 알고 있네. 이 상태로는 의병다운 의병을 이끌 수 없으나, 충의를 위해 모인 우리 동지들에게 실망을 주지 않으려고, 나도 겉으로는 표현을 아니 하고 있지만 사실은 걱정이 많다네. 지금 내가 마지막으로 기대하는 것은 중산국의 소쌍과 장세평인데, 이들에게 사람을 보내 연락을 취해도 연락이 되려면 얼마나 많은 시간이 소요될지 알 수도 없고, 연락이 되더라도 그들이 탁현에 올 때까지 우리가 얼마나 버틸 수 있을지도 확신이 없다네. 어쨌든 달리 방법이 없으니, 내일이라도 중산국으로 사람을 보내 그들에게 후원을 요청할 생각일세."

유비가 앞으로의 행로를 우려하고 있을 때, 탁현 저잣거리의 막내가 의병을 훈련시키는 본부로 급히 달려와 긴급 보고를 올린다.

"대형, 지금 탁현의 시장거리에 소쌍과 장세평 두 대상이 말을 이끌고 도착했습니다."

유비는 두 손을 마주 잡으며 하늘에 깊이 감사를 올린다.

'천지신명이시여, 감사합니다. 이 유비를 구원하심입니다.'

유비 삼형제는 곧바로 탁현 시장거리 북편의 말 매매시장으로 내달음친다. 유비는 중산국에서 말 50여 마리를 이끌고 마필 매매시장에 도착해있는 소쌍과 장세평을 만난다. 유비는 이들을 청해 탁현의 관아 앞 큰 주막으로 모시고, 의병을 일으킨 동기와 배경, 국태민안을 위한 결기를 밝히며, 현재의 실정을 이야기한다.

"지금 유주자사와 태수가 모두 황건적에게 목숨을 잃었고, 조만간 유주의 전 지역이 황건적의 말발굽 아래 짓밟히게 되었습니다. 우리가 군민들을 보호하고자 의병을 일으켰으나, 자금의 동원에 상당한 어려움을 겪고 있어 의병을 이끌고 나가는 일이 하루하루 매우 고통스러운 실정입니다. 그동안의 우리와의 정리를 살펴 도와주신다면 은혜를 꼭 갚겠습니다."

두 거상은 유비의 말에 동의하여 고개를 끄덕이며 호기롭게 입을 연다.

"그동안 유 대협과 장 대협 등 많은 유협의 협조로 탁현에서 장사하는 데 큰 어려움이 없었습니다. 국난을 극복하기 위해 의병을 일으켰다는데, 우리가 할 수 있는 최대한을 도와드려야지요. 나라가 어지러워지면 장사치는 더욱 활동하기가 어렵습니다. 지금 우리가 끌고 온 말들도 황건적들 때문에 다른 지방으로 이동시키지 못하여, 어찌할 바를 모르고 진퇴양난에 빠져 어려운 지경이었는데, 이제 방법이 나왔습니다. 유 대협께서 이 말들을 활용하여, 황건적을 진압하는 데 긴히 활용하십시오. 얼마나 보람이 있는 일입니까? 군자금을 마련하는 일에도 어려움이 있을 터이니, 말 등에 실려 있는 금은 5백냥은 군자금으로 쓰시고, 무쇠 1천근은 병장기를 만드는 데 사용하시지요."

두 거상이 중산국으로 돌아간 후, 유비는 대장장이를 불러 의병들이 입을 갑주, 갑옷, 모, 순, 극, 과, 도, 검, 궁시(활과 화살)등을 만들게 하고, 자신은 쌍고검을, 관우는 청룡언월도를, 장비는 장팔사모를 만들어 패용하니, 무릇 장수다운 위풍이 새삼 돋보였다.

(정사에서 관우가 청룡언월도를 사용했다는 기록은 없으며, 청룡언월도가 실제로 등장한 것은 중국에서 당·송 시대에 출현했는데, 훈련 또는 의장 행사에서 위엄과 웅장함을 과시하기 위해 사용한 것이며 실전에는 사용되지 않았다. 여포의 방천화극도 의장용으로 사용되었을 뿐 실전에는 사용되지 않았던 병기이며, 장비의 장팔사모 뿐만 아니라 위연이 사용했다는 대도, 서황의 대부, 황개가 사용했다는 철편, 만왕 사마가가 사용했다는 철질려골타 등도 그 당시 존재하지 않았던 병기로서, 나관중 선생께서 독자들에게 각 인물의 인물상을 부각시키기 위해 흥미로 창조한 것임을 밝힌다)

이렇게 며칠이 지나고, 황건농민군 유주 지방의 거사(居士)는 병사 5만 명을 이끌고 유주성으로 쳐들어올 때, 유비는 해, 달이 그려진 장군기의 도안까지 확정하여 의병장의 품격을 한껏 드높이고, 수많은 깃발을 휘날리며 5백 명 의병들과 함께 의기롭게 유주성을 향해 나아간다.

유주에서는 얼마 전에 유주자사와 광양태수가 황건농민군에게 패배하여 목숨을 잃고, 절반이 넘는 관병들이 죽거나 부상을 당했으며 도주한 병사들까지 합하면 거의 전멸에 준하는 위기의 상황에 빠져있었다. 이 당시, 한황실의 낙양조정에서는 함락 위기에 놓인 유주를 구원하기 위해, 교위 추정을 파견하여 관군을 지휘하게 하고 있었다.

비록 교위 추정이 병법에 능한 중앙군 장수이고, 황건농민군이 오합지졸이라 해도 수천의 군사로 5만이 넘는 농민군을 진압하는 것은 결코 쉬운 일이 아니었다. 유주성의 운명이 바람 앞의 등불과도 같은 위태로운 지경에 이르러 있을 때, 유비가 의병 5백을 이끌고 유주성에 당도한다. 유주자사의 역할까지를 대신해야 한다는 무거운 책임감 때문에 여러 가지 고민에 빠져있던 교위 추정은 유비가 5백 의병을 이끌고 유주성에 당도했다는 사실을 보고 받고, 오랜 가뭄에 단비를 맞은 듯 기뻐하며 유비 일행을 맞이한다.

"의병장을 군부 지휘실로 모셔라."

추정의 명령을 받은 관병이 유비와 관우, 장비를 군부로 이끌자, 추정이 유비를 환대하며 감사의 말을 올린다.

"관병들도 황건도적을 두려워하여 도주하는 지금같이 어려운 시기에 목숨을 걸고, 나라를 구하기 위해 의병을 조직하여, 황건도적을 물리치고자 하시는 충정에 감사드리오. 나는 조정에서 교위 직분을 맡고 있는 추정이라 하오. 함께 힘을 합쳐 황건적을 물리치고, 나라를 위기에서 구출합시다."

유비는 추정의 따뜻한 환대에 감사드리며 자신의 의지를 강력히 피력한다.

"교위의 명망은 이미 유주 전역에 퍼져 있어 익히 알고 있었습니다. 오늘 이렇게까지 환대해 주심을 어떻게 보답해야 할지를 모르겠습니다. 지금 나라의 운명이 풍전등화인데, 가만히 뒷짐을 지고 방관만 할 수는 없었습니다. 목숨을 바쳐 나라를 구하기 위해 전력을 다해 싸우겠습니다."

추정은 황건농민군 유주지역의 거사가 유주성 20여 리 떨어진 대흥산 뒤편 들판에 영채를 구축했다는 말을 듣고, 수성에 만전을 기하도록 지시한 후, 유비가 이끌고 온 의병을 위해 환영잔치를 열어 이들이 마음껏 먹고 마시게 한다.

이리하여 의병들의 사기를 고무시킨 추정은 일부 정찰병을 이끌고, 유비 삼형제와 함께 적진의 진형을 살피러 성 밖으로 나선다. 지리에 익숙한 정찰병의 안내를 받아, 대흥산 측면을 돌아 적진을 굽어볼 수 있는 위치에 선 추정은 유비에게 조용히 묻는다.

"적군의 진형이 어떻게 느껴지시오?"

추정의 짧은 질문에 유비 또한 짧게 대답한다.

"적진은 어설프게만 보입니다."

추정은 손가락으로 적진의 배치를 가리키면서 적진의 문제점을 설명한다.

"의병장, 보시오. 황건적장 거사는 대홍산을 넘어 유주성 앞의 들판으로 군사를 몰고 오면, 오랜 행군으로 지친 황건적을 우리가 곧바로 습격할 것을 우려한 것 같소. 그래서 적장은 대홍산을 넘지 않고, 계곡 입구 앞의 넓은 벌판에 영채를 세워 주둔하고 있소. 이것이 첫 번째 적장의 실책입니다. 적장은 하나만 알고 둘은 모르는 자인 것 같소. 황건적은 5만이 넘는 대군이요, 우리는 병력이 1만도 되지 않는데, 우리가 성을 버려두고 정공법을 취할 수 있겠소? 아군이 적병의 공격에 대해 시간을 가지고 대비하기 전, 적병은 계곡을 지나 성 앞의 벌판에 진형을 구축했어야 했소. 만일 적병이 수 백리 먼 길을 원정해서 왔다면 적장의 생각이 맞을 수도 있겠지만, 유주 지역 내에서의 이동이었을 뿐이오. 이런 경우에는 이일대로(以逸待勞:아군은 편히 쉬고 있다가 먼 길을 온 지친 적병을 공략함) 전략을 두려워할 필요가 없다는 것입니다. 적장은 아군이 적병을 대비하기 이전에 계곡을 지나와서 성 앞에 진형을 세웠어야 했습니다. 이것은 적진에 참모가 없다는 것을 단적으로 보여주는 사안입니다. 또한, 영채를 꾸리는데, 공격형 일자진을 형성하고 후미에 본부를 설치했는데, 만일 아군들이 산의 후미를 돌아가서 배후를 기습하면, 적군의 후미 본부가 공략을 당하게 되어 속수무책으로 자멸할 것이오. 방진이나 원진을 구축하고, 중앙에 중군 본부를 설치하는 것이 제대로 된 영채 배치가 아니었나 하고 생각하오. 이것이 두 번째 적장의 실책입니다. 아군은 적장의 두 가지 용병에서의 문제점을 들여다보고, 우리의 병력 손실을 최소화할 수 있는 전술을 세워야 하오. 나는 적장의 첫 번째 실책을 역이용하여 공략할 것이오. 두 번째 실책을 활용하는 경우 자칫 잘못하면 아군이 전면전으로 돌입하게 될 우려가 있기 때문입니다. 우리가 대흥산 계곡 양측 산속에 복병을 심어 화살과 궁노를 날리고, 화공을 쓰면 황건적의 대군을 쉽게 제압할 수 있다고 보는데, 의병장께서는 어떻게 생각하시오?"

유비가 생각해도 소수의 병사로 대군을 맞아 싸우는데, 전면전보다는 복병전이 훨씬 유리하리라는 생각으로 동조의 뜻을 밝힌다.

"교위께서 하신 말씀이 조금도 틀림이 없는 듯합니다. 전면전보다는 복병전에 대비해서 매복병의 배치와 규모, 전술적 방법을 강구하도록 하시지요."

유주성으로 돌아온 교위는 각각 지휘관들과 유비 삼형제와 함께 매복에 임하는 전략을 세우고, 야음을 통해 은밀히 매복병 2천을 대흥산 동쪽 기슭과 맞은편 기슭으로 보내, 양측에 각각 1천여 명씩을 배치한다.

다음 날 아침, 황건농민군 대장 거사(居士)는 날이 밝기가 무섭게 부장들에게 명령한다.

"전군은 편히 하룻밤을 쉬었을 테니, 부장들은 군사들에게 신속히 계곡을 지나 유주성 해자 앞에 집결하도록 명하라."

　황건농민군이 서둘러 계곡을 빠져나가지만 황건농민군의 선두가 계곡 길을 완전히 벗어나기 직전, 계곡 입구와 출구로 큰 바위가 굴러떨어지면서 계곡 입구와 출구가 동시에 막힌다. 때를 맞추어 매복병이 산기슭에서 일제히 화살과 쇠뇌를 날리자, 계곡에 갇힌 황건농민군은 피할 곳을 찾지 못해, 비 오듯 쏟아지는 화살을 피하지 못하고 속수무책으로 쓰러진다. 한참을 날아오던 화살과 쇠뇌가 멎더니, 곧이어 바위와 통나무, 짚단 등이 계곡으로 굴러떨어져 계곡에 가득 쌓인다. 잠시 후에 불화살이 쏟아지니 계곡은 삽시간에 불바다가 되어, 계곡의 협로는 눈 뜨고는 볼 수 없는 아비규환의 장이 된다.

　황건농민군 거사는 가까스로 수습한 군사를 이끌고 빠져나오는데, 지옥의 불바다에서 겨우 계곡을 빠져나온 황건농민군 앞에는 관병 5천과 유비 5백여 의병의 연합군이 기다리고 있었다. 황건농민군 거사는 겨우 계곡을 빠져나온 황건농민군을 수습하여 관병에 대항하고자 하나, 이미 전의를 잃고 전열이 흐트러진 황건농민군으로 정규 군사훈련을 받은 관군과 의병을 이긴다는 것은 불가능에 가까운 일이다.

　이때 유비가 채찍을 높이 들고, 황건의 무리를 향해 소리 높여 외친다.

"나라를 이 혼란으로 몰아넣은 역적 무리들! 당장 항복하여 백성들이 다시 생업에 안심하고 종사하게 하는 것이 옳지 않겠는가?"

거사도 지지 않고 유비를 향해 큰소리로 대꾸한다.

"그대는 황건의 기치를 듣지도 못했느냐? 우리는 우리의 일신을 위해 봉기한 것이 아니다. 한실이 부패하고 무능하여, 황건농민군은 하늘의 뜻을 받아 썩은 한실 왕조를 몰아내고, 새 왕조를 일으켜 백성들에게 국태민안을 영위시키고자 봉기한 것이다. 우리의 큰 뜻을 막지 말고, 우리와 협심하여 새 왕조를 만드는 일에 동참하는 것이 하늘과 백성들에게 떳떳하지 않겠느냐?"

이때 황건농민군 부장이 유비의 군사들이 의병인 것을 알아차리고 우습게 여겨, 안이한 생각으로 수하의 농민군을 이끌고 유비의 진형으로 쳐들어오자, 장비가 일군을 이끌고 나아가 황건농민군의 부장을 대적하여 큰소리로 외친다.

"이 도적놈들아. 어서 덤벼라. 나는 연인 장비로다."

장비가 황건농민군을 대적하러 나가며 큰소리를 지르자, 부장은 가소롭다는 듯이 비웃으며 장비에게 달려든다.

"내가 태어나서 거사에 참여하여 많은 전투를 참여하고 있는 지금까지 연인 장비가 있다는 소리를 들어본 적이 없다. 가소로운 네 놈이지만 당장 무릎을 꿇으면 용서해 주마."

양측 병사들의 혼전 속에서 장수로 보이는 장비를 향해 달려든 황건농민군 부장은 길이 8자나 되는 장팔사모를 휘두르는 장비에게 단 3합도 버티지 못하고 목숨을 잃는다. 그는 천하에는 장비와 같이 이름이 알려지지 않은 장수 중에도 무예가 뛰어난 사람이 있다는 사실을 간과하고, 장비를 우습게 보아 달려든 첫 번째 희생자가 된다. 황건농민군 대장 거사가 이 광경을 보고 쌍검을 휘두르며 장비를 향해 말을 달린다. 이때 관우가 청룡언월도를 비껴들고 거사를 향해 비호같이 달려간다. 병사들의 난전 중에서도 비범한 인물은 한눈에 뜨이는 모양이다. 장비를 향해 달려가던 황건농민군 대장 거사는 난데없이 돌진하는 관우를 보고 멈칫한다.

이 순간 관우의 청룡도가 바람을 가르며 거사를 향해 내리치자, 황건농민군 대장은 비명소리 한번 질러보지 못하고 두 동강이 되어 땅 아래로 꼬꾸라지고 만다. 대장을 잃은 황건농민군은 이리저리 흩어져 도주하면서, 유주에서의 '황건농민군 기의'는 일시적으로나마 완전히 진압된다.

유주성 전투에서 크게 이긴 추정과 유비는 며칠 동안 전쟁의 뒷수습을 하고 있는데, 어느 날 갑자기 청주자사로부터 긴급히 구원요청이 온다. 청주성으로 몰려든 황건농민군이 성을 포위하여 위급하다는 청주자사의 전갈을 받은 유주자사 겸 유주목의 대리 역할을 하고 있는 추정은 청주성으로 원병을 이끌고 떠나기로 결정한다. 교위 추정이 관군 5천을 이끌고 앞장서고, 유비는 5백 의병으로 그 뒤를 따른다.

청주성을 철통같이 포위한 황건농민군은 청주성을 구원하기 위해 원병이 오자, 청주성을 포위한 3만의 황건군 병력 중 포위망은 유지한 채 일부를 배분하여 병력의 반을 빼돌려 원병을 대적하고자 한다.

 황건농민군 청주지역 대장은 중앙에 처박힌 채 황건농민군을 독려하며 진형 싸움으로 전면전을 펼치자, 아무리 용맹한 관병과 의병일지라도 병력의 수에서 터무니없이 부족한 진압군이 세 곱절에 달하는 반란군을 맞아 선전을 벌이기는 어려움이 있게 마련이다.

 추정이 관군을 이끌며 관우와 장비가 앞장서서 의병을 이끌고 혼신을 다해 반란군을 맞아 싸우지만, 워낙 많은 농민군을 상대로 싸우려니 중과부적이었다. 관군과 유비의 5백 의병이 정신없이 칼로 베고, 창으로 찔러도 끊임없이 달려드는 황건농민군을 상대로 싸우기에 지쳐 관군과 유비의 5백 의병은 점점 뒤로 밀리기 시작한다.

 관군과 의병은 유주성 전투에 이어 계속된 전투에서 워낙 많은 전력적 손실을 입었던 탓에 황건농민군의 인해전술을 당해내지 못하고 밀리게 되자, 추정과 유비는 더 많은 희생을 피하려고 관군과 의병을 전장에서 30여 리 뒤로 후퇴시킨다.

 이때 유비가 추정에게 새로운 전략을 제안한다.

 "우리가 아무리 전력을 다해 싸워도, 넓은 벌판에서 싸우는 정공법으로는 한명이 적병 2~3명에게 포위되어, 불리한 입지에서 싸우게 되므로 적을 이길 수가 없습니다. 적은 병사로 대군을 이기려면, 적병을 잔뜩 교만해지게 만드는 교병계로 이들이 앞뒤 심사숙고하지 않고 아군을 쫓아오게 한 후, 조호이산(調虎離山:범을 산에 끌어냄) 계책을 활용하여 적병을 벌판에서 협로로 유인해야 할 것입니다. 이렇게 해서 적병을 우리가 싸우기 유리한 좁은 지형으로 끌어들였을 때 아군에게 승산이 있습니다. 소장은 살아남은 우리 의병 4백여 명과 교위께서 지원하는 관병으로 1천의 병사를 이끌고 적진의 전면으로 진격하겠습니다. 적장은 우리 군사가 적음을 보고, 우습게 여겨 아무 전략도 없이 오직 인해전술로 공격해 올 것입니다. 우리는 싸우다가 짐짓 패하는 척하면서, 저 앞에 있는 계곡으로 적을 유인하겠습니다. 교위께서는 전투에 유리한 요새를 점거하고 있다가, 우리가 동산 계곡 길을 완전히 빠져나갈 때, 계곡 양쪽에서 징과 북을 치고, 고함을 지르면서 관군을 이끌고 튀어나와 적병의 허리를 공격하십시오. 적병은 기습에 놀라 전열이 흐트러질 것입니다. 그러면, 도주하는 척했던 우리가 머리를 돌려 계곡의 적병 전면으로 돌격하도록 하겠습니다. 후면의 공격은 우리가 징과 북소리와 함께 불화살을 올려 작전이 성공했다는 신호를 올리면, 청주태수께서 그때 성의 기병 2천을 성 밖으로 내보내 신속하게 적의 포위를 뚫고, 삼면으로 둘러싸인 적병의 후미를 치도록 연락을 취해 주셨으면 합니다. 적군은 우리 구원군과 대적하기 위해 많은 군사를 포위에서 빼돌렸습니다. 이로 인해 성의 포위망이 다소 느슨해져 있어, 성안의 기병들이 적군의 포위망을 뚫는 것이 결코 어려운 일은 아닐 것입니다."

교위 추정은 유비의 계책에 동의하여 청주태수에게 유비의 전략에 동참하도록 전서를 올린다.

이튿날 아침, 유비는 관군과 의병 연합군 1천여 명을 이끌어 적진 앞으로 나아가고, 추정은 관군을 계곡의 양 측면에 매복시킨다. 유비의 예측대로 농민군 청주지역 대장은 유비가 이끌고 온 소수의 병력을 보고, 일거에 섬멸시킬 목적으로 1만여 명의 군사를 보내 토벌을 지시한다. 유비의 군사들은 이들을 맞아 싸우다가 짐짓 패배하는 척하면서 달아나기 시작한다. 황건농민군 공격부대 부장은 농민군 군사들에게 큰소리로 외친다.

"적들이 퇴각한다. 전 군사들은 신속히 적병을 쫓아가서 완전히 섬멸시켜라."

기세가 오른 농민군들은 대오도 무시한 채, 의병들의 뒤를 추적하기에 재미를 붙여 정신 줄을 놓고 뒤를 쫓는다. 아무런 전략도 없이 수적 우위만을 믿고 유비의 뒤를 추격하던 농민군은 유비가 세운 함정에 빠지게 되고, 이때를 기다리고 있던 관군들이 계곡에서 일제히 징과 북을 치면서, 함성을 지르며 황건농민군을 향해 불화살을 쏘아댄다. 좌우에서 고함소리와 함께 복병이 튀어나와 농민군의 허리를 자르고, 도주하던 유비의 군사들이 방향을 돌려 농민군을 공략하자, 이들은 방향을 돌려 후미로 도주하려고 한다.

그러나 청주성 안에 있던 기병들이 성안에서 갑자기 쏟아져 나와 농민군의 후미를 공격하자, 관군과 의병, 기병에 완전히 포위된 농민군들은 무기를 버리고 도망가기에 급급해진다. 유비군 의병과 청주성 기병, 추정의 관군은 도주하는 농민군을 추적하여 청주성 앞의 농민군 본진에까지 몰아붙인다. 청주태수가 성에 있던 군사를 이끌고 나와서 함께 앞뒤로 농민군을 공략하자, 농민군 선봉장부터 살길을 찾아 무기를 버리고 도망을 친다. 그 여세를 몰아서 관군, 의병, 기병들이 닥치는 대로 농민군을 공격하니, 황건농민군은 살아 돌아간 자가 손에 꼽을 정도로 관군은 대승을 이루게 된다. 청주성 전투를 승리로 이끈 청주태수와 교위 추정, 의병장 유비는 병사들에게 술과 고기, 푸짐한 음식을 내리어 그들을 배불리 먹이고, 공이 있는 자에게 후한 상을 내려 사기를 진작시킨다.

청주성 전투를 승리로 이끈 덕에 청주자사의 깊은 사례를 받고 추정이 유비와 청주자사에게 감사를 표하며 유주성으로 돌아가려고 할 때, 황건농민군 천공장군 장각과 광종에서 치열하게 싸우고 있는 스승 노식이 어려움에 처해 있다는 첩보를 접하게 되자, 유비가 추정에게 긴급히 도움을 청한다.

"중랑장 노식장군께서 거록에서 패주하여 광종에서 농성하고 계시는데, 지금 장각과 상당히 어렵게 전투를 벌이고 있는 것으로 알고 있습니다. 노식장군께서는 소장의 옛 은사님이십니다. 지금 치열하게 전투를 벌이시는 스승님을 도와드리는 것이 제자의 도리라고 생각합니다. 교위께서 소장에게 일부의 군수를 지원해주시고 유주성으로 돌아가셔서 유주의 백성들을 잘 보살펴 주십시오. 소장은 광종으로 가서 스승님을 도와드리고 싶습니다."

추정은 유비의 뜻을 받아들인다.

"의병장의 뜻이 그러하시다면 기꺼이 받아들이겠소. 부디 몸조심하고, 큰 공적을 쌓기를 바라오. 필요한 군량과 군수품을 마음껏 챙겨 가시오."

추정은 유비에게 충분한 군량과 군수품을 건네주고 유주로 돌아간다. 유비는 양곡과 군수품이 넉넉해지자, 두 차례에 걸친 전쟁으로 사상한 의병을 보충하여 새로이 의병을 모집하는데 그 수가 다시 5백여 명으로 늘어난다.

유비는 관우, 장비와 의병을 이끌고 쉴 새 없이 광종에서 고군분투하는 노식을 향해 이동하여, 드디어 광종에 도착하고 노식의 영채를 찾아가 위병에게 노식을 뵙기를 청한다.

"탁현 누상촌 유비 현덕이라는 사람이 장군을 뵈러 왔답니다. 장군께서 탁현에 은둔하실 때 가르침을 받은 사람이라고 합니다."

군영의 위병장이 노식에게 보고를 올리자, 노식은 유비를 반기며 군막 안으로 불러들인다.

"어서 오게, 현덕. 정말 오랜만이로군. 홍안의 청소년이 이젠 늠름한 장부가 되었군."

유비는 노식에게 제자의 예를 따라 큰절을 드리고 인사말을 올린다.

"스승님께서 조정에 드시어 나라를 위해 많은 업적을 남기신 것을 늘 자랑으로 생각하고 있습니다. 소인 비는 스승님의 가르침을 잊지 않고, 나라를 위해 할 일을 찾다가 이번 국난을 맞아 나라에 조금이라도 도움이 되고자, 의병을 일으켜 유주성 전투와 청주성 전투에 참여하였습니다. 두 전투에서 조그만 승리를 얻은 후, 스승님께 다소의 도움이라도 될까 해서 오늘 의병을 이끌고 스승님께로 왔습니다."

노식은 제자가 스승을 돕기 위해 왔다는 말을 듣고 제자를 반가이 맞이하며 말한다.

"옛 스승을 잊지 않고 먼길을 왔다니 더 이상 고마울 데가 없구나. 내 옆에서 나를 도와 함께 나라를 위해 공적을 세워 보도록 하자. 옆에 시립해 있는 건장한 두 장수는 누구인고?"

"소인 비와 한날한시에 죽기로 맹세한 의형제, 그리고 군신 관계를 맺은 관우 운장과 장비 익덕입니다."

노식은 범상치 않은 두 청년을 보자, 반가운 마음으로 이들에게 특별한 관심을 두게 된다.

유비가 노식의 수하에서 기거하며 황건농민군 총수 장각과 오랫동안 대치를 하면서 지내던 어느 날, 노식의 본영에서 보낸 장졸 하나가 숨을 헐떡이며 유비의 군영을 찾아와 고한다.

"의병장, 중랑장 노식장군께서 찾고 계십니다."

장졸의 전갈을 받은 유비가 노식의 군막으로 들어서자, 노식은 근심스러운 표정을 지으며 유비에게 말을 건넨다.

"광종은 지세가 험악하여 먼저 움직이는 쪽이 불리한 형세이어서, 관군과 반란군 서로가 오랜 대치로 장기전으로 돌입하고 있다네. 그로 인해 지금 광종은 큰 문제가 없으나, 영천 전투에서는 주준장군이 황건농민군의 파재와 싸워 크게 패해서 영천성으로 들어가 농성을 하고 있다고 하네. 내가 군사 1천명을 내어줄 테니, 이들을 이끌고 영천으로 가서 파재가 형성한 포위망을 풀 수 있도록 도와주게."

유비는 노식의 명을 받아 5백여 명의 의병과 1천명의 관군을 이끌고 영천으로 향한다.

한편, 예주 영천에서는 장보와 장량 형제가 대군을 이끌고 파재에게로 합류하여, 황건농민군 병력이 배로 늘게 된다. 이로 인해 영천성에 갇힌 주준은 더욱 어려운 위기에 처하게 되고, 결국 주준은 농성을 풀어 성을 버리고 나와서, 장사에 있는 황보숭에게 구원을 요청한다.

영천을 장악한 황건농민군은 잇따른 승리로 사기가 충천하여, 그 기세를 몰아 장사현으로 진격하여 장사성까지 둘러싸고 포위망을 구축한다. 이들은 영천성을 쉽게 점령하게 되자, 장사성까지도 쉽게 점령할 수 있다는 생각으로 성을 포위했을 때, 우선 취해야 할 방책과 방비, 녹각을 설치하지 않음은 물론 꼭 필요한 참호도 파지 않고, 영천성을 탈취할 당시와 같은 전술로 벌판 그대로의 상태에서 장사성을 포위한다. 황건농민군의 포위망 구축현황을 굽어본 황보숭은 주준에게 긴급히 통교를 취해 협공을 취하기로 밀약한다.

"황건적이 장사성을 포위하고 참호를 파기 전, 내가 장사성을 포위한 황건적을 향해 성문을 열고 공략할 테니, 장군은 패주한 병사를 수습하여 도적의 후면을 공격하여 포위망을 교란시키도록 합시다."

황보숭이 군사를 이끌고 성문을 나서자, 주준은 황건농민군의 후면을 공격하여 양면에서 포위망을 교란시킨다. 주준이 황보숭과 함께 거세게 협공에 나서면서, 관군은 황건농민군과 격렬하게 전투를 벌이게 되어 황건농민군의 포위망은 완전히 무너지게 된다.

파재는 크게 패하여 장보, 장량 두형제와 함께 장사성에서 멀리 떨어진 들판으로 대피하여 영채를 구축한다. 황건농민군의 뒤를 추적하여 이들과 대치하면서 파재의 군영을 살펴본 황보숭은 주준과 함께 황건농민군을 공략할 전술을 논의한다.

"장군, 지금 적들은 뒤에는 숲이 우거지고 잡풀이 무성한 야산의 앞 초원에 군영을 세웠는데, 이들은 오로지 많은 병력에 의존하는 오합지졸로 밖에는 보이지 않는구료. 제대로 된 책사가 한명이라도 있다면, 바람이 자기 군영 쪽으로 거세게 불어오는, 병법에서 기피하는 저러한 지형에 저렇게 아무런 대책도 없이 진지를 구축하지는 않겠지요. 들판에 불을 붙여, 불길이 강풍을 타고 적진의 뒤편 숲을 강타하게 하는 화공책으로 적군을 섬멸하도록 하면 어떻겠습니까?"

마침 조준도 화공을 생각하던 참이라 이들의 의중은 동시에 한 군데로 일치한다.

"좋은 생각입니다. 일단 모든 병사들에게 마른 풀단이나 짚단을 한 묶음씩 준비하게 하여 대기시켰다가, 야음을 틈타서 최대한 적진 가까이에 짚, 풀단을 깔아 놓고, 강풍이 적진을 향할 때 일제히 마른 짚단에 불화살을 날리도록 합시다."

황보숭과 주준은 밤 이경(二更)이 되자, 군사들이 준비한 마른 짚, 풀단을 최대한 적진 가까이에 쌓아 놓도록 지시한다. 삼경(三更)이 가까이 되어 강풍이 적진 쪽으로 불기를 기다렸다가 예상대로 강풍이 불자, 두 장군은 신속히 병사들에게 명령을 내린다.

"궁노수는 마른 풀과 짚단에 불화살을 쏘아라. 병사들은 불 가까이 가지 말도록 하라. 바람이 거꾸로 불어오면 우리가 화상을 입을 수 있으니, 최대한 멀리서 불화살을 날리게 하라."

황건농민군은 아닌 밤중에 홍두깨라고 깊은 잠에 취해있는 군영에 마른 짚단에 붙은 불길이 들판의 잡풀에 옮겨 붙으면서 자신들의 영채를 화염으로 휩싸자, 이들은 갈피를 잡지 못하고 우왕좌왕한다. 갑옷에 붙은 불을 끄려고 이리저리 날뛰는 농민군들이 군막 밖으로 쏟아져 나오자, 관군들이 때를 놓치지 않고 황건농민군의 군영을 기습 공격한다.

농민군들은 병기도 제대로 챙기지 못하고 허둥대다가, 관군의 창칼에 수없이 많은 목이 날아가고, 살아남은 일부 농민군은 관군의 눈을 피해 달아나기에 바빴다. 장보와 장량, 파재는 간신히 말을 잡아타고 퇴각병들과 함께 군영을 빠져나와, 날이 밝을 때까지 들길을 내달리다가, 날이 훤히 밝아서야 이들은 패잔병을 수습하여 군대를 점검하더니, 절반 이상이나 낙오가 된 것을 확인한 후 깊은 실의에 빠진다.

이들이 패잔병을 이끌고 어디로 가야 할지를 몰라 갈팡질팡할 때, 돌연 한 무리의 군마들이 이들을 향해 노도같이 밀려온다. 붉은 깃발을 높이 들고 다가오는 5천명의 군사 중 선두에서 말을 타고 오는 장수는 멀리에서부터 한눈에 확연히 들어올 정도로 위풍이 당당했다.

중년의 나이쯤 되어 보이는 장수는 키가 7척 정도 되는 날렵한 몸매에 엷은 입술 위로 검고 긴 수염을 가지고 있었는데, 흰 피부의 얼굴 중앙에는 가늘게 찢어진 두 눈에서 내뿜고 있는 날카로운 예기가 남다른 분위기를 내뿜었다. 장수는 붉은 투구와 붉은 갑옷을 챙겨 입고, 붉은 말을 탄 채로 장보, 장량의 무리를 향해 수하 졸백에게 공격명령을 내린다.

"각 졸백들은 신속히 일자진을 구축하라. 일진의 궁노수는 적진을 향해 일제히 궁노를 날리고, 적진의 대열이 혼란해질 때, 양 측면의 선두 기병은 신속히 패잔병의 진형으로 기습공격을 감행하라. 적병은 진형이 제대로 갖추어져 있지 않기 때문에 궁노수의 전열이 준비되지 않아, 기병의 공격을 막을 방비태세가 전혀 마련되어 있지 않다. 기병이 적진을 향해 공략하여 적군의 대열을 붕괴시키면, 2진의 중보병이 중장비로 적진의 방어망을 제거하고, 3진의 경보병이 신속히 적진으로 뛰어들어 백병전으로 황건적을 완전히 섬멸하도록 하라."

아무런 대책도 없이 순식간에 관군의 공격을 당한 장보와 장량, 파재는 속수무책으로 당한 탓에 급히 도주하느라 나머지 농민군들을 챙기지 못하자, 때를 놓친 농민군들은 '걸음아! 나, 살려라' 하며 무기를 버리고 집단으로 도주하기 시작한다. 미처 도주하지 못한 황건농민군은 느닷없이 등장한 장수의 기세에 놀라 우왕좌왕하며 갈피를 잡지 못하다가, 관군이 휘두르는 칼에 목을 내어놓으니, 그 수급이 1만 여에 달하게 된다.

지공장군 장보와 선봉장 파재는 남아있는 군사를 독려하여, 관군의 공격을 힘겹게 막아내며 양책으로 퇴각하고, 인공장군 장량은 광종에 있는 장각에게로 황급히 방향을 돌린다.

유비가 군사 1천5백을 이끌고 장사에 도착했을 때, 전장은 이미 모든 전투가 끝나 있었다. 유비가 붉은 투구와 붉은 갑옷을 챙겨 입고, 붉은 말을 탄 장수에게 계면쩍게 인사를 올리며 장수의 대승을 치하한다.

"저희 의병들이 늦게 도착하여 관군에게 티끌만치 도움도 드리지 못한 점을 송구스럽게 생각합니다. 장군께서 너무도 큰 승리를 이끄셔서, 저희 의병들도 마음이 흡족합니다. 소인은 탁군 탁현 출신 유비 현덕이며, 여기는 의형제를 맺은 관우 운장이고, 이쪽은 장비 익덕입니다. 혹여 실례가 되지 않는다면, 장군의 함자를 여쭈어도 되겠습니까?"

붉은 말 위에 늠름하게 앉아있던 장수는 잠시 뜸을 들이더니 비로소 무겁게 입을 연다.

"장군이라고 하기에는 좀 그렇고, 음, 소장은 기도위 조조라 하오."

"그러시다면, 진시황 시대의 장한에 비견될 정도로 뛰어난 장수인 황보숭 장군의 부장으로 함께 참전한……"

조조는 처음 만나는 유비 의형제이지만, 이들의 풍모와 얼굴에서 느껴지는 충의와 보국에 대한 비장함을 보고 환대의 뜻을 드러내며 힘차게 대답한다.

"네, 그렇소. 패국 초현 출신으로 조조라 하며, 자는 맹덕입니다. 조정에서 기도위 임무를 맡고 있는데, 이번 난을 통해 황보숭 장군의 부장으로 중원 지역의 진압을 수행하고 있습니다. 그러나저러나 관군도 두려워하는 전투에 목숨을 걸고 참여한다는 것이 보통 어려운 일이 아닌데도, 이같이 궐기하신 것이 대단한 일입니다. 오히려 저희 관군들이 의병들의 애국심에 마음이 흡족해집니다. 조정을 대신하여 감사드리오."

"그렇게 말씀을 하시니, 한 일도 없는 저희가 송구스럽습니다. 이제부터라도 이곳에서 우리 의병들이 도움을 드릴 만한 일이 없겠습니까?"

유비가 조조의 늠름한 자태에 내심 감탄하며 조심스럽게 묻는다.

"지금 이곳은 많이 평정되었기 때문에 특별히 할 일은 없을 것이고, 광종으로 한번 가보시지요. 광종의 노식장군께서 많이 힘드실 것입니다."

조조는 황건농민군의 수급 1만여 급을 취하고, 그들이 놓고 간 마필과 치중을 챙겨 장사성으로 향한다.

유비는 별다른 도리가 없어 군사를 이끌고 중랑장 노식이 있는 광종으로 방향을 돌린다. 유비와 일행들이 광종을 향해 한참을 나아가는데, 한 무리의 관군 수백 명이 함거의 앞과 뒤를 호송하며 유비 일행과 마주치게 된다. 함거가 유비 옆을 지나칠 때, 우연히 함거를 보게 된 유비는 깜짝 놀라며 황급히 말에서 뛰어 내려 함거로 달려간다.

"스승님 이것이 어찌 된 연유입니까?"

"오! 현덕, 이런 추한 꼴을 보여 미안하네. 장기간 장각과 대치하여 소모전을 벌이고 있는데, 정황을 살피러 온 환관 좌풍이 황제께 내가 몸을 도사리고 전투에 임하지 않아 병사의 사기가 땅에 떨어졌다고 보고한 모양일세. 나는 비록 전장을 떠나더라도 자네는 후임으로 오는 중랑장 동탁을 도와 공적을 세워주어 나라를 누란지위에서 벗어나도록 하게."

노식은 담담한 표정으로 말하는데 함거에 실려 가면서도 대장부다운 기상을 보여준다.

유비는 스승을 무거운 마음으로 떠나보내면서, 내내 깊은 시름과 회의에 빠진다. 유비 일행이 한참을 행군하여 산골짜기를 지나자, 형주와 유주로 갈라지는 갈림길이 나온다. 장비가 말을 멈추고 퉁명스럽게 말한다.

"여기에서 남쪽은 광종을 가는 길이요, 북쪽은 탁현 방향입니다. 차라리 탁현으로 돌아가 옛날의 유협생활을 하는 것이 더욱 보람이 있을 것 같소이다."

장비가 의병활동에 염증을 느껴 고향으로 돌아가자고 하면서 유비 형제들에게서 갈등이 생기게 된다. 장비의 노골적 불만에 관우가 이런 장비를 다독인다.

"익덕, 우리가 뜻을 세우고 의병을 조직한 것은 유협생활을 정리하고, 도탄에 빠진 백성을 구하는 동시에 위기에 빠진 나라를 구하기 위해 희생하자는 뜻이 아니었나? 그런 소리를 하면 우리를 믿고 따라온 동지에게 실망감만을 안겨 주고, 동지의 사기를 떨어뜨리게 할 뿐 아무런 의미도 없는 말이네."

장비는 퉁명하게 대꾸한다.

"군의 사기 저하가 내 탓입니까? 형님들이 관군 앞에서는 자신들의 주장도 펼치지 못하고 쩔쩔매기 때문에 사기가 떨어지는 것 아닙니까?"

유비는 난감하다는 듯이 관우를 보면서 묻는다.

"운장은 어디로 방향을 잡는 것이 옳다고 생각하시는가?"

관우는 유비의 질문을 간단히 자르며 말한다.

"노식장군의 말씀을 따르시지요."

유비는 관우의 말이 옳다고 여겨, 일행의 방향을 거록군 광종으로 돌린다. 의병을 일으킨 지 수개월이 되었는데도 독자적으로 특별한 전공도 올리지 못한 처지가 딱했던지, 유비는 깊은 수심에 빠져 아무 말 없이 힘없는 행군을 계속한다. 유비가 군사를 이끌고 광종을 향해 행군한 지 이틀째 되는 날, 멀리 산 너머에서 도주하는 병마와 병사들, 그리고 그들을 쫓는 일단의 추격병 무리가 내지르는 함성과 징소리, 북소리가 요란하게 들리기 시작한다. 유비와 관우, 장비가 산에 올라 들판을 바라보니, 머리칼을 풀어헤친 이마에 누런 두건을 쓴 황건농민군에게 관군들이 쫓겨 정신없이 도망치고 있는 모습이 보이기 시작하는데, 관군을 쫓는 황건농민군 선두에는 '천공장군 장각'이라는 깃발이 펄럭이고 있었다.

장비가 먼저 입을 연다.

"어떻게 할까요?"

"우리는 황건농민군을 섬멸하기 위해 일으킨 의병이 아닌가? 당연히 나아가 적을 궤멸시켜야 하지 않겠나?"

유비는 말이 떨어지기 무섭게 군사들에게 출동대기 명령을 내린다.

"전군은 출격명령이 떨어질 때까지 병기를 잘 손질하고 만일의 경우를 대비하라."

유비는 곧이어 관우와 장비에게도 전술명령을 하달한다.

"적은 승세를 잡아 기세가 드높기 때문에 우리가 대책도 없이 뛰어들었다가는 낭패를 입을 것이다. 수상개화(樹上開花:적병에게 허장성세로 병력이 많게 보이게 함) 계책을 써야만 승세를 잡은 적병의 사기를 끊을 수 있을 것이네. 적군이 패주하는 관군을 쫓아 산모퉁이를 지날 때, 운장은 야산 중턱에 숨어 있다가 의병을 지휘해서 지나는 황건을 향해 화살과 쇠뇌를 날리고, 익덕은 관병 8백을 이끌고 징, 꽹과리, 북을 치면서, 요란하게 함성을 지르고 적진의 허리를 공격하게. 나는 기병 2백으로 말에 마른 장작과 소리가 나는 방울을 달아 말발굽 소리를 내면서, 흙먼지를 일으켜 황건농민군의 후미에서 관군 지원병이 오는 것처럼 적을 교란시키도록 하는 수상개화(樹上開花)전략을 펼치겠네."

유비의 예측대로 황건농민군은 달아나는 관군을 주살하면서 추격하여 산모퉁이를 지난다. 이때, 야산 중턱에서 갑자기 요란한 쟁, 꽹과리, 북소리가 나더니 언덕에서 쇠뇌와 화살이 날리고, 느닷없이 함성을 내지르면서 병사가 쏟아져 나오자, 황건농민군은 관군 복병이 나타난 줄로 알고 깜짝 놀라면서 잠시 공격을 멈춘다.

때를 같이하여 농민군 전면의 숲에서 요란한 말발굽 소리와 흙먼지가 자욱하게 일더니, 갑자기 일단의 기병이 들이닥치며 황건농민군 대열을 뚫고 들어오자, 농민군은 대군의 구원병이 도착했다고 착각을 하면서 갑자기 대열이 흩어지기 시작한다. 잠시 후, 황건농민군 사이에 크게 동요가 일어나더니, 지레 겁을 먹은 황건농민군은 허겁지겁 도망치기 시작하는데 이때, 패주하던 관군도 형세가 뒤바뀐 것을 알아차리고 방향을 돌려 황건농민군을 역공하기 시작한다. 삼면에서 공격을 받아 대열이 흐트러지기 시작한 군대는 아무리 대군일지라도 소수의 정예병으로 얼마든지 공략이 가능한 법이다.

유비 의병들이 황건농민군을 인정사정없이 주살하자, 도망치던 관군이 대열을 수습하여 유비 의병들과 함께 도망가는 황건농민군을 사정없이 몰아치기 시작하나, 이 무서운 기세에 밀려 황건농민군 선봉장은 농민군들을 전장에서 50리 떨어진 지점까지 후퇴시킨다. 패주해 달아나던 동탁의 부장이 유비에게 다가와서 감사의 예를 표한다.

"대단히 감사합니다. 우리가 적을 오합지졸이라고 여겨 깔보고 생각 없이 공략했다가, 우월하게 많은 적군의 인해전술에 밀려 여기까지 쫓겨 왔는데, 의병들 덕분에 위기를 모면했습니다. 이제야 왜 노식장군이 적군을 공략하지 않고, 장기간 대치만 하고 있었는지를 알겠습니다. 다시 한번 감사드리며, 함께 본진의 중랑장 동탁장군에게 인사드리러 가시기를 권합니다. 장군께 의병장의 공로를 말씀드리겠습니다."

유비는 이 말을 받아 최대한 겸양의 말로 응대를 한다.

"저는 장군의 보조적인 역할을 했을 뿐입니다. 이렇게까지 치사를 해주시니, 몸 둘 바를 모르겠습니다."

부장의 안내로 유비는 동탁의 군영에 당도하여 동탁을 만나게 된다. 유비군의 초라한 행색과 백신(白身)차림의 남루한 의병들의 외형을 본 동탁은 노골적으로 유비 일행을 무시하면서 의례적인 질문을 한다.

"어느 지역에서 일어난 의병들인가?"

"소인은 탁군 탁현 출신 유비라 하옵니다. 일찍이 노식 스승님의 제자로서 스승님에게....."

유비가 말을 잇기도 전에 동탁은 불쾌하다는 듯이 일어서며 퉁명스럽게 말을 내뱉는다.

"옛날부터 명사 밑에 뛰어난 제자 있고, 명장 밑에 뛰어난 장수 있다고 했다. 노식의 문하라면 보지 않아도 뻔히 알 것 같다. 나의 부장이 작전상 후퇴한 것을 그대가 대충 눈치는 채고 있었겠지만, 어찌 되었든 간에 함께 적을 패퇴시킨 점에 대해서는 감사하며, 노고에 대한 보상은 차후 내리겠노라."

동탁은 노식에 대한 불쾌함과 동시에 보잘것없는 백신에게 구원을 받은 것이 자존심에 흠집을 입었다고 생각했음인지 뒤도 돌아보지 않고 군막을 나가버린다.

동탁의 부장은 너무도 송구한 마음에 유비 일행에게 고개도 들지 못하고 조용히 입을 연다.

"의병장께서는 상심을 마십시오. 중랑장께서 말은 그렇게 했어도 내심은 매우 따뜻한 분입니다. 장군께서 의병들을 위로하는 잔치를 열었으니, 저와 함께 가서 수하 병사들을 위로하시지요."

유비는 멍하니 부장의 말을 듣고 있는데, 장비가 두 눈에 쌍불을 켜며 소리를 지른다.

"우리가 이따위 대우를 받으려고, 목숨을 바쳐 의병활동을 하는 것입니까? 형님, 연회고 무어고 다 필요 없습니다. 잠시라도 이 자리에 있기 싫으니, 빨리 이 자리를 떠납시다."

장비의 말이 백번 옳다고 생각했으나, 수장의 입장에서 수하 병사의 입장도 고려해야 하는 유비는 잠시 머뭇거린다. 이때 관우가 옆에서 유비에게 결단을 촉구한다.

"주군, 현 상황에 대해 수하 병사들에게는 운장이 설명하겠습니다. 이들도 우리의 뜻을 이해하고 따를 것입니다. 당장 이곳을 떠나시지요."

유비는 관우의 말에 동감하면서 힘없이 대답한다.

"그렇게 하세. 그러나 부장에게는 인사를 하고 떠나야지. 우리의 방향은 영천의 주전장군에게 돌리기로 하세."

유비가 동탁의 부장을 만나 작별의 인사를 전하자, 부장은 유비의 심기를 알면서도 짐짓 모른 체하며, 송구스러운 마음을 담아 묻는다.

"아니, 어디로 가려 하십니까? 며칠 쉬다가 떠나시지요."

유비는 부장의 따뜻한 마음을 살피고, 부담을 주지 않으려고 겸손하게 대답한다.

"영천의 주준장군에게 가려고 합니다. 저희가 일찍 떠나더라도 부장께서는 조금도 미안해하실 이유가 없습니다. 지난날 노식장군께서 지원하신 관병 1천명 가운데 이번 전투에서 잃은 2백여 명을 제외한 나머지 관병은 모두 부장에게 인계하고 떠나겠습니다."

유비는 처음 탁현에서 모집한 의병 중에 살아남은 삼백여 명을 이끌고, 영천의 중랑장 주준을 향해 처량하게 발길을 돌린다. 그동안 주준을 지원하여 황건농민군 대장 파재를 화공으로 대패시킨 황보숭이 군사를 몰고 계속 황건농민군을 추격하여, 하남의 곡양과 완성으로 원정을 떠나는 바람에, 영천에서는 중랑장 주준이 황건농민군과 싸울 군사가 터무니없이 부족한 실정이었다. 주준은 모병에 대한 필요성을 깊이 인지하고 고심을 하고 있었던 터에, 유비가 불과 3백여 명에 불과한 의병일지라도 의병을 이끌고 오자, 가뭄에 단비를 만난 듯이 몹시 반갑게 맞이한다.

"이렇게 의병을 이끌고 다시 찾아주어 정말 고맙소. 그렇지 않아도 황보 장군이 병사를 몰고 떠나버려 어렵게 성을 지키고 있던 중이었소. 오랜 행군에 피로가 누적되었을 테니, 며칠 푹 쉬고 적을 공략할 계획을 세우세."

주준은 유비 의병들이 편히 쉴 수 있는 막사를 배정해주고,

마음껏 먹고 마실 음식을 제공해 준다. 이튿날에도 주준은 유비의 의병을 따뜻하게 맞이하며, 소와 돼지를 잡아 마음껏 먹고 마시도록 성대히 잔치를 계속 열어준다. 그동안 천대 비슷한 대우를 받던 의병들은 주준의 환대에 깊이 고마워하자, 유비는 본부 막사를 찾아가서 주준에게 수하들의 뜻을 전한다.

"장군의 크고 따뜻한 환대에 모든 병사들이 깊이 감사하여, 목숨을 바쳐 싸우겠다는 결기를 보이고 있습니다. 소인이 의병들을 대신해서 감사의 말씀을 올립니다."

주준은 유비의 말에 겸양을 보이면서 전투계획을 알린다.

"목숨을 걸고 전쟁터에 나선 용사들에게 당연히 예우해야 할 일이 아니겠나? 당연히 해야 할 일이었네. 이제 힘을 합쳐 적을 도모해야겠는데, 이번 전투의 선봉을 의병장이 맡아 줄 수가 있겠는가? 선봉을 맡는다면, 관군 2천명을 합류시켜 주겠네."

유비는 주준의 제안을 감사하는 마음으로 받아들인다.

"네, 기대에 어긋나지 않겠습니다."

주준이 유비를 선봉장으로 삼아 장보를 도모하러 출전할 때, 장보는 8~9만의 농민군을 이끌고 각 거사에게 농민군을 배분하여, 산에 인접한 벌판, 산기슭, 산중턱에 영채를 세우고, 자신은 험준한 산정에 본진을 세워 주둔하고 있었다.

주준은 병력의 수에서 어림없이 부족함을 인지하고, 적을 무너뜨릴 대책을 마련하기에 절치부심하며, 적의 전략을 파악하려고 중군에서 총괄 지휘를 하기로 하고, 유비를 선봉으로 하여 장보를 공격하게 한다. 유비가 장보의 영채가 있는 산 가까이에 있는 벌판에 접근하자, 황건농민군의 1진 거사는 농민군 부장을 내세워 유비의 의병을 막아서도록 하고, 유비는 장비에게 황건농민군 부장의 도발을 제압하도록 명한다.

"익덕, 자네가 나가서 저 자의 수급을 따오도록 하게."

장비는 유비의 명령을 받아 장팔사모를 휘두르며, 보병을 이끌고 농민군 부장에게 달려든다. 그는 장비의 복장을 보자 백신(白身)출신인 것을 알아차리고, 우습게 생각하면서 장비에게 달려들어 마구잡이로 칼을 휘두른다.

장비는 간단히 칼을 피하더니 불과 4~5합 만에 장팔사모로 부장을 찔러 말 아래로 떨어뜨린다. 적병들은 부장이 주살되자 사기가 떨어지고, 이때를 놓치지 않고 유비가 군사를 이끌고 나아가며 소리친다.

"적은 기병이 별로 없다. 운장은 기병을 이끌고 속히 출진하여 황건적 보병의 대열을 흩뜨려라. 3백 기병들을 이끌고 쐐기진으로 앞으로 나아가 적진의 중앙을 뚫고, 적의 후방까지 유린하다가 말을 돌려 다시 앞으로 나오기를 계속 반복하여, 적의 진형을 완전히 붕괴시키면서 적의 대오를 해체시켜라. 익덕은 2천의 보병을 이끌고, 적군의 전면을 강력하게 공격하여, 주준장군의 중군과 후군이 합류할 때까지 백병전을 주도하라."

유비의 용병대로 관우가 기병들을 움직이니, 황건농민군의 진형이 무너지고 대열이 완전히 붕괴되어 농민군들은 도망치기 바빠진다. 이때를 놓치지 않고 주준이 이끌고 있는 중군, 좌군, 우군의 1만여 병사들과 관우, 장비와 같은 용장들이 일당백(一當百)의 용력을 발휘하여 적진을 향해 뛰어들면서 적을 도륙하자, 전세는 완전히 관군의 편으로 기울기 시작하면서, 황건농민군은 들고 있는 병기마저 무거운 양 포기하고 정신없이 진형을 빠져 도주하기 시작한다.

이때 주준의 군사들은 황건농민군을 끝까지 추격하여, 적의 영채가 이어지는 높고 험준한 산봉우리의 갈림길에 들어선다. 그곳을 돌파하면 적의 본영을 섬멸할 수 있다. 그러나 여기까지 기세등등하게 쳐들어온 중랑장 주준의 관군들은 더 이상 나아가지 않고, 산봉우리만 쳐다보고 있었다.

유비는 병사들에게 돌격명령을 내리는데, 중군 부장이 유비에게 나직이 말하기를 너무도 터무니없는 허구를 전한다.

"이곳 계곡을 지나려 할 때마다 괴기한 일이 벌어져, 아군이 크게 패배하게 되면서 군사들이 더 이상은 진격을 하지 않으려고 합니다. 군사들이 이 깊은 계곡에만 들어서면, 등골이 오싹해지고 머리카락이 하늘로 솟구치는 느낌을 받는다고 합니다."

유비가 의아하다는 듯이 묻는다.

"무슨 어처구니없는 일이 벌어진다는 말입니까?"

중군의 부장이 정색을 하며 대답한다.

"적장 장보가 요술을 부려 마른하늘에서 때아니게 구름이 깔리고, 갑자기 비가 내리면서 수많은 병사가 쏟아져 나와 우리 군사들이 맥도 못추고 패주하곤 했습니다."

옆에서 듣고 있던 장비가 버럭 화를 내며 말한다.

"이런 말도 안 되는 소리를 들을 필요가 있습니까? 당장 돌격합시다."

유비가 생각해 보아도 터무니없는 말 같았다. 소수의 병력으로 대군을 격파하고 여기까지 왔는데, 여기서 아무런 성과도 없이 물러날 수는 없었다.

유비는 다시 공격명령을 내리지만, 지레 겁을 먹은 관군은 산봉우리의 갈림길 앞에서 꼼짝도 하지 않으려고 한다.

유비가 다시 병사들에게 강하게 명령한다.

"선봉장인 내가 선봉군을 이끌고 앞장설 터이니, 좌·우·중군은 뒤를 따라 산봉우리를 향해 올라오도록 협조해 주시오. 선봉군은 일제히 산 계곡을 따라 진격하라. 만일 명을 거역하고 도주하는 자가 있다면 나는 먼저 그자의 목을 치겠노라."

유비가 선봉군의 뒤에 감군을 세워 명을 거역하는 자는 참수하라는 명령을 내리고, 관우, 장비와 함께 선봉에 서서 산봉우리를 향해 돌진하자, 군사들은 마지못해 산봉우리를 향하기 시작한다. 그때 갑자기 산골짜기에서 검은 구름이 일더니 짙은 안개가 생기고 회오리바람이 일면서, 바로 앞도 바라볼 수 없을 지경이 되자, 겁에 질린 관군들이 일제히 소리치며 도망치려 한다.

"적장 장보가 또 요술을 부린다. 빨리 도망가자. 늦으면 몰살한다."

관우가 급히 군사를 수습하며 독려한다.

"이것은 장보의 속임수이다. 속임수에 넘어가지 말라. 조금만 더 나아가면 적장을 베고, 적군을 섬멸할 수 있다. 모든 군사들은 용기를 내라."

관우가 군사를 독려하면서 앞장을 서자, 병사들은 마지못해 따라가면서도 두려움에 휩싸여 주변을 두리번거리며 조심스레 안개 속을 헤쳐 나간다. 관군들이 완만한 경사를 이룬 언덕을 올라 좁은 계곡의 입구에 도달하자, 돌연히 천둥 번개가 치더니 회오리바람이 모래바람으로 변하기 시작한다. 바람이 너무도 거세고 전방의 시야도 가려서 병사들이 앞으로 나아가지 못하고 있는데, 산봉우리에서 괴이한 형태의 요괴들이 마구 쏟아져 내려온다.

"요괴다."

군사들은 외마디를 지르며 앞을 다투어 계곡 밑으로 내달음치니, 관우와 장비도 더 이상 관군을 통제할 수 없을 지경에 이른다. 때를 맞춰 산봉우리에서 황건농민군이 징과 북을 치고, 함성소리를 내지르면서 관군을 향해 맹공을 퍼붓자, 이미 붕괴된 대오는 다시 회복할 수가 없었다.

유비는 도저히 전투가 불가능해지자 결단을 내린다.

"전 군사는 계곡 아래로 내려가 재집결하라."

유비가 계곡에 내려와 대열을 정렬해 보니, 남아있는 병력이 처음 출발할 때의 반도 되지 않았다. 참패한 유비가 주준의 막사로 들어가 전황을 보고하자, 주준은 앞서 벌어진 몇 차례의 전투를 통해 익히 분위기를 감지하고 있었던 듯이 말한다.

"의병장, 상심하지 마시오. 장보가 술수로 병사를 혼란하게 한 것인데, 그렇지 않아도 이에 대한 대비책을 구상하고 있었소이다. 며칠 더 연구해 봅시다."

며칠이 지난 후, 주준은 유비와 각 제장을 불러 모은 뒤, 그동안 장보가 활용했던 요술의 실체를 밝히며 전략회의를 열고자 한다.

"조사한 결과 그동안 장보가 보였던 요술은 속임수에 불과했소이다. 장각의 삼형제는 지리, 지형에 밝아 지형적 이점을 가진 지역을 선택하여, 힘을 안 들이고 상대편을 제압하는 전략을 써왔던 것이오. 특히 장보는 형제 중에서도 지형의 이점을 천부적으로 잘 이용하여 지공장군이라 불릴 정도외다. 병법의 전술상으로 보건데, 대군을 이끌고 오면 대량 소비되는 군량미 문제, 병사의 관리와 결속력 유지 등을 위해, 통상적으로 속전속결로 전쟁을 끝내려 하는 것은 자명한 일이지만, 장보는 공격으로 속전속결을 취하지 않고, 본영을 높고 험준한 산봉우리 지형에 구축하여 수비에만 치중했소이다. 이는 병법을 아는 자라면 취할 수 없는 기이한 행위외다. 오히려 우리 관군이 적을 공격하게 하여 험준한 계곡으로 오르게 만들고, 이상한 주술을 읊어 우리 병사들에게 두려움을 갖게 한 후, 도망치는 관군의 뒤를 요격하여 우리에게 타격을 입히는 전술을 활용하고 있소. 장보가 수비에 치중하는 모든 원인은 바로 여기에 있었던 것이요. 장보는 술수를 부리기에 적합한 지형을 찾다가, 황건적의 본진을 구축한 산의 계곡이 험준하여, 수시로 일기가 급격히 변화하고 기온 차가 심한 곳이 속임수를 쓰기에 적합하다고 여겨 이를 이용하고 있는 것입니다. 낮과 저녁의 기온 차가 커지면 짙은 안개가 생겨, 한치의 앞을 볼 수 없을 정도로 시야를 가리게 되오. 다시 말하면, 우리가 이들과 교전을 벌이다가 패주하는 적을 추적하여 계곡의 입구에 도달할 때는 거의 신시(申時)가 되고, 여기서 험준한 계곡을 오르면 유시(酉時) 가까이 되는데, 이때 낮과 저녁의 기온 차가 커져 안개가 생기면서 시야를 가리게 되면, 장보가 이를 활용해서 우리 병사들의 눈을 속이는 것이라는 말이오. 그렇기 때문에 이 안개만 제거하면, 관군들이 장보의 속임수에 빠져 두려움을 갖게 되는 일이 없을 것이오. 문제는 어떻게 안개를 걷어내는가 하는 것이외다."

우중랑장 주전의 전장에 대한 분석과 공략을 위한 방향설정이 끝나자, 유비가 앞으로 나서며 발언을 이어간다.

"오늘 밤까지 모든 병사들에게 마른 짚단을 한단 씩 준비하게 하여 산기슭에 쌓아 놓게 하고, 내일 다시 공격을 감행하면 적은 짐짓 계곡의 입구까지 도주할 것입니다. 그때 병사들은 산기슭에 쌓아 놓은 마른 짚단을 한단 씩 들고 계곡을 올라, 계곡의 입구에서부터 산봉우리 가까이 까지 짚단을 늘어놓게 합니다. 짚단을 늘어놓은 후 병사들이 모두 하산을 하면, 산기슭에서부터 불을 지피게 하여 그 불기운으로 안개가 걷히게 하여 시야를 밝히게 하는 것입니다. 그렇게 되면 장보의 속임수가 드러나게 될 것이고, 그때를 놓치지 않고 당황하여 어찌할 바를 모르고 있는 적을 공격하면 궤멸시킬 수 있을 것입니다. 관군들에게는 장보의 요술을 막을 비방을 얻었다고 안심시키고, 어떤 경우에도 대열을 벗어나지 못하도록 각인시키면, 지난번과 같은 관군의 혼란은 막을 수 있을 것으로 생각합니다."

주준은 유비의 전술대로 군사를 움직여서, 야밤을 이용하여 산기슭에 마른 짚단을 가득 쌓아 놓으니, 산기슭에는 작은 야산이 새로 생긴 듯 보였다. 다음 날 아침, 주준은 모든 병사를 불러놓고, 장보를 격파할 계책을 밝힌다.

"전 장병들은 들어라. 이제 장보의 요술을 물리칠 계책은 마련되었으니, 병사들은 더 이상 겁을 집어먹지 말고, 장수들이 지시하는 대로 굳게 믿고 따르라. 오늘로써 적과의 오랜 전투는 종지부를 찍게 될 것이다."

유비가 선봉이 되어 장보의 영채가 있는 산을 향해 행군하자, 황건농민군이 방진을 형성하여 굳건한 방어전선을 구축한다. 이번에도 농민군들은 사력을 다해 싸우기보다는 최대한 관군의 공격에 시간을 끌면서 버티다가, 시간이 흘러 주변이 어둑해지면 짐짓 패한 척하면서 관군을 계곡으로 끌어들여 장각의 요술로 격파시키는 전략에 재미를 붙였다.

장각은 관군이 기병을 앞세우고 쳐들어오면, 중장비 보병으로 장애물을 설치하여 앞을 막고, 바로 뒤에서는 궁노수들이 화살과 쇠뇌를 마구 쏘아, 기병들이 진형을 뚫고 들어오지 못하도록 배치한다. 보병에 대한 대비책으로는 2백이 미처 안되는 기병을 내보내 보병을 상대하고, 궁노수들이 화살을 날려 보병들이 근접하지 못하도록 배치했다. 이들은 가급적이면 전면전을 피하다가 시간이 흐르면 패주하는 척하면서 관군을 계곡으로 유인하는 전략으로 일관한다.

병법에서 똑같은 계책을 쓰는 것은 가장 하책임에도 불구하고 장보는 여러 차례의 성과에 도취하여 똑같은 전략을 반복해서 구사하면서, 이번 전투에서도 황건농민군은 같은 방법으로 관군에게 패한 듯 위장하여 산 계곡으로 관군을 유인한다. 동일한 과정을 통해 유비가 이끄는 의병과 관군이 황건농민군을 추격하여 계곡 입구에 도착하고, 유비는 계곡을 오르기 전, 다시 한번 병사들에게 마음가짐을 단단히 하도록 주지시키고, 어떤 상황에도 대열을 이탈하지 않도록 각인시킨다.

유비의 공격명령을 받은 관군과 의병들이 계곡을 기어오르자, 검은 구름이 몰려오고 안개가 짙어지더니 회오리바람이 일면서 한 치의 앞도 보이지 않는다. 선봉장 유비가 관우, 장비와 함께 관군 부장들을 이끌고 앞장서서 계곡을 따라 솔선수범하여 올라가니 병사들은 마지못해 따라 올라가기 시작한다. 유비가 부장들에게 명해 다섯 차례 징을 치게 하고, 이를 신호로 관우, 장비는 병사 1천 명씩을 거느리고 혹시 모를 황건농민군의 반격을 대비하게 한다.
　관군이나, 황건농민군이나 짙은 안개로 인해 서로가 서로를 보지 못하니, 황건농민군은 계곡에서의 교전을 오로지 지공장군 장보의 신통력에 기대고 있었다. 관병들은 산비탈에 쌓아놓은 짚단을 인간 띠를 통해 1단씩 산봉우리 가까이 접근해 있는 계곡의 병사에게 전달한다. 이로써 깊은 계곡은 짚단으로 메워진다. 이때 계곡에는 또다시 천둥번개가 치고 모래바람이 일더니, 산봉우리에서 수없이 많은 요괴들이 쏟아져 내린다. 황건농민군 군영에서 징과 북, 나팔을 정신이 빠질 정도로 불어대자, 이를 신호로 유비는 관군에게 퇴각명령을 내리고, 이를 신호로 계곡의 입구에서부터 병사들이 대열을 이루어 일사불란하게 계곡 밖으로 빠져나온다.
　황건농민군이 이를 계기로 관군을 뒤쫓아 내려오자, 관우와 장비가 좁은 계곡 길을 막고 이들과 사생결단을 벌인다. 한참이 지나 관군들이 계곡을 모두 빠져나오자, 유비는 대기하고 있던 궁수들에게 짚단을 향해 불화살을 날리도록 명령한다. 불화살이 짚단에 붙어 불이 활활 타오르자, 열기에 의해 검은 구름이 사라지고 짙은 안개가 걷힌다.

산정에서 무수히 뛰어내려 관병들을 두렵게 만들었던 요괴들의 실체가 드러나는 순간이다. 그동안 관병들에게 공포심을 불러일으킨 요괴의 실체는 짚으로 만든 각종 인형요괴와 이상한 형상의 단순한 조형물이었다.

장보의 신통한 요술의 힘으로 승리를 만끽해온 황건농민군들은 그동안 활용했던 신비가 무너지자, 갈피를 잡지 못하고 우왕좌왕하면서 반격대열이 붕괴되기 시작한다.

이미 계곡은 불길이 휩싸여 지날 수 없었으며 산봉우리로는 불길이 걷잡을 수 없이 확산되고, 장보는 요술을 통한 속임수가 깨지자, 살아남은 군사들을 이끌고 산봉우리에서 산정을 따라 반대편 길을 통해 이어지는 산기슭으로 피신하여 도주하기 시작하더니, 반대편 산기슭으로 피신한 수하들과 함께 농민군을 정비한 후, 황급히 황건농민군이 점령하고 있는 양성으로 달아나 성문을 굳게 닫고 수성에 돌입한다.

주준과 유비는 장보를 추격하여 양성까지 쫓아가나, 장보가 대적할 생각조차 하지 않으므로 양성 해자에서 10여 리 떨어진 앞 들판에 영채를 세운다.

이튿날, 날이 밝아오자 주준은 장보가 다른 황건농민군과 접선하지 못하도록 양성을 포위하고 진형을 구축하고, 장보가 취할지도 모를 야밤기습에 대비하여 철저한 경계를 지시한다.

주준의 관군과 황건농민군이 양성을 중심으로 한동안 공성과 수성으로 치열하게 공방전을 벌이고 있는 동안, 진시황 시절의 장한에 비견될 정도로 뛰어난 장수인 황보숭이 양적으로 도망친 황건농민군 장군 파재를 격파하여 서화 일대를 안정시키고, 이후 동군에서 암약하던 황건농민군 장수인 복사를 생포하는 등 싸울 때마다 승리를 이끌며 조정의 명령으로 곡양으로 진격하고 있었다.

황보숭은 곡양으로 가는 길목에 있는 양성에 잠시 들러, 황건농민군과 치열하게 교전을 벌이는 주준을 만나 전략도 논의할 겸 함께 장군 막사로 들어간다.

이때, 주준이 황보숭에게 자신의 고충을 알리며, 황보숭과 함께 장보를 공략할 계책을 상의하고자 한다.

"적장 장보는 지형의 유리한 점을 잘 활용하는 방법을 알아, 지금은 성안에서 꼼짝을 않고 농성에 임하는 것이 최선이라고 생각하고 있는 것 같습니다. 나는 적병을 성 밖으로 유인하기 위해 온갖 노력을 기울였으나, 장보가 이에 응하지 않으니 별도리가 없군요. 유비라는 유협이 의병을 이끌고 전략을 같이 논의하고 있었으나, 군수품 운송을 위해 떠나있어 의병장 유비가 올 때까지 기다리고 있던 차에 장군께서 왕림해 주셨습니다."

황보숭이 주준의 고민을 듣고 자신의 생각을 제시한다.

"적병을 밖으로 유도할 방법을 강구하는 것이 최우선적으로 취해야 할 전략이겠군요."

이때 조조가 앞으로 나시며 자신의 의견을 개진한다.

"소장이 양성의 정황을 살펴보면서 느낀 점이 있는데, 외람되지만 장군께 말씀을 올려도 되겠습니까?"

주준과 황보숭이 기꺼이 받아들인다.

"좋은 방안이 있으면 말해 보게."

"소장이 보기에 지난 전투에서 장보는 높은 산의 지형을 활용하여 관군을 농락하려 했으나, 장군께 크게 당하고 나서 이제는 확실한 승산이 있지 않으면, 수비하는 것만이 최고의 방책이라 생각하는 듯합니다. 장보를 안심하고 성 밖으로 끌어내기 위해서는 허위정보를 흘려 조호이산(調虎離山:호랑이를 산에서 끌어내려 힘을 약화시킴) 전략을 활용해야 합니다. 즉, 거록에서 관군이 장각에게 크게 패하여 각 지방에 흩어져 있는 관군을 총집결해서 거록의 장각을 상대하려고, 전 관병이 거록으로 회군한다고 거짓정보를 흘리고, 암도진창 전략(暗渡陣倉:대장군 한신이 관중으로 진출할 듯이 하다가, 몰래 진창으로 우회하여 초패왕 항우를 기습한 전략)을 펼쳐, 관군들이 반란군의 눈에 확연히 드러나게 이동시키면, 반란군들은 허위정보를 사실로 믿어 안심하고 받아들이게 될 것입니다. 장군께서는 의병계로 양성에 소수의 아군만이 주둔해 있는 것처럼 유도하면, 이들은 관군을 도모하기 위해 성 밖으로 출병할 것입니다. 거록으로 향하는 척하던 관군에게 야음을 이용하여, 은밀히 양성 인근 강변의 갈대숲으로 이동시켜 매복시킵니다. 적병이 관군을 공략하여 총력전을 펼칠 때, 관군은 짐짓 패하는 척하면서 적병을 갈대숲으로 유인하면, 이들이 갈대숲 가까이 올 때를 기다려 매복해 있던 관군이 기습하는 전략을 활용하는 전술이 효과적일 것이라 여겨집니다."

황보숭이 적극적으로 조조의 의견을 받아들인다.

"기도위 조조의 견해가 옳은 듯하오. 나는 조정의 명으로 빨리 곡양으로 이동해야 하는 만큼, 내가 부장 조조를 장군에게 남겨 협조하도록 할 것이니 장군께서는 부디 작전을 성공시키고 기도위를 곡양으로 보내주십시오."

황보숭이 주준의 뜻에 따라 조조를 양성에 남겨두고 곡양을 향해 출발한다.

이튿날 아침, 주준은 군사들을 총동원하여 명을 내린다.

"기도위 조조는 일부 병사를 데리고 양성에 남아 반란군과 교전을 벌이다가 짐짓 패하는 척하여 갈대숲으로 유인하는 임무를 차질 없이 수행하도록 하라. 나머지 군사는 나를 따라 거록으로 출병하도록 한다. 출정은 나흘 이후로 할 것이니, 철저히 철군에 대비한 준비를 할 수 있도록 만전을 기하라."

조조가 세운 위계에 대해 장보가 정찰병을 통해 인지할 수 있는 시간을 주려고, 주준은 일부러 며칠 간의 넉넉한 준비시간을 군사들에게 할애한 것이다.

주준이 회군을 발표한 지 나흘이 지나고 오후 신시(辛時) 무렵, 주준은 대군을 이끌고 거록을 향해 출발할 것처럼 위계를 부린다. 주준이 거록을 향해 출발하고, 양성 앞에는 부장으로 보이는 장수가 소수의 병력을 이끌고 주둔해 있는 것을 확인한 장보는 한동안 신중하게 주둔군의 동태를 관찰한다. 얼마 후, 정찰병에 의해 양성에는 부장급 되는 장수가 일부 병사를 이끌고 주둔해 있다는 것을 보고 받은 장보는 이튿날 아침, 해가 뜨기 무섭게 관군에게 대대적으로 공세를 펼치자, 조조는 군사들에게 작전을 지시한다.

"군사들은 몸을 보존하면서 적병을 방어하다가, 적당한 시점에서 재빨리 갈대숲 앞으로 도주하라."

장보가 관군의 전술을 눈치 채지 못하고 거센 공격으로 일관하자, 조조가 지휘하는 관군은 전술대로 점차 밀리는 척하기 시작하다가, 때가 이르렀다고 판단한 조조는 기다렸다는 듯이 전 군에게 큰소리로 외친다.

"전 군사들은 퇴각하라."

장보는 퇴각하는 관군을 뒤쫓아 갈대숲까지 파죽지세로 추격한다. 조조는 황건농민군을 갈대숲까지 유도하는 임무를 완성한 후, 재빨리 경기병을 이끌고 양성으로 통하는 협로로 이동한다. 자신이 펼쳐놓은 계책에 빠져 도주하게 될 장보의 퇴로를 막기 위한 용병이었다.

장보가 갈대숲 앞까지 추격하여 도피하는 관군을 마구잡이로 공략할 때, 갑자기 강가의 갈대숲에서 북소리와 고동소리가 울려 퍼지더니, 하늘에서 화살이 비 오듯이 쏟아진다. 장보는 방향도 알 수 없는 곳에서 화살이 비 오듯이 쏟아지고, 황건농민군이 속수무책으로 쓰러지자, 어디에서부터 방어해야 할지를 몰라 갈팡질팡하다가 급기야 퇴각명령을 내린다.

"모든 농민군들은 퇴각하여 부장 복사와 장수들의 뒤를 따라 양성으로 대피하라."

장보 이하 황건농민군들은 살길을 찾아 양성으로 도주하기 시작한다. 이들이 양성으로 통하는 협로에 이르렀을 때, 산기슭에 포진하여 퇴로를 막아선 조조의 관군에게 또다시 크게 패하고, 이들은 야산 언덕을 넘어 정신없이 도주한다.

도주에 도주를 거듭해 양성의 40여 리 떨어진 험산에 당도한 장보는 지형의 이점을 살릴 수 있는 요충지를 찾아 영채를 세우고 농민군을 수습하는데, 장보는 한때 8~9만에 이르던 전사가 2~3만으로 급격히 줄어들어 크게 낙심하더니, 험한 산의 요새지에 영채를 세우고 수세로 국면을 전환시키고자 안간힘을 쓰기에 이른다.

조정에서는 황건농민군과의 전투에서 패배한 동탁을 파면하고, 중원지역의 황건농민군을 진압한 황보숭에게 동탁의 후임까지 겸임하게 하고, 곡양으로 불러들여 장각의 본진을 상대로 황건농민군을 평정하도록 명한다.

황보숭이 황건농민군의 본거지 곡양에 도착했을 때, 황건농민군의 수장 장각이 병환으로 사망하여 동생 장량이 황건적을 이끌게 되었다는 보고를 받는다. 장각과는 달리 신비감이 덜한 장량은 황건농민군의 구심점이 되기에는 다소 중량감이 모자라서 농민군의 사기는 크게 저하되어 있었다.

황보숭은 군영을 세우고 다소 방심하여 야간방비를 소홀히 한 채, 먼길을 행군한 군사들에게 일찍 취침에 들어 피로를 덜도록 배려한다. 그런데 그날 새벽 축시(丑時) 즈음, 장량은 기병 수백을 이끌고 황보숭의 군막을 난입하여, 영채 안을 휘저으며 군막에 불을 지르고 군막 밖으로 뛰쳐나온 관군들을 주살한다.

황보숭이 긴급히 경계병을 수습하여 군막의 불을 끄게 하고, 장량의 기병을 막기 위해 직접 말에 올라 몇몇 기병과 함께 장량에게 돌진한다. 그 사이에 관군 기병들이 경무장을 갖추고 농민군을 향해 돌격하면서 얼마 후, 군영을 수습한 병사들이 장량의 기병에게 돌진하자, 야습의 성과를 올린 장량은 퇴각명령을 내리고 곡양성으로 되돌아간다.

황보숭은 장량이 회군한 후 스스로를 자책하며 반성한다.

'인간사는 어느 하나도 경시할 수 있는 것이 없도다. 용병에 있어서 가장 경계할 것이 교병계라더니 내가 스스로 당했도다. 아무리 하찮은 상대라도 상대방에 대한 경외감을 버리고 응하면, 반드시 그에 대한 대가를 받게 되는 것이리라. 세상에서 가장 무서운 싸움은 바로 나 자신과의 싸움이로다.'

장량을 우습게 생각한 황보숭은 장량의 기습으로 큰 위기를 접하고, 이후로는 신중한 전투를 벌여 황보숭의 지휘를 받는 거록태수 곽전과 기도위 조조는 일곱 번 싸워 일곱 번 모두를 승리하면서, 황보숭은 최종적으로 곡양의 벌판에서 장량과 마지막 결전을 치르게 된다.

때는 184년(중평 원년) 9월, 황보숭은 거록태수 곽전, 부장 조조를 선봉으로 장량을 공략할 계책을 논의하면서, 지난날 방심해서 당한 수모를 주지시키며 특별한 주의를 당부한다.

"적병이 비록 농민군이라 해도 3만이라는 대군이 남아있는 이상, 섣불리 움직여서는 아군의 피해가 막심할 것이오. 정예병을 활용하여 전투경험이 적은 농민군을 공략할 방법을 생각해 보시오."

조조가 오랫동안 생각해낸 계책을 밝힌다.

"황건적은 전사라기보다는 농민에 가깝습니다. 이들이 야전에 군영을 세워 아군과 대치하고 있으나, 논밭을 피해 약간 경사가 있는 야산을 끼고 영채를 구축한 자체가 농작물을 보호하려는 수확에 대한 애착을 보이는 것입니다. 또한, 이들은 부족한 식량을 확보하여 장기전에 대비하기 위해서라도 벼를 수확해야 하는데, 관군의 공습을 우려하여 적극적으로 수확에 임하지 못하고 있습니다. 벼 수확기가 지났으나 아직 수확하지 못한 벼를 관군의 둔전병이 이를 수확하면서, 황건적들에게 전투에 대한 경계를 풀어주면, 이들도 벼를 수확하기 위해 잠시 전투에 대한 중압감을 잊게 될 것입니다. 이들이 벼를 수확하도록 며칠간을 방치해두고 이들에게 경계심을 풀어주어 안심하고 벼 수확에 임할 때, 기습전을 벌이면 단숨에 농민군을 제압할 수 있을 것입니다."

조조의 계책에 대해 거록태수 곽전이 적극적으로 동의를 표하며 자신의 구상을 밝힌다.

"기도위의 만천과해(瞞天過海:눈에 익은 행위를 반복하면 상대가 긴장을 풀게 됨) 계책이 일견 의미가 있는 듯합니다. 일주일의 기간을 휴전상태로 유지하다가, 10월 1일을 기습하는 날로 정해 황건적의 본영을 기습하면 어떻겠습니까?"

황보숭이 두 부장의 견해를 존중하여 전투를 유예한다. 관군 진용에서 먼저 벼 수확을 나서면서 황건농민군 군영에서도 벼를 수확하기 시작하며, 1주일간의 시간이 아무런 탈이 없이 지나자, 황건농민군 진용에서는 경계심이 풀리는 조짐이 보이기 시작한다. 이때를 예의주시하며 기다리던 황보숭이 병사들에게 긴급히 명령을 내린다.

"벼를 수확하는 병사들의 병기는 소속부대에서 책임지고 손질하고, 벼 수확에 동원되지 않은 병사들은 내일 새벽 묘시(卯時:새벽 5시~7시)에 부장 곽전이 일진을 이끌고, 벼 수확을 나선 적병을 기습적으로 공격하라. 부장 조조는 이진을 이끌고 적군의 본진으로 출격하여 적진을 공략할 준비를 철저히 하라."

이튿날 새벽 묘시(卯時:새벽 5시~7시)가 되자, 황보숭은 조조와 곽전에게 명해 군사들이 신속히 작전에 돌입하도록 지시하여, 곽전이 벼를 수확하는 황건농민군을 기습공격하고 닥치는 대로 이들을 주살할 때, 조조는 장량의 본진으로 조용히 접근하여 군영을 포위하여, 장량의 본진을 포위한 관군들에게 긴급히 명령을 내린다.

"관군들은 장량의 본진 가까이에 접근하여, 장량의 군막을 향해 불화살을 날리도록 하라. 군막이 불바다가 되면, 기병은 나를 따라 장량의 군영 안으로 돌진한다. 기병이 적진 안으로 들어가서 적진을 교란시키면, 보병들은 일제히 군영 안으로 들어가서 횃불을 던져 불에 타지 않은 군막을 불태우고, 뛰쳐나오는 적병을 인정사정 보지 말고 주살하라."

장량이 관군의 공격에 미처 대비하지 못하고 있다가 급습을 당하자, 부리나케 말에 뛰어올라 농민군을 수습하여 관군을 대적하려고 한다. 하지만, 준비된 정예병을 방심하고 있던 농민군이 대적하는 것은 불가능에 가까운 일이다.

선봉장 조조와 군사들이 불바다가 된 장량의 군영에서 혈전을 벌이고 있을 때, 후방에서 군영을 지키고 있던 황보숭이 군영에 최소한의 병력만을 남기고, 모든 병사를 총동원하여 장량의 군영으로 돌진하여 닥치는 대로 농민군을 척살한다.

묘시(卯時)부터 시작된 전투는 전투라기보다는 일방적인 척살이라고 보아야 할 정도로 일방적인 전투였다. 관군은 농민군을 주살하면서 기력이 빠질 정도로, 황건농민군을 베고 베고 또 베도 농민군은 끝이 없이 쏟아져 나온다. 신시(申時)가 되어서야 전투가 끝나고 진징에는 거의 2만에 이르는 농민군의 시체로 산을 이루었다.

황보숭은 장량을 생포하여 수급을 베어 효수하고, 이미 죽은 장각의 무덤을 파내 시신을 육시하여 수급을 낙양으로 보낸다. 황건의 총수 장각과 장량 형제가 모두 죽자, 살아남은 황건농민군 잔당들은 전의를 잃고 모두 투항하기에 이른다.

영제는 황보숭의 공로를 인정하여 도향후로 봉하고, 조조를 제남지방의 재상으로 임명한다. 이때 황보숭은 영제에게 노식 장군의 방면을 요청하여, 영제는 노식을 다시 중랑장으로 복귀시킨다. 이 곡양의 전투에서 조조의 신출기묘한 계책으로 시작된 전투는 일방적인 관군의 승리로 막을 내리고, 거록에서 황건농민군의 잔재는 완전히 붕괴된다. 황보숭은 군사를 재정비하여 양성에서 장보와 장기간 대치하고 있는 주준을 지원하러 양성을 향해 출병한다.

한편, 남양군 양성에서 조조의 암도진창(暗渡陣倉)전략에 빠져 대패하고, 양성 40여 리 떨어진 산지의 험한 지세를 이용하여 영채를 굳게 닫은 채, 동요하는 농민군 내부의 결속을 다지고 있던 지공장군 장보는 '대현량사 천공장군 장각과 인공장군 장량, 신상사(神上使) 장만성이 모두 전투 도중에 죽었다'는 소식을 듣고, 철통같은 수비만이 현재의 위기를 전환시킬 수 있는 최상책으로 판단하여 요지부동으로 영채를 지킨다. 장보가 꼼짝하지 않고 군영을 지키면서 양성의 전투가 지지부진해지자, 조정에서는 주준에게 신속히 전투를 마무리 짓도록 주문한다. 이때 주준은 조정의 계속된 채근에 엄청난 중압감을 느끼며 대책회의를 열어 답답한 심경을 토로한다.

"적장 장보가 산의 요충지를 끼고 영채에서 전혀 움직이지 않아, 아군이 적진을 공략하는데 쓸데없이 세월을 보내고 있으니, 이에 조정의 질책이 끊이지를 않고 있소. 얼마 전에는 황보숭장군이 곡양전투에서 장량을 무찌르고 전쟁을 마무리를 지은 것 때문인지, 최근 조정에서 나에게 쏟아지는 채근은 감당하기 어려울 지경이외다. 여러 장수들은 좋은 계책이 있다면 기탄없이 말해주시오."

유비가 한동안 고심을 했던 계략을 밝힌다.

"척후병의 정찰에 의하면, 지금 장보의 군영에서는 지휘관 사이의 크고 작은 이견으로 군심이 크게 분열되어 있다고 합니다. 특히 이들은 식량이 부족하여 식량의 보급을 둘러싼 내분으로 적장 장보와 부장 팽탈이 크게 반목하고 있는 듯이 보입니다. 이 둘 사이에서 반간계를 펼쳐 갈라놓고, 팽탈을 우리 쪽으로 끌어들여 서로 싸우게 하는 어부지리(漁父之利) 계책을 취하심이 효과적이지 않을까 생각됩니다."

"의병장의 계책은 좋은데, 여러 곳의 전투를 거쳐 닳고 닳은 팽탈을 과연 어떻게 우리 쪽으로 끌어들일 수 있겠소?"

"저의 수하 의병 중에 팽탈과 깊은 교분을 맺은 자가 있다고 합니다. 그를 통해 은밀히 팽탈에게 교신을 넣어 투항을 권유하도록 하겠습니다."

"의병장이 이번 일을 성사시키면, 이번 양성전투에서 최고 수훈은 바로 당신이요. 한번 멋지게 일을 성사시켜 보시오."

유비는 수하의 의병을 은밀히 팽탈에게 보내어, 주준의 밀서를 전달한다.

"만일 장보를 제거하고 영채를 순순히 관군에게 넘긴다면, 그대를 관군의 장수로 임명함은 물론 많은 상금과 가족을 이루도록 해주겠노라."

팽탈은 투항을 권유하는 주준의 밀서를 받고, 이에 답하여 자신의 뜻이 담긴 밀서를 보낸다.

"소장도 지공장군과 뜻이 맞지 않아 고심하고 있었으나, 서로 싸우면 방휼지쟁(蚌鷸之爭)이 되어 모두가 패망할 것을 우려하고 감정을 억누르고 있었습니다. 중랑장 어른의 뜻을 알게 되었으니, 소장이 감히 장보를 도모하여 장군의 배려에 보답하겠습니다."

그날 밤, 팽탈은 수하를 이끌고 장보의 군막을 들이친다. 장보는 무방비 상태에서 자신이 아끼는 부장의 습격을 받자 황급히 군을 정비하지만, 준비된 팽탈의 급습을 이기지 못하고 하곡양(下曲陽)으로 황급히 도피하여, 하곡양에서 자신을 따르는 농민군 1만5천을 정비하고 마지막 결전에 대비한다.

황보숭이 주준을 지원하러 양성전투에 합류하러 왔을 때는 이미 장보가 패주하여 하곡양으로 도주한 뒤였다. 황보숭은 기치를 드높이며 사기가 하늘을 찌르고 있는 관군을 이끌고 하곡양으로 진군한다. 황보숭은 하곡양에 이르러 아직 진용이 정비되지 못한 장보를 경기병을 활용한 속전속결로 급습하여 단숨에 진채를 무너뜨리고 장보를 사로잡아 수급을 베어 낙양으로 보낸다.

황건농민군 총수 장각이 병으로 죽고, 장보와 장량 형제, 황건농민군 신상사 장만성이 주살 당했으나, 아직도 황건농민군의 잔당은 수 만 명이나 남아서 여러 고을에서 산발적으로 저항하고 있었다.

황건농민군 신상사인 장만성의 선봉장 조홍이 부장 한충, 부장 손하와 함께 곡양전투와 양성전투에서 패배한 황건 패잔병 무리를 완성으로 집결시키고 끝까지 저항을 벌인다.

조정에서는 주준에게 조칙을 보내, 조속히 완성(하남성 남양)의 황건적 잔당들을 섬멸하고 황건적의 난을 마무리 지으라고 명한다. 이로써 황건농민군과 관군의 7대 전투 중 마지막 전투인 완성전투가 시작된다. 완성이 있는 남양지역은 일찍이 황건농민군의 기세가 거세어, 남양태수 저공이 황건농민군 장만성에 의해 살해당하는 등 한때 매우 위급한 지경에까지 이르렀으나, 새로이 부임한 남양태수 진힐이 장만성을 격파하여 죽인 이후 다소 안정이 된다.

그러나 조홍(趙弘)이 부장 한충, 손하가 거느리는 잔당들을 완성으로 총집결시키자, '자라보고 놀란 가슴 솥뚜껑 보고 놀란다.'라는 속담 그대로, 남양지역 백성들은 다시 걷잡을 수 없는 공포에 휩싸인다. 황건농민군이 기습적으로 완성을 점거하고 철옹성 수비에 돌입하자, 주준은 완성을 이중 삼중 겹겹으로 둘러싸고 철두철미하게 포위하여 공성에 돌입한다.

주준이 총력을 다 기울여 완성을 공략하지만, 사력을 다해 수성하는 조홍의 방어를 뚫지 못하고 6월부터 시작된 공세는 8월이 되어도 진척이 없을 정도였다. 조정에서는 주준을 해임해야 한다는 환관의 직소가 계속되고 있었으나, 사공 장온이 주준을 옹호하여 원병의 필요성을 주장한 덕에 이때, 형주자사 서구, 남양태수 진힐이 조정의 명을 받고 완성전투에 합류하게 되는데, 주준은 이들을 불러들여 유비의 의병과 함께 수만에 이르는 대군을 이끌고 대책회의를 개최한다.

"조홍이 성 밖으로 나가 싸우자는 부장 한충과 손하를 다독이면서, 왜 농성이 필요한가를 적극적으로 주장하고 있다고 하오. 완성은 정공법으로는 낙성이 어려운 성이오. 완성을 성공적으로 되찾기 위해서는 조홍을 반간계로 부장들과 반목을 하도록 유도해야 하지만, 최후의 발악을 하는 한충과 손하는 투항을 해도 용서를 받을 길이 없음을 알고 있어 반간계도 효과가 없을 것 같고. 무엇보다도 조홍을 처리할 수 있는 최선의 방법을 먼저 강구하여 봅시다."

형주자사 서구가 행정가다운 발상을 개진한다.

"적병은 비록 농민군이라 해도 아군보다 수적으로 우세합니다. 적병이 꼼짝 않고 농성으로 일관할 때, 성을 함락시키기 위해서는 특별한 경우를 제외하고는 3배 이상의 병력을 지니고 있어야 합니다. 그렇지 못한 현재는 어떤 방법을 써서라도 조홍을 제거하여 한충과 손하가 출성하도록 유도해야 하는데, 이를 위해 만천과해(瞞天過海:눈에 익은 사실에는 자연히 방심하게 됨) 전략을 쓰면 어떨까 생각합니다."

"만천과해(瞞天過海)라고 하면……"

"그렇습니다. 조홍이 지키고 있는 남문 문루 앞에서 아군이 마치 당장이라도 공성에 임할 것처럼 하다가, 아무 일도 없다는 듯이 물러서기를 서너 번을 하면, 처음에는 긴장하던 조홍이 나중에는 방심하게 될 것입니다. 이때를 기다렸다가 은폐시킨 명궁수 서너 명이 조홍에게 집중적으로 화살을 날려 조홍을 제거하는 것입니다."

주준 이하 모든 장수와 책사들이 서구의 계책에 무한 동의를 표하고, 이튿날부터 주준은 서구의 계책을 이행한다. 주준의 관군들이 남문을 집중적으로 공략할 조짐을 보이자, 조홍은 초긴장하여 문루에서 관군의 동태를 예의주시한다. 그러나 주준의 관군은 여러 날을 시위만 할 뿐, 한참 후에는 싱겁게 군사를 뒤로 물리자, 의례적인 공세로 여긴 조홍은 문루에서 장수들과 허탈하다는 듯이 담소를 시작한다.

이때, 주준이 명궁수들에게 명하여, 문루의 조홍에게 집중적으로 화살을 날리도록 한다. 남문 문루에서 긴장을 풀고 있던 조홍은 명궁수들이 쏜 화살에 맞아 목숨을 잃자, 대장을 잃은 황건농민군은 갈피를 잡지 못하고 우왕좌왕한다. 주준은 이때를 놓치지 않고 장수들을 불러들여 전술 명령을 내린다.

"나는 남문을 공략할 테니, 진힐 태수는 동문을 공략하고, 서구 자사께서는 부장을 이끌고 서문을 공략하시오. 의병장 유비는 북문을 공격하시오."

지휘관을 잃어 방향을 잡지 못하고 있던 농민군들은 관군이 사방에서 격렬한 공성에 임하자, 급기야 수성을 포기하고 성문을 열고 나와 관군과 혈전을 벌이면서 완성 외곽으로 도피한다.

한충과 손하가 완성에 농성 중이라는 소문을 듣고 완성을 향해 집결하던 황건농민 패잔병들은 한충과 손하가 주둔하는 완성 외곽에 다시 결집하여 최후까지 투쟁할 것을 결의한다.

각처에 흩어져 오갈 곳이 없던 황건농민군이 다시 완성 외곽에 집결하여 갑자기 병력이 배로 불어나면서, 결사항전의 정신으로 임하여 관군의 피해가 심해지자, 관군은 심적으로 동요하기 시작한다. 격렬한 전투로 체력이 소진된 관군은 사기가 떨어져 전투를 피하고자 하는 데 반해, 오갈 곳이 없어진 농민군은 죽기 살기로 대항하자, 그야말로 궁지에 빠진 쥐떼들이 고양이에게 전력을 다해 달려드는 형국이 펼쳐진다.

"전 병력은 완성으로 퇴각하라."

주준은 잠시 군사를 물린 후 다시 원기를 회복하여 황건농민군을 도모할 생각을 다시 구상한다. 이 틈을 노려 한충은 후퇴하는 주준의 관군을 거세게 몰아치며, 혼수모어(混水摸漁:아군을 적병으로 위장) 전략으로 미리 농민군의 일부를 관군의 옷을 입혀, 완성으로 퇴각하는 관군을 따라 무사히 성 안으로 들어가게 한다.

관군으로 위장한 농민군들이 성안으로 들어가서 관군과 치열한 전투를 펼치고, 이때 성 밖에 당도한 농민군이 성문을 거세게 공략하여 다시 완성을 탈환한다.

이 무렵, 좌군사마 손견이 한당, 황개, 정보와 함께 1천5백의 군사를 이끌고 완성전투에 합류한다. 완성을 빼앗긴 주준은 군사를 이끌고 온 좌군사마 손견과 연합하여 완성을 공략할 계책을 세운다.

"나는 성동격서(聲東擊西) 전략으로 성을 공략하기로 결정했소이다. 좌군사마가 서남쪽으로 대군을 이끌고 가서 격렬하게 공성을 취하는 동안, 나는 동북 방면에 숨어 있다가 적병들이 서남쪽 방면으로 병력을 빼돌리는 빈틈을 노려 성안으로 잠입하도록 하겠소."

손견은 주준의 주문대로 한 치의 오차도 없이 공성의 전술을 감행한다. 이때 동북 방면에 빈틈이 생기면서, 주준이 병사들을 보내 동북 방면의 성벽을 넘어 교전을 벌이게 하지만,

주준의 병사들은 궁지에 몰린 한충의 거센 반격을 받고 퇴각하기 시작한다.

"관군이 무리하게 동북 방면의 성곽을 타고 넘으려고 동북 방면의 포위를 푸는 바람에 관군의 포위망이 느슨해졌다. 동북 방면의 장수들은 즉시 군사를 정비하여 퇴각하는 관군을 추격하라."

한충이 퇴각하는 관군을 추격하여 성 밖으로 나오자, 이때를 노리고 있던 주준은 매복시킨 관군에게 명령한다.

"퇴각하는 군사들은 방향을 되돌려 황건도적을 대적하라. 동시에 관군 부장과 의병장은 매복시킨 병사를 이끌고 도적들의 후미와 좌우를 공략하라."

주준의 위계인 줄을 모르고 성 밖으로 나와서 크게 역기를 당한 한충은 사력을 다해 포위망을 뚫고 도주하여, 완성 주변의 작은 성채로 달아난다. 주준이 성채로 군사를 이끌고 포위하여 세차게 공략하자, 한충은 결국 투항을 간청한다.

그러나 주준은 한충의 투항을 받아들이지 않고 한충을 성채 밖으로 끌어내어 복병계로 전투를 매듭지으려고 한다.

"진힐 태수는 완성으로 통하는 성채 인근 언덕에 복병을 이끌고 대기하시오. 나는 성채의 포위망을 느슨히 하여 한충이 야밤에 성을 빠져나오도록 유도할 테니, 한충이 성을 빠져나와 완성으로 향할 때, 복병을 이끌고 한충을 도모하시오."

작전명령을 내린 주준은 야밤의 경비를 느슨하게 풀어놓을 때, 관군의 동향을 살피던 한충은 야밤에 관군들이 깊은 잠에 빠진 틈을 이용하여 기병을 이끌고 성채를 빠져나가, 한참을 달려 완성으로 통하는 야산에 이르게 되는데, 한충이 당도하기를 기다리던 진힐의 복병들이 함성을 지르며 길목을 막아서면서, 양측 간에는 처절한 혈전이 벌어진다.

이 전투에서 한충은 진힐의 관군에게 포위되어 집중적인 공격을 받고 최후를 맞이한다. 대장 한충이 완성의 외곽에서 목숨을 잃자, 손하가 우두머리가 되어 완성에서 끝까지 항전의 의지를 표명한다. 워낙 손하와 수하 황건농민군의 저항이 거세지자, 비록 관군이 승세를 잡았다고는 하지만 관군이 입는 타격 또한 여간 심한 것이 아니다.

중랑장 주준은 형주자사 서구, 남양태수 진힐, 좌군사마 손견, 의병장 유비와 함께 대책을 강구하며, 먼저 주준이 전반적 상황을 알리고 각자의 의견을 수렴하기로 한다.

"장보가 이끌던 9만에 가까운 병력이 계속 줄어들어, 이제는 2만여 명이 살아남아 있소. 지공장군이라 자칭한 장보가 죽고, 신상사 장만성이 죽은 이후 적들은 승산이 있다고는 생각도 하지 않으면서도 끈질기게 저항하니, 우리 관군도 큰 타격을 입고 있소이다. 어떻게 해야 아군의 피해를 최소화시키고, 전투를 빨리 마무리 지을 수 있겠소?"

유비가 인애에 입각한 인도주의적 가치에 입각하여 조심스럽게 말한다.

"병법에 싸우지 않고 이기는 것이 최선의 방책이라고 했습니다. 지금 적들은 좁은 성에 모든 패잔병이 몰려들어 아직도 3만에 가까운 병력을 유지하고 있습니다. 이들이 죽기 살기로 저항을 한다면 쉽게 싸움을 종결짓기 어려운 형국입니다. 이들에게 내부분열을 일으켜 이들이 스스로 무너지는 방법도 생각해 보았으나, 지금의 적들은 선택의 여지가 없는 궁지에 몰려있는 탓에 손하의 지휘 하에 일사불란하게 움직이고 있습니다. 그렇다면 이들에게 투항을 권유해 봄이 어떨까 합니다. 초패왕이 한고조께 패한 가장 근본적 원인은 적들에게 관용을 베풀지 않아, 적들이 배수진을 치고 초패왕에게 끈질기게 저항했던 원인이 큽니다. 반면, 한고조께서는 싸우지 않고 이기는 방법을 취해서, 적에게 항복을 권하여 투항한 적장이나 적병에게는 관용을 베풀었습니다. 이들에게 항복을 권하는 사자를 보내면 어떻겠습니까?"

이에 주준이 단호한 태도로 응답한다.

"자기들의 세력이 강성하면 국가를 배반하고, 궁지에 몰리면 상대방의 인의, 인애에 기대어 살아날 수 있다는 기대를 주면, 제2, 제3의 황건도적과 같은 무리들이 나타날 것이오. 옛 진나라 시절에는 진시황 영정이 가혹하고, 극악하여 천하의 백성이 따르지 않았소. 그래서 적이라도 투항을 하면 받아들여 인의를 펼치면서, 백성들을 사랑하고 존중한다는 것을 보여주어 민심을 수습할 수 있었소. 그러나 지금은 통일되어

4백여 년을 한황실이 이끌고 있는데, 다소 나라에 불만이 있다고 하여 황건도적이 모반하여 나라의 기강을 흔들고, 민생을 도탄에 빠뜨리고 있는데, 이는 하늘도 용서할 수 없는 일이오. 게다가 이제 거의 섬멸당할 처지에 있는 반란군에게 용서하겠다고 하면, 앞으로 악을 행하고도 기회주의를 타는 파렴치한들을 어떻게 통제할 수 있겠소. 좋은 계책이라고는 할 수 없을 것 같소. 다른 분들의 의향은 어떠신지요?"

모두 주준의 의견에 동의하자, 이때 형주자사 서구가 지방 행정책임자로서 몸에 익은 제안을 한다.

"지금 적들은 좁은 성에 3만 명에 가까운 병력이 있소. 성 안에 있는 양곡으로는 몇 달을 버티기 어려울 것이오. 궁지에 몰린 쥐가 고양이에게 달려들어 최후의 발악을 합니다. 우리가 성을 에워싸고 끈질기게 대치하면, 반군들은 조만간 성을 버리고 도주할 것이오. 이때를 기다리면 우리 측의 피해를 최대한 줄이고, 적을 손쉽게 진압할 수 있을 것이요. 그때를 기다렸다가 총공격하는 것이 좋을 것 같소."

주준이 형주자사에 대한 예의를 갖추면서 입을 연다.

"자사의 말씀은 아군도 피해를 덜 입고 좋은 방책입니다만, 조정에서는 빨리 난을 진압하라는 칙서가 도착하여 있습니다. 장시간 이들과 대치할 수 있는 입장이 아니오."

이번에는 손견이 전술적 차원에서 공성에 대한 방책을 제시한다.

"이제 와서 적장에게 투항을 권유하는 것만이 최선책은 아닌 것 같습니다. 그렇다고 언제까지 성을 바라보면서 대치할 것입니까? 소장의 생각으로는 단번에 성을 공략하여 섬멸할 수 있는 대책을 수립하는 것이 합당할 것 같습니다. 산발적인 공성보다는 전군을 결집한 총력적인 공성에 들어가야 한다고 생각합니다."

이에 주준이 한참을 고심하더니 공성계획을 밝힌다.

"욕금고종(欲擒姑縱:도망갈 길을 열어두어 적이 사력을 다해 대항하지 못하게 함) 전략을 쓰면 어떻겠소? 나는 서문을 공격하고, 진힐 태수와 의병장 유비는 북문, 부장 손견은 남문을 공격하고 동문을 방치하여, 손하가 도망갈 길을 찾아 동문을 열어 달아나게 하면 우리 측의 피해를 최소화할 수 있을 것이오. 적들에게 도망갈 길을 내어주고 이들이 성을 빠져나왔을 때, 이들을 공격하는 것이 현재 우리에게 놓인 여건상 가장 좋은 선택인 것 같소."

모든 장수들이 주준의 방책을 택하여 총체적 공성에 들어가기로 한다. 명불허전이라고 손견은 이름 그대로 맹장이었다. 작전계획에 따라 성을 공략하기 시작하자, 손견은 수하들에게 공성을 맡기지 않고 직접 솔선수범하여 공성에 임해 성벽을 타고 남문 성가퀴를 오르면서, 남문을 지키는 적병 수십 명이 손견에게로 몰려든다. 손견은 이들을 단숨에 베어버리고 성가퀴를 장악하자, 수하들은 용기백배하여 성벽을 기어올라 남문을 완전히 점령한다. 손견이 남문을 점령했다는 소식이 북문에 전달되자, 북문을 지키는 황건농민군이 주춤하는 사이, 관우와 장비 또한 의병을 독려하여 북문을 점거하고 북문을 지키는 수문장을 단칼에 베며 북문을 열어젖힌다.

이어 유비가 북문을 완전히 점거했다는 전갈을 받은 손하는 수성이 어려운 것을 감지하고, 군사들을 이끌어 공략이 허술한 동문을 열고 도주한다. 이로써 완성은 함락되고 황건농민군은 완성전투에서 수만 명이 목숨을 잃는다.

손하는 패주해 달아난 수하 1만여 명과 함께 마지막 결전을 벌이기 위해 서악의 정산에서 군사를 정비했으나, 사기를 잃은 수하들이 투항을 고집하는 바람에 군심이 분열된다.

이때를 놓치지 않고 관군이 총집결하여 공격에 임하자, 손하 이하 1만여 명의 농민군은 무기력하게 전투에 임하다가 각개 격파되어 대다수가 목숨을 잃는다. 그해 10월, 주준은 완현을 완전히 탈환하고 남양군 10여 개 마을은 평시와 같이 평온해지면서, 황건농민군을 소탕한 주준은 군사를 거느리고 낙양으로 돌아와서 조정에 승리를 알린다.

184년(중평 원년) 11월, 영제는 주준의 공을 인정하여, 우거기장군 겸 광록대부를 제수하고 전당후로 봉해 식읍 5천호를 하사하고, 특히 곡양전투 등 여러 곳에서 대승을 이룬 황보숭의 공적을 높이 치하하여, 기주목 겸 좌거기장군으로 임명하고 괴리후로 봉하여 식읍 8천호를 하사한다.

3) 유비의 출사와 조조의 낙향

'황건농민군의 기의'는 '황건적의 난'이라는 역사적 기록으로만 남기며 허무하게 끝나고, 이번 기의를 진압하는 데 큰 공적을 세운 장수들에게 조정에서는 논공행상이 벌어진다.

장사성전투와 영천전투에서 큰 공적을 세운 기도위 조조는 제남상으로 임명되고, 중랑장 주준의 밑에서 수발하던 좌군사마 손견이 별군사마로 임명되며, 유주성전투 등에서 공을 세운 교위 추정은 북군중후로 제수되는 등 각자 세운 공적을 인정받아 관직을 더하게 된다. 그러나, 조정에 아무런 연줄이 없는 유비에게는 한동안을 기다려도 아무런 관직도 내려지지 않는다. 유비는 자신을 믿고 따라온 의병들에게 면구함이 커져 우울한 마음을 떨쳐버리지 못한다. 시간이 점점 흘러가면서 무리들의 식량문제, 거주의 문제가 불거져 나오자, 유비는 교위 추정을 찾아가 허리를 굽혀 인사하며 사정을 말한다.

"교위 어른의 도움으로 유주성전투에서 조그만 공을 세우고, 광종과 완성의 전투에 참여할 수 있었습니다. 오늘 황건적이 평정되고 백성들이 일상으로 돌아왔는데, 전투에 참여했던 의병들에게는 아직 이렇다 할 길이 열리지 않아 수하들에게 면목이 서지를 않습니다."

유비의 초라한 행색을 본 추정은 깜짝 놀라며 묻는다.

"아직 아무런 연락도 받지 못했다니, 참으로 납득이 가지를 않는 처사이구려."

추정이 안타깝다는 듯이 말한다.

유비는 간절한 소망을 담아 추정에게 부탁한다.

"나는 아무래도 상관이 없으나, 나를 의지하고 있는 의병들을 보면 너무 죄스러워 고개를 들 수가 없습니다. 이들이 곧 다가올 겨울을 나기 위해서는 의복과 식량, 거주할 주택이 당장 심각한 현안의 문제로 다가와서, 안부도 여쭐 겸 노식 스승님께도 찾아뵐 생각을 했습니다만, 이런 문제로 스승님을 찾는 것이 온당치 않은 것 같아 신중을 기하다가, 불현듯이 교위 어른이 생각나서 한번 뵈러 오게 되었습니다."

"손견이 별부사마로 승진이 되었기에 같이 참전한 의병장도 연락을 받았으려니 생각하고 있었는데, 참 어이가 없군요. 하기야 지금 세상이 공적이 정상적으로 흘러가고 있나? 조정의 대소사를 환관들이....."

추정은 여기까지 말하더니 이내 입을 닫아버리다가, 유비가 추정을 물끄러미 쳐다보자, 추정은 다시 말을 잇는다.

"내가 조정의 대신들과 노식, 주준 장군에게도 알려, 의병장의 공적에 대해서도 논공하도록 부탁을 해 보겠소이다."

이후 유비와 같은 의병들의 전공 문제에 대해 조정에서 깊은 공론화가 이루어지고, 십상시도 더 이상 이런 문제로 자신들의 매관매직에 대한 치부가 드러나기를 원치 않는다.

십상시는 영제에게 공로자에 대한 주청을 새로이 올려, 그동안 관직을 받지 못한 공로자들이 관직을 얻게 되면서, 우여곡절 끝에 유비는 중산국 안위현 현위로 부임하게 된다.

 유비는 현위라는 하찮은 관직으로는 자신과 생사고락을 함께한 의병을 다 이끌 수는 없어 의병을 일으켰던 수백 명 의병 중에 관우, 장비와 20여 명의 의병만 거느리고 안위현을 향해 떠난다. 유비가 헤어지는 의병에게 수중에 남아있던 모든 물자와 돈을 나누어주자, 이들은 이별을 아쉬워하며 새로이 만날 날을 기약한다.

 유비가 안위현 현위로 부임하여, 안위현의 기강을 바로 세우고 현민들의 고충을 귀담아 들어주기 시작하자, 현민들은 유비를 우러러 진심으로 따른다. 유비는 관우, 장비와 언제나 함께하여 한 밥상에서 식사하고, 한 침상에서 잠을 자고, 한 곳에서 집무를 보며 주종의 관계, 형제애를 돈독히 다지고, 관우, 장비는 종일같이 유비를 호위하는 연유로 심신이 지칠 만한데도 한결같이 성심으로 유비를 보좌한다.

 그러다가 유비가 안위현위로 부임한 지 넉달 즈음 된 어느 날, 전국지방 각 아문에 조칙이 내려지고 유비에게도 황제가 내린 조칙이 하달된다.

 "지난 황건적의 난을 진압할 때 공훈이 없음에도 매관매직으로 관직을 받은 자가 있다고 한다. 또한, 쥐꼬리 같은 공로를 앞세워 관리가 되어 백성들을 괴롭히는 소인배가 있다고 한다. 짐이 이를 가려내어 옳고 그름을 바로 세우려 하노라."

 조칙의 내용은 그럴듯하나, 사실은 매우 위험한 음모가 담겨있는 조칙이었다. 사실 황건농민군의 난을 평정했다는 명분으로 환관들에게 매관매직하여 관직을 산 부류들이 있었다. 이들 중 일부가 관직을 살 때 살포한 돈을 회수하고자, 양민들을 수탈한 일로 조정에서 논란이 된 적이 있었다.

 이것이 조정에서 공론화되어 십상시들은 자신들의 혐의를 피하려고 황제에게 조칙을 하달하게 하고, 이를 집행하는 독우를 통해 실제로 매관매직한 부패한 관리를 뽑아내기보다는 희생양이 될 만한 몇몇 관리를 추려내어 조정의 공론을 무마시키기로 한 것이었다. 이로 인해 독우의 개인적 판단이나 독선, 개인적 감정, 그리고 환관의 외압 등이 개입할 여지가 너무도 많은 바람직하지 못한 지방 감찰이었다.

 영제의 조칙이 내려진 지 며칠 만에 감찰관 임무를 띤 독우 최렴이 안위현으로 파견 나온다. 유비는 현의 관리들을 이끌고, 현청 앞에 길게 도열하여 독우를 맞이하는데, 독우는 말 위에 앉은 채로 거드럭거리며, 말채찍을 휘두르는 것으로 답례를 대신한다.

 독우 일행이 관청에 들어서자, 유비는 독우에게 현위의 좌석을 내어주고 현청 앞뜰에 시립한다. 유비는 독우를 마주하여, 두 손을 공손히 모은 채 허리를 굽혀 감찰관에 대한 예를 갖추는데, 독우는 좌우에 수행원들을 시립시킨 채, 뜰 앞에 고개를 숙이고 서서 있는 유비를 한참 동안 내려다보다가 퉁명스럽게 말을 던진다.

"현위는 나를 알아보겠는가?"

독우의 뜬금없는 물음에 고개를 들고 독우를 한참 쳐다보고 있던 유비는 불현듯 지난 유협시절을 생각해낸다. 노식의 문하에서 같이 공부했던 사형 공손찬의 탁현 관청에서 본 적이 있던 최렴이었다.

'지금부터 2년 전, 최렴이 공손찬 현령을 감찰하러 독우로 파견 왔을 때, 독우가 너무도 탐욕스러움을 보여 내가 면박을 했던 적이 있었는데, 바로 그때의 그 독우로구나. 내가 면박하던 것을 공손찬 사형이 무마시킨 적이 있었지.'

유비는 지금 2년 전의 일을 입에 담을 수도 없어 짐짓 시치미를 뗀다.

"잘 기억이 나지를 않습니다."

독우가 시큰둥하게 말한다.

"그렇겠지." 하고는 유비를 자리에서 물리고, 자신도 역관으로 떠나버린다.

유비는 현리들을 관청에 모아 놓고 회의를 하는데 이때, 현리들이 유비에게 사연을 묻는다. 이에 대해 유비는 간단히 대답한다.

"별일 아니외다."

관우와 장비는 예전 공손찬 관아에서의 일을 얼핏 알기 때문에 조용히 듣기만 한다.

이때 현리 한사람이 걱정스러운 표정으로 말한다.

"독우가 무척 탐욕스러운 사람이라고들 합니다. 옛일을 핑계 삼아 뇌물을 탐내는 것이 아닐까 생각합니다."

다른 현리들도 이에 동감하자, 유비가 조용히 말한다.

"내가 안위현위로 취임한 이래 추호도 현민들을 착취하거나, 지나치게 세금을 징수한 적이 없소이다. 내게 무슨 돈이 있어 독우의 배를 채울 수 있겠소이까."

현리들이 이구동성으로 말한다.

"지금 현민들은 현위의 선정에 모두 감사하고 있습니다. 현위의 안위를 위해서라면, 십시일반 협조하여 독우에게 바칠 뇌물을 만들 것입니다."

유비는 손사래를 치며 단호한 어조로 말한다.

"지금 백성들은 전국을 맹타한 전란의 후유증으로 모두가 배를 굶주리고 있습니다. 이들에게 폐를 끼치는 것은 옳지 않습니다. 그리고 이런 전례를 남기면 앞으로 이것보다 더 큰 부정부패가 생기게 됩니다. 추후 입에도 담지 마십시오."

현리들은 유비의 단호한 결심을 막을 수 없음을 알고 더 이상 이에 대한 언급을 삼가 한다.

유비는 문제를 풀기 위해 독우를 찾아 단둘이 허심탄회한 대화를 하려고 하나, 독우는 결코 면회를 허락하지 않는다.

유비는 독우의 처분만을 기다릴 수밖에 없어 차분히 결과를 기다리면서도 현민을 직접 찾아가서 현민과 함께 동행하는 공무를 수행한다. 그렇게 여러 날이 지나도 유비가 기대를 만족시키지 않자, 독우는 현리들을 불러놓고 따로 상계리에게 호통을 치며 명을 내린다.

"현위 유비는 비천한 가문의 혈육으로 예전부터 황실의 후손이라고 떠들고 다니면서, 황실을 능멸하고 백성들을 현혹시켜왔다. 또한, 내게 들려오는 소문은 현위가 현민들을 착취하여 자기 배를 불리는 바람에, 가렴주구로 현위를 원망하는 소리가 드높다고 한다. 상계리는 이런 소문을 못 들었는가? 이런 탐관오리를 찾아내라고 황제께서 나를 독우로 보내신 것이다. 그대는 이런 내용을 상소문에 써서 나에게 올려 보내도록 하라. 나는 낙양에 가서 황제께 감찰 보고를 올려, 이런 탐관오리를 파직시키고 현민들을 가렴주구에서 구하겠노라."

현리들은 유비의 선정을 알면서도 독우의 위세에 눌려, 아무런 대꾸도 못하고 눈치만 본다. 관아 앞에는 이 소식을 들은 현민들이 몰려와서 웅성거리고, 그중 몇몇 노인은 눈물까지 흘리며 독우를 만나려고 역관으로 향한다.

그러나 독우는 경비병에게 지시하여 이들이 접근하지 못하게 막으면서, 상계리에게 상소문을 쓰도록 계속 압박을 가한다. 장비는 독우의 횡포를 참지 못하고 분노로 몸을 부르르 떨면서, 독우가 머물고 있는 역관으로 가려고 한다.

"내 이놈을 당장 패대기치고, 여기를 떠나련다."

관우도 그동안 독우의 횡포를 참다가 분노가 폭발하여, 유비에게 강하게 자신의 의사를 표출한다.

"우리가 생명을 걸고 의병활동을 벌여 적지 않은 공을 세웠으나, 우리에게 돌아온 것은 고작 현위라는 말단관직입니다. 그래도 조정에서 내린 관직이라고 겸허히 받아들였으나, 오늘 조정의 관리들이 하는 행태를 보면 더 이상은 희망이 없을 듯합니다. '봉황은 오직 오동나무에만 깃든다.'고 합니다. 이와 같은 가시덤불에는 봉황이 깃들지 않습니다. 이곳은 우리가 머물 곳이 아닌 듯합니다. 이번 기회에 이곳을 떠나, 다시 우리가 나아갈 앞날의 계획을 세워봄이 좋을 듯합니다."

유비가 조용히 주위를 진정시키며 말한다.

"이 문제는 나에게 맡기고, 나서지들 마시게."

유비는 관우, 장비와 함께 독우가 머물고 있는 역관에 도착하여, 역관을 지키는 위병들에게 문을 열게 한다. 위병은 현위가 부리는 수하이기에 순순히 유비의 명을 받아들였으나, 수행원들은 조정에서 보낸 관리들이다. 이들은 분기탱천하여 독우를 찾는 유비, 관우, 장비에게 독우의 행방을 알려줄 리가 없었다. 분노한 장비가 대청마루에 뛰어올라 안방 문을 열고, 안에 있는 독우의 머리채를 거머쥐고 역관 마당 앞으로 끌어내린다.

"이게 무슨 무뢰한 짓이냐? 황제 칙명을 받드는 독우를 건드리면 항명이라는 것을 모르느냐?"

독우도 이미 벌어지는 현장 분위기를 느끼고, 상황을 감지했으나 최후의 발악을 한다.

독우의 수행원들도 깜짝 놀라지만, 몇 명 되지 않는 그들이 아무리 보잘것없는 현위 일지라도 현에서는 최고의 영향력을 가지고 있는 현위의 위세를 막을 수는 없는 것이다. 장비는 역관의 마당에 있는 말뚝에 독우를 묶고, 주변에 있는 버드나무의 가지를 꺾어 독우를 내리치려 한다.

유비의 입장에서 보면 이미 엎질러진 물동이의 물이다. 유비는 이제는 더 이상 수습할 길이 없음을 알고는 장비의 나뭇가지를 빼앗아 들면서 독우에게 질타를 가한다.

"이번 일은 나로 인해 벌어진 일이니, 벌을 받아도 내가 받겠네. 자네들은 뒤로 빠지게. 네 이놈, 최염! 전부터 네놈이 탐관오리인 것은 알고 있었지만, 이렇게까지 형편이 없는 인간인지는 오늘에야 확실히 알게 되었노라. 한번 나의 따끔한 회초리 맛을 보고 정신을 차리거라."

유비는 장비에게서 빼앗은 나뭇가지로 독우를 호되게 내리치기 시작한다. 독우는 있는 힘을 다해 내리치는 유비의 회초리에 고통을 참지 못하여 비명을 지르며 살려달라고 통사정을 한다.

"현위, 잘못했습니다. 한번만 용서해 주십시오. 다시는 잘못을 저지르지 않겠습니다."

이제 독우는 주변의 체면이고 무엇이고를 돌아볼 생각 자체를 하지 못하고, 비굴해 보일지라도 오로지 살겠다는 욕망밖에 없어 보였다.

유비는 매질을 잠시 멈추고 큰소리로 묻는다.

"네놈은 무엇을 잘못했는지 아느냐?"

"………"

독우는 자신이 무엇을 잘못했다는 것인지를 모른다는 듯이 꿀 먹은 벙어리가 된다.

"그것 보아라. 네가 한 짓을 네가 모르지 않느냐?"

유비는 울분에 가득 차서 자신을 주체하지 못하고 끊임없이 독우에게 매질을 가하면서, 나뭇가지가 부러지자 다시 나뭇가지를 꺾어 매질을 계속한다. 독우의 몸 곳곳에 옷이 찢어지고 피가 배어 선혈이 낭자했으나, 유비는 매질을 멈추지 않는다. 독우가 기절하고, 찢어진 관복 틈으로 살이 터져 붉은 피가 줄줄 흐르자, 그때서야 유비는 비로소 매질을 멈춘다. 그동안 버드나무 가지 10여 개가 부러지고, 200여 대의 매질이 가해졌다. 독우가 가까스로 의식을 차리려는 듯이 꿈틀거리자, 유비는 독우를 엄하게 꾸짖으며 일장 설교를 한다.

"네 이놈, 다시는 직위를 이용해서 하급관리나 백성을 괴롭히지 말라. 또 이따위 탐욕스러운 짓을 하겠느냐? 매질을 더 해야 정신을 차린다면, 더 때려서 정신을 차리게 해주겠다."

독우는 정신을 잃은 가운데에도 유비의 분기에 가득 찬 목소리가 귓전을 울리자, 이대로 가다가는 죽을 수도 있겠다는 생각에 겨우 정신을 차리더니 애걸복걸한다.

"아닙니다. 아닙니다. 살려주십시오. 다시는 이런 일이 없도록 하겠습니다."

유비는 가슴에 걸고 있던 현위 인수를 독우의 목에 걸어놓고 한바탕 훈계를 가한다.

"네놈의 목숨을 끊어도 분이 풀리지 않겠지만, 너와 같은 탐관오리를 죽이고 인명을 천히 여기는 소인배라는 세간의 평을 받고 싶지 않아 목숨만은 살려주겠다. 차후 이런 일이 없도록 하겠다고 약속을 했으니, 앞으로는 하급관리와 백성들에게 귀감이 되는 일을 하도록 하라. 현위의 인수는 네게 줄 테니 알아서 처분하라."

유비와 관우, 장비는 곧바로 말을 타고 정처도 없이 기약도 없는 방랑길을 떠난다. 독우는 수행원들에게 부축을 받아 겨우 한의원으로 보내진 후 며칠이 지나고, 어느 정도의 기력을 회복한 독우는 정주태수에게 찾아가서 유비와 관우, 장비에게 당한 봉변을 낱낱이 고한다. 정주태수는 유비, 관우, 장비를 잡아들이라는 통문을 돌리고, 쫓기는 유비 삼형제는 이름을 숨기고 정처도 없는 도피 생활로 접어들기 시작한다.

한편, 황건농민군의 기의를 진압한 영천에서의 큰 공로를 인정받아 제남상으로 승진한 조조는 원칙과 규칙을 세워 깨끗하고, 엄격한 행정을 행함으로써 군민들의 대대적인 지지를 받게 된다. 조조는 강력한 법을 세워 놓는 동시에, 환관에게 뇌물을 주고 관직에 오른 향락과 부패에 물든 지방 관리의 8할을 파면하고, 환관과 연계하여 백성의 재물을 갈취하는 지방호족들이 백성의 재물을 갈취하는 일을 막기 위해, 사이비 종교에서 세운 사당을 때려 부수는 등 많은 개혁을 단행한다.

이로 인해 조조는 대다수의 군민들로부터 추앙을 받고 있었으나, 환관과 연계된 부패한 관료들에 의해 탄핵을 받고 낙양으로 불려온다. 조정에서는 경사(京師)에 불려온 조조를 동군태수로 임명하여 동군으로 다시 보내려 하지만, 조조는 동군태수 직위는 탁류파 관리들과 환관들이 파놓은 함정이라 여겨 질병을 핑계로 관직을 사양하고 고향으로 내려간다.

조조는 고향으로 돌아와서 치소의 외곽에 별장을 짓고, 정국의 동향과 변화에 귀를 기울이며, 독서와 사냥으로 소일하는 가운데에서도 친척, 향리의 유협들과 교류하며 뜻을 같이 하는 동료들을 규합하는 작업을 잠시도 멈추지 않는다.

이런 과정에 왕분, 허유 등이 영제를 폐위시키려는 계획을 세우고 조조를 끌어들이려고 접근한다. 그러나 조조는 영제를 폐위시키려는 계획은 명분이 미약하다는 이유로 거절하는데, 결국은 이 계획이 실패하여 주동자 왕분은 자살하고 허유는 기주로 도피하기에 이른다.

4.
북방 이민족의 '서량의 난'

4. 북방 이민족의 '서량의 난'

황건기의(黃巾起義:황건농민군의 기치)로 조정이 변방에 관심을 기울일 수 없을 때, 서량주에서는 변화의 바람이 서서히 불기 시작했다.

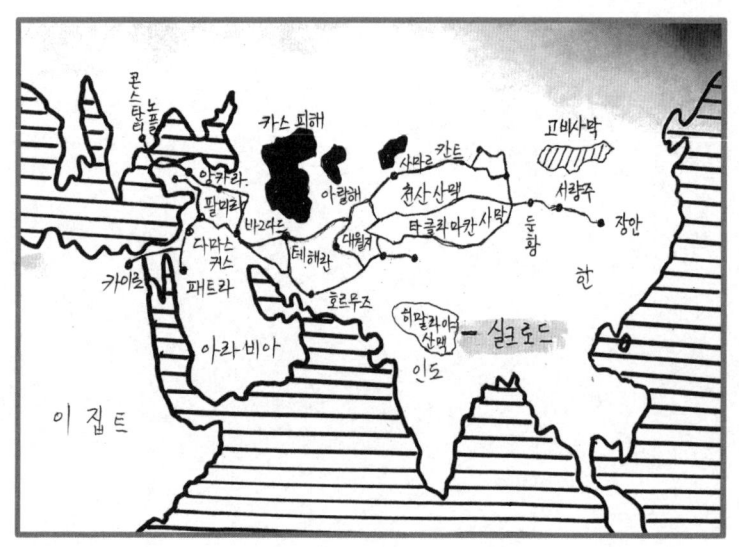

서량주는 지정학적으로 실크로드가 연결되는 동쪽 끝에 위치하여, 중앙아시아 유목민들이 후한과 교역을 하기 위해서는 실크로드를 통해 서량으로 들어오게 되고, 후한의 상단들이 로마 등 유라시아와 교역을 하기 위해서는 실크로드를 통해 교역물자를 실어 이동을 시작하는 관문의 시발점이자 동방의 각종 진귀한 문물이 모이는 집결지이다.

후한의 문화와 문물이 서량을 기점으로 유라시아에 전파되었으며, 유라시아의 문화와 문물이 실크로드를 통해 서량으로 들어오는 동서양의 상업물품 교역과 문화교류의 중심지로서 북방의 이민족들이 생존을 위해 이곳에 많이 거주하였고, 서방 각국의 불순한 사람들이 이권을 노리고 수시로 잠입하여 이곳을 기반으로 상단의 재물을 갈취하거나 훔치는 등으로 치안이 극도로 불안해서 한황실의 입장에서 보면 항상 화약고와도 지역이었다.

한황실 조정에서는 불순분자들을 색출하여 후한의 상단과 백성들을 보호하고, 국가의 조세수입을 위해서는 밀무역을 막아야 하는 관계로 많은 검문검색 기구와 이를 운영할 막대한 자위대의 필요성이 요구되고 있었다.

그러나 서량은 토양 지질학적으로 척박한 농지로서, 이곳에서는 농업을 통해 나오는 조세가 거의 없는 탓에 상단으로부터 받는 관세만으로는 국경을 지키기는 데 필요한 군비조달이 버거운 실정이었다. 그래서 한황실은 서량의 호족이 자경단을 구성하여 스스로 서량의 치안을 유지하게 하고, 부족한 자위대의 운영예산을 중앙정부가 일부를 보조하는 형식으로 운용하면서, 이로써 적은 예산으로 국경을 지키며 치안을 유지할 수 있는 체제를 유지하고 있었다.

물론 동북방의 요동, 요서, 남양주의 변방도 자경대를 통해 중앙정부가 경비를 절감하는 체재를 추진한 점은 같았으나,

이들 변방은 서량주와는 성격적으로 완연히 달랐다. 서량주는 동서의 교역이 활발히 이루어지는 지역이기 때문에 다른 변방보다는 관세수입이 많아서, 중앙정부에서는 동북방의 요동, 요서, 남양주의 변방에 비해서 상대적으로 국방의 경비를 중앙에서 보조해야 하는 부담이 적었다. 따라서 서량의 군벌들이 중앙정부에 의지하는 부담이 상대적으로 적었던 연유로 서량군벌들의 독립적 성향은 다른 변방에 비해 비교적 강할 수밖에 없었다. 동시에 서량에서 서방과의 교역이 늘어날수록 이권은 더욱 많이 늘어나게 되고, 이권을 좇아 많은 인사들이 서량으로 몰리자 힘을 결집할 필요성이 생기면서 군소의 군벌들도 하나, 둘씩 생겨나고 있었다.

조정의 입장에서는 막강한 한, 두 명의 군벌이 서량을 점유하게 되면, 조정에 대항할 힘을 키워 향후 변란을 일으킬 우려가 있음을 인지하고, 군소의 군벌들이 난립할수록 한쪽으로 쏠리는 힘의 균형을 배분시킬 수 있다는 생각에 군소의 군벌들이 자립할 수 있도록 이들 군대에 대해 적극적으로 예산지원을 해주는 등 암묵적으로 군소군벌을 보호 육성하는 정책을 유도해왔다.

이것은 절대적 우위를 가진 군벌이 서량에서 중앙정부의 뜻에 반하여 독자적 활동을 벌이다가 급기야는 반란을 일으킬 위험성을 우려한 통제정책인 동시에, 조정의 비호를 받는 군소의 군벌을 중앙정부에서 관리하여 중앙정부의 힘보다도 이민족 족장과 후한의 군벌 출신이 실질적으로 힘의 균형을 이루게 하려는 서량에서 한황실의 영향력을 유지하는 궁여지책이었다.

그런데, 184년(중평 원년)에 발생한 황건기의(黃巾起義)로 인해 한정된 중앙정부의 재원이 황건농민군을 진압하는데 전액 소요되면서, 서량의 군벌들은 자신들이 내는 관세가 서량으로 되돌아오지 않고 중원의 황건농민군을 토벌하는 데에만 편성되자, 이들은 서량에서 벌어들이는 관세가 한정된 관계로 자경대를 유지하기에 상당한 고충을 겪는다. 이런 현상이 장기화하면서 이에 반발하여 소수민족인 강(羌)족이 중심이 되어, 한족의 지배를 벗어나서 재정적으로 독립된 국가를 만들기 위해 한황실에 반기를 들 계획을 세우기 시작한다.

결국은 '황건농민군 기의(起義)'에 대한 후속 처리가 마무리될 즈음인 184년(중평 원년) 12월 말경, 군벌 선령강과 소월지가 북지군, 농서군 부한현, 하관현의 여러 이민족과 함께 반란을 주도하고, 호(胡)족인 북궁백옥과 이문후를 장군으로 추대하여 새로운 국가를 건설하자는 기치를 높이 들어 올린다. 이들은 금성군을 공격하면서 서량에 있는 한족 군벌의 협조를 얻어낼 필요성이 있어, 이 지역에서 명망이 있는 한족의 군벌인 변장과 한수를 끌어들이고자 이들에게 양동작전을 벌여 한편으로는 위협하고, 한편으로는 변장과 한수가 마치 자신들과 합류한 것처럼 금성 군민들에게 헛소문을 내는 속임수를 써서, 금성 군민들이 자신들과 함께 동조하도록 한다.

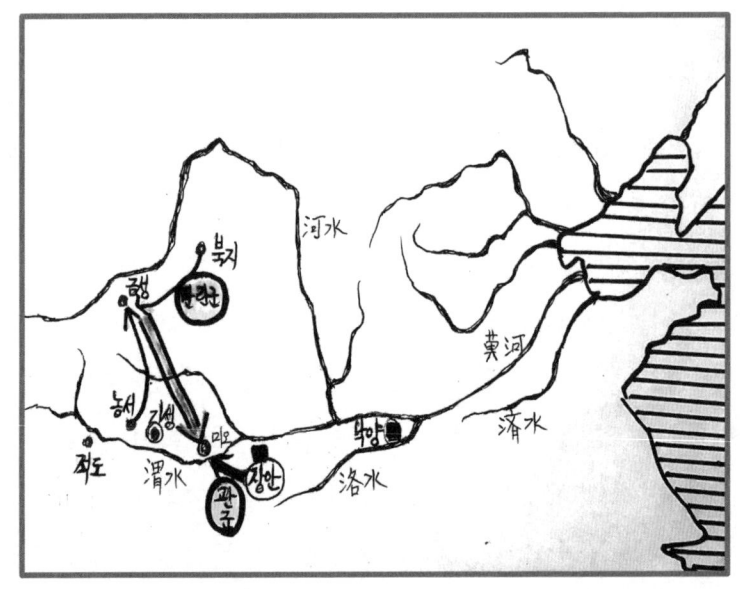

 이들의 양면작전은 성공하여 결국 금성을 함락시키고 호강교위 양징과 서량의 금성태수 진의를 잡아 죽인다. 이에 자세한 내막을 모르는 조정에서는 실제로 변장과 한수가 모반한 것으로 오인하여 변장과 한수에게 죄를 물어오니, 이들은 엉겁결에 양주반란의 괴수로 낙인찍혀 반란에 가담하게 된다.
 185년(중평 2년) 1월, 엉겁결에 서량주 반란의 괴수로 낙인찍힌 한수는 변장을 회유하여 서량주 농서군에서 대대적으로 거병하게 된다. 서량의 반란을 기도하기 시작한 초기는 황건기의(黃巾起義:황건농민군의 기치)가 극에 달하던 시기였던 탓에 조정에서는 '서량의 난'을 진압하는 데에 쏟을 수 있는

군수 재원과 전투 병력이 터무니없이 부족하여 서량에 대해 충분한 군사적 대책을 세우지 못하고 있었다.

그러다가 황건농민군을 진압한 후인 185년(중평2년)에야 조정에서는 '서량의 난'을 평정하기 위해 군사적 행동에 나설 수 있게 된다. 영제는 조정 대신의 천거를 받아 좌거기장군 황보숭을 '서량의 난'을 진압할 총사령관으로 임명하고, 이에 황보숭은 변장, 한수가 반란을 일으켜 초토화가 된 농서군을 진압시킬 장수를 물색하는데, 서량의 지형에 밝고, 서량에 널리 퍼져 있는 인맥을 활용하기 위한 역학관계를 조사하던 중, 이에 두루 조건이 맞는 많은 인맥을 가진 동탁을 적임자로 여겨 그를 중랑장으로 삼아 '서량의 난'을 진압하는 작전에 합류시킨다.

일찍이 동탁은 황건기의(黃巾起義) 당시, 장각과의 전투에서 계속 패전하여 조정의 일각에서 동탁에 대한 문책을 논의하고 있었을 때, 이를 눈치챈 동탁은 문책을 면하기 위해 재빨리 십상시에게 뇌물을 바치고 그들에게 적극적으로 협조하겠다는 충성맹세를 하여, 겨우 문책을 면하고 서량으로 돌아가서는 십상시의 비호를 받으며 오히려 벼슬이 올라 현관의 지위로 봉해지고 20만의 병력을 이끄는 서량자사로 임명된 상황이었다. 이런 사실을 알고 있는 조정의 일부 대신들은 동탁이 무능하여 황건기의(黃巾起義) 당시 중랑장에서 해임된 사실을 상기시키며, 황보숭이 동탁을 '서량의 난'을 진압하는 막중한 임무를 띤 중랑장으로 천거하는 것을 반대한다. 그러나 동탁은 십상시에게 바친 뇌물 공세의 힘으로 조정에서의 입지를 굳건히 하고 있었기 때문에 무난히 중랑장에 임명되어 중앙정치로의 복귀에 성공하게 된다.

185년(중평2년) 봄, 변장과 한수는 자신들을 반란의 괴수로 몰아친 중앙정부의 환관들을 징벌한다는 명분으로 북궁백옥과 이문후를 앞장세워 기병 수만을 이끌고, 원릉이 있는 삼보(三輔)인 경조, 풍익, 부풍까지 침범하기에 이른다. 위기를 느낀 조정에서는 황급히 좌거기장군 황보숭에게 삼보 지역을 진압하는데 파견하려고 하지만, 십상시의 수장 장양은 황보숭이 청류파 관리와 학자, 지방호족, 백성들, 그리고 황제의 절대적 신임까지 얻고 있었기 때문에, 황건기의(黃巾起義) 당시 많은 공로를 세운 황보숭이 이번 '서량의 난'을 평정하는 대업에서도 공을 세운다면, 자신들이 더 이상은 황보숭을 통제하기가 버거울 것을 두려워하기에 이른다.

결국은 십상시의 수장 장양이 환관들의 정치적 입지가 크게 줄어들 것을 우려하여 십상시들과 모함하여 황보숭을 탄핵할 계책을 세우던 중, 환관의 2인자 조충이 장양에게 다가와서 황보숭을 탄핵할 묘수를 제시한다.

"얼마 전, 황보숭이 황제 폐하께 올린 상소는 완전한 무고로 나뿐만 아니라, 황제 폐하까지를 기망한 허위사실입니다. 황제 폐하를 향한 환관들의 충심을 왜곡한 악의적 모함으로,

이는 황제 폐하의 선정에 흠을 입히려는 처사로 밖에는 달리 생각할 여지가 없으니, 황보숭을 처벌해 달라고 황제 폐하께 주청하겠습니다. 이 탄핵을 통해 황보숭을 제거하고자 하오니, 우리 십상시들이 함께 힘을 합해주십시오."

십상시의 조충이 황보숭을 탄핵하고자 하는 사안의 내막을 살펴보자면, 황보숭은 '서량의 난'을 진압하기 위해 삼보로 출정하기 직전, '조충이 매관매직으로 벌어들인 돈으로 법에 저촉된 대저택을 지었으니, 그를 처벌하여 공직의 기강을 바로 해야 한다'는 상소를 올린 적이 있었다. 십상시들은 이 상소를 역으로 이용하여 황보숭을 탄핵하는 데 활용하자는 역공작을 꾸미기 시작한 것이다.

십상시들이 이를 빌미로 황보숭을 무고죄로 처벌해 달라고 황제에게 끊임없이 주청하자, 영제는 황보숭을 파직하여 좌거기장군 인수를 거두들이고, 황보숭의 후임으로 거기장군 장온(張溫)을 대신 임명하여 '서량의 난'을 진압하는데 파견한다.

이때 간의대부 유도가 영제에게 긴히 상소를 올린다.

"변장과 한수가 반란에 가담한 것은 환관들의 무고로 억울하게 누명을 쓰게 된 만큼, 자신들의 무고를 천하에 알리고 용서를 한다면, 변장과 한수는 곧바로 군사를 돌리고 조정에 충성할 것이라고 했습니다. 그리되면 낙양이 반란군의 위협에서 벗어날 수 있을 것이지만, 만일 변장과 한수에 대해 용서를 하지 않아 그들이 마음을 바꾸지 않는다면, 변장과 한수는 삼보의 지리에 밝고 실전에도 능하기 때문에 쉽게 하동과 풍익의 지형을 뚫고 나와서 함곡관을 통관하여 조만간 삼보를 도모하고 낙양은 걷잡을 수 없는 혼란으로 몰아넣을 것입니다. 이같이 환관의 무고로 인해 벌어진 사태가 낙양을 위기에 몰아넣을 수 있으니, 폐하께서 무고를 자행한 환관들을 징벌하면 조정은 위기를 모면할 수 있을 것입니다."

유도는 간의대부로서 역할을 충실히 하고자 하였으나, 유도의 충의는 곧바로 십상시의 반격을 받는다.

"간의대부 유도는 오래전부터 황건적의 잔당들과 통하여 조정을 기망해 왔습니다."

환관에 둘러싸인 영제는 이번에도 환관들이 올린 주청을 받아들여, 유도를 무고죄로 황문의 사옥에 가두도록 명한다.

이에 유도는 사옥에서 조정을 힐난하며 일갈한다.

"나는 정의가 사라진 이 더러운 땅에서 나오는 더러운 공기는 한숨도 마시지 않겠다."

유도는 말을 마치자마자 스스로 호흡을 포기하여 목숨을 끊는다. 환관들은 '농민의 민란'에 이어 '서량의 군란'이 일어나는 이런 위기 상황에서도, 여전히 국가보다는 자신들의 사리사욕을 챙기는 데 급급하여 전혀 위기의식을 느끼지 못한다. 변장과 한수가 기병 수만을 이끌고 삼보인 경조, 풍익, 부풍을 초토화시키지만 장온이 이를 수습하지 못하고 계속 패하자, 조정에서는 동탁을 파로장군으로 승진시키고 동시에 공손찬을 불러들여 장온과 함께 반군을 토벌하는 데에 앞장서도록 명한다.

장온은 반란군을 진압하는 대책회의를 열고 동탁과 함께 제장을 불러들이는데, 동탁은 반란군 대책회의에서 큰소리로 자신의 주장을 펼친다.

"병서에 싸우지 않고 이기는 것이 최선의 방책이라고 했습니다. 직접 군을 투입하지 않고도 변장과 한수가 요구하는 명예회복과 자신들을 모함한 환관만 제거하면 반란은 진압될 것입니다."

동탁은 반란군 대책회의에서 한수 측에서 전해온 내용을 밝히지만, 장온은 대꾸도 하지 않은 채 동탁의 의견을 완전히 무시한다.

이때부터 동탁은 장온의 용병을 탐탁하지 않게 여기고 사사건건이 반대의견을 제시하여 장온을 곤혹스럽게 하고, 이에 서량의 강력한 세력을 배경으로 반대만을 일삼는 동탁을 이끌고는 서량의 반란군을 상대하기에 부담을 느낀 장온은 조정에 새로이 부장을 요청하여, 그해 8월 장온은 주준이 천거한 손견을 참군으로 받아들이고, 도겸을 참군사(參軍師)로 삼아 측근 참모로 활용하게 된다.

곧바로 장온은 10만 병력을 이끌고 손견과 함께 미오에서 반란군과 교전을 계속했으나 연이어 패배하면서 많은 병사를 잃고, 손견도 남양용병대 1천여 명의 병사와 인수(印綬)를 잃기에 이른다. 변장과 한수가 계속되는 승리에 교만해지기 시작하던 11월, 하늘에서 별똥별이 떨어져 땅으로 내려오기 시작하더니 반란군의 군영을 훤히 비추자, 반군들의 거동 하나하나는 관군에게 훤히 노출되게 된다. 이에 반란군은 행동의 제약을 느낀 탓에 깊은 수면과 휴식을 취할 수 없게 되면서, 이들은 피로도가 극도로 심해져서 마침내 불안한 심리상태에서 벗어나지 못한다. 이를 간파한 파로장군 동탁과 우부평 포홍은 머리를 맞대고 전략을 논의한다.

"반란군은 자신들의 일거수일투족이 우리에게 노출되어 몹시 피곤해하고 있습니다. 적이 깊은 잠을 이루지 못하고 심신이 몹시 피로해질 때를 기다렸다가, 지금의 천기는 별똥별이 반란군 군영에 떨어지는 조짐이라고 헛소문을 퍼뜨리면, 적병이 두려움에 빠져 사기가 떨어질 것입니다. 이때 단숨에 적진을 공략합시다."

우부평 포홍이 이일대로(以逸待勞:아군은 힘을 비축하고 적이 피로해질 때 공격)와 진화타겁(趁火打劫:적이 열세일 때 강력하게 공격)을 혼합한 계략을 제시하자 동탁이 이에 동조하여, 파로장군 동탁과 우부평 포홍은 병사들에게 별똥별이 반란군 군영에 떨어지는 조짐이라고 헛소문을 퍼뜨리도록 지시한다. 얼마 후, 헛소문에 현혹된 반란군들은 두려움으로 크게 동요하기 시작하여, 반란군 사이에서는 금성으로 돌아가자는 주장이 나오면서 군심이 크게 흔들리기 시작한다.

이들의 군심이 분열되기 시작하자, 동탁과 포홍이 때를 놓치지 않고 기습적으로 공격하고, 불안에 떨고 있던 반란군들은 싸우지도 않고 도주하여 유중성으로 퇴각하는데, 이때 장온이 장수들을 불러들여 임무를 부여한다.

"탕구장군 주신은 유중성으로 출격하도록 하고, 동탁장군은 반란군 괴수 선령강을 토벌하도록 출병하시오."

장온의 명령이 떨어지고 주신은 유중성을 공격하기 위해 떠날 준비를 하지만, 동탁은 장온의 명령에 이의를 제기하며 강력히 반발한다.

"장군, 나는 탕구장군 주신의 배후 보급로를 지켜야 한다고 생각합니다."

이번에는 장온이 동탁의 주장에 대해 강력히 제동을 건다.

"파로장군은 병법에 퇴각하는 적병을 공격하는 것이 가장 효과적이라는 것을 모르시오? 적병이 퇴각하면서 금선탈각(金蟬脫殼:퇴각에 대한 대비책을 철저히 갖춤)에 의한 대비책을 강구하기 이전에 신속히 공략하는 것이 적병을 섬멸할 수 있는 최고의 전술이외다. 내가 지시한 대로 신속히 작전에 임하시오."

장온은 동탁의 의견을 철저히 무시하고, 동탁에게 반란군 괴수 선령강을 토벌하도록 출격을 명한다. 이때 옆에서 듣고 있던 손견이 장온에게 조심스럽게 자신의 생각을 밝힌다.

"장군, 지금은 부저추신(釜底抽薪:솥 밑에 있는 장작을 빼내어 끓는 솥을 식힘) 계책을 지켜야 할 때라고 여겨집니다. 장군께서 아군의 배후 보급로를 지킬 전술을 쓰시지 않고 대대적으로 적병을 밀어붙일 계획이라면, 추격은 추격대로 신속하게 이행하더라도 일부의 병사는 관군의 보급로를 지키도록 하는 것이 좋겠다고 생각합니다. 반란군의 수장이 부저추신(釜底抽薪)전략을 끌어들여 관군의 보급로를 끊어 버리면, 관군은 식량을 보급받지 못하는 관계로 곧 기아에 몰려 사기가 떨어지면서 오래 버티지 못하고 패주하게 될 것입니다."

손견 또한 반군을 추격하기보다는 정벌군의 보급로를 지키든지 아니면 차라리 반란군의 보급로를 차단하자는 주장을 펼치나, 장온은 이것 또한 무시하고 탕구장군 주신에게 병사 3만을 이끌고 속히 유중성으로 출격하도록 명령한다. 이런 사실을 알게 된 변장이 한수에게 결정적 전술을 제시한다.

"장군, 관군이 아군을 단숨에 삼킬 듯이 추격에만 몰입하여 관군 자신들이 지니고 있는 취약점을 간과하고 있는 듯하오. 저들이 관군의 보급로를 지키지 않고 추격에만 불을 켜고 있으니, 이참에 우리가 부저추신(釜底抽薪)전략을 써서 관군의 보급로를 끊어 버리면, 관군은 기아에 몰리게 되어 오래 버티지 못하고 패주할 것이오."

"아! 좋은 생각입니다. 퇴각하는 척하다가 적당한 순간에 관군의 보급로를 끊어 버리도록 합시다."

변장과 한수가 유중성으로 퇴각하는 척하다가 군사를 뒤로 돌려 주신의 군수보급로를 끊어 버리자, 주신은 현군(顯軍: 적진에 깊이 갇힌 군대)을 우려하여 치중을 버리고 퇴각을 명한다. 이로써 변장과 한수는 안전하게 반란군을 이끌고 금성으로 돌아가는 데 성공한다.

위수(渭水)에서 선령강과 대치하던 동탁은 퇴로가 끊겨 망원협 북쪽에서 수만의 강(羌)족 병사들에게 포위를 당하고, 한동안 식량의 보급이 끊어져서 군사들은 근처 하천에서 물고기를 잡아 식량을 대체하게 된다. 시간이 장기적으로 흐르면서 동탁은 병사들의 사기가 급격히 저하되어 더는 싸울 수 없게 되자, 서량의 지형에 정통한 자신의 장점을 활용하여 무중생유의 계책으로 위기를 탈피하기 위한 전략을 세운다.

"전 병사들은 식량을 보충하기 위해 소도수에 방죽을 쌓아 물고기를 잡는 척하는 위계를 부리도록 한다. 일단 방죽을 쌓아 상류에서 흐르는 수십리의 물을 저장한 후, 병사들은 어둠을 틈타 방죽 밑으로 자맥질해서 몸을 숨겨 포위망을 빠져나가도록 하라. 모든 병사들이 안전하게 포위망을 빠져나오면, 막아놓은 둑을 터뜨려 강(羌)족들이 물살을 뚫고 둑 건너편으로 도강한 관군을 추적하지 못하게 하고 신속히 부풍으로 퇴각할 것이다."

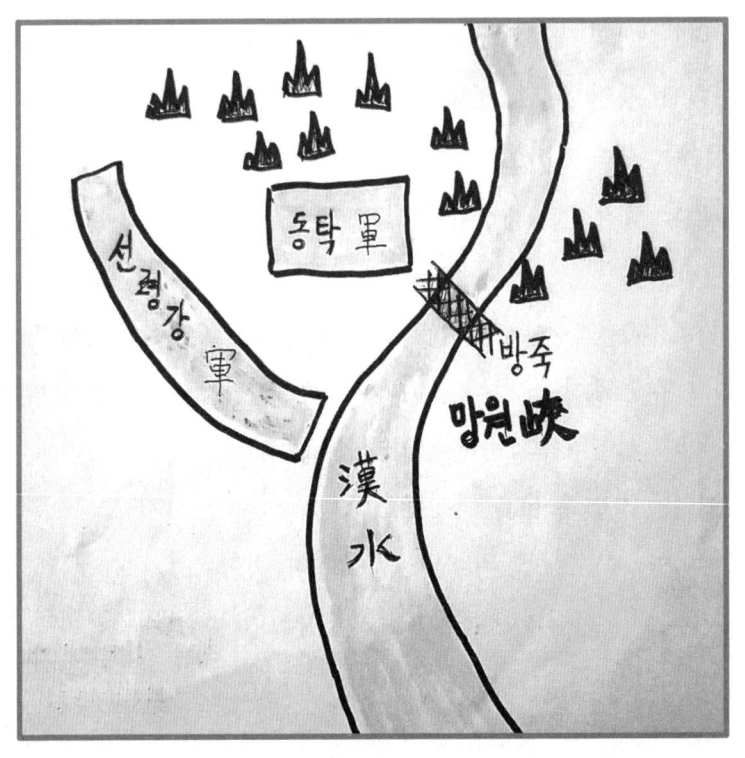

　결국은 동탁이 무중생유(無中生有)의 계책을 이용하여 전 병력을 무사히 퇴각시키는 데 성공하지만, 장온은 용병에 실패하여 농서로 진압을 나간 6개 부대의 관군이 모두 패퇴하게 된다. 오직 동탁만이 계책을 펼쳐 병력을 잃지 않고 무사히 부풍으로 돌아오자, 조정에서는 관군이 모두 패퇴했음에도 반군과의 교전에서 병력을 무사히 보존한 공로를 인정하여, 동탁을 전장군 겸 병주목으로 임명하고 태향후로 봉한다.

　한편, 서량의 반란군 진압을 총괄적으로 책임진 장온이 한

동안 이끌게 된 백마장사 공손찬, 서량철기병의 동탁과 남양 용병대의 손견은 당시 변방을 지키는 3虎(호랑이)로 명성을 떨치고 있었다.

천하에 두루 명성을 날리고 있는 백마장사 공손찬은 북방 이민족들이라면 어느 누구라도 직접 마주치기를 두려워하는 공포의 용장이고, 전장에서 목숨을 두려워하지 않고 언제나 솔선수범하여 최전선에서 적을 질리게 하는 손견은 용맹의 화신이며, 거칠고 용력이 강대하면서 무예가 뛰어나 자신의 마음에 맞지 않으면 호랑이같이 무자비하게 상대를 다루다가 자신에게 이용가치가 있다고 여겨지면 갑자기 표변하는 등 속내를 전혀 알 수 없는 동탁은 변신의 화신으로 천하 사람들의 인구에 널리 회자될 정도였는데, 이에 비해 장온은 겸허한 성품에 학문은 뛰어났으나 극도로 조심스럽고 차분한 성품의 정치가 출신이다. 정치가 출신인 장온이 이런 세 마리 호랑이를 다룬다는 것이 결코 쉬운 일은 아니었다.

장온은 앞선 그해 5월, 오환족을 중심으로 구성한 오환돌기 (烏桓突騎:오환족을 중심으로 구성한 돌격기병) 3천명을 뽑아 공손찬에게 도독을 맡기고 유주에서 '서량의 난'을 진압하는 전장에 동원하기 위한 준비를 하고 있었다. 이에 따라 공손찬은 유주 광양군 계중에 오환돌기병 3천명을 집결시켜 서량의 군벌 한수를 토벌할 준비를 마쳤으나, 공손찬의 공적을 시샘한 중산국상 장순 등의 무리가 공손찬의 군사들에게 먹일 군량의 지급을 자꾸 미루면서, 오환족의 돌기병들은 한황실의 처세에 실망하여 본국으로 돌아가는 바람에 공손찬은 '서량의 난'을 진압하는 데 참여하지 못하고 북방의 경비를 위해 그대로 유주에 남아있게 되었다.

이로 인해 3虎(3마리 호랑이)가 서량에서 한꺼번에 부딪히는 일은 없었지만, 손견과 동탁 2虎는 건건이 의견이 대립하여 마찰이 자주 일어남으로써, 전선은 고착되고 군사적 성과는 한걸음의 진전도 없었다.

조정에서는 이런 사정을 감안하여 장온을 명예롭게 퇴진시키려고, 태위로 영전시켜 낙양으로 돌아오게 하는 대신 황보숭을 후임으로 파견하게 되는데, 중랑장 장온의 후임으로 부임한 황보숭이 빈틈없이 일사불란한 지휘체계를 발휘하자, 주도권 다툼을 벌이던 손견과 동탁의 갈등은 황보숭의 강력한 지휘력에 의해 어렵지 않게 통제된다. 황보숭이 일률적으로 용병술을 발휘할 수 있게 되면서 반란군을 상대로 한 전투는 연전연승하고, 서량의 반란군 수괴인 변장 등은 기성의 외곽으로 퇴각하기에 이른다.

서량으로 돌아가서 기성의 외곽에서 병마를 조련하며 재기를 노리던 변장이 187년(중평4년) 1월, 기성을 끈질기게 공략하여 함락시킨 후 얼마 지나지 않아 병으로 사망하자, 한수는 졸지에 한족 반란의 수장이 된다.

한수는 서량을 독립시키고자 하는 자신의 구상을 하나하나 실현시켜 가던 중, 반란의 핵심 북궁백옥과 이문후가 사사건건 자신에게 반발하여 이들과 마음이 맞지 않자, 소리장도(笑裏藏刀:웃음 속에 칼을 숨기고 기회를 보아 상대를 제거함) 계책을 펼쳐 이들을 도모하기로 결심한 후, 이들을 연회에 초대하여 주살하고, 10만에 이르는 이민족 병력까지를 자기 수중에 넣는다.

한수는 10만이 넘는 병마를 장악하게 되자, 대군의 위세를 앞세우며 농서로 진격하여 농서태수 이상여를 압박하며 동시에 회유를 펼치는데, 이때 농서태수 이상여가 한수에게 무조건 항복을 선택하면서, 다시 농서까지 장악하게 된 한수는 금성에서 양주자사 경비와 팽팽하게 대치하게 된다.

그 당시, 양주자사 경비는 공사가 확실하지 못했고, 친소관계에 의한 행정을 펼쳐 주민들에게 깊은 불신을 받고 있었다. 서량주에서 인재발굴을 위해 관원을 선발하는 작업을 측근인 정구가 맡았을 때, 정구는 직위를 이용하여 매관매직으로 관원을 선발함으로써 백성들의 크나큰 원성을 듣고 있었다.

이에 분격한 한양태수 부섭이 이 사실을 서량자사 경비에게 알렸으나, 경비는 오히려 정구를 두둔하는 바람에 백성들 사이에서는 서량자사 경비가 정구와 한통속이라고 거칠게 비방하며 일제히 등을 돌리고 있었다.

결국은 이러한 사실도 강족, 호족, 저족 등의 이민족들과 일부 한족의 군웅들이 서량의 독립을 외치며 봉기하게 만드는 하나의 단초가 되었다고도 볼 수 있었다.

서량자사 경비가 이외에도 이런저런 이유로 백성에게 신망을 잃으며 많은 실정을 하였던 관계로 관군이 반란군에게 패배할 것이라고 예상한 많은 선비와 장수들이 경비의 곁을 떠나자, 경비는 서량에 있는 백성 중에서 무용이 뛰어난 자를 찾기 위해 장수를 모집하는데, 이때 마등이 서량자사 경비의 눈에 띄어 부장으로 발탁된다.

군략에서 뛰어난 능력을 지닌 마등이 경비의 수하로 들어오면서 한수는 서량자사 경비를 쉽게 제압하지 못하게 되자, 187년(중평4년) 1월 말경부터 선제적인 공격을 펼치지 못하고, 금성에서 서량자사 경비와 팽팽하게 대치하기에 이른다.

한동안 군사적 성과에 진척이 없어 초조해지기 시작한 한수는 무예가 출중한 마등을 회유하여야 경비를 섬멸시킬 수 있다는 생각을 하기에 이른다. 결국 한수는 투량환주(偸梁換柱:대들보를 빼내어 집을 붕괴시킴) 계책을 생각해내고 마등을 설득하려고 의도적으로 접근한다.

"서량자사 경비는 많은 실정을 하여 백성들이 경비에게서 완전히 등을 돌려서, 그 결과 민심이 한실에서 완전히 이반하게 되었소. 이로 인해 서량의 독립은 이미 기정사실로 되었다고 볼 수 있으니, 나와 의형제를 맺고 힘을 합쳐 서량을 확실하게 독립시킵시다. 마등 부장만 우리에게 합류한다면 의지할 곳이 없는 서량자사 경비는 일시에 무너지게 될 것이오."

한수가 온갖 뇌물 공세를 펼치며 의형제 운운하면서 경비의 부상인 마등을 설득하자, 가뜩이나 서량자사 경비의 인품을 혐오하던 마등은 한수와 의기투합하여 의형제를 맺고 경비에게 등을 돌린다. 이때부터 마등 또한 순식간에 반군의 핵심으로 부상한다.

서량에서 명성이 높고 무예까지 출중한 마등을 끌어들인 한수는 실질적인 서량의 최고 실력자로 등극하는데, 마등이 등을 돌린 이후부터 금성에서 궁지에 몰린 탓에 한동안 한수와 대치를 하던 서량자사 경비는 궁여지책으로 서량주 6개군에 파발을 보내 병사들을 총동원하고 금성의 한수를 집중적으로 공략할 계획을 세운다.

그러나 농서태수 이상여, 마등, 서량주의 별가 등이 경비에게 등을 돌리고 오히려 한수에게 호응하자, 서량자사 경비는 농서군 적도에서 그에게 반감을 지닌 부하에게 살해당하고, 한양태수 부섭은 생포되어 수급이 잘리는 사태가 발생한다.

조정에서는 서량의 자사와 태수 등이 줄줄이 패배하며, 낙양의 안전이 위협을 받게 됨으로써, 낙양의 경비를 강화시키고자 188년(중평5년) 8월 서원팔교위를 신설하여, 십상시 건석을 상군교위로 삼아 서원팔교위를 이끌게 하고, 중군교위 원소, 하군교위 포홍, 전군교위 조조, 좌교위 하모, 우교위 순우경, 조군좌교위 조융, 조군우교위 풍방 등의 출중한 중견 장수를 선발하여 낙양의 경비에 만전을 기하도록 주문한다. 또한, 황보숭에게는 '서량의 난'을 진압하는 총사령관의 직위를 주면서, 그의 재량권을 강화시키는 동시에 서량자사의 역할까지 겸하게 한다.

장온이 서량의 진압군 총사령관이었을 때에는 한족의 군벌과 이민족 족장들이 합심하여 장온을 대파하면서, 서량에서의 주도권을 한족의 군벌과 이민족 족장들이 공유하는 듯했으나, 장온이 물러나고 황보숭이 후임으로 부임한 이래 이들은 황보숭에게 싸울 때마다 패배하여 세력이 급격히 약화되자, 의형제를 맺은 한족의 군벌, 한수와 마등은 어쩔 도리 없이 서량에서 동,서양의 상단들과 교역을 통해 큰 세력을 형성한 왕국을 주군으로 추대하여 세력의 확장을 꾀한다. 이때부터 왕국, 한수와 마등 등을 중심으로 한 한족의 군벌들이 이민족 족장들을 제치고 서량주 독립의 중심인물로 부각된다.

조정에서는 서량에서 풍부한 인맥을 지닌 동시에 삼보의 지형과 지리에 익숙한 왕국까지 한족의 군웅 한수, 마등과 동조하여 반란의 수장이 되자, 크게 두려움을 느끼고 새로이 신설한 서원팔교위에 재량권을 더욱 강화시켜 낙양을 철통같이 지키도록 엄명을 내린다.

188년(중평5년) 11월, 명목상의 반란군 괴수가 된 왕국은 축적해둔 재력을 바탕으로 수개월에 걸쳐 반란군을 대대적으로 모집하고 군수물자를 확충한 후, 대규모로 군사를 이끌고 진창으로 진격하여 진창성을 포위하고 공격하기 시작한다. 이에 조정에서는 다시 우장군 황보숭에게 명하여 전장군 동탁과 함께 4만의 군사를 이끌고 진창성을 구원하도록 한다.

명을 받은 황보숭이 진창성 인근의 벌판에 군영을 구축하고 장기간 군사를 주둔시킨 채 대치하기만 하자, 동탁은 답답하다는 듯이 황보숭에게 퉁명스레 항의한다.

"우장군께서는 어찌 된 연유로 벌판에 군영을 세운 채, 장기적으로 대치하고자 할 뿐, 근본적으로 전투를 회피하고 계십니까? 관군의 사기가 높을 때 진창으로 바로 가서 반란군을 제압해야 하지 않겠습니까?"

"지금은 진화타겁(趁火打劫:적의 전력 상태를 보고 공격, 방비를 판단) 전략이 필요할 때입니다. 진창성은 견고할 뿐만 아니라, 우리의 진창성주는 충분히 성을 지킬만한 군사적 능력이 갖추어져 있습니다. 지금은 반군이 갓 충원되어 사기가 강하기 때문에, 자칫하면 관군이 반란군에게 역습을 당할 수 있습니다. 반군의 사기가 떨어졌을 때 공략해야 아군의 피해를 줄이면서 승리를 얻을 수 있을 것입니다."

황보숭은 확고한 신념을 가지고 장기전을 주장하며 왕국의 군사들이 지치기를 기다리지만, 동탁은 계속 황보숭에게 공격할 것을 재촉하고, 줄기차게 속전속결만이 최선의 방책임을 주장하는 가운데, 시간은 갈등 속에서 분별없이 흘러만 간다.

반란군의 수장이 되어 군을 이끌게 된 왕국은 몇 개월에 걸쳐 계속된 공성에도 성을 함락시키지 못하고, 병사들은 전쟁에 대한 염증을 토로하기 시작하자, 189년(중평6년) 2월 자신도 스스로 지쳐 반군을 물리기로 결정한다. 이때, 우장군에서 좌장군으로 승격하여 군사통제권이 더욱 강화된 황보숭은 때를 놓치지 않고, 동탁에게 즉각적으로 왕국이 이끄는 반군을 추격하여 자신과 함께 협공할 것을 청한다.

"전장군, 이제야말로 이일대로(以逸待勞)와 진화타겁(趁火打劫:상대가 사기가 꺾였을 때 공략함) 전략으로 반란군을 전멸시킬 호기입니다. 적병은 피로에 찌들었고, 관군은 수개월 동안 충분한 휴식을 취했습니다. 반란군이 열세에 몰려 퇴각하려 할 때를 기다려 함께 추격하여 섬멸시킵시다."

이때에는 오히려 동탁이 격렬히 반대한다.

"궁지에 몰린 적은 공격하면 죽기 살기로 저항하여, 우리측의 피해가 커질 것입니다."

동탁이 이례적으로 욕금고종(欲擒故縱) 전술을 입에 담자, 황보숭은 어이없다는 듯이 동탁을 쳐다보더니 한참이 지난 후에야 겨우 입을 연다.

"병법에 말하기를 전장에서는 공격할 때보다는 후퇴할 때가 적병을 공략하기 가장 좋은 때라고 합니다. 지금 왕국은 후퇴할 때 취하는 금선탈각(金蟬脫殼:퇴각에 대한 대비책을 철저히 갖춤) 전술을 활용할 시간적 여유가 없어 금선탈각 전술을 전혀 적용하지 못할 것입니다. 지금이 적병을 섬멸할 최적의 기회입니다."

"나에게는 그렇게 보이지를 않습니다."

"그렇다면 전장군은 본진에 남기로 하고, 나는 수하를 이끌고 왕국의 반란군을 추격하겠소."

황보숭은 동탁을 본진에 남겨두고 대비책을 갖추지 않은 채 퇴각하는 반란군을 추격하자, 관군의 조직적이고 체계적인 공격 전술에 저항도 하지 못하고 반란군은 1만여 명이 새벽의 이슬과 같이 사라지게 된다. 황보숭이 반란군을 섬멸하고 대승을 거두어 진창으로 되돌아오자, 동탁은 자신이 공로를 세우지 못한 것에 분격하여 이치에도 맞지 않은 말로 황보숭을 비난하기에 이른다.

"황보숭은 내가 공적을 세우는 것에 매우 민감하여 항상 나를 빼돌리더니, 결정적인 순간에 임해서는 독자적으로 군사를 움직여 혼자 모든 공적을 독식했도다."

왕국이 황보숭의 관군에 대패하여 서량에서의 재기가 어려워지는 조짐이 보이자, 전란으로 지친 서량의 토호들은 서량의 독립을 포기하고, 한에 투항하여 하루 속히 전란이 종결되기를 희망한다.

한수는 서량의 호족들이 반발할 조짐을 보이자 이들의 뜻을 결집하고, 마침내 진창전투에서 패하고 돌아온 왕국에게 전적으로 패전의 책임을 물어 주살한다. 그리고 곧바로 방향을 전환하여 반란의 모든 책임을 왕국과 이민족인 강족, 호족에게 돌린 후, 자신은 책임에서 벗어나기 위해 순발력 있게 황보숭과 평화협정을 맺기를 요청한다.

"이번 사태가 모든 서량 백성의 민심이반은 아니었고, 일부 이민족 족장과 왕국이 벌인 불온한 행위로 벌어진 사태입니다. 앞으로는 서량의 모든 백성과 모든 군벌은 한황실에 아무런 조건도 없이 귀순하여 무한한 충성을 바치겠습니다. 소장은 서량을 대표하여 소장과 마등장군의 목을 담보로 걸고, 서량 백성들의 안위를 위하여 맹약하겠습니다."

"서량의 사태는 일부 불순한 군벌들의 불만에서 야기된 것을 인정하지만, 앞으로는 한황실의 뜻을 저버리지 않도록 두 장군이 약속해 주시오. 그리한다면 내가 책임을 지고 조정으로부터 두 장수의 사면을 받아내겠소이다."

한수와 마등이 무한한 충성을 바치는 조건으로 황보숭과 협상에 나서자, 황보숭은 이들의 뜻을 조정에 올려 평화협상을 완결 짓는다.

이로써 184년 황건농민군 기의가 일어난 직후 발생하여 189년까지 5년간에 걸쳐 지속적으로 서량주의 독립을 주창하던 '서량의 난'은 종결된다. 그러나 비록 '서량의 난'이 평정되었다고는 하나, 서량의 군벌이 지닌 독립성은 그대로 보장되어, 이로 인해 북서지방에 대한 한실의 통제력은 크게 강화되지 못한다. 이 결과로 후일, 후한이 멸망하고 삼국시대가 정립된 이후에도 서량주에 대한 중앙정부의 장악력은 쉽지 않았고, 이로부터 100년이 지나고 위촉오의 삼국시대가 끝난 후, 진국이 분열되면서 흉노, 저, 강을 비롯한 유목민들이 서량을 통해 중원을 쳐들어오는 배경을 제공하여 '천하의 5호 16국 시대'가 펼쳐지는 결정적 계기가 된다.

5.
장순과 장거의 '요동의 난'

5. 장순과 장거의 '요동의 난'

1) 공손찬의 요동 진압

　북서지방 변방인 서량에서 '서량의 난'이 한창 진행되고 있는 동안, 요동에서 前중산국상 장순과 前태산군수 장거는 거기장군 장온이 공손찬을 오환돌기의 도독으로 임명하여 오환돌기병 3천을 맡겼던 2년 전의 일에 큰 불만을 품고 있었다.
　장순과 장거는 장온에 대한 불만을 한황실로 비화시키더니, 187년(중평4년) 6월, 드디어 오환족장 구력거와 손을 잡고 10만여 명의 군사를 일으켜 화북 유주 어양에서 반란을 일으켜 유주의 주도인 계현성을 함락시키고, 오환족의 구력거, 초왕 소복연 등과 함께 반군 5만을 이끌고, 유주, 기주, 청주를 기습적으로 공략하여 요서, 요동속국과 북평 일대를 초토화시킨다. 그 후, 장순은 장거와 함께 요동태수 양종, 우북평태수 유정, 호오환교위 공기조 등을 주살하고 스스로 안정왕을 자칭하지만, 한황실 조정에서는 서량의 난을 진압하느라 화북에 총력을 기울이지 못하고 있었다.
　그러다가 요서와 요동이 반군의 손아귀에 넘어가고 중원의 민심까지 흔들리기 시작하는 188년(중평5년) 9월이 되어서야,

중랑장 맹익을 진압군사령관으로 파견하면서 공손찬을 선봉장으로 앞세워 진압에 나서게 된다. 진압군사령관인 중랑장 맹익이 선봉장 공손찬과 반란군 토벌에 대한 의견을 교류하며 말한다.

"반란이 일어난 초도에 반란을 진압하지 못한 연유로, 반란군의 기세가 워낙 거세어 어디부터 손을 대야 할지를 분간하기가 쉽지 않네. 선봉장은 요동과 요서의 지형과 상황을 정확히 인지하고 있을 테니, 선봉장은 자신의 전략을 기탄없이 제시하시게."

공손찬은 포전인옥(拋磚引玉:미끼를 던져 상대를 유혹) 전략과 금적금왕(擒賊擒王:우두머리만 제거하면 적군은 자멸) 전략을 융합하여 반군을 섬멸할 계책을 제시한다.

"병서에 '적을 알고 나를 알면 백전백승이라' 했습니다. 소장은 오래전부터 장순과 장거의 행태와 심리를 잘 알고 있습니다. 포전인옥 계책으로 장순을 유인하도록 하십시오. 장순은 눈앞의 이익에 밝아 큰것을 놓치는 소탐대실(小貪大失)의 성품입니다. 특히 수괴 장순은 기병에 대한 미련이 지대하여, 지난날 소장이 오환돌기의 도독이 된 것을 시샘하여 오늘에 이르러 반란을 일으키기에 이른 것이 아닌가 생각됩니다. 그는 자신이 천하제일의 기병장이 되고 싶어도 군마가 부족하여 뜻을 이루지 못하고 있었습니다. 이를 역으로 이용하여 포전인옥 계책으로 위계를 부려 관군이 패주하는 척하고, 이때를 맞추어 군마를 벌판에 풀어놓아 이를 미끼로 장순을 석문산 계곡으로 유인하고 제거한다면, 금적금왕 전략으로 수괴를 잃은 반란군은 지리멸렬하여 자멸하게 될 것입니다."

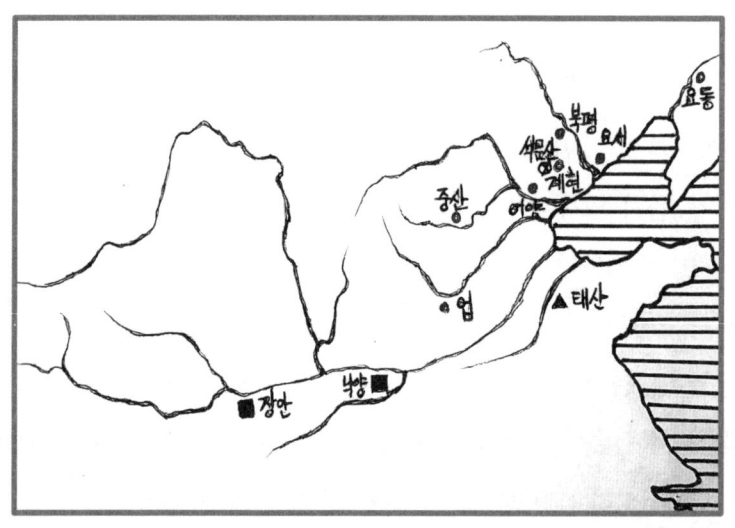

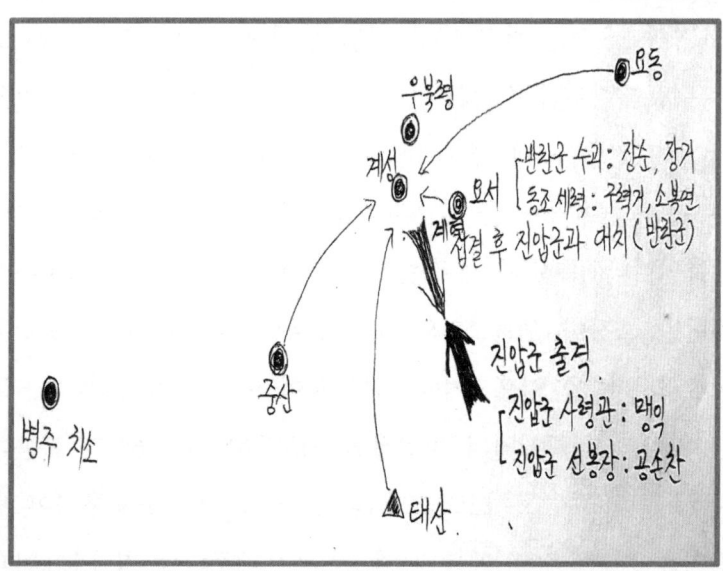

"그렇다면 나는 석문산 계곡에 복병을 숨겨놓고, 군마 수백 마리를 준비하였다가 선봉장이 퇴각하는 시각에 맞춰 군마를 풀어놓을 채비를 하겠네."

맹익은 공손찬의 계책을 받아들여 사전준비를 마친 후, 매복병에게 장순을 섬멸할 전술을 지시하고, 공손찬은 5만의 반군이 주둔해 있는 요동의 벌판으로 관군을 이끌고 가서 장사진을 펼친다. 장순이 대군을 이끌고 일자진을 펼쳐 공손찬의 기병이 돌격할 것에 대비하고 수천의 궁노수를 전면에 배치할 때, 돌격할 준비를 마친 공손찬은 중무장 기병을 이끌고 장순의 중앙을 향해 돌격하면서 병사들에게 지침을 내린다.

"기병들은 적진의 중앙을 돌파할 듯이 돌진하다가, 적의 화살이 비 오듯이 쏟아지면 공격을 멈추고 후퇴하도록 하라. 두세 차례를 똑같이 반복하다가 적진을 돌파하지 못하는 것처럼 위장하고 완전히 퇴각하는 척하면서 물러서라. 이때 군마 수백필이 방류되는 시점을 맞추어 대장 말을 석문산 계곡으로 몰이하여 방류된 말들이 석문산 계곡으로 달아나도록 유도한 후, 반군이 석문산 계곡으로 진입하면 보병들과 합류하여 장순의 퇴로를 끊고 세차게 역습을 가도록 하라."

공손찬이 지침을 내린 후, 중무장 기병과 함께 장순의 일자진(一子陣)을 향해 쳐들어갈 때, 장순의 궁노수들은 잠시도 멈추지 않고 궁노를 날린다. 공손찬의 기병들이 몇 차례 날아오는 화살을 피해 공격을 멈추다가 퇴각을 시작하는 이때, 들판에 풀린 수백의 병마가 제멋대로 날뛰기 시작하다가 대장 말을 따라 석문산으로 몰려가자, 군마에 대한 욕심이 발동한 장순은 직접 대군을 이끌고 말을 노획하기 위해 석문산 계곡으로 진입한다.

이때를 대비하던 관군들이 계곡 양측에서 화살과 쇠뇌를 무수히 쏟아내자, 장순은 위계에 빠진 것을 알고 급히 말머리를 돌려 군영으로 되돌아가려고 한다. 그러나 계곡의 협로는 이미 공손찬의 기병과 보병에게 가로막혀, 퇴로를 뚫지 못한 장순은 처자까지 내팽개치고 선비족에게로 도망친다. 반란의 수괴인 장순이 대패하여 도피하자, 요동의 반란에 가담했던 요동속국의 오환족 탐지왕은 공손찬의 예측대로 공손찬에게 백기투항을 청하면서, 요동의 난을 진압한 최고의 공로자 공손찬은 기도위로 승진하고 요동속국의 장사까지 겸하게 된다.

그해 10월이 되어 '서량의 난'으로 지치고 '요동의 난'으로 천하가 어수선해지면서 새로이 곤경에 처한 낙양의 조정에서 이민족을 효과적으로 관리하기 위해서는 이민족에 대한 강경책보다는 회유책으로 변방을 통치하는 것이 오히려 최적이라는 중론이 일게 되는데, 이에 조정에서는 이민족에게 신망이 깊고, 친화력이 있는 황실 종친인 유우를 유주자사로 임명하여 이민족을 관리하도록 정책을 변경한다.

요동속국의 탐지왕이 투항한 후에도 아직 진압되지 않은 오환의 반란군이 계현의 서쪽 석문에서 계속 발호하자, 공손찬은 오환족에 대한 대대적인 정벌에 나선다. 공손찬은 석문에서 이들과 전투를 벌여 대파하고, 패퇴하는 오환족을 추격하여 유성에까지 이르자, 궁지에 몰린 오환족은 화의를 요청한다. 하지만, 공손찬은 이들과의 화의를 거부하고 계속 강경책을 펼쳐, 장순 일파를 완전히 섬멸할 때까지 전투를 계속하겠다는 의지를 표명한다. 이때 공손찬은 교전에서 연전연승하더니 자만에 빠진 양, 마치 당장이라도 반란군을 섬멸할 수 있을 것이라는 착각으로 만리장성 이북까지 너무 깊숙이 쳐들어간다. 공손찬이 교병계에 빠지는 상황을 기다리던 오환의 구력거는 쾌재를 부르며 전략을 제시한다.

"지금 공손찬은 싸울 때마다 이기자 크게 교만해져 있습니다. 병서에서 이르기를 '교만이 용병에서 가장 경계해야 할 요소라'고 했으나, 공손찬에게는 이런 교범은 이미 사치로 생각한 지가 오래된 듯합니다. 우리는 교병계(驕兵計:적병을 교만에 빠지게 하여 방심하도록 하는 전략)를 최대한 활용하여 공손찬을 요서에서 요동의 경계로 깊숙이 끌어들여 현군으로 고사시키도록 합시다."

공손찬의 심리를 역이용한 오환의 구력거는 교병계로 공손찬을 요서 관자성 안으로 깊숙이 끌어들인다.

"공손찬이 요서 깊숙이 들어와서, 관자성을 공격하려고 방책을 세우고 참호를 파기 시작했습니다."

전령의 보고를 받은 구력거는 부장들에게 명한다.

"부장들은 공손찬이 성을 공략하기 시작하면, 수하들에게 일부로 성문을 열고 나와 싸우는 척하다가 성을 내어주고 퇴각하도록 차질없이 하달하시오."

며칠 후, 공손찬이 관자성에 대한 공성을 전개하자, 구력거는 공손찬에게 일부러 요서의 관자성을 내어주고 성안으로 공손찬을 몰아넣은 후, 5만여 병력을 총동원하여 관자성을 완전히 포위하고 2백여 일을 줄기차게 공격한다.

공손찬은 유주성으로부터 관자성과 전혀 전통이 연결되지 못해, 군량과 군수품의 보급이 끊기고도 2백여 일을 힘겹게 관자성을 지키며 끝까지 포기하지 않고 고군분투한다.

이 당시는 낙양조정의 지침으로 이민족과의 화의책이 대세를 이룬 시점이기 때문에 조정에서는 화의책을 결성하는 데 방해가 되는 공손찬의 존재가 거추장스럽게 여겨져서 공손찬에게 원병을 파병하지 않고 공손찬을 관자성에 그대로 방치하고 있었던 것이다.

이런 연유를 모르는 공손찬은 관자성을 점거하여 끝까지 버티면, 원군이 와서 관자성의 안팎에서 함께 협공을 펼쳐 오환족을 완전히 물리칠 수 있다는 생각에 군사들에게 미래의 공적을 미리 약속까지 하며 힘을 낼 것을 독려한다.

그러나 2백여 일이 흘러도 원군은 오지 않고 식량은 바닥이 나서 군심이 동요하자, 공손찬은 생명과도 같은 군마까지 잡아먹고 방패와 목피를 뜯어 먹으면서 관자성을 지키다가,

끝내 기다리는 원병이 오지 않고 시간만 덧없이 흐르자 최후의 결단을 내린다.

"제군들은 각자 뿔뿔이 흩어져서 재량껏 탈출하여 유주성으로 돌아가도록 하라."

공손찬은 병사들에게 궁여지책을 명하고, 본인도 사력을 다해 관자성의 포위망을 뚫고 우여곡절 끝에 겨우 탈출에 성공한다. 오환족의 구력거도 탈주하는 관병을 공략하느라 너무 진력을 빼는 바람에 기력이 떨어져, 마침내는 추격을 포기하고 장성의 이북으로 물러난다. 이후로, 오환족은 공손찬을 관자성에서 몰아냈지만, 공손찬에게 너무 시달린 나머지 장성 이북으로 물러나서는 더 이상 공손찬과 상대하기를 두려워하여, 한동안 유성에서 밖으로 나오지 않으려 한다.

요동의 경계를 벗어난 공손찬이 탈출에 성공한 병사를 점검해보니 살아남은 자가 처음의 4할을 넘지 못했다. 결국 공손찬이 전투에서는 연전연승했으나, 지나친 이민족 강경책으로 인해 유주의 백성들은 등을 돌리게 되고, 북방의 이민족으로부터는 강한 적개심을 불러일으키면서, 그들의 반감은 유주, 기주, 청주, 서주에까지 널리 확산하여 가고 있었다.

2) 유주자사 유우와 공손찬의 갈등은 걷잡을 수 없는 비극을 야기하다

공손찬이 관자성에 갇혀 구력거에게 수난을 당하고 있던 189년(중평6년) 3월, 조정에서는 이민족에 대한 회유정책을 성공적으로 마무리하기 위해 유주자사로 임명된 유우를 유주로 보내어, 유우를 사마 겸 유주자사 자격으로 유주를 총괄적으로 관리하게 한다. 유주자사 유우는 공손찬이 관자성에 갇혀 있는 동안, 이민족과의 유화책을 즉각 결성하기 위해 오환족장에게 통문을 전한다.

"오환족은 이제 더 이상은 한실의 반적이 아니요, 한나라의 백성임을 공지하노라. 앞으로 한실은 오환족을 한의 백성으로 삼아 함께 동거 동락할 것이니, 오한족을 유혹하여 반란을 꾀한 장순과 장거를 제거하여 수급을 관청으로 보내기만 하면, 모든 사태를 원점으로 돌려 오한족을 용서하도록 하고, 그들의 수급을 가져오는 자에게는 그에 해당하는 상금과 관직을 내리겠노라."

유우의 유화책이 오환족에게 큰 반향을 일으키기 시작하던 189년(중평6년) 3월, 반란 수괴인 장순은 빈객으로 자신의 보호를 받고 있던 왕정과 반목하여 다툼을 벌이다가 왕정에게 살해당하고, 왕정은 장순의 수급을 베어 유우에게 바칠 것을 통지함으로써 삼군오환과 장순, 장거에 의해 발생한 '요동의 난'은 사실상 종결단계에 접어들게 된다.

당해 4월, 장순의 목이 유우에게 보내지고 오환족 구력거가 귀순하면서, 유우는 신속히 '요동의 난'을 종결시키려 한다. 요서 관자성에서 구력거에게 포위되어 2백여 일을 농성하다가 탈출에 성공한 공손찬은 189년(중평6년) 5월에야 유주에 당도한다. 조정에서는 이 공로를 인정하고 공손찬을 항로교위, 속국장사 겸 도정후에 봉하여, 공손찬은 명실상부하게 북방에서 군사적으로 최고의 강자로 인정된다.

공손찬은 자신이 오환에게 목숨을 빼앗길 위기까지 겪으며 관자성에서 갖은 고생을 하며 사실상 오환을 복속시키고 돌아왔는데, 유우가 뜬금없이 평화협상을 맺으려 하는 것을 보고는 크게 반발한다. 공손찬이 다시 오환을 정벌할 준비를 할 때, 유우는 유주의 관료들을 총 소집하여 요동의 반란을 최종적으로 종결하려 한다.

"이제 오환족도 투항하고 도정후도 무사히 유주로 돌아왔으니, 그동안 유주를 큰 혼란으로 몰아넣은 요동의 반란을 마무리하려 하오."

"아니 됩니다. 이민족을 완전히 박멸시켜야 북방이 안정될 수 있습니다."

이때 공손찬이 유우의 뜻에 강력히 반발하고 자신의 견해를 강력히 펼친다.

"자사께서는 이민족의 속성을 몰라서 이들에게 농락을 당하고 있는 것입니다. 이들은 결코 회유책으로 복속시킬 수 있는 종족이 아닙니다. 힘이 없을 때는 몸을 숙이고 있다가, 힘이 생기면 불시에 고개를 들고 다시 우리를 곤혹스럽게 하는 종족입니다."

유주자사 유우는 공손찬이 강력히 반대의 주장을 펼치지만, 이를 무시하고 유주 군사의 모든 둔병을 해산시킨다.

"유주에 있는 둔전병을 모두 해산하는 대신, 항로교위 공손찬에게는 기병 1만, 보병 1만을 국방경비병으로 맡길 테니, 그 정도의 수준으로 유주의 경비군을 감축하도록 하라."

유우는 일방적으로 공손찬에게 통보하고는 곧바로 오환의 족장과 화친을 확약하는 친서를 보낸다.

"나는 오환과의 약조를 지키기 위해 둔전을 폐하고, 국방경비병을 획기적으로 감축했소이다. 이제부터는 한황실과 오환족은 함께 번영의 길을 향해 나아갈 것이며, 오환족에게 불편한 사안이나 불이익한 문제가 발생이 되면 기탄없이 알려주시오. 나는 성심을 다해 애로사항을 해결해 줄 것을 약조하니, 이에 대한 응대로 오환에서도 한황실에 대한 충성의 약조를 올려주기 바라오."

공손찬으로 인해 궁지에 몰려있던 오환족장은 유우가 보낸 친서에 대한 응답으로 사신을 보내 화의문서에 조인함과 동시에 군마 수백 필을 화답으로 보내기로 약조한다. 공손찬은 유우의 갑작스러운 화친조약에 항의하여 오환의 사신을 살해할 계획을 세우는데, 이에 오환족과의 신뢰가 깨어질 것을 우려한 유우는 공손찬의 죄를 물어 그를 우북평으로 좌천시키고, 즉각 유주자사의 직권을 발동하여 자의적으로 국방경비병도 기병 1만, 보병 1만으로 감축시키도록 한다.

공손찬은 이런 유우의 행태를 비방하며, 주변의 인사들에게 원망을 털어놓기 시작한다.

"내가 수년간 고생해서 이루어 놓은 전공으로 얻은 군사적 우위와 이로 인해 이루어진 화의 분위기를 유우 자사가 오로지 자신의 업적으로 이끌고 있다."

공손찬이 유우를 원망한다는 말을 전해들은 유우는 전체 관료회의를 열어 공손찬을 위무하고 설득하려고 한다.

"이민족과의 화의조약 이후 강경책보다는 유화책이 유주를 다스리는 데 효과적이라는 것이 입증되었소. 유주는 북방 이민족들이 자주 출몰하여 국경을 위협하고 약탈을 자행하기 때문에 이를 방비하기 위해서는 수많은 군사와 백성, 재정이 풍부해야 하나, 유주는 그 중요성에 비해 인구도 적고, 농경지도 부족하오. 우리는 국방을 경비하기 위해서는 많은 재정을 필요로 하는 현재의 군사체재를 유지할만한 여건이 되지 않아 새로운 변화를 추구해야 하는 갈림길에 놓여 있소이다. 그동안은 조정에서 유주의 국방을 경비하기 위해 청주와 기주의 재정을 돌려 유주를 지원하고 있었으나, 지금은 청주,

기주도 전란으로 인한 폐해로 재정이 넉넉지 못한 실정이오. 이런 상황에서 청주와 기주의 재정으로 재원이 부족한 유주를 계속 지원하기가 어렵게 되어, 유주가 이대로 이민족에 대한 강경책을 계속 유지하다가는 적자재정이 눈덩이처럼 불어나서 종국에는 경제가 파탄에 이르게 될 것이오. 우리가 유주의 살림을 파탄이 없이 제대로 이끌기 위해서는 유주의 군비를 축소하는 수밖에는 없는데, 그렇게 하기 위해서는 이민족과 유화책을 채택하여 이들과 군사적 충돌을 피하고, 북방 이민족을 화의책으로 관리하여 군축을 통해 꼭 필요한 군사만을 유지하고, 감축되는 예산을 어양의 철광, 소금정 채취 등의 지하자원 개발에 활용함으로써 백성들의 복리와 전쟁 난민, 북방유민의 정착을 지원할 수 있어야 하오. 동시에 상곡에 상업환경을 개선하여, 이민족이 유주에서 편하게 교역할 수 있도록 하면, 이들을 통해 조세가 확충되고 관계도 돈독하게 유지될 수 있을 것이오. 우북평은 이런 유주의 어려운 살림 형편을 충분히 이해하여 주기 바라오."

유우가 회의를 소집한 명분으로는 전체 관료회의였지만, 실상은 공손찬을 설득하기 위한 회의로 보아야 합당했다.

공손찬은 유우의 정책에 대해 끝까지 반발한다.

"자사의 입장은 익히 알겠으나, 북방 이민족은 잠시의 빈틈만 생기면 등을 돌리고 반란을 일으키므로 국비를 확충해서 미리 대비하지 않으면, 나중에 큰 낭패를 겪게 될 것입니다."

유우는 공손찬과 의견의 차를 좁히지 못하자, 설득을 포기하고 유주자사의 소견으로 강경하게 유화책을 관철하고자 한다. 유주의 행정을 안정적으로 이끌기 위해서는 군비 감축이 절대적으로 필요하고, 북방의 경비를 철저히 하기 위해서는 군비가 확충되어야 하는데, 이 문제에서 행정책임자 유우와 군사지휘관 공손찬 사이에서 깊은 견해차가 생기면서, 이들 사이에는 깊은 불신과 반목이 불가피하게 생기게 된다.

  결국에는 예산을 절감하고 투명화해서 민생을 위한 행정을 성공적으로 이끈 유우의 유화책은 주변 기주 및 청주 등지에서도 큰 호평을 받는다. 그러나 이런 유우의 혁신정책은 후일 반동탁연합으로 중앙정부의 기능이 붕괴되고, 지방 군웅할거 시대에 접어들면서부터는 독자적인 기반을 잃게 되어, 이것은 후일(後日) 유우가 공손찬에게 끊임없이 제동이 걸리게 되는 단초를 제공하게 된다.

  이때 유우와 공손찬이 서로 이해하고 타협하여 협조의 관계를 이루었다면, 유우의 인의와 인애로 이끄는 훌륭한 내정과 공손찬의 탁월한 군략으로 이끄는 외연으로 천하의 어떤 군웅도 대적할 수 없는 지방정부를 구축해서 가장 확실하게 천하를 도모할 수도 있었을 것이다. 그러나 둘 사이의 앙금이 풀리지 않아 순망치한(脣亡齒寒)의 상태에 들어서면서 말년은 서로가 불행의 나락으로 떨어지게 된다.

6.
'십상시의 난' 전야(前夜)

6. '십상시의 난' 전야(前夜)

1) 황위의 계승을 둘러싼 환관과 청류파의 암투

189년(중평6년) '서량의 난'이 진압된 후에도 동탁은 서량에서 군사를 대폭 확충하고, 군비조달을 위해 주변의 양민을 약탈하며, 조정의 지시도 무시하고 군대를 사병화하는 등 고삐가 풀린 망아지와 같이 날뛴다. 동탁의 불안정한 행보는 조정에도 수차례 보고가 되어 조정에서는 동탁이 반란을 일으킬까 노심초사하다가, 동탁의 행보가 정도를 지나치는 기미가 보이자, 급기야 조정에서는 동탁에게 칙서를 내린다.

"전장군 동탁을 소부로 임명하니, 전장군은 군사를 좌장군 황보숭에게 넘기고 조정으로 입직하도록 하라."

조정의 입직 칙서를 받은 동탁은 자신에게 불리한 상황이 전개되자, 황제에게 즉시 상소를 올려 이를 거절한다.

"호인(胡人)병사들의 생활이 처참함을 알기에, 소신은 차마 이들을 저버리고 떠날 수 없어 병사들에게 알아서 스스로 떠나도록 종용했습니다. 그러나 부하들이 소신을 떠나지 않으려고 하여 지금 이들과 떨어져서 조정에 입직하는 것은 사실상 어렵게 되었습니다."

동탁이 터무니없는 변명을 대며 조정의 명을 따르지 않자, 황보숭의 명을 받은 종질 황보력이 동탁에게 찾아가서 '서량의 군사를 좌장군 황보숭에게 넘기고 전장군 동탁은 조정에 입직하라'는 칙서를 따르도록 강력히 청한다. 그러나 동탁은 황보력의 강권도 무시하고 받아들이지 않자, 황보력은 크게 분개하여 황보숭에게 돌아와서 강력한 제재를 주문한다.

"동탁을 도모하여 황명의 지엄함을 보여야 합니다."

황보숭은 종질 황보력의 주장을 일축한다.

"조정의 명이 없이 함부로 중신을 척살하는 것은 잘못된 처사란다. 조정에 동탁의 처리를 상주해 올리도록 하자."

황보숭은 자신이 동탁의 문제를 직접 처리하는 대신, 조정에 동탁의 문제를 상주하기로 한다. 황보숭의 상주를 받은 조정에서는 동탁에게 새로이 칙사를 보내 조정의 뜻을 다시 전한다.

"소부 동탁을 병주목으로 승진시키니, 서량의 병사를 좌장군 황보숭에게 넘기고 병주로 전근하라."

조정에서는 동탁을 서량에서 떼어내어 연고가 없는 병주로 전근시키려고 하자, 동탁은 곧바로 반대의 의사를 표명한 상고를 올린다.

"서량의 병마들은 소신과 10여 년 이상을 같이 호흡하여 깊이 애정이 들은 관계로, 소신은 이들을 서량에 떼어놓고 병주로 갈 수가 없는 상황입니다. 소신이 10여년이상 정을 맺은 서량의 병사들을 이끌고 병주로 갈 수 있도록, 소신에게 군사 이동권을 허락해주시도록 청합니다."

동탁이 이런저런 이유로 황제의 명을 따르지 않자, 조정에서는 동탁에게 강력한 징벌을 논의하기 시작한다. 동탁을 징벌하는 논의가 한창 무르익던 중에 와병 중이었던 영제가 갑자기 위급해지면서, 조정에서는 동탁의 징벌에 관한 문제를 잠시 뒤로 물리기로 한다.

189년(중평6년) 4월, 영제가 깊은 병환에서 일어날 자신이 없게 되자, 영제는 크나큰 고민에 빠지게 되는데 이는 다름이 아닌 본인 사후의 후계문제 때문이었다. 영제에게는 하황후와의 사이에서 낳은 변이 있고, 왕미인과의 사이에서 낳은 협이 있는데, 영제는 후계를 둘러싸고 펼쳐지는 두 집단 즉, 유변을 당연시하는 대장군 하진의 청류파와 유협을 은밀히 지지하는 십상시 사이의 암투로 인해 깊은 시름에 빠져있었다.

대장군 하진은 하황후의 오라버니로 형주 남양군 완현 사람이다. 하진은 백정 출신이었으나 야심이 있는 도박사 기질이 있었다. 하진은 도축업을 통해 많은 재산을 축적하자, 천대받는 신분을 탈피하기 위해 새로운 길을 모색했다. 당시는 환관에게 뇌물을 주면 신분세탁도 가능한 시절이었기에, 하진은 개 같이 번 돈을 정승같이 쓰기 시작했다. 하진은 이 과정에서 만난 환관을 통해 신분의 상승을 갈구했지만, 환관에게 온갖 뇌물을 갖다 바쳐도 백정 출신인 자신이 올라갈 관직에는 한계가 보이자, 큰 키에 미모를 지닌 여동생을 생각해 내고, 신분적으로 한계가 있는 자신보다는 미모를 지닌 여동생을 활용하는 것이 자신보다 큰 도박이 되리라는 생각을 하게 되어, 자신의 동향친구인 십상시 곽승과 연줄을 댔다.

곽승 역시 하진의 뇌물로 하진을 어느 정도는 키울 수 있지만, 하진 누이동생의 미모를 활용하면 더 큰 권력을 얻을 수 있다고 판단하게 되었다. 두 사람의 의중은 서로 통하여 하진은 누이동생을 입궐시키고, 곽승은 하진의 재물을 활용하여 십상시를 매수하고, 십상시는 하진의 여동생을 영제 가까이에 두어 마침내 영제의 총애를 얻도록 만들었다.

하황후 또한 처세에 뛰어나 자신에게 온 기회를 티끌만큼도 놓치지 않고 영제를 현혹하여 순식간에 귀인 자리에 오르더니, 마침내는 당시 황후였던 송씨를 몰아내고 자신이 황후 자리를 차지하기에 이르렀다. 하황후는 황후가 된 후, 왕미인이 황제의 총애를 받자 왕미인을 시샘하여 짐독(鴆毒)을 써서 그녀를 독살하고, 그 이후 하황후는 생모를 잃은 황자 협을 영제의 모후인 동태후에게 보내어 키우도록 했다.

동태후는 해독정후 유장의 아내로서, 환제가 자식이 없었던 관계로 유장의 아들을 환제의 양자로 들였다가, 환제가 죽자 자신의 아들이 제위에 오르면서 태후가 되었다. 동태후는 황자 협을 키우면서 영특한 협을 총애하여 협을 황태자로 봉하도록 여러 차례 영제에게 권했다. 영제도 협이 어미도 없이

正史 영웅 三國志 211

자란 것을 애처롭게 여겼으며, 이에 부응하여 협이 생각도 깊고 뛰어나게 총명하여 협을 매우 총애했다.

영제의 주위에서 권력의 향배에 예민한 환관들도 외척의 배경이 있는 유변보다는 외척의 배경이 없는 유협이 자신들의 정치적 입지를 살리는 데 오히려 도움이 될 것으로 생각하여, 은밀히 유협을 지지하는 암시를 영제에게 올리곤 했었다. 더구나, 하진은 황건기의(黃巾起義)를 계기로 환관과 사이가 나쁜 청류파 인사들을 대거 기용하고, 특히 환관들이 요주의 인물로 꼽던 청류파의 핵심 원소를 하진의 측근 부관으로 발탁한 것을 보고 하진을 극히 경계하고 있었다.

원소 주변의 청류파 인재들이 대거 하진의 수하로 들어가는 것도 건석에게는 향후 정치적 포석을 놓고 볼 때 불안한 현상이었다. 그뿐만 아니라, 건석은 서원팔교위 수장을 맡으면서 직제상으로 높은 대장군 하진과는 보이지 않는 갈등과 암투도 많았기 때문에 하진을 내심 증오하고 있었다.

유변이 제위에 오르면 하진이 모든 권력을 장악할 것을 두려워한 중상시 건석은 영제 옆에서 틈이 나는 대로 황제와 하진의 거리를 멀어지게 하려고 하진을 모함해왔다. 그러다가 영제가 위독해지자 건석은 영제의 가까이에서 병시중을 들면서, 수시로 십상시들과 입을 맞추어 본격적으로 하진을 모해하기 시작한다.

"대장군 하진은 유구한 황실의 종묘사직을 생각할 때 더없이 위험한 존재입니다. 후사를 정함에 있어 황자 협을 생각하신다면, 하진 문제를 처리하지 않고는 향후 크나큰 후환이 생길 것입니다. 하진의 문제를 저희 십상시에게 맡겨 주시면 소리 소문 없이 하진을 제거하여 후한이 없도록 하겠습니다."

영제는 십상시의 음모에 대해 특별한 언급이 없이 하진을 입궁시키도록 지시한다. 영제는 고민에 고민을 거듭한 끝에 한황실의 영속적 존속을 위해서는 외척인 하진이 후계를 반석 위에 올려놓아야 황실이 굳건해질 수 있다는 판단을 하고 하진을 불러들이도록 한 것이다. 황제의 뜻을 거부할 수 없었던 건석은 어쩔 수 없이 황제의 명을 하진에게 전한다.

"대장군 하진은 즉시 입궁토록 하라."

영제가 하진을 즉시 입궁시키라는 어명을 내렸다는 전갈을 받고, 하진이 급히 대궐로 들어서려 한다. 이때 서원팔교위 수장 건석은 하진을 제거할 의도를 가지고 십상시들에게 자신의 계획을 알린다.

"하진이 입궁하면 금군을 이끌고 하진을 도모한 후에 협을 황제로 등극시킬 계획입니다. 다들 나를 도와 거사를 성공시켜 주시오, 하진을 제거하지 않으면 우리들의 시대는 종말을 고하게 될 것입니다."

십상시들은 건석의 계획이 워낙 무모하고 큰 사건이기에 서로 눈치를 살피며 아무도 선뜻 나서지를 않는다. 궁중에서 건석이 꾸미는 음모에 대해 하진은 전혀 내막을 모른 채, 대궐을 들어서서 중문을 지나려고 한다. 이때 사마(司馬:경호대장) 반은이 조용히 앞을 막아서면서, 넌지시 눈짓으로 입궁을 막는다. 금군 수장 건석의 눈에 띄면 큰일이 날 것을 감수하고도 취한 모험적 행위로서, 반은이 하진에게 워낙 큰 은혜를 입었기에 보은하겠다는 각오가 아니면 행할 수 없는 일이다.

"대장군 들어가시면 안 됩니다."

고개를 살짝 흔들며 나직이 말하는 심복 사마의 뜻을 즉각 알아차린 하진은 사마의 입장을 고려하여 임기응변으로 자리를 피하고자 한다.

"아, 참! 내 생각 좀 보게나. 폐하께서 긴히 챙겨 오라는 품의를 가지고 오지 않았군."

하진은 곧바로 대장군실로 되돌아와 측근들을 소집한다.

"겁대가리 없는 환관 건석이 놈이 폐하의 어명을 빙자하여, 나를 불러들여 수작을 부리려고 하는 모양인데, 이를 어찌 대처하면 좋겠나? 내 생각 같아서는 이 환관 놈을 잡아들여 단숨에 때려잡고 싶은 심정이네."

이때 전군교위 조조가 앞으로 나선다.

"뜻은 맞습니다만, 대장군께서 얼핏 잘못하면 건석은 황명을 들먹이며 역적으로 몰아, 대장군께서 멸문지화를 당할 수도 있기 때문에 신중해야 할 것입니다. 대장군께서는 일단 행동으로 옮기기 전에 십상시의 동태를 면밀히 살펴보고 대응하는 것이 좋을 듯합니다."

하진이 조조를 쳐다보고 잠시 생각에 잠긴다.

'지극히 맞는 말이지만 조조는 환관의 자손이 아닌가? 지금은 환관과 거리를 두고 청류파에서 열심이지만, 열 길의 물속은 알아도 한 치의 사람 속은 알 수가 없다고 하지를 않는가. 그 속을 어떻게 알아. 혹시 환관의 편에 서서 지연작전으로 시간을 끌어 오히려 나를 해코지하려는 것이 아닐지도 모르는 일이야.'

하진이 조조의 속내를 살펴보려고 생각에 잠겨 있을 때, 원소가 나서며 조용히 입을 연다.

"맹덕의 말이 옳습니다. 지금이라도 십상시의 동태를 확인하러 밀정을 보내시지요."

하진은 원소에 대한 신뢰와 기대가 대단히 깊었다. 하진은 '황건기의' 당시, 어떤 누구보다도 원소를 가장 먼저 자신의 측근으로 기용하여, 원소를 경계하고 혐오하던 건석으로부터 많은 항의를 받았었다.

"나를 지금까지 이끌어준 십상시 곽승에게 연락을 취해서 현재 전개되는 상황을 알아보겠노라."

하진이 밀정을 보내 곽승에게 환관들의 동정을 묻자, 곽승은 그동안의 과정을 전서에 적어 소상히 알려준다.

"건석이 하진 대장군의 신상을 도모하려고 십상시의 동조를 구할 때, 나는 반대 의사를 가지고 조충과 상의하였더니, 조충도 하진 대장군은 우리와 함께 발전해 왔기 때문에 우리를 괄시하지 않을 것이라 했습니다. 십상시는 건석의 계획에 아무도 동참하지 않기로 했으니, 아무런 걱정하지 마시고 건석 만을 제거하십시오."

이때 궁에서 사마 반은이 급히 달려와 하진에게 알린다.

"대장군, 지금 방금 황제 폐하께서 승하하셨습니다. 건석이 폐하께서 승하하심을 숨기고, 허위칙서를 내려 대장군을 궁으로 불러들여 도모하고, 황자 유협을 황제로 삼으려고 추진하고 있습니다. 다행히 다른 환관들이 동조하는 조짐은 전혀 보이지를 않습니다. 오로지 건석 만이 금군들을 중문에 숨겨놓고, 대장군을 중문으로 불러들여 주살하려는 것 같습니다."

이와 때를 같이하여 궁궐에서 칙사가 와서 황제의 칙서를 전한다.

"이제 나는 명이 다한 것 같소. 대장군에게 한실의 미래와 후계를 부탁드리려 하니 잠시도 지체하지 말고 입궐하도록 하시오."

더 말할 것도 없이 그는 황제가 아닌 건석이 보낸 거짓칙사인 것이다. 하진은 이미 십상시 곽승과 사마 반은을 통해 건석의 모략을 다 알고 있었기에 눈을 부릅뜨고 거짓칙사를 노려보다가 질타를 하려고 한다. 이때 조조가 한발 앞서 황급히 하진의 입을 막으며 월권을 자행한다.

"칙사는 황제 폐하께 가서 대장군이 곧 입궐할 것이라고 전하라"

하진이 조조의 엉뚱한 말에 역정을 내려 하자, 옆에 있던 원소가 다시 끼어들어 칙사에게 큰소리로 꾸짖어 말한다.

"칙사는 빨리 돌아가서 폐하께 말씀을 전하시 않고 무얼 하는가?"

그때가 되어서야 하진은 무엇인가 확실하지는 않지만, 조조와 원소가 그런 월권을 했을 때는 이유가 있으려니 생각하고 칙사를 건석에게 돌려보낸다.

"빨리 돌아가 폐하께 곧 입궁한다고 전하라."

거짓칙사가 돌아가자마자, 조조와 원소는 하진에게 송구스럽다는 듯이 말한다.

"대장군, 월권을 해서 죄송합니다. 그러나 대장군께서 칙사를 처형하면 건석은 계략이 누설된 것을 알아차리고, 차시환혼(借屍還魂:죽은 자를 살아있는 것으로 꾸밈) 계략을 꾸며 황명을 빙자하여 먼저 대장군을 도모할 것입니다. 그렇게 되면 황궁에서는 금군 지휘권을 쥐고 있는 건석을 제압할 수가 없을 것입니다. 소리장도(笑裏藏刀:무심한 척 접근하여 상대가 경계를 풀면 기습) 계책으로 건석을 방심하게 해 놓고, 우리의 계획을 진행해야 안전할 수 있습니다."

"그러면 지금 당장 건석을 도모하러 출격하세."

하진이 속전속결을 구상하자, 조조와 원소는 다른 의견을 내어놓는다.

"먼저 새로이 천자를 옹립한 후에 건석을 도모해야 역모로 몰리지 않을 것입니다."

하진이 조조와 원소의 사려가 깊은 의견에 동감하여 고개를 끄떡인다.

"그렇지. 명분이 없는 거사로는 역모로 몰릴 수도 있겠지."

참모의 역할은 이래서 필요한 것이리라. 사사건건 참견을 하는 것이 아니고, 꼭 필요할 때 방향을 설정만 해주어도 단 한 번의 방향 제시가 전군을 휘몰아 싸우는 것보다 더욱 큰 성과를 얻을 수 있는 것이다.

원소는 중군교위 수하의 병사들을 소집하고, 조조는 전군교위 수하의 병사들을 소집하고, 원술은 호분중랑장 산하의 병사들을 소집한다. 하진이 보낸 병사들까지 합쳐서 5천명이 원소의 총괄적 지휘 아래 궁궐로 나아간다.

하진은 대장군 관저에 모여 있던 참모들과 연락을 받고 모인 하옹, 순유, 정태 등 관료 대신들 30여 명 앞에서 곧바로 하태후로 하여금 소생 변을 옹립하여 새 황제로 선포하는 의식을 끝내고, 유변을 앞장세워 영제의 시신이 있는 황제궁으로 향한다.

원소, 조조, 원술은 황궁의 여덟 문과 위문을 봉쇄한 뒤, 일반인의 출입을 봉쇄하고 자신들의 허락이 없이는 한 사람도 출입할 수 없도록 명하고, 이때 하진은 황제궁 앞에서 장검을 들고 외친다.

"이제 하태후의 지엄한 영에 의해 황제가 새로이 즉위하셨다. 지금부터 황명을 거부하는 자는 역모로 다스리겠노라. 모두 나와서 새 황제에게 배례하고 만세 삼창을 올려라. 그리고 황명을 빙자하여 역모를 꾀하려한 건석은 당장 나와서 벌을 청하라."

 방심하고 있던 십상시 겸 서원팔교위 수장인 건석은 서원팔교위 수하의 병사들을 소집할 틈도 없이, 전광석화와 같이 벌어진 황제즉위식 이후 출격한 조조, 원소의 금군에 놀라, 궁궐 후원 후미진 곳으로 가서 몸을 숨긴다.

 하진은 황궁의 여덟 문과 위문을 봉쇄하고, 쥐새끼 한 마리도 얼씬거리지 못하도록 조처하고, 조조와 원소, 원술이 이끌고 온 병사들에게 명하여 황궁을 샅샅이 뒤지게 하니, 벼룩이 한 마리도 빠져나갈 수 없을 정도의 철통 장벽이었다. 결국은 건석이 개구멍에 숨어있다가 병사들에게 붙잡혀 하진의 앞으로 끌려온다.

 "네 이 버러지와도 같은 놈! 너는 어찌하여 아무런 잘못도 없는 나를 살해하려고 했는가?"

 건석은 바들바들 떨면서 거짓말을 한다.

 "소인이 어찌 감히 대장군을 살해하려고 하겠습니까?"

 하진은 어이가 없다는 듯이 냉소적으로 묻는다.

 "이 쥐새끼 같은 놈아! 네가 죄가 없다면 왜 개구멍에 숨어 있다가 잡혀 오느냐?"

 "..........."

"이 버러지 같은 놈아! 왜 대답하지 못하느냐? 당장 이놈의 사지를 찢어 죽이고, 목을 궁궐 밖 저잣거리에 내걸어 모든 백성에게 이놈의 죄상을 널리 알리도록 하라."

하진은 살수에게 엄명을 내린다.

이렇게 서원팔교위 수장인 건석이 처형되고, 하진은 황군 경비병을 포함한 모든 중앙군을 수하로 흡수하여 군부 최고의 실력자가 된다. 원소는 건석의 무리를 제거한 하진에게 간곡히 당부한다.

"대장군, 환관은 모두가 한 뿌리로 언제 어디서 어떻게 계략을 꾸며, 나라를 어지럽게 할지 모르는 소인배들입니다. 오늘 이왕 건석을 처형한 김에 십상시의 뿌리를 뽑아 버립시다. 그래야 후환을 없앨 수 있을 것입니다. 옛 대장군 두무도 환관을 쉽게 생각했다가 그들에게 뒤통수를 얻어맞은 역사적 사실을 잊어서는 아니 될 것입니다."

"........."

하진은 원소의 말에 긍정도 부정도 하지 않고 입을 닫은 채, 깊은 상념에 빠져 결정을 내리지 못하고 마음속으로만 생각한다.

'지난날, 동향사람 십상시 곽승의 도움으로 여동생을 황궁으로 보내, 오늘날 대장군 자리에 올라 부귀영화를 누리게 된 은혜를 생각하면, 그들을 저버릴 수가 없다. 동시에 원소가 말한 대로 환관이 때를 노려 힘이 커지면, 언제 나의 뒤통수

를 칠지도 모르는 일이기도 하도다.'

하진은 상충하는 두 가지의 가상 속에서 고민하다가, 즉각적인 결정을 미루고 유변의 황제즉위식에 매진하기로 한다.

189년(영한 원년) 4월 무오일, 조정에서는 정식으로 13대 황제즉위식을 열어 17살 유변이 황제 위에 오른다. 하황후는 황태후 자리에 올라 미성년인 아들 소제(少帝)유변의 섭정을 맡자, 황제의 생모 황태후의 배경을 등에 업고, 하진은 국정의 전반을 장악한다. 소제는 전국에 대 사면령을 내리고, 연호를 광희로 선포한 후 아우인 유협을 발해왕으로 제수하고, 후장군 원외를 태부로 임명하여 대장군 하진과 더불어 녹상서사를 보임하게 한다.

환관들은 모두 하진에게 충성을 맹세하고, 청류파 관료와 학자들도 모두 하진에게 지지를 보내 하진의 입지가 단단해지자, 하진은 환관들이 감히 자신에게 대적할 생각을 못하리라 여겨 대범하게 환관을 포용하기로 결정한다. 하진이 든든한 배경과 자신감을 가지고 국정에 임하니, 환관과 탁류파 관료들은 입지가 점점 좁아진다.

그 반면 청류파의 입지는 점점 넓어져, 원소 등의 청류파 관료들은 하진을 중심으로 세력을 확충하면서, 영제를 등에 업고 국정을 농단했던 죄를 물어 십상시를 제거하도록 재촉한다. 궁지에 몰린 십상시는 수장 장양과 부수장 조충을 중심으로 조용히 정세를 살피면서, 환관의 입지를 넓힐 방안을 모색하다가, 오랜 구상 끝에 자신들의 입지를 넓힐 대상으로 동태후를 삼고 은밀히 찾아가서 아양을 떨며 동태후에게 건의를 올린다.

"태후마마, 영제께서 붕어하신 후, 새로이 실권을 잡은 하진이 국론을 통일시키기보다는 청류파와 탁류파 사이의 분열만을 조성하고, 그런 목적을 축적하기 위해 저희들을 매관매직으로 재산을 축적한 부정축재자로 매도하고 있습니다. 그것뿐만 아니라, 동 태후마마까지도 부정부패로 재산을 축적한 분으로 몰아가고 있습니다. 하진의 국정운영을 이대로 방치해서는 나라가 올바른 방향으로 갈 수가 없을 것입니다. 하태후는 배운 것이 없어 황제를 보필할 지혜가 모자랍니다. 태후마마께서 조회에 나서시어 주렴의 뒤에서 수렴청정 하십시오. 그리고 표기장군 동중에게 군사권을 행사할 수 있는 입지를 만들어주시고, 대소사는 신들에게 맡겨 주신다면 대장군 하진의 독주를 막을 수 있을 것입니다."

동태후는 아들 영제가 황위에 있을 때, 십상시 못지않게 매관매직으로 많은 재산을 축적했었다. 왕미인의 아들 유협을 총애하여 영제에게 수차례 황위를 이을 태자를 맡기라고 권유하였던 연유로 환관들과 의중이 서로 통해왔다. 십상시들은 건석이 대장군 하진을 제거하고 유협을 황위에 올리자고 했을 때, '환관의 은혜를 입은 하진이 설마 베푼 은혜를 잊고 우리를 홀대하랴'하는 안이한 생각에 이를 방치했지만, 그러나 지금은 분위기가 바뀌어 까딱 잘못하면 목숨까지도 날아갈 지경이 되자, 동태후와의 연대가 필요하게 된 지금에 와서는 동태후와 환관의 이해가 서로 맞아 떨어졌다.

"지난날 비천한 몸으로 저잣거리에 돌던 아이를 내가 받아들여 황후까지 오르게 했는데, 이제는 이 늙은이를 우습게보고 함부로 오만을 떨고 있으니, 내가 도저히 묵과할 수 없는 지경에 이르렀도다. 너희들을 빼고는 조정의 모든 신료들이 그 아이들에게 머리를 조아리고 국정을 농락하니, 내 너희들만 믿겠노라."

동태후의 말을 통해 서로의 의중이 일치한 십상시는 궁으로 돌아가서, 은밀히 자신들의 입지를 넓히기 위한 계책을 모색한다.

이전에도 조정에서는 대장군 하진과 표기장군 동중과의 암투가 벌어져, 서로가 서로를 반목하고 질시하는 분위기가 조성되어 있었는데, 이러한 예민한 시기에 십상시가 끼어들어 외척의 분열을 부추기자, 조정은 다시 혼란의 나락으로 빠질 조짐이 보이기 시작한다.

십상시의 부추김으로 동태후마저 영제의 모후라는 신분으로 정사에 참여하려고 하고, 하태후는 번번이 이를 금지하려는 바람에 둘 사이에는 깊은 앙금이 쌓인다. 하태후는 시모인 동태후를 함부로 할 수도 없는 입장이어서 깊이 고민을 하다가, 동태후의 기분을 맞춰주면서 정사에 관여하지 못하도록 설득을 하려고, 동태후를 하태후 궁으로 초대하여 연회를 베풀고, 동태후에게 부모에 대한 예의를 갖춰 절을 올린 후 간곡한 어조로 말한다.

"태후마마, 지금은 영제께서 붕어하신 이후 아직도 나라가 안정되지 않아 조정의 기강이 제대로 서지 못하고 있습니다. 조금 지나서 조정이 안정되면 소첩도 주렴을 거두어 정사에서 손을 떼고, 정사를 조정의 대신들과 관료들에게 맡기고자 합니다. 우리와 같은 부녀자가 무엇을 알아서 정사를 좌지우지하겠습니까? 모후께서는 소첩의 간곡한 청을 가납하여 주시옵소서."

동태후는 하태후의 말을 듣자, 심한 역정을 내며 여태까지 참았던 불만을 한꺼번에 폭발시킨다.

"하태후는 지난날 백정질을 하는 비천한 신분으로 있던 것을 내가 받아들인 이래, 이제껏 나의 은혜를 입지 않은 적이 없었다. 태후가 왕미인을 시기하여 독살했을 때, 황상은 너를 폐하여 내치려 했었다. 그때 나와 십상시가 너를 비호하고 옹호하지 않았다면, 너는 이미 이 세상의 사람이 아니었을 것이다. 그런데 평생에 갚으려 해도 갚지 못할 은혜를 입고도 시모에게 함부로 대하는 네가 정녕 사람이란 말이냐? 네 아들이 황제가 되어 혼자서 정사를 마음대로 주무르면서 나라를 분열로 몰아넣고 있어 내가 나서겠다는 것인데, 정작 이제 와서는 정사를 신료들에게 맡기고 손을 떼겠다고 하면서, 나의 정무 개입을 막으려고 하다니 말이 되느냐? 네가 여태까지 정무와 인사를 마음대로 하여 조정의 모든 것을 손아귀에 잡아 놓고, 지금에 와서는 너와 내가 부녀자들이니 뒤로 물러서 있자는 것은 네 마음대로 국정을 농단하겠다는 것이니, 이 말은 단지 말일뿐 무슨 다른 의미가 있겠느냐? 네 오라버니 하진이 모든 병권을 쥐고 있다고 함부로 입을 여는 모양인데, 나도 지금 당장에 표기장군 동중에게 칙서를 내려, 하진의 머리를 베어오라고 할 수 있노라."

동태후가 심한 역정을 내며 입에 담지 못할 실언을 하자, 하태후도 동태후의 말에 반발하여 심한 언사를 토해낸다.

"소첩은 태후마마께서 국정을 걱정하시기에 부녀자들이 나서지 말자는 말이었는데, 그것이 그렇게 고깝게 들려 입에 담아서는 아니 될 실언을 토해내시는 것입니까? 인사는 황제가 하는 것입니다. 황제에 의해 임명된 대장군을 함부로 표기장군이 주살할 수 있는가요? 이는 역모입니다."

하태후는 벌떡 일어나 연회장을 떠난다.

하기는 동태후가 진도를 나가도 너무 나갔다. 아무리 황제의 조모라고 해도 해서는 아니 될 말이었다. 동태후는 이미 던진 말을 주워 담지는 못하고, 불안한 마음으로 오직 하태후에 대한 불손함만 가슴에 담은 채로 동태후 궁으로 돌아간다. 하태후도 하태후 궁으로 돌아온 후, 대장군 하진을 불러들여 오늘 연회장에서 있었던 일을 알린다.

이튿날 아침, 하진은 사도, 태위, 어사대부 3공과 동생인 거기장군 하묘, 참모들을 불러들여 문제의 해답을 얻은 다음, 조정회의에 참석하여 소제와 대신들 앞에서 이 문제를 상주하여 말한다. 동태후가 언급한 대장군 주살 운운 등의 말을 하진이 조정회의에 상주하자, 신료들은 어느 누구도 동태후를 비호할 수가 없었다. 국가의 중대사를 시중잡배들의 담론과 같이 경솔하게 내뱉은 동태후의 실언으로 빚어진 결과는 엄청난 파장을 불러일으킨다.

"효인황후(동태후)는 죽은 중상시 하운, 영락태부 봉서 등으로 하여금 서로 밀통하면서 돈을 받고 관직을 파니, 뇌물로 바쳐진 진귀한 보화가 모두 서성(西省:영락궁의 벼슬아치)에 몰려 있다고들 합니다. 황실의 법도에 따르면 번후(藩侯:제후의 비)는 수도 낙양에 머물 수 없고, 수레와 복장을 선택함에도 법도가 있어야 하며, 먹는 음식에는 가짓수가 정해져 있습니다. 이 모든 조건에 맞지 않는 영락후를 청컨대 영락궁에서 떠나 본국으로 돌아가게 하소서."

사도의 주청으로 시작된 조정의 뜻이 한군데로 모아지자, 섭정을 맡은 하태후는 기다렸다는 듯이 칙서를 내린다.

"상주 내용대로 시행하시오."

하진은 황제의 칙서를 들고 동태후를 본국으로 돌아가게 한 후, 중앙군을 이끌고 표기장군부를 둘러싸고 동태후 조카인 표기장군 동중을 도모하려 하자, 동중은 사태의 심각성을 깨닫고 고문을 당하느니 스스로 자결하는 길을 택한다.

189년(영한 원년) 6월, 본국으로 쫓겨 간 동태후는 동중이 자결한 후, 근심과 두려움에 휩싸여 정신적으로 고통을 받다가 갑자기 쓰러져 생을 마감한다. 조정에서는 시신을 하간국으로 돌려 신릉에 합장한다. 동태후가 갑자기 쓰러져 죽자, 호사가들은 하진이 사람을 보내 동태후에게 짐독을 먹여 독살시켰다고 헛소문을 퍼뜨린다.

십상시는 동태후와 교감하여 자신들의 계획을 이행하려다가 허무하게 죽자, 신변이 위태로워짐을 인지하고 이들은 장양을 중심으로 살길을 모색하여, 각자가 축재한 금은보화 등 재물을 십시일반(十匙一飯)하여 하진의 아우 거기장군 하묘와 모친 무양군에게 수시로 갖다 바치며 깊은 유대를 맺기 시작한다. 이런 사실을 알게 된 하진은 모친과 아우의 입장을 배려하여 십상시의 과거를 묻지 않기로 한다. 그러나 그러면 그럴수록 청류파의 환관에 대한 공세는 더욱 거세진다.

어느 날, 원소가 대장군부에 들려 하진과 대화를 청한다.

"대장군, 지금 백성들 사이에서 동태후의 급작스러운 죽음에 대해 잘못된 소문이 돌고 있습니다."

하진은 원소의 말에 의아해하며 묻는다.

"잘못된 소문이라니 무슨 소리인가?"

원소는 하진을 설득하기 위해 자극적인 말을 전한다.

"세간에서 동태후를 죽인 것은 대장군이라고들 떠들고 있습니다. 대장군이 사람을 부려 동태후에게 짐독을 먹였다고 소문을 내고 있는데, 그 소문의 원천은 장양을 위시한 십상시라고 합니다."

물론 원소도 몸을 도사리고 있는 환관들이 언제인가는 밝혀질 유언비어를 퍼뜨려, 스스로의 목숨을 재촉하는 일을 할 리가 없다고 생각하지만, 그는 세간에 떠도는 유언비어를 이용해 눈에 가시와도 같은 십상시를 도모하려고 근거에도 없는 소문을 마치 사실인 양 하진에게 보고한다. 하진은 어이가 없다는 듯이 탄식을 하며 일갈한다.

"내가 아무리 악독하고 무지하기로 아무 힘도 없는 황제의 늙은 조모를 죽여 천하의 욕을 먹고, 천자에게 사약 받을 일을 하겠는가? 그런데 십상시가 무엇 때문에 나를 모략한다는 말인가?"

실제로 하진은 비천한 신분에서 배운 것 없이 권력의 정점에 올라 무거운 책임감을 감당하지 못하고, 미래의 할 일을 정리하지 못하여 갈팡질팡하면서 국정의 중심을 잡지 못하고 있을 뿐이지, 결코 천하를 손아귀에 쥐겠다는 야심이나, 자신의 권력을 유지하기 위해 짐승과 같은 만행을 불사할 만한 인물도 아니었다. 원소도 이런 하진의 인물됨을 알기에 하진과 국정을 함께하고 있기도 했다. 그러나 원소는 국정의 새로운 비전을 제시하려면, 십상시가 그동안 저질러 놓은 악행에 대한 청산을 짓지 않고는 새로운 미래가 없다고 확신하여, 십상시에 대한 징벌을 집요하게 물고 늘어지는 것이다.

"대장군, 십상시는 지금 대장군의 인망이 백성들 사이에 드높아서, 백성들에게서 대장군을 거리를 두게 하려고 하는 것입니다. 지금이라도 간특한 십상시를 징벌하여 뿌리를 뽑아야 후환이 없습니다. 지난날 대장군 두무는 배경도 없이 환관들을 도모하려다가 당했지만, 지금은 대장군 주위에 뛰어난 장수들이 하늘에 수를 놓은 듯이 즐비하고, 대장군 형제의 위세는 태산을 뛰어넘어 아무도 대적할 수 없을 정도입니다. 이때를 놓치면 나중에 반드시 후회하게 될 것입니다. 지금이야말로 하늘이 주신 좋은 기회입니다."

"알겠네. 생각할 시간을 주게."

두 사람의 대화는 장양이 살기 위해 대장군부에 심어놓은 십상시의 밀정에게 전해지고 곧바로 장양에게 밀고가 된다. 십상시의 수장 장양은 밀정의 밀고를 듣고 깜짝 놀라며 급히 십상시를 소집한다. 그들은 유일한 희망 줄인 하태후를 찾아가 인정에 호소하며 매달린다.

"사례교위 원소가 대장군께 저희를 무고하고 있습니다. 하진장군이 주장하기를 저희 십상시가 하진 대장군이 짐독으로 동태후를 살해했다는 말을 퍼뜨렸다고 하나, 저희가 세상 물정 모르는 어린아이도 아니고 이런 터무니없는 말로 죽음을 자초하겠습니까? 태후마마, 이 종놈들의 충심을 누구보다도 잘 아시지 않습니까? 부디 옛정을 살피시어 살려 주십시오"

"알았다. 아무런 걱정을 말고 돌아가거라."

황태후 하씨는 환관의 비호에 의해 키워진 인물이었다. 하태후가 비천했던 시절 환관들이 자신에게 베푼 은혜를 잊을 정도로 베품이 없는 인물이었다면, 하태후는 지금의 자리에 오를 수 없었을 것이다. 게다가 십상시는 모친 무양군에게 많은 금은보화 등으로 수시로 예를 차리고 있는데, 말도 되지 않는 유언비어로 이들을 처벌하는 것은 도리가 아니라고 생각하고 있었다.

하태후를 만나고 나온 장양은 다시 하태후 모친 무양군과 거기장군 하묘의 자택을 찾아 또다시 금은보화를 건네면서 선처를 부탁한다. 이튿날 아침, 하태후는 하진이 조회에 들자 하진을 따로 불러내어 조용히 당부한다.

"오라버니, 오라버니는 환관을 미워하는 무리에게 둘러싸여 궁중에 분란이 일어나기를 바라십니까? 물론 환관들이 과거 월권을 하여 많은 욕을 먹었지만, 지금은 새로운 시대가 열리지 않았습니까? 과거의 잘잘못을 끝내고 시대에는 단합하자는 의미에서 새로운 연호까지 선포하고, 백성들에게도 새로운 시대로 나아가자고 대사면까지 내린 마당에, 간특한 무리들이 내던지는 유언비어에 귀가 엷어져서 되겠습니까? 사악한 무리들의 말에 귀를 기울이지 말고, 넓은 마음으로 십상시를 포용하세요."

하태후의 말은 부드러웠지만 내용에는 강한 압력이 담겨있어, 하진은 하태후의 말을 어기면 안되리라는 중압을 느낀다.

"태후마마의 말씀 그대로 이행하겠습니다."

하진이 하태후에게 인사를 하고 물러나 대장군부로 돌아오니, 원소가 퇴청도 하지 않은 채 하진을 기다리고 있었다. 원소는 하진의 시무룩한 표정을 보자, 무언가 하진의 뜻대로 되지 않은 것을 느끼고, 새로운 대안을 제시하기 위해 말한다.

"대장군께서 황태후마마와 아침 조회에서 따로 독대를 했다는 말을 듣고, 예사의 문제는 아닐 것이라 여겨 대장군께서 오실 때까지 관부에서 대기하고 있었습니다. 표정이 썩 좋지는 않으신 것 같은데, 혹여 십상시의 문제로 이견이 있으셨던 것은 아니신지요?"

하진은 원소를 보면서 힘없이 대답한다.

"태후마마께서 십상시 문제는 과거의 일이니, 덮어버리고 새로운 시대를 가꾸기 위해 단합하자고 말씀하시네."

"대장군, 이 문제를 그냥 덮고 가서는 단합보다는 오히려 새로운 갈등만 생성시킬 것입니다. 과거를 덮으려다가 미래의 패악을 어찌 감당하려 하십니까? 이들은 교묘하게 사람의 심리를 이용해서, 지난날 태후마마에게 베푼 은혜를 넌지시 끌어내어 태후마마의 마음을 약하게 만들고, 이를 통해 태후마마의 말씀을 거부하지 못하는 대장군의 성품을 심리적으로 이용하고 있습니다. 이들은 상대방의 심리를 잘 꿰뚫고 있기 때문에 일반인들과 같이 대했다가는 큰 화를 당하게 됩니다."

"황태후마마의 말씀을 어떻게 거부할 수 있겠는가?"

하진이 힘없이 대꾸하자, 원소는 한 가지 제안을 던진다.

"내일 대장군의 관부에 측근 참모들을 불러 참모들의 의견을 듣고 방안을 모색하시는 것이 어떻겠습니까?"

하진도 측근들 사이에서 이번 기회에 십상시 문제를 매듭짓고 가자는 의견이 팽배해서, 하루속히 이 문제를 해결하고 앞으로 나아가고자, 측근 참모들과의 회합을 신속히 결정하고 다음 날, 하진은 측근들을 모아 놓고 하태후의 말을 전한다.

"여러분들이 워낙 강하게 십상시 처형을 요청하여 이 문제를 태후마마와 논의했으나, 태후마마의 의중은 과거는 묻어버리고 새로이 출발하자는 것인데, 여러분의 생각은 어떻소?"

하진은 십상시 문제로 하태후의 반발을 사면서까지 많은 정열을 빼앗기고 싶지 않은 탓에 빨리 매듭을 지었으면 하는 심정으로 묻는다.

"십상시의 문제는 앞으로 나아가기 위해서라도 꼭 집고 넘어가야 합니다."

대장군부에 모인 사람들은 하진의 마음과는 달리 이구동성으로 십상시의 처형을 원하자 이튿날, 하진은 하태후를 만나 청류파의 확고한 중론을 전한다.

"신이 조정의 대신들을 설득했으나, 십상시를 처형해야 미래를 지향할 수 있다는 조정 대신들의 뜻이 너무 확고하여, 이를 막고서는 국정운영이 극히 어려울 정도입니다."

"오라버니, 이 사람은 굳이 십상시를 극형에 처하는 것보다는 이들을 모두 파면하여, 고향으로 돌아가게 하는 것으로 매듭짓고자 합니다. 더 이상은 이 사람도 오라버니의 뜻을 따를 수 없습니다. 오라버니께서 대신들을 잘 설득해 주세요."

하태후가 청류파 관리들을 잘 설득하여 사태를 원만히 해결하게 하려고 절충안을 하나 제시한다.

이때 태후궁으로 몰려온 십상시들이 하진에게 읍소하며 목숨을 구걸하자, 하진은 이들을 측은히 여겨 하태후의 절충안을 받아들이기로 하고, 대장군부로 돌아가서 하태후의 뜻을 전달하며 십상시 문제를 매듭짓고자 한다.

"태후마마의 뜻에 따라, 나와는 깊은 인간관계를 맺고 있는 곽승을 제외한 십상시의 측근들은 관직을 박탈하고, 모두 고향으로 돌아가는 것으로 매듭을 지으려 하오."

"십상시를 이대로 풀어주면, 후일 이들은 조정과 지방에 깔아 놓은 세력을 통해 반드시 후환이 될 것입니다."

원소는 세 차례에 걸쳐 강력한 건의를 올리지만, 모두가 현실적 입지를 고려하여 하진의 의견을 따르기로 한다. 주장을 성취하지 못한 원소는 한참을 궁리하다가 하진의 명령이라고 사칭하고, 금군을 풀어 십상시를 잡아들여 주살하려고 하나, 십상시들이 모두 궁궐을 떠난 후여서 뜻을 이루지 못한다.

우여곡절 끝에 고향으로 돌아간 십상시들은 한동안 살아있음으로 위안을 갖지만, 오래지 않아 곧바로 낙향생활에 대한 회의를 느끼며 지난날의 부귀영화를 그리워하여, 다시 궁궐로 복귀할 것을 시도한다. 이 과정에서, 결국 십상시의 수장 장양은 하태후 여동생과 결혼한 양아들을 매수하여, 그를 통해 십상시의 충성스러움을 하태후에게 전하고자 한다.

"태후마마의 종놈들, 입조하여 단 한번이라도 태후마마와 황제 폐하를 뵙는다면, 불구덩이에 들어가 죽어도 여한이 없겠습니다."

하태후는 이 당시 정무를 담당하게 된 청류파 젊은 관료들이 너무 고지식하게 국정을 이끌어 피곤해하던 중, 때에 맞추어 십상시들이 감언이설로 하태후의 심리를 파고들자, 이들의 충심에 의지하고자 하는 심정으로 십상시 전원을 궁중으로 복귀시키는 결정을 내린다. 십상시가 모두 궁중으로 다시 돌아오자, 청류파 젊은 관료들은 하태후의 결정에 강력히 반발하여 대책회의를 열고, 하진에게 새로운 대책을 강권한다.

"대장군, 간특한 십상시를 전부 죽이고, 삼서의 낭중에서 사람을 발탁하여 환관의 거처를 지키고 환관들을 감시하도록 해야 합니다."

2) 대장군부에서는 십상시를 제거할 계획을 세우다

189년(영한 원년) 8월25일, 대장군부에서 십상시를 제거하려는 논의가 벌어지는 것을 알게 된 장양은 십상시를 소집하여, 청류파 젊은 관료들에게 대항하기 위한 모의를 벌인다.

"지금도 대장군부에서는 우리 십상시를 제거하려고 혈안이 되어 있소. 이 문제는 하진을 주살하고 우리가 주도권을 잡아야만 해결될 문제인 것 같소."

"하진 단 하나를 제거한다고 사태가 종결되겠습니까?"

"병서에 금적금왕(擒賊擒王:우두머리를 제거하면 졸개는 자연히 정리됨)이라 했소. 대장군을 제거하고 병권을 장악하면, 그다음은 황제를 마음대로 움직일 수 있소이다. 지난 영제 폐하 시절, 외척과 환관의 암투에서 환관이 대장군 두무를 제거할 때와 같이, 황제의 어명을 빙자하여 하진을 역적으로 매도하여 선포하고, 대장군의 병권을 넘겨받아 조정을 장악하면 모든 상황은 성공적으로 완료되는 것이오."

십상시가 하진을 제거할 모의를 심도 있게 논하는 그 시각에 대장군부에서도 십상시를 도모하기 위한 갑론을박이 전개되고 있었다.

논의의 시발은 하진의 상부인 진림에 의해 시작된다.

"최근 십상시의 움직임을 보면, 무엇인가 모사를 꾸미는 기미가 농후합니다. 태후마마의 절충안으로 십상시들을 고향으로 쫓아내었으나, 다시 태후마마를 움직여 궁궐로 복귀하는 능력을 보고 이들의 간계가 어느 정도인지를 가늠할 수 있었을 것입니다. 십상시를 이대로 방치하다가는 언제 우리의 목줄을 끌어당길지 전혀 안심할 수 없습니다. 이번에는 확실히 십상시를 제거하여 후환을 없애도록 해야 합니다.”

진림의 판단력과 대문장가로서의 재능을 인정하고 아끼는 조조가 진림을 치하하며 자신의 뜻을 밝힌다.

“대장군, 상부의 말이 추호도 논리에 벗어남이 없습니다. 지금 십상시를 제거하지 않으면 후일 대장군께서 이들에게 이끌려 다닐 수 있습니다.”

조조가 진림의 말에 적극적으로 동조하여 강력한 조처를 청하자, 전체의 분위기는 순식간에 한곳으로 모여지기 시작하더니, 이내 대장군부의 막료들은 모두 진림과 조조의 의견에 동조하며 하진의 결단을 촉구한다.

“다수의 의견이 그러하다면 따르겠으나, 나는 보정대신(輔政大臣)으로서 내가 군사를 일으킬 경우에는 태후마마의 재가가 꼭 필요한데, 태후마마의 의중과 다른 행위를 하면 역모가 된다는 것 때문에 걱정입니다. 어떤 좋은 방법이 있으면 허심탄회하게 발표해 주시오.”

하진이 다수의 뜻을 따르겠다고 선언하자, 원소가 앞으로 나서며 발언권을 얻어 전술적 방책을 제시한다.

"소장 본초, 대장군께서 정치적 입지를 훼손당하지 않고도, 태후마마께서 십상시의 처형을 동의하지 않으면 아니 될 만한 계책을 마련했습니다. 먼저, 우리 군사들을 흑산직으로 위장시켜 낙양 인근의 맹진을 불태우게 하고, 모든 정보를 통제하여 흑산적의 소행인 것처럼 알립니다.

둘째, 흑산적을 소탕한다는 명분으로 대장군 휘하의 병사들을 징발함과 동시에 지방의 군벌을 낙양으로 끌어들여, 흑산적의 출현이 천하를 혼란하게 하고 있다는 분위기를 만들고,

셋째, 과거 선황폐하 시절에 십상시가 주동이 되어 황제를 부추겨 추진했던 흑산적 유화정책이 실패했음을 백성들에게 부각시키고, 그 책임을 물어 십상시를 숙청한 다음, 대장군부 병사들과 지방군벌이 합동하여 가상의 흑산적을 토벌하여, 모든 실상을 영원히 묻어버리는 수순으로 추진했으면 합니다."

이때 다시 진림이 나서며 원소의 계책에 대해 강력히 반대의 뜻을 설파한다.

"지금 대장군께서는 군권을 장악한 관계로 황제의 위엄을 대신 지니고 계십니다. 이러한 때에 지방의 군벌이 대군을 이끌고 조정으로 들어오게 되면, 그들 중에서 최강자가 나타나서 영웅이 되는 것은 정해진 이치입니다. 가도벌괵(假道伐虢: 괵을 치기 위해 우 나라의 길을 빌리고 다시 우까지 정벌함)을 노리는 불충한 자가 있다면, 그 자에게 칼자루를 쥐여주고 황실의 심장을 찌르게 하는 형국이 나타날 수 있습니다. 종국

에는 뜻을 이루지 못하고 세상만 어지럽게 만들게 됩니다."

시어사 정태와 상서 노식도 진림의 주장에 동조하며 원소의 주장에 강력히 반대하며 나선다.

"대장군, 이 행위는 국가의 명운까지도 걸려 있는 막중한 일입니다. 쉽게 생각해서 처리할 사안이 아닙니다. 선현이 이르기를 '자기의 눈을 막고 새를 잡으려는 행위는 바로 자신을 기망하는 것이다'라고 했습니다. 작은 일을 처리하는 데에도 속임수는 금방 드러나게 되는데, 하물며 국가의 존망이 걸린 큰일이야 속임수가 오래가겠습니까? 대장군은 보정대신(輔政大臣)으로서 황제와 같은 위엄을 지니고, 천자를 보위할 의무와 책임이 있는 분입니다. 천하의 병권을 손아귀에 쥐고 있는데, 어찌 황야에 버려져 있는 환관을 잡으려고 지방의 군웅까지 끌어들이려 합니까? 지방의 군웅들이 다른 마음을 먹고 엉뚱한 일을 벌일 때, 이를 막을 방법이 없어, 오히려 더 큰 혼란과 화를 자초하게 될 것입니다. 이는 차도살인(借刀殺人: 적을 제거하는데 내가 나서지 않고 타인을 내세움)을 하려고, 칼을 상대방에게 들려주었다가 내가 당하는 이치와 같습니다. 이 방법은 활용해서는 결코 아니 되는 하책입니다."

이때 전군교위 조조도 원소의 계책에 제동을 건다.

"전군교위 조조, 한 말씀 올리겠습니다. 이번 논의의 핵심은 십상시를 제거하느냐, 마느냐가 아니고, 어떻게 제거하느냐의 문제입니다. 지금 모든 병권은 대장군께서 쥐고 계시는 관계로 근본도 없는 환관 나부랭이들을 도모하는 것은 식은 죽 먹기보다 쉬운 일입니다. 제가 부리는 수하만으로도 십상시쯤은 쉽게 도모할 수 있습니다. 다만 문제는 태후마마의 심기를 건드려 역모로 몰리는 우려 때문인데, 이에 대해서는 태후마마께 건의하여 다시 십상시들을 궁에서 내치게 하시고, 광야에 버려진 십상시를 바람에 불려 일거에 날리면, 쉽게 뿌리까지 뽑아 버릴 수 있을 것입니다. 일부 금군으로도 간단히 해결할 수 있는 일을 지방의 군벌까지 끌어들이면, 걷잡을 수 없는 혼란을 몰고 올 수도 있습니다."

대장군부에 있는 측근들의 의견이 기본론에서는 일치했으나 방법론에서 서로 이견이 생기자, 하진은 한동안 고민을 하더니, 하태후를 만날 때마다 느끼는 심적 부담을 두려워하여 원소의 계책을 채택한다. 하진은 하태후의 섭정하에서는 황제의 칙서를 받아낼 수는 없는 탓에 보정대신의 입장에서 지방의 호족들에게 전하는 밀서를 작성하여 은밀히 각 지방으로 내려 보낸다.

"조정안에서 환관이 벌이고 있는 폐단은 이제 극에 달하였다. 모름지기 의로운 인사들은 공명(公明)의 깃발을 앞세우고, 구름처럼 모여 밝은 해와 달 아래에서 만대의 혁정(革政)을 함께 공론화하도록 하라."

7.
십상시의 난

7. 십상시의 난

1) 대장군 하진, 십상시의 계략에 빠져 죽음을 맞이하다

하진이 지방의 호족에게 보낸 밀서의 내용을 접하게 된 동탁은 무릎을 '탁' 친다. 동탁은 그동안 황제가 두 차례나 자신을 서량에서 분리시키려고 칙서를 보냈던 것은 자신이 모반을 일으킬 것을 두려워한 조정에서 자신을 무력화시키려 했기 때문인 것을 알고 있었기에, 황제의 명을 거역하면서까지 자신의 영역 서량을 고수해 왔던 것인데, 이제는 보정대신 하진의 칙서를 따르기만 하면, 서량의 병력을 유지하는 것은 물론이고, 공을 세우면 포상과 함께 항명의 죄목도 소멸될 것이기 때문에 일거양득이라는 생각에 가슴이 부풀어 오른다. 동탁은 조정에서 박사를 지낸 이유를 모사로 삼아 하진의 밀서에 대한 논의를 벌일 때, 이유가 신중한 처세를 주문한다.

"비록 대장군의 밀지를 받았으나, 내용이 모호하고 불명확하니 우선 황제께 표문을 올리는 것이 좋겠습니다. 장군께서 하실 일은 우선 표문을 통해 천자의 뜻으로 출정을 한다는 명분을 세우고, 병주목으로의 충성된 마음을 알리면 대의명분이 서게 됩니다. 그리고 하진에게는 그가 원하는 답변을 써서

올리면 하진의 뜻도 추종하는 것이 되어 설혹 성공해도 좋고, 실패하더라도 역모의 모함을 받지 않을 수가 있습니다."

하진이 보낸 밀서의 내용만 보면 환관을 도모하자는 취지는 전달되지만, 구체적 핵심이 없어서 자칫 잘못하면 모반에 휩쓸리게 되는 것을 벗어나고자 하는 기발한 계책이었다.

"병주목 동탁은 삼가 아룁니다. 작금 한황실은 크고 작은 모반과 민심의 이탈, 그리고 기이한 천재지변이 끊임없이 일어나 잠시도 혼란이 끊이지 않고 있습니다. 이는 십상시 무리들이 하늘의 뜻을 어기고, 천자의 은총을 가리어 천하를 혼탁하게 하고 어지럽히기 때문입니다. 옛날 춘추시대, 진나라 대부 조앙(趙鞅)은 진양에서 거병하고 주군을 잘 보휘하기 위하여 측근에 있는 악인들을 추방함으로써, 후일 후손이 전국시대 조(趙)를 건국하는 기반을 만들게 되었습니다. 이에 병주목 동탁 또한 종고를 울리며 낙양으로 진격하여, 즉각 십상시 무리를 토벌하여 조정을 안정시킬 것을 요청하고자 하오니, 부디 보살펴 주시기를 청합니다."

동탁은 이 전서를 하진에게 보내 하진으로 하여금 이 상소문을 황제께 올리게 하여 황제에게는 명분을 세우고, 하진에게는 하태후를 압박하기로 한 밀약에 동조한 것으로 공훈을 쌓으려는 양면작전을 전개한다.

동탁이 지난 두 차례에 걸친 황제의 조서를 따르지 않은 죄목으로 황제의 징벌을 받게 될 것을 두려워하다가, 환관 십상시와 청류파 관료의 반목으로 조정이 혼란해진 틈을 타서, 이번 기회에 힘이 있는 편에 서서 공적을 세워 과거의 항명을 상쇄시키고자 가담을 결정한 때, 다른 지방의 세력가들은 황제의 조서도 아니고, 또한 황태후의 의중도 확실하지 않아 신중에 신중을 기하고 있었다.

그러는 동안, 병주자사를 지낸 집금오 정원은 대장군 하진의 부름에 응해 모의에 가담하기로 하고, 군벌 중에 가장 먼저 낙양의 인근에 당도하여 하진을 찾아와서 상황을 알린다.

"대장군의 밀지대로 낙양 근처에 군사의 배치는 완료했고, 이미 작전을 수행할 계획도 끝냈습니다."

하진은 정원에게 원소가 제시한 계책대로 단계별로 진행하도록 지시한다.

"내가 중앙군 중에서 심복장수와 수하들을 골라 군사를 징벌하여 보내주면, 집금오께서는 특별히 다른 명이 없어도 그것을 신호로 삼아 집금오의 수하 병력과 함께 맹진 일대를 불사르고, 흑산적의 소행인 양 철저히 위장하시오. 그다음은 달리 하명이 있을 때까지 맹진을 떠나 은밀한 곳에 대기하고 계셔야 할 것이오."

정원이 하진의 명을 받고 도성을 떠난 지 얼마 후, 하진이 중앙군 중에서 충성심이 투철한 군사를 징발하여 정원에게 보내자, 정원은 정예 병사들을 흑산적으로 위장하게 하여 낙양 외곽의 맹진을 불태우고, 수하들과 함께 낙양 인근의 깊은 산속에 몸을 숨긴 채 다음 지시를 기다린다.

하진은 대장군부에서 다른 지방군벌의 동향을 기다리던 중 새로이 보고를 받는다.

"대장군, 서량에서 병주목 동탁장군이 이미 면지에 와서 주둔하고 있다고 합니다."

"면지에 도착했으면 급히 입락(立洛)하라고 전하라."

하진은 전령을 보내어 동탁에게 입락을 명한다.

동탁이 하진의 명을 받고 모사 이유와 낙양으로 입락하는 문제를 상의하자, 이유는 원모심려(遠謀深慮:멀리 보고 깊이 생각함)를 제시한다.

"이익이 되지 않을 싸움에 끼어드는 것은 스스로 망하는 길을 자초하는 것입니다. 병주목께서는 당분간 추이를 보면서 신중히 처세해야만 나중에라도 이기는 측으로부터 피해를 당하지 않을 것입니다. 하진과 십상시 싸움은 과거 외척과 환관의 싸움이자, 청류파와 탁류파 싸움의 양상을 띠고 있습니다. 누가 이긴다는 보장은 없습니다. 과거의 역사를 보면 이들의 싸움은 승패가 뒤집혀 지는 경우가 많아 늘 유동적이었습니다. 잘못하면 이기는 쪽의 몰매를 맞아 패망에 이르게 될 수도 있는 만큼, 이기는 쪽과 지는 쪽의 중간에서 서로가 피해를 입었을 때, 어부지리를 얻는 계책을 택하는 것이 현재로서는 가장 현명한 방법입니다."

동탁은 이유의 계책을 받아들여 하진이 요청한 입락(立洛)

을 완곡히 거절하는 뜻을 전한다.

"군사들이 장거리를 행군하여 몹시 피곤해하므로, 면지에서 한동안 휴식을 취한 후에 낙양으로 입성하겠습니다."

동탁은 일부러 시간을 끌면서 낙양으로 입락하지 않는다.

동탁이 환관과 하진의 사이에서 기회주의적으로 처세하는 동안, 십상시들이나 조정의 대신들이나 모두 맹진의 불길이 멀리 낙양에까지 미치는 것을 보고 두려움에 빠진다. 동시에 동탁도 면지에 주둔하면서 상황을 살펴보다가 문득 생각에 잠긴다. '지금과 같은 상황의 전개라면 필시 십상시가 자신들과 합류하기에는 한계가 있도다.'

이때를 즈음하여 탁류파 관료들도 상황이 불리하게 돌아가자, 자신들에게 화가 미칠 것을 우려하여 십상시를 정리하자고 하태후에게 권유한다. 하지만, 하태후는 이들의 말을 듣지 않고 하묘를 불러들여 하진을 찾아가서 자신의 전서를 보여주고 하진을 설득시키라고 지시한다. 이에 거기장군 하묘가 하진을 만나 하태후의 뜻을 전한다.

"형님, 태후마마의 뜻이니 십상시와 화해하십시오. 형님께서 화해하시면 죄를 묻지 않겠다고 하십니다."

이미 사태가 진척될 대로 진척되어 뒤집을 수 없게 된 여기서 손을 떼면, 관련된 모두가 역모로 몰려 그동안 쌓아 올린 모든 명성과 신망을 잃게 된다는 것을 대장군부의 사람들이 어찌 모르겠는가?

하묘로부터 하태후의 명을 전달받은 하진이 하태후의 얼굴을 떠올리며 머뭇거리자, 원소가 단호한 어조로 작전을 개시할 것을 주장한다.

"대장군, 이미 작전은 시작되어 되돌릴 수 없습니다. 만일 이 일을 성공시키면 성공한 혁명은 죄를 물을 수 없습니다. 우리가 이 거사를 성공시키지 못하면, 그때는 우리 모두가 역모로 몰려 3대가 주살됩니다. 이대로 강행할 수밖에 별다른 도리가 없습니다."

참모들의 강권에 하진도 어쩔 수 없이 작전을 강행한다. 왕윤을 하남윤에 임명하고, 사례교위 원소에게 가절을 내려 작전과 연관된 일을 마음대로 처리할 수 있는 권한을 준다.

결국에는 십상시들도 하진을 제거하고 자신들이 스스로 살길을 찾아보자는 모의를 행동으로 옮긴다. 장양과 단규가 주동이 되어 십상시를 불러들여 모두가 모인 자리에서 십상시의 수장 장양이 결심을 밝힌다.

"태후마마께서 하진을 불러 우리에 대한 탄압을 중지하라고 하셨으나, 원소를 위시한 청류파가 완강히 반대하여 하진도 잠시 머뭇거리고 있소. 그러나 결국은 모든 그림은 강경한 젊은 청류파의 의지대로 흘러갈 것이오. 우리가 먼저 하진을 죽이고, 보정대신의 권한을 빼앗은 후에 황제 폐하의 재가를 얻어 나머지를 역모로 처리해야 하오. 이를 위해서는 하진을 어떻게 도모해야 하는지에 대한 방법을 찾는 것이 필요하오."

"먼저 우리가 키워놓은 무사와 장수를 완전무장을 시켜 장락궁 가덕문 안에 매복시킨 후, 하진을 태후마마의 명을 빙자하여 장락궁으로 불러들여서 척살하면 좋겠습니다. 장락궁으로 불러들이는 것은 대부님께서 태후마마를 설득하여, 친서를 하진에게 내리게 하시면 되지 않겠습니까?"

십상시의 모사 역할을 하는 단규의 제안을 받아들인 장양은 곧바로 하태후에게 달려간다.

"대장군께서 지방의 군벌들에게 밀지를 보내, 태후마마의 종놈들을 죽이려고 낙양으로 끌어들이고 있습니다. 태후마마께서 대장군을 불러들이시어 다시 한번 이 종놈들을 선처하도록 설득해 주십시오. 저희는 오직 태후마마의 종복이며, 태후마마의 하물입니다. 태후마마 외에는 기댈 사람이 없습니다. 부디 저희를 가엾게 여겨 보살펴 주시옵소서."

하태후는 그동안 자신을 보호해준 장양이 애처로이 목숨을 구걸하자, 막연한 측은지심(惻隱之心)이 발동한다. 그러나 하태후가 아무리 설득해도 하진이 강경파의 뜻을 꺾지 못하고 지방군벌까지 동원하여 심리전으로 압박하기에 이르자, 하태후는 십상시들이 직접 하진에게 찾아가서 사죄하는 것이 나을 것이라는 생각을 하기에 이른다.

"중상시 대부 장양이 대장군에게 직접 읍소하고, 대장군에게 충성을 맹세하는 것이 효과적이리라 생각한다. 그 후, 내가 대장군을 다시 불러 부탁을 할 테니 직접 찾아가 보라."

하태후 말이 끝나자마자 장양이 부들부들 떨며 말한다.

"이 천한 종놈이 지금 대장군부로 가게 되면, 그 자리에서 도륙될 분위기입니다."

태후가 다시 묻는다.

"그러면 내가 어떻게 하면 너희에게 도움이 되겠느냐?"

하태후의 말이 끝나자마자, 장양은 기다렸다는 듯이 굴항대호(掘抗大虎)계책으로 자신들이 파놓은 함정 속으로 하진을 끌어들이는 수를 제시한다.

"먼저 태후마마께서 대장군을 장락궁으로 불러 엄히 분부를 내려주시옵소서. 그 후에 저희가 대장군께 찾아뵙고, 읍소하여 충성을 맹세하겠습니다. 그런 연후에도 대장군께서 용서치 못한다면, 다른 곳이 아닌 태후마마 전에서 저희 모두가 수급을 바치겠습니다."

하태후는 자신에 대한 충의를 보이는 십상시 수장의 말에 감복하며, 전지를 내려 하진을 장락궁으로 부른다. 태후의 전지를 받은 하진이 홀로 태후궁으로 들어가려 하자, 주변의 수하들이 하나같이 나서서 강력히 입궁을 막는다.

"태후께서 부르시더라도 지금은 비상시국입니다. 태후마마의 전지일지라도 신중하셔야 합니다. 잘못하면 대사를 그르칠 수가 있습니다."

"태후께서 오라버니를 부르시는데 무슨 흉계가 있겠소."

하진은 호위장수도 없이 태후궁으로 나서려 하자, 원소가 다시 앞을 가로막으며 하진의 무모함에 제동을 건다.

"이미 지방의 군사들이 낙양에 도착하여 십상시들도 이를 간파하고 있는데, 십상시들이 대책도 없이 그대로 당하려 들지는 않을 것입니다. 대장군께서도 대책을 가지고 입궁하셔야만 만일의 경우에도 대비할 수 있습니다."

이때 조조가 원소의 의견을 지지하는 발언을 한다.

"대장군께서 굳이 입궐하시고자 한다면, 십상시를 궁궐 밖으로 불러낸 후에 태후마마를 뵈러 들어가시는 것이 어떻겠습니까?"

하진이 비웃듯이 코웃음을 치며 말한다.

"천하의 병권을 휘두르는 내가 일개 십상시가 두려워, 그런 우스꽝스러운 모의를 해야 한다는 말인가?"

인류사의 모든 대변혁은 처음부터 큰일로 시작된 것이 없었다. 처음에는 아주 작은 사건으로부터 발단이 되어 시간이 흐름에 따라 걷잡을 수 없는 큰 사태로 발전하는 것이다.

하진은 지난날 비천했던 신분에서 갑자기 바뀐 환경에 접해 여태 생각지도 못한 최고의 권세를 누리게 되자, 기고만장해져 주변의 모든 현황을 하찮고 우습게 보는 망상에 빠져있는 듯했다. 그동안 이런 하진의 변화를 가까이에서 지켜본 측근들의 조언을 끝끝내 거절하는 하진의 행위가 우려되어, 원소가 신중히 생각하더니 한 가지 새로운 안을 올린다.

"대장군께서 굳이 입궐하시겠다면, 소장이 사례교위 수하의 병사를 이끌고 대장군을 호위하겠습니다. 예기치 못한 사태를 막기 위함입니다."

전권을 위임받아 서원팔교위 군사들을 심복으로 교체하여 환관들의 동향을 일거수일투족 감시하고 있는 원소가 절충안을 제시하자, 조조도 옆에서 강력히 거든다.

"맹덕 또한 전군교위 예하의 병사 중에서 날랜 자를 뽑아 대장군을 수행하겠습니다."

하진은 원소와 조조가 이끄는 정예병사 5백 명의 호위를 받으며 태후궁을 향해 나아간다. 하진이 청쇄문에 이르자, 위병들이 앞을 가로막으며 말한다.

"대장군일지라도 병마는 궁궐 안으로 들어갈 수 없습니다. 병마는 청쇄문 밖에서 대기하고, 장군들께서는 무장을 해제한 후 입궐하셔야 합니다."

하진은 원소와 조조, 그리고 몇 명의 장수만을 거느리고 장락궁에 이르러 가덕문을 들어가려 할 때, 수문장이 다시 문에 들어서는 것을 저지한다.

"태후마마께서 '대장군 외에는 아무도 들이지 말라'는 전교를 내리셨습니다."

"태후께서 은밀히 내게 하실 말씀이 있는 모양이군. 그대들은 여기서 잠시 기다리시게."

하진이 위풍당당하게 가덕문 안으로 한참을 들어가서, 원소의 일행과 소통이 되지 않을 정도 위치에 도달했을 때, 장양과 단규가 일단의 환관과 경위병 병사를 이끌고 하진 앞을 가로막는다.

"하진, 이 백정 놈아! 우리가 네놈에게 무슨 죄를 지었기에 그리도 모질게 우리를 괴롭히느냐? 네놈은 남양 완현에서 소, 돼지나 도축하면서 천하디 천하게 살던 백정 놈인데, 우리가 천자께 태후마마를 천거하여 태후마마의 배경으로 천하의 권세를 움켜쥐더니, 은혜도 잊어버리고 천지 방자하여 태후마마의 하교도 무시하며 우리를 해치려 하고 있다. 세상천지에 네놈같이 배은망덕한 놈이 어디에 또 있겠느냐?"

장양의 성난 외침에 하진은 함정에 빠지게 된 것을 알고 얼굴이 하얗게 질려 큰소리로 외친다.

"함정이다."

하진이 구원을 청하려고 뒤를 돌아보니 문은 이미 닫혀 있고, 주변은 자객들로 포진되어 있었다. 하진이 소리를 질러 도움을 청하기도 전에 자객들이 하진에게 달려들어 난도질을 가한다. 하태후가 황명을 내려 반란으로 규정하였다면, 문제는 더 이상 진척이 없이 화해로 쉽게 해결될 수 있었겠지만, 아녀자의 좁은 정치적 식견으로 넓게 보아 판단하지 못하고, 대장군만 설득하면 되는 것으로 착각하여 문제를 걷잡을 수 없이 만들고 만 것이다. 여기서 손을 떼면 역모로 몰려 그동안 쌓아 올린 명성과 신망을 모든 잃을 수 있다는 것을 원소, 조조 등이 어찌 모르겠는가?

2) 청류파는 하진의 죽음을 계기로 십상시를 섬멸하다

원소는 하진이 장락궁으로 들어서고 한 시진 이상이 지나도 아무런 소식도 없이 나오지 않자, 불현듯이 '무엇인가 잘못 돌아가고 있다' 여기며, 즉시 대장군부로 돌아가서 동원할 수 있는 최대한의 병사를 불러 모은다.

한편, 하진을 주살한 장양은 조서를 위조하여 前태위 번릉을 사례교위로 삼고, 소부 허상을 하남윤으로 삼는다는 허위조서를 상서에게 보이며 대외적으로 널리 공표하도록 청한다. 상서가 이 조서에 의심을 품고 완곡히 거절한다.

"대장군이 오시면 함께 의논하겠소."

상서가 자신들이 제시한 조서에 쉽게 응하지 않자, 장양은 상서에게 하진의 수급을 던지며 소리를 지른다.

"하진은 모반을 꾀하여 이미 주살되었다."

상서로부터 허위조서대로 왕윤과 원소의 직위를 삭탈한 후, 장양은 단규의 계교대로 미리 준비한 황제의 허위칙서를 공표한다.

"하진은 모반을 꾀한 역적으로 황실의 경호병을 동원하여 척살했다. 반역의 수괴 하진은 이미 주살되었으니 남은 무리들은 투항하라. 투항하면 과거의 죄를 묻지 않고 은전을 베풀어 함께 조정을 이끌어 나갈 것이다."

십상시는 자신들이 태후와 황제를 둘러싸 보호하고 있고, 아직도 자신들을 추종하는 세력이 있으니, 지난날 대장군 두무 당시의 외척과 환관의 암투에서와 같이 황제의 명령을 빙자하여 병권을 되돌려 받아 조정을 장악하면 거사에서 성공할 수 있으리라 판단했던 것이다.

그러나 사태의 실질적 주동자라고 볼 수 있는 원소를 중심으로 한 청류파는 목숨을 건 사생결단을 벌여야 할 처지에 놓여 있었다. 장양의 허위조서로 중앙군들이 혼선을 빚고 있을 때, 원소는 십상시 무리를 제거하려고 대장군부로 이동하여 사병을 최대한 끌어 모으고 있었다.

이때 하진의 죽음을 알게 된 호분중랑장 원술은 대장군 하진의 죽음에 격노하여, 하진의 부곡장(部曲將) 오광 등 수하 장수들과 함께 군사를 이끌고 궁궐로 난입한다. 황궁의 경비병들이 문을 열지 않자, 원술과 오광은 동궁과 서궁의 문에 불을 지르고, 내궁으로 뛰어들어 취하루에서 십상시 조충, 정광, 하운, 곽승 등을 찾아내어 주살하고, 이들의 목을 베어 궁궐 지붕에 매달아 놓는다.

그리고는 닥치는 대로 환관들을 잡아들여 주살하니, 젊은 나이에 일찍 궁에 들어온 젊은 관리들은 수염이 없어 개죽음을 당하는 사람도 있고, 환관이 아니라는 것을 증명하려고 바지까지 벗어 보이는 촌극까지 일어난다. 밤새 계속된 싸움에서 저항하는 환관과 십상시 추종자들을 주살하며 뜬눈으로 새벽을 맞은 부곡장 오광은 주작궐 아래에서 병사를 이끌고 온 거기장군 하묘를 만나자, 곧바로 병사들을 향해 큰 소리로 명을 내린다.

"역적 십상시와 함께 부화뇌동하여 모반을 일으킨 역적 하묘를 도륙하라."

명령을 받은 군사들이 하묘를 포위하여 무수히 창칼을 날리자, 하묘는 군사들의 난도질로 형체를 알아볼 수 없을 정도의 비참한 최후를 맞이한다. 십상시 수하들과 환관들이 무기를 들고 남궁을 지키지만, 원술은 서궁, 동궁에 이어 남궁의 문까지 불을 지르고, 남궁의 문으로 진입하여 군사들에게 장양을 생포하도록 압박을 가한다.

3) '십상시의 난' 종결, 그리고 동탁의 낙양 입성

원소도 하진이 피살됨과 동시에 장양이 허위조서를 꾸며 사례교위와 하남윤을 바꿔치기했다는 소식을 듣고, 사병 1백여 명을 이끌고 허위조서를 통해 사례교위와 하남윤으로 임명된 번릉과 허상을 찾아가서 이들을 주살한다. 곧이어 노식, 왕윤, 왕광 등 하진 수하의 청류파 인사들이 모두 원소에게 합류하고, 다음날 신미일에 북궁으로 진입한 원소는 북궁의 문을 닫고, 환관을 색출하여 모조리 주살한다.

허위조서를 받은 번릉과 허상이 모두 살해된 관계로 이들로부터 구원병을 동원하는 것이 어렵게 되었다는 것을 알게 된 장양, 단규는 북궁을 지키지 못하게 되자, 하태후에게 하진이 반란을 일으켰다고 허위보고를 올리고, 하태후와 황제, 진류왕과 궁궐의 관속들을 이끌고 북궁을 빠져나와 소평진으로 피신한다. 허위조서로 번릉과 허상을 통해 원소와 왕윤에게 사례교위와 하남윤의 병권을 빼앗아, 낙양을 장악할 때까지 버티고자 했던 전략이 어긋나자 취한 마지막 발악이었다.

장양이 허위조서로 사례교위와 하남윤을 바꿔치기한 계책은 지난날 영제(靈帝)시절, 환관과 외척의 싸움에서 환관들이 자신들을 도모하려는 대장군 두무를 역으로 선공하여, 환관의 승리를 이끌었던 전례를 다시 끄집어 사용한 전력으로 성공할 가능성이 확연한 계책이었으나, 이 계책은 대장군 두무 시절과는 달리, 소제 당시에는 하진 휘하에 뛰어난 원소, 원술, 조조, 포신 등 젊은 청류파 인재들과 왕윤, 노식과 같은 노련한 청류파 인사가들이 많았기 때문에 성공하지 못한다.

십상시 수장 장양의 무리를 놓친 원소는 사병을 이끌고 북궁에 난입하여, 닥치는 대로 환관들을 주살하여 씨를 말리면서 결국 '십상시의 난'은 '환관의 3일 천하'로 끝난다. 원소의 치밀하고, 기민하면서 거침없는 행위와 빈틈없는 판단력, 원술의 무모에 가까운 추진력, 조조와 노식, 왕윤 등 하진의 측근에 포진한 뛰어난 인재들의 총체적 결합으로 십상시의 계략은 무위로 끝나지만, 이로 인해 낙양에는 황제가 없는 초유의 사태가 벌어진다. 장양과 단규가 소평진으로 도주했다는 소문을 들은 노식은 이들의 행방을 찾아 추적하기 시작한다.

"역적 장양과 단규는 당장 태후마마를 풀고 죄의 대가를 받아라."

노식의 끈질긴 추적을 받게 된 장양과 단규는 하태후를 길가에 방치하고, 소제와 진류왕이 타고 있는 거마에 올라 채찍을 가하며 황급히 도망을 친다. 노식은 길거리에 버려진 하태후를 보호하여 궁중으로 돌아오다가, 중군교위 예하 군사들을 이끌고 궁의 진화작업을 벌이는 조조를 만난다.

하태후를 보호하게 된 노식과 조조는 황제가 유고가 된 조정의 공백을 우려하며 하태후에게 예를 갖추어 긴히 청한다.

"황제 폐하께서 비어있는 조정은 앞일을 장담할 수가 없습니다. 황제 폐하를 무사히 모셔올 때까지 태후마마께서 안정적으로 자리를 보존하셔야 합니다."

조조는 궁궐의 진화작업을 하던 병사의 일부를 빼어내서 황제와 진류왕의 행적을 좇는다. 소제와 진류왕을 속여 소평진으로 도망을 친 장양과 단규는 숨 쉴 틈도 없이 도주하여 북망산에 이르러서 잠시 휴식을 취하려는데 이때, 칠흑과 같은 어둠 속에서 수십 기의 기병이 요란한 말발굽 소리를 내며 다가온다.

"나라를 혼란에 빠뜨린 십상시는 당장 포박을 받으라."

십상시 수장 장량과 단규는 중부연리 민공의 추격을 받아 더 이상 도망갈 길이 없게 되자, 장양은 강물로 뛰어들어 스스로 목숨을 끊고, 단규는 소제와 진류왕을 버린 채 칠흑과도 같은 어둠을 방패로 삼아 사라지고 만다.

중부연리 민공은 어둠 속에서 주변을 수색했으나, 소제와 진류왕을 찾지 못하고 일단 군사를 거두어 돌아간다.

음력 9월의 밤공기는 몹시 차가웠다. 추위와 어둠 속에 버려진 소제와 진류왕은 축시(丑時)가 지나도록 구원하러 오는 사람들이 없어 추위와 어둠 속에서 오는 공포로 몸서리를 친다. 이런 살벌한 위기에서도 진류왕 유협은 이복형 소제의 안위를 우려하여 소제에게 계속 몸을 움직일 것을 권유한다.

"폐하, 늦가을의 저녁 추위와 새벽이슬을 맞으면, 옥체를 손상할 수 있사오니, 몸을 계속 움직이셔야 합니다."

진류왕은 본인이 앞장서서 소제를 이끌고 칠흑과도 같은 어둠을 헤쳐 나아간다. 소제와 진류왕은 방향을 찾지 못하고 무작정 앞으로만 걷고 있는데, 갑자기 반딧불 떼가 소제와 진류왕 앞으로 날아와서 어둠을 밝혀 준다. 소제와 진류왕은 반딧불을 따라 걷기 시작한다. 그렇게 계속 걷다가 새벽의 여명을 맞이한다.

이때 희미하나마 새벽의 여명이 빛을 나타내자, 비로소 시야에 펼쳐지는 광경들을 보고 진류왕은 소제를 모시고 기아와 추위를 피할 수 있는 곳을 찾는다. 소제와 진류왕이 주변을 둘러보다가 논두렁이 근처에 있는 짚 풀 더미를 발견하고 그 속으로 들어가서 풀단을 잠자리로 삼아 추위를 피한다.

잠시 후, 하루 종일 걷느라고 쌓인 피로로 인해, 소제와 진류왕은 곧바로 짚 풀 더미 속에서 스르르 잠에 빠져든다. 이때 마침 前사도 최열의 아우 최의는 2개의 붉은 해가 집 뒤편에 쌓아둔 풀단 속으로 떨어지는 기이한 꿈을 꾸고 일어난다. 신기하다는 생각이 들어 한참 동안을 꿈 해몽을 하다가, 불현듯이 예사롭지 않은 꿈이라 여겨 풀단으로 가는데, 이곳에서 최의는 두 소년이 풀단 속에서 잠을 자고 있는 것을 발견한다. 옷차림은 일반가정의 자제 같지는 않았으나, 얼굴을 보니 최근에 풍파를 겪은 모습이 역력히 보였다.

"이보게. 도령들은 차림새는 양반 댁 자제 같은데, 도대체 누구이기에 이 새벽에 이런 지저분한 풀단 속에서 잠을 자고 있는가?"

최의는 조심스럽게 소제와 진류왕을 불러 깨운다. 깜짝 놀란 소제와 진류왕이 일어나 정색을 하고 바로 앉자, 그 기풍이 예사롭지 않아 최의는 더욱 호기심이 생겨 존대를 섞어가며 다시 묻는다.

"도령들은 예사 집안의 도령도 아닌 것 같은데, 어떤 연유로 이곳에 와 계시는가?"

최의가 이번에는 반 존대를 섞어가며 묻자, 소제는 당황해하고 있는데, 진류왕이 신변의 안전을 위해 임기응변으로 의연하게 대답한다.

"우리는 대갓집 자제로서 집안에 피치 못할 사유가 있어 객지를 떠나다가, 일행과 헤어져 잠시 이곳에서 피곤한 몸을 쉬고, 다시 일행을 찾아 떠나려 하고 있었소이다. 어제 점심부터 수라를 들지 못해 몹시 시장한데, 수라를 내어줄 수 있겠소이까?"

진류왕의 수라라는 답변을 들은 최의는 곧바로 진류왕의 말투에서 예사롭지 않음을 감지했으나, 더 이상 질문을 하면 불편해할 것 같아 질문을 멈추고, 소제와 진류왕을 장원으로 모셔 급히 밥상을 올린다.

지난밤, 어둠 탓에 황제의 형제를 찾지 못한 중부연리 민공은 새벽의 동이 트기 직전부터 황제를 찾아나서 빈틈없이 주변의 산까지 철저히 수색하던 중, 산기슭에 숨어있던 단규를 발견하고 황제의 행방을 다그친다.

"나라를 혼란에 빠뜨리고 도망을 치면, 네 놈이 두 발을 편히 뻗고 지낼 줄 알았더냐? 네 놈의 처리는 곧바로 이행될 것이지만, 지금은 버러지와도 같은 네 놈의 처리가 문제가 아니라 황제 폐하의 안위가 급선무이니라. 폐하께서는 지금 어디에 계시는지 이실직고하라."

단규 또한 관군의 추적을 피하려고 황제를 방치한 채, 자신도 경황없이 도주하였기에 행방을 모르기는 마찬가지이다.

"폐하와는 강기슭에서 헤어져 지금은 폐하 일행의 행방을 잘 모르겠습니다."

중부연리 민공이 대로하여 질책한다.

"이 못된 역적 놈아! 황제의 권세를 업고 황제께는 둘도 없는 충복인 양 국정을 농락하고, 백성들을 도탄에 빠지게 해놓고, 궁극에는 나라를 이 지경으로 만들어 놓은 놈이 자신이 위급해지니까, 황제 폐하까지 내버리고 자기 살길만 찾으려 하다니! 나는 네 놈의 가증함을 도저히 용서할 수 없도다. 살수는 이 파렴치한 놈을 당장 주살하여 수급을 취하라."

민공은 단규의 수급을 취해 군사들에게 맡기고, 다시 군사들을 독려하여 황제를 찾기 위해 주변을 탐색한다.

"폐하께서 강가 나루 근처에서 행방이 묘연해졌다면, 필시

이 근처 어디엔가는 피해 계실 것이다. 이 근처의 모든 민가와 지형을 샅샅이 살펴 폐하를 찾도록 하라."

민공은 황제를 찾아 주변을 모두 수색하였으나 성과를 얻지 못하고, 어느덧 최의의 장원에까지 이르게 된다. 최의가 군사들의 시끄러운 소리에 혹시나 해서 황제 형제를 장롱 깊이 숨겨두고 밖으로 나가자, 민공이 최의에게 최대한의 예를 갖춘 후에 조심스럽게 묻는다.

"혹시 이 근처에서 어린 도령 두 분을 보지 못했습니까?"

최의는 만일의 경우를 생각하여 시치미를 떼고 대답한다.

"아직 보지는 못했으나, 어떤 연유로 찾으시는지요?"

민공이 실망스러운 표정을 지으며 대답한다.

"실례했습니다. 사실은 십상시가 난을 일으켜서 황궁이 불바다가 되고, 황제 폐하께서는 행방이 묘연해졌습니다. 혹여 어린 도령 두 사람을 보게 되거든, 곧바로 관아에 연락을 주시기 바랍니다."

말을 마친 민공이 말에 올라타려 하자, 최의가 큰소리로 황급히 민공을 불러 세운다.

"연리 나으리. 잠시만 기다리십시오. 사실은 저의 집에서 두 어린 도령을 보호하고 있는데, 도령께서 신분을 밝히지는 않았으나, 느낌이 폐하가 아닌가 생각됩니다. 진작 말씀을 드리지 못한 것은 혹시 잘못되면, 두 도령에게 누가 될까 두려워서 거짓을 올렸던 것입니다. 부디 양해를 구합니다."

민공은 최의가 두 어린 도령을 보호하고 있다는 말을 듣자, 혹시나 하는 마음이 들었지만 일단 가슴이 벅차오름을 느끼며 급히 청한다.

"빨리 뵈러 갑시다. 폐하 형제분일 가능성이 농후합니다."

최의는 소제와 진류왕을 안방에 모셔놓고 민공을 부른다. 민공은 소제를 보자마자 가슴이 복받쳐 올라 통곡을 하며 안위를 묻는다.

"폐하, 얼마나 고생이 많으셨습니까? 소신이 부덕하여 이렇게 늦게서야 성체를 모시게 되니 죽을죄를 지었습니다. 부디 소신의 불충을 용서해 주시고, 속히 궁으로 돌아가시기 청하옵니다. 천자께서는 단 하루라도 황궁을 비우셔서는 아니 되옵니다."

민공 옆에서 두 도령이 황제와 진류왕이라는 것을 알게 된 최의는 무릎을 꿇고 머리를 조아리며 소제에게 죄를 청한다.

"폐하, 죽을죄를 지었습니다. 황제 폐하를 알아보지 못하고 지은 무례함을 부디 용서하시옵소서."

소제는 최의에게 오히려 감사를 올린다.

"아니오, 나를 보호해주신 분에게 어찌 벌을 준다는 말입니까? 짐이 황궁에 돌아가면 보호해주신 은혜에 대해 꼭 보답하겠소."

소제는 민공에게 황궁으로 돌아갈 채비를 차리라고 명한다. 민공이 궁으로 돌아갈 준비를 마치자, 최의는 지붕 없는 수레와 말 한필을 끌어와서 소제에게 바친다. 소제는 최의가 내어준 지붕이 없는 말 달구지를 타고 진류왕과 함께 궁궐을 향해 출발한다.

소제가 최의의 장원을 떠난 지 한참을 지나 북망산 근처에 당도했을 때, 민공이 보낸 전령의 보고를 받은 사도 왕윤, 태위 양표, 사례교위 원소, 좌군교위 순우경, 우군교위 조맹, 후군교위 포신 등이 소제를 영접하기 위해 말을 몰아온다.

이들은 황제를 영접한 후, 수백 명이 무리를 이루어 낙양을 향해 급히 말을 달리고 있을 때, 언덕 너머에서 무수히 많은 깃발을 치켜세운 대군이 뿌연 먼지를 일으키며, 소제의 행렬을 향해 다가온다. 소제를 비롯한 진류왕과 수행하던 대신, 군사들이 잔뜩 긴장하여 무리를 쳐다보며 행보를 멈춘다.

대군의 행렬이 거침없이 황제의 행렬을 향해 점점 다가오자, 사례교위 원소가 전투태세를 갖추고 말을 몰아 대군의 행렬 앞으로 나아가서 외친다.

"행보를 멈춰라. 그대들은 어디서 오는 군사들인가?"

대군을 지휘하는 지휘관은 대꾸도 하지 않고 군사대열을 좌, 우 양쪽으로 갈라서게 하더니, 대열이 갈라져 만들어진 가운데 길에서 서량의 준마에 몸을 곧추세우고 위압적으로 원소 앞으로 다가온다. 육중한 몸에 기름기가 줄줄 흐르는 얼굴에는 가냘프게 찢어진 눈에서 내뿜는 예리함과 날카로움이 사람들에게 압도 감을 느끼게 한다.

원소가 자세히 쳐다보더니 반갑다는 듯이 큰소리로 외친다.

"동탁장군께서 어인 연유이십니까? 이 행렬은 황제 폐하의 행렬이십니다."

동탁은 원소의 말에는 아랑곳하지 않고 묻는다.

"황제 폐하께서는 어디에 계시는가?"

소제는 두려움에 떨면서 몸을 뒤로 빼는데, 황제의 어가 뒤편에 있던 진류왕 유협이 앞으로 나서며 동탁에게 당차고도 준엄한 질책을 가한다.

"나는 진류왕이오. 사례교위가 황제의 어가라고 밝히지를 않았소? 그대는 누구이기에 감히 황제의 어가를 막는가? 썩 앞길을 비켜서시오."

진류왕의 예기치 못했던 질책에 움찔해진 동탁이 황급히 말에서 내려, 황제의 어가 앞에 다가서며 대답한다.

"전장군 겸 병주목 동탁이옵니다."

"병주목은 황제의 어가를 호위하러 왔는가? 아니면 겁박하려고 왔는가?"

"예? 아! 예, 당연히 황제 폐하를 호위하러 왔습니다."

"그렇다면 황제 폐하께서 여기 계시다는데, 어찌 바닥에 엎드려 고개를 숙이며 황제 폐하에 대한 예를 갖춰서 고하지 않고, 황제 폐하의 어가 앞을 가로막고 있는가?"

아홉 살 어린 소년의 행위로는 믿겨지지 않을 정도의 영특한 대처와 간담을 서늘케 하는 위엄이다. 동탁은 황급히 왼편으로 비켜서서, 황제의 어가를 향해 엎드려 절을 올린다. 주변의 대신들과 장수, 병사들이 모두 진류왕의 의젓함과 대범함에 감탄한다.

우여곡절 끝에 소제와 진류왕이 무사히 궁으로 돌아오자, 노심초사 황제의 복귀를 기다리던 하태후는 소제, 진류왕을 얼싸안고 기쁨의 눈물을 흘린다. 소제가 돌아온 후, 소제를 중심으로 하태후와 모든 대신, 관료들이 합심하여 사태의 파장을 막고, 황궁의 화재와 훼손으로 인한 잔해를 수습하여 외면적으로는 십상시가 난을 일으키기 이전의 상태로 돌아간다.

단기간에 십상시의 난이 수습되면서 외견상으로는 정국이 안정된 듯했으나, 십상시의 난이 한황실에 끼친 악영향은 지대했다. 십상시의 난이 일어난 이후로, 한황실은 중앙집권 체재가 약화되어 지방의 군벌들이 군웅으로 할거하면서 한나라가 분열되고, 이민족의 세력이 국가적 기반을 세우는 기회를 제공하여 주면서, 결국 1백년이 지난 후에는 이민족이 중심이 되어 5호16국의 남북조시대가 정립되고, 향후 중국은 4백 년간이나 분열 국가로 정체되게 하는 단초를 제공한다.

8.
동탁의 폭정과 국정 농단

8. 동탁의 폭정과 국정 농단

1) 동탁, 천자를 폐위하여 권력을 장악할 흉심을 품다

소제를 호위하여 낙양에 들어온 동탁은 막상 입성해 보니, 대장군 하진이 사망한 이후 아직 병권을 완전히 장악한 인물이 없다는 것을 알게 되고, 동탁은 이유를 불러 지금의 정세 분석과 향후 나아갈 방향을 논의하여 묻는다.

"지금 낙양의 상황을 살펴보건데, 대장군이 사라진 이후 아직 병권이 정리되지 못한 탓에 조정이 안정되지 않은 듯하니, 우리가 조정에 널려있는 힘의 균형추를 우리 쪽으로 몰아오면 조정을 장악할 수가 있을 것 같은데 어찌 생각하오?"

이유가 잠시도 머뭇거리지 않고 대답한다.

"네, 이 사람도 똑같은 생각을 했습니다. 병주목께서 허장성세를 통해 서량의 군사가 강세한 것을 보여주면, 낙양 성안에서 달리 병마를 동원할 여력이 없는 대신들이 굳이 병주목과 병권을 다투려고 하지는 않을 것입니다. 지방의 군벌들은 집금오 정원을 제외하고는 아무도 낙양으로 입락하지 않은 관계로, 정원만 제거하면 어느 누구도 장군과 대적하려 하지 않을 것입니다. 지금 우리가 이끌고 온 병마는 사실 서량철기

병 3천뿐입니다만, 낙양 대신들은 우리 병사들이 얼마나 되는 지조차 파악하지 못하고 관망 중입니다. 일단은 혼수모어(混水模漁:상황을 혼탁하게 만들어 상대를 교란함) 계책을 펼쳐, 수시로 3천의 병마를 밤낮으로 낙양의 성문을 드나들게 하면서, 많은 병력이 낙양에 주둔한 것처럼 허장성세를 써서 다른 대신들이 감히 함부로 도전하지 못하게 한 후, 은밀히 서량으로 전령을 보내 철기병 수만 명을 이끌고 낙양으로 입성하도록 지시하십시오. 이렇게 되면 낙양조정에서는 황실경호병의 지휘권을 병주목이 아닌 다른 사람에게 주어서 일어날지도 모를 분란을 감히 자초하려고 하지는 않을 것입니다. 그렇게 되면 자연히 조정의 정권은 굴러들어오게 됩니다."

"그것 참으로 좋은 묘책이외다."

동탁은 이유의 계책을 받아들여, 불과 3천에 불과한 병사를 4~5일간 밤에는 몰래 성 밖으로 내보냈다가, 아침에는 북과 나각을 불면서 새로이 서량병사가 낙양에 입성하는 것처럼 혼수모어(混水模漁:물인지 고기인지 모름) 계책을 펼친다.

조정의 대신들이 동탁의 위세에 눌려 동탁의 눈치를 보기 시작하자, 동탁은 성안에 들어온 병사들이 민가에 폐를 끼쳐도 병사의 사기를 위해 눈 감고 귀를 막으며 비호한다. 이에 후군교위 포신이 동탁의 방약 무도한 행태를 못 마땅히 여겨, 원소를 찾아와서 걱정스러운 표정으로 동조를 구한다.

"동탁이 요즈음 하는 행태를 보면, 향후 분명히 문제를 일으킬 인물이오. 같이 힘을 합쳐 동탁을 도모합시다."

원소는 포신의 말에 공감하면서도 아직은 행동으로 나설 생각은 없다는 듯이 말한다.

"아직 동탁의 군사가 얼마인지 정확하게 파악이 되지를 않았소. 병법에 적을 알고, 나를 알면 백전백승이라 했소. 차분히 동탁의 군세를 파악한 후 움직여야 실수가 없을 것이오."

원소가 쉽게 움직이려 하지 않자, 포신은 다시 사도 왕윤을 찾아가서 조조에게 했던 똑같은 말을 전하지만, 왕윤도 포신에게 완곡한 거절의 뜻을 전한다.

"동감이오. 하지만 나는 사법관일 뿐 병마가 없으니, 나에게 달리 어찌할 방법이 없지 않소?"

왕윤이 포신의 제안을 완곡히 거절하는 듯했으나, 오히려 왕윤은 동탁을 비호하여 조정에서 동탁에게 굳건한 군사적 배경을 제공하고 있었다.

그 당시 낙양조정의 분위기를 보면, 비록 동탁이 군사적 우위에 있다고는 해도 실질적으로 십상시의 난을 진압한 주체는 호분중랑장 원술을 비롯해서 사례교위 원소, 전군교위 조조 등 청류파 젊은 관료들이었기 때문에 동탁이 조정의 정무에 개입할 여지가 거의 없었다.

그런 연유로 청류파 젊은 관료들은 혈기만으로 국정에 개입하여 사사건건 왕윤의 정무에 제동을 걸고 나서는 바람에, 왕윤은 주도적으로 국정을 운영하는 데 애를 먹고 있어, 이들을 통제할 장치를 마련해야 할 필요성을 절감하고 있었다. 심사숙고 끝에 왕윤은 동탁과 밀약을 통해 군권과 정권을 양분하여, 동탁에게 군권을 넘기고 그 대신 동탁으로부터 군사적 비호를 받으며 조정을 주도할 구상에 접어든 단계였기에, 동탁의 존재는 바로 자신의 안위와 직결되는 상황이었다.

이같이 조정에서 동탁에 대한 처리문제로 우왕좌왕하는 동안, 서량의 철기병 수만의 위세를 등에 업고 있는 동탁이 사도 왕윤의 비호까지 받게 되면서, 동탁을 제압할 힘을 갖춘 대신과 장수가 조정에는 아무도 없었다.

포신은 조정 관료들의 처신이 마음에 들지 않았을 뿐만 아니라, 동탁을 거부한 자신의 행위가 조만간 동탁에게 알려지면 일족이 피해를 입게 될 것을 우려하고, 일족을 이끌고 고향 태산군 평양으로 들어가 만일의 사태에 대비하여 사병을 육성하기 시작한다.

동탁은 자연스럽게 하진의 병마를 모두 손아귀에 휘어잡게 되자, 낙양으로 입락한 직후 왕윤과 맺었던 약속 즉, 왕윤이 정무를 총괄하고 자신은 병권을 넘겨받아 두 사람이 조정을 분할통치하기로 했던 밀약을 무시하고, 고삐 풀린 망아지와 같이 횡포를 부리며 조정의 각종 정무에 관여하려 한다.

그러나 기회를 포착하기가 쉽지 않아 호시탐탐 때를 노리던 중, 십상시의 난이 일어난 중평6년, 6월부터 내린 비가 동탁이 군권을 장악한 후인 9월까지도 쉬지 않고 내려, 전국에

홍수가 나고 농작물이 침수되어 백성의 삶은 극도로 피폐해진다. 이로 인해 백성의 원성이 하늘을 찌르기 시작하자, 동탁은 천재지변의 책임을 사공 유홍에게 물어 그를 면직시키고, 자신이 사공의 자리를 차지하여 낙양조정의 대소사에 끼어들 명분을 만든 다음, 사도 왕윤을 뒤로 제치고 곧바로 태위로 승진한다.

동탁은 태위로 승진한 뒤 단 1달도 지나지 않아 소제를 폐위시킬 계획을 세우고, 이유를 불러 소제 폐위에 대한 문제를 은밀히 상의한다.

"대장군 하진이 죽고 내가 정권을 잡았다고는 하나, 엉겁결에 정권을 잡은 탓에 아직은 하태후가 섭정에 임하고 있어, 언제 하태후에게 봉변을 당할지도 모르오. 소제를 폐위시키면 자연히 하태후의 섭정은 끝을 맺게 될 것이고, 그리하면 하진과 하태후의 측근들을 제거할 수 있어 나의 기반을 굳건히 다질 수가 있을 것 같소. 마침 진류왕은 모친 왕미인이 일찍 죽어 주변에 외척이랄 만한 사람들이 없는 관계로, 진류왕을 제위에 올리면 나의 권력을 더욱 공고하게 구축하는 데 도움이 될 것이요. 또한, 진류왕을 키운 사람이 나와 동성인 동태후이기 때문에, 나의 세력을 공고히 하기 위해서는 명분상으로도 소제보다 진류왕이 훨씬 더 필요할 것 같은데, 공의 생각은 어떠하오?"

"지금 조정은 막강한 세력을 가진 자가 없습니다. 오로지 태위께서 독보적 세력을 구축하고 있으니, 천자 폐위를 논의하기에 아주 좋은 기회입니다. 내일, 온명원으로 대신들을 불러들여, 소제의 폐위를 선언하고 진류왕을 옹립하는 문제를 논의하면 될 듯합니다. 이번 기회를 통해서 향후의 정국 변화도 모색해 볼 수 있음 직합니다."

동탁은 이유의 말을 듣고 즉시 시행에 옮기고자, 조정의 문무 대신들에게 사람을 보내 내일 온명원에서 열리는 연회에 참석하도록 초청한다.

이튿날, 많은 조정의 대신들이 온명원에 참여한 자리에서 동탁은 검각에 보석을 박은 보검을 차고 참석한다. 연회가 무르익어 대신들이 한창 흥에 이를 때, 돌연히 동탁이 자리에서 일어나 대신들을 향해 일장연설(一場演說)을 펼친다.

"오늘 연회에 참석해 주신 여러분께 깊은 감사를 올립니다. 조정 대신께서 모두 모인 자리에서 이 사람이 국정의 원활한 운영을 위한 제언을 하고자 합니다."

연회에 모인 대신들이 모두 술잔을 놓고 동탁을 쳐다볼 때, 동탁은 위압적인 분위기를 조성하며 입을 연다.

"십상시의 난이 수습된 지 얼마 되지 않아, 아직도 조정의 기강과 지방호족들의 충의가 제대로 세워지지 않고 있는데, 근본 원인을 찾아보니 천자의 위엄이 서지 않았기 때문입니다. 천자는 타고난 자질과 위엄이 서려 있어야 종묘사직과 백성을 굳건히 보호할 수 있습니다. 그런데 지금의 천자는 자질과 위엄이 없어 천하를 품기에는 한계가 있고, 이에 한실의 부흥을 바라는 우리 모두는 이 점을 우려하고 있습니다. 다행히 진류왕은 총명하고 황제로서 자질과 위엄을 갖춘 천자의 그릇이외다. 천하가 안정되고 백성이 태평을 누리기 위해서는 진류왕과 같은 사람이 천자가 되어야 한다고 생각하는데, 여러분 대신들께서는 어떻게 생각하십니까?"

대신들은 동탁이 갑자기 연회를 베푼 이유를 몰라 조마조마했는데, 동탁의 말을 듣고 이제야 앞으로 동탁이 어떤 행보를 열 것인가 하는 그림을 알게 되고 경악한다. 그러나 조정 대신들은 병권을 장악한 동탁의 보복이 두려워 아무도 나서지 못할 때, 한 인사가 침묵을 깨고 대갈하며 꾸짖는다.

"말도 되지 않는 소리는 하지도 마시오. 태위 따위가 어찌 감히 폐위를 논한단 말이오."

모두가 깜짝 놀라 바라보니 집금오 정원이다.

"집금오 따위가 감히 나의 말을 거역하다니."

동탁이 가소롭다는 듯이 정원을 노려보며 소리친다.

이에 정원 또한 지지 않고 대꾸를 한다.

"태위가 조정의 병권을 장악했는지는 몰라도, 천하의 병권은 천자에게 있는 것이오. 천자의 자리는 오로지 천자의 천수와 하늘의 뜻에 따라 결정되는 것이오. 어찌 신하가 천자의 문제를 논의한다는 말이오."

"천자가 자질이 없고 위엄이 서지 않으면, 천자라도 바꿀 수 있는 것이다. 그래서 중신들과 의논하려는 것이 아니냐?"

동탁은 대신도 아닌 집금오가 반대를 하자, 분에 못 이겨 하대를 쓰며 공포 분위기를 조성하려고 소리를 지른다.

이에 정원도 똑같이 큰소리를 지르며 말싸움을 벌인다.

"그렇다면, 소제께서 무슨 하자가 있다는 말이오. 선제의 적통인 데다가 특별한 잘못도 없소. 그리고 즉위한 것이 불과 몇 달밖에 되지를 않았는데, 어떻게 자질을 논하고 위엄을 논한다는 말이오. 대신들을 무시하고 혼자서 국정을 독주하겠다는 의도가 아니고는 도저히 입에 담을 수 없는 역모이외다."

논리와 이치가 맞는 정원의 말에 대신들이 동요하는 기색을 보인다. 동탁은 대신들이 정원의 말에 동조할 것을 우려하여, 보검의 손잡이에 두 손을 얹고 곧바로 장검을 뺄 듯이 공포감을 조성하며 정원에게 다가가서 정원을 겁박한다.

"내 말을 거역하는 자에게는 죽음만이 있을 뿐이다."

장검을 꺼내려는 순간, 정원 뒤에 있는 거대한 체구의 장부가 위풍당당하게 서서, 동탁을 쏘아보고 있는 것을 발견한다. 동탁이 움찔하더니, 보검에서 손을 떼고 장부를 쳐다보는 순간, 분위기를 빨리 알아챈 이유가 급히 앞으로 나서며 동탁에게 새로운 안을 제시한다.

"태위께서 조정의 대신들을 위해 베푼 연회에서 분위기가 험악해진 탓에 대다수의 대신들이 불안해하고 있으니, 오늘은 연회를 즐겁게 보내는 것으로 만족하고, 내일 내·외조에서 대신들과 함께 공론에 붙이는 것이 어떻겠습니까?"

동탁은 순간적으로 느낀 묘한 기분에서 빠져나오고자, 일부러 헛기침을 하며 제자리로 돌아온다.

정원 뒤에서 방천화극을 들고 동탁을 노려본 장부는 병주 오원 출신으로, 子를 봉선이라 하며 이름은 여포이다. 정원이 병주자사 시절에 여포는 기도위가 되어 하내군에 주둔했는데, 정원은 무용이 출중하고 체격이 두드러지게 눈에 띄는 여포를 주부로 삼아 아들과 같은 예우를 하며 항상 곁에 두었다. 궁술과 기마술이 뛰어나 그의 무예를 가까이에서 본 사람들은 모두가 탐을 내는 무장이다.

동탁 또한 동개(활과 화살을 담아 등에 지도록 만든 통) 2개를 차고, 말을 달리면서 좌,우로 활을 쏠 정도의 무장으로, 무예에서 둘째가라면 서러워할 정도로 무공이 출중한 지략을 갖춘 명장 출신인데, 명장은 명장을 알아본다고 어찌 동탁에게 여포에 대한 직감이 통하지 않았겠는가? 동탁의 행태에 분개한 정원이 여포를 이끌고 나가버린 후, 동탁은 묘한 기운을 느끼면서 억지로 대신들에게 위엄을 갖추며 자신의 자리로 돌아와서는 침착을 가장한 채 입을 연다.

"오늘은 연회를 즐기는 것으로 하고, 천자의 거취는 내일 내, 외조에서 다시 논의하기로 합시다."

동탁은 정원의 반대로 자신의 의도대로 소제에 대한 폐립 의제가 매듭지어지지 않아 매우 분이 차올랐지만, 어차피 이

문제는 단번에 종결될 문제가 아니라는 것을 알고 있었다.

　동탁은 겉으로는 태연한 척하면서도, 연회를 폐할 때까지 대신들의 표정을 하나하나 주목하더니 이튿날 아침, 내조와 외조의 대신들을 불러들여 천자 폐립을 다시 거론한다.

　"어제 내가 거명한 일은 많은 대신들이 공감하는 바를 구체화하고자 한 일입니다. 어제 집금오 정원이 반대를 하여 논의가 중단되었으나, 오늘 다시 이 문제를 논의하고자 합니다. 의견이 있으면 말씀해 주시오."

　동탁은 이때 처세술에서 한 가지를 간과하고 있었다.

　바로 하루 전에 정원의 극심한 반발을 직면하고도 극렬히 반대한 정원에게 아무런 위해도 가하지 못하고 무기력하게 끝냈는데, 다음 날 곧바로 다시 논의하면 일반적으로 사람들의 심리 속에는 심리적으로 압박을 받던 상태에서 '내 의사를 자유롭게 개진해도 무방하겠지'하는 심리적 해방감을 맞게 되어 자신의 의사를 자유롭게 개진하게 된다는 사실이었다.

　동탁의 말을 받아 상서 노식이 당당히 반대의견을 설한다.

　"천자 폐립을 거론하는 것은 당치않습니다. 은나라 시절 태갑이 어리석어 재상 이윤이 태갑을 동궁으로 몰아낸 일이 있었고, 한나라에서도 창읍이 제위에 오른 지 27일 만에 정승 곽광이 폐위시킨 일은 있습니다. 그러나 이는 창읍이 3천여 가지의 죄를 저질러 어쩔 수 없이 태묘에 고하고 폐위시킨 사건입니다. 그러나 지금 지은 죄도 없는 천자를 태묘에 고하지도 않고 폐위를 논한다는 것은 어불성설입니다. 지금 황제는 아직 어리시나 인자하고 최소한의 잘못 또한 없습니다. 그런데 한갓 태위에 지나지 않는 공이 폐위에 관한 권한도 없이, 이윤이나 곽광과 같은 인망이나 명망도 갖춘 사람을 흉내 내어 감히 폐립을 거론하는 것은 불충 중에서도 불충입니다. 옛 성현들도 말씀하듯이 이윤과 같은 뜻을 가진 사람이나, 곽광과 같이 조정을 바로 잡을 의지를 가진 사람이 아니라면, 그런 일을 행하려는 자는 역적일 뿐이라고 했습니다. 공은 역모를 꾀하려고 하는 것입니까?"

대학자 노식이 춘추와 예기의 고사까지 인용하여 논리적으로 피력하는 언변에 동탁은 잠시 할 말을 잃는다. 그러다가 동탁은 역모라는 말을 반추하더니, 이성을 잃고 보검을 빼어 들어 노식에게로 다가간다.

"이놈이 죽고 싶은 게로구나. 누구에게 역모라는 말을 함부로 하느냐?"

좌중이 모두 놀라 동탁을 쳐다보는데, 의랑 팽백이 급히 동탁을 제지하며 말한다.

"노식 상서는 천하가 인정하는 대학자이자 명망이 높은 분입니다. 노식 상서에게 위해를 가하시면 결코 태위께서 하시는 일에 도움이 되지 않을 것입니다."

동탁은 잠시 잃었던 이성을 되돌리며 외친다.

"저자를 성 밖으로 내쳐 버려라."

노식은 두말도 하지 않고 그 자리에서 나와 세상을 등진다. 조정 대신들의 분위기가 심상치 않자, 사도 왕윤은 동탁에게 분위기를 돌리기 위해 후일 새로이 토의할 것을 건의한다.

"지금 모든 대신들이 황망히 생각하고 있습니다. 지금과 같은 분위기에서 폐립을 논의하는 것은 모양이 좋지 않으니, 다음에 다시 논의하기로 합시다."

사도 왕윤의 주재로 회의는 끝나고, 조정 대신들은 황급히 회의장을 빠져나간다.

2) 동탁, 정원을 물리치고 정권을 독점하다

동탁의 월권에 분노한 정원은 병주강병이 주둔하는 진지로 돌아와서, 군사를 점검하여 동탁과 일전을 치르기 위해 낙양성 남방에서 병주강병을 몰고 나오자, 동탁은 종사(從事) 장료를 앞세워 서량철기병을 이끌고 즉시 방어진형을 구축하여 병주강병의 공세에 대비한다. 정원이 동탁의 서량철기병이 주둔해 있는 낙양성 북방에 당도하여 동탁을 향해 채찍을 들어 올리면서 크게 꾸짖는다.

"역적 동탁은 서량에서 철기병을 이끌고 거드럭거리면서 주변 상단이나 등쳐먹고, 나라에는 티끌만큼의 공로도 없는 파렴치한이었다. 황명을 두 차례나 무시하여 단죄를 받을 것을 두려워하던 불충한 자가 십상시를 들먹이며 낙양에 들어오더니, 병마의 우위를 앞세우고 하는 짓이 고작 죄도 없는 황제를 폐위시키려는 역적질이냐? 내가 동탁 역적 놈을 제거하고, 천자와 백성에게 국태민안을 선물하겠노라."

동탁은 어떤 말을 해도 정당화할 수 없으니, 언변에서 밀릴 수밖에 없다는 것을 잘 알고 있었다. 동탁은 우월한 무력으로 정원에게 패배를 안겨주는 것만이 사태를 수습하는 길이라는 것을 확신하여 장료에게 병사들을 딸려 싸움터로 내보내면서 낙양성 안에서 동탁의 서량철기병과 정원의 병주강병이 충돌

하는 대대적인 시가전이 벌어진다.

 장료가 서량철기병을 이끌고 정원의 진형 앞으로 나아가자, 여포가 방천화극을 휘두르며 동탁의 군사를 맞아 현란한 길춤으로 동탁 서량철기병의 넋을 잃게 만든다. 칼춤이라기보다는 차라리 칼바람을 일으킨다는 것이 합당한 표현인 듯, 여포가 한번 방천화극을 휘두를 때마다 동탁의 군사들은 추풍낙엽처럼 사라진다. 전술상으로 보면, 서량철기병은 넓은 들판에서 대군을 상대로 기병이 상대의 진형으로 신속하게 침투하여, 기동력으로 보병을 붕괴시키는 전투에서는 효과가 있으나, 낙양 성내에서와 같은 시가전에서는 용맹한 장수와 강병이 있는 군대가 유리한 법이다. 정원은 이와 같은 유리함을 지닌 상황에서 여포와 같은 천하무적의 장수, 그리고 대장군 하진이 만일의 경우를 대비하여 육성한 막강한 병주강병을 효율적으로 용병하며 동탁에 대적하자, 동탁은 낙양에 입성한 이래 처음으로 심각한 위기의식을 느끼게 된다.

 정원이 병주강병을 효율적으로 용병하는 동시에 용장 여포가 용맹을 마음껏 펼치는 활약으로 동탁의 서량철기와 중앙군을 손쉽게 격파해 나가자, 동탁은 당장 맹장의 필요성을 간절히 간구하기 시작한다. 비록 동탁에게도 장료 외에 이각, 곽사와 같은 맹장이 있었으나, 이들은 서량의 진지를 지키고 있었던 관계로 동탁은 대장군 하진이 주살을 당한 이후, 자연스럽게 흡수한 장수 중에서 중앙군을 지휘하여 여포를 상대하게 하지만, 여포의 현란한 무예와 병주강병의 용맹에는 기도 펴지 못하고 연패하기에 이른다.

여포가 곱게 묶어 올린 머리에 금관을 쓰고, 백화전포 위에 보석으로 치장한 갑옷을 입고, 허리에는 사자머리가 새겨진 띠를 누르고, 방천화극을 목검 휘두르듯이 자율자재로 휘두르면서 공격해 들어가자, 동탁의 군사들은 여포의 신들림에 넋을 잃고 감히 대적할 생각조차 하지 못한다. 동탁은 계속된 시가전에서 정원에게 패배하자, 본진을 꾸린 낙양성 북면에 책사와 장수들을 불러들여 긴급히 대책회의를 연다.

"지금과 같은 시가전에서는 정원이 정병으로 육성한 병주강병과 선봉장 여포를 상대로 한 전투는 승산이 희박하다고 보아야 할 것이오. 어떤 획기적인 대책이 강구되어야 할 텐데, 좋은 묘책이 있으면 말씀해 주시오."

모사 이유가 앞으로 나서며 한 가지 방안을 제시한다.

"현재까지 정원은 대장군 하진의 후원으로 비상시를 대비한 정예병사 육성에 심혈을 기울여 병주강병을 키워왔습니다. 병주강병은 그동안 조정으로부터 호강할 정도의 대우를 받았기 때문에 그에 대한 보답으로 생명을 걸고 싸우는 특공대입니다. 이들을 상대하기 위해서는 이들에게 보급되는 군량과 풍부한 부식의 병참을 끊어 이들을 내부적으로 붕괴시켜야 합니다. 그렇게 되면 성격이 거칠고 용의주도하지 못한 정원이 생각이 얕고 무모하기를 들개와 같은 여포와 마찰을 일으킬 것입니다. 당분간 태위께서는 영채를 지키고 싸움을 피하십시오. 마침 소신이 낙양의 군수행정 책임자이므로, 정원의 병주강병에게 지급되는 군수품의 공급을 끊어 그들이 스스로 붕괴되도록 유도하겠습니다."

동탁은 이유가 제시한 부저추신(釜底抽薪:부뚜막의 장작을 빼내어 솥을 식게 함) 계책을 받아들여 높이 치하한 후, 이번에는 여포를 대항할 방책을 묻는다.

"정원에게 지급되는 군수품을 통제하여 병주강병을 붕괴시키면 일차적으로 어려운 문제는 해결이 되겠고, 그다음으로 문제가 되는 주부(主簿) 여포는 어떻게 요리하면 좋겠소?"

호분중랑장 이숙이 홀연히 앞으로 나선다.

"저는 여포와 오현에서 같이 자라서 그의 성격을 잘 압니다. 그는 어려서부터 용맹했으나, 성품이 올바르지를 못해 은인일지라도 조금만 섭섭하게 하면 당장 등을 돌리며, 생각이 깊지를 못해 덜컥 일부터 저지르고 수습하는 성격입니다. 태위께서 서량의 빼어난 준마와 넉넉한 재물을 주시면, 제가 여포를 찾아가 설득을 해 보겠습니다. 군수품의 보급이 끊겨 자신이 처세하기 어려워지면, 자신이 스스로 살길을 찾아 우리에게 올 길을 찾으려고 할 때를 맞추어 여포가 태위께 투항하도록 유도해 보겠습니다."

동탁은 이숙의 제안을 따라 자신이 가장 아끼는 명마 적토마와 많은 재물을 이숙에게 건네면서 여포를 회유하게 한다.

다음날 밤, 어둠이 짙게 깔리자 이숙은 여포의 장막을 찾아가는데, 위병들이 앞을 막아서자 이숙은 태연스럽게 이들을 구슬리며 정중하게 요청한다.

"주부께 고향친구 이숙이 뵙고자 왔다고 전해주시게."

위병이 여포에게 보고를 올리자, 여포는 곧바로 이숙의 출입을 허용하여 무척 반갑게 맞이한다.

"봉선, 오랜만일세. 나, 이숙이요. 그동안 잘 지냈는가?"

여포의 환대를 받은 이숙이 웃으며 여포에게 가서 인사를 건네자, 여포가 이숙의 근황을 무척 궁금해 하며 묻는다.

"오, 정말 오랜만이오. 지금 그대는 어디에서 무슨 일을 어떻게 하며 지내시는가?"

"나는 그렁저렁 시간을 소요하며 지내고 있네만, 봉선이 충의를 위해 싸우고 있다는 말을 듣고 도움이 되고자 하여 서량의 준마 한 마리를 가져왔네. 이름을 적토마라고 하는데, 하루에 천리를 달린다는 명마일세. 봉선과 같은 용장이 타야만 제격에 맞는 명마라네."

이숙은 타고 온 말을 여포 앞에 내어놓는다. 명장은 명마를 알아본다고 하던가? 여포는 적토마를 보는 순간 깊이 감탄한다. 온몸이 붉게 타오르는 듯 새빨간 털에 잡 털이 한 올도 없이 기름져 윤기가 흐르는 것이 틀림없는 명마 중 명마가 분명했다. 여포는 전시 중인데도 이숙에게 최대한 접대를 하려고 애쓴다. 술잔이 몇 순배 오가며 분위기가 무르익자, 여포가 이숙에게 상당히 의아해하며 묻는다.

"자네가 이렇게 훌륭한 말을 나에게 선물을 할 때에는 무언가 다른 뜻이 있을 터인데?"

이숙은 기다렸다는 듯이 정색을 하며 대답한다.

"사실 나는 태위 동탁의 수하 중랑장일세. 태위께서 자네를 흠모하여 당신이 가장 아끼는 적토마를 봉선에게 선물하도록 나를 보낸 것이네. 태위가 아닌 누구라도 자네와 같은 무용과 품세를 지닌 영걸을 흠모하지 않을 사람이 어디 있겠는가?"

여포는 적의 수괴인 동탁이 적토마와 같은 명마를 상대편의 선봉장에게 선뜻 내어주는 것이 이해가 되지를 않는다.

"태위께서 내게 바라는 것이 있는가?"

이숙은 잠시 생각에 잠긴다.

'여포가 그래도 장부라고 지처하는 사람인데, 그의 면전에서 뇌물로 자신을 매수하는 듯한 인상을 주면, 천하의 눈을 의식해서라도 완곡히 요구를 거절할 것이다.'

이숙은 장부의 체면을 살리면서도, 자신의 뜻을 정확히 전달하고자 신중히 행동한다.

"태위께서는 그릇이 크고 배포가 커서, 천하의 용장들을 조건 없이 포용하고 싶어 하네. 자네가 바로 그 대상이라는 것이 자랑스럽지 않은가? 나와 같은 졸장도 중랑장이라는 자리를 내어주며 중용하는 것을 보면, 얼마나 용장들을 잘 챙기는 지도자인지를 미루어 짐작할 수 있지 않겠나."

여포는 이숙의 말을 듣고 내심 동탁이라는 인물에 대한 이유를 모를 동경이 솟구친다. 그러나 적의 우두머리를 추앙할 수는 없어 소극적인 응대로 긍정의 뜻을 나타낸다.

"오! 알려진 바와는 달리 영웅의 면모가 있는 분이군."

여포는 혼잣말로 하는 듯 하면서도 상대가 들을 수 있게 응대한다. 여포의 반응이 이쯤이면 공작은 성공이라고 생각한 이숙은 가져온 금은보화까지 풀어 놓는다. 여포가 다시 깜짝 놀라며 묻는다.

"이것은 또 무엇인가?"

"태위께서는 배포가 크다고 하지를 않았나? 촌구석에 처박혀서 용맹이 있는 자에게 기대어 근근이 버티면서, 수하의 장수나 병사들을 혹사만을 시키는 정원과 같은 용렬한 사람과는 근본적으로 다르다네. 이 보화는 태위께서 봉선을 사모하는 마음의 일부라고 하면서 전해달라고 보낸 것일세."

이숙은 태연스럽게 대답을 하는데, 여포는 송구스러움에 어찌할 바를 모르고 안절부절 하지 못한다.

"이 고마움을 어떻게 갚아야 하겠는가?"

이숙이 속으로 쾌재를 부르며 대답한다.

"큰 부담을 갖지 말게. 언젠가 새롭게 만나게 되면, 그때 보답하도록 하게."

이숙이 돌아가고, 여포는 동탁에 대한 감사와 동경이 한꺼번에 우러나매 잠을 이루지 못한다. 동탁이 공작을 벌인 며칠 후, 정원은 다시 여포를 선봉으로 삼아, 동탁의 진형으로 보내 싸움을 걸도록 명한다. 여포는 내키지 않는 마음으로 출정하여 동탁의 군영 앞으로 군사를 몰고 오지만, 이에 응답하듯이 동탁의 군영에서는 여포를 자극하지 않으려고 일체의 대응을 하지 않는다.

병주강병은 동탁이 교전을 피하면서 하릴없이 여러 날을 무의미하게 보내고, 동탁의 일급 책사인 이유가 부저추신(釜底抽薪)계책을 전개한 이후, 군수품 보급이 끊기는 바람에 군량이 바닥나는 동시에, 연일 전투에 내몰리는 격무로 인해 피로감이 누적되어, 정원에 대한 불만이 걷잡을 수 없이 증폭된다. 이에 병주강병 속에서는 병주로 회군하자는 군심과 이대로 전투를 끝내고 투항하여 동탁과 공존하자는 군심으로 갈리더니, 급기야는 군심을 넘어서서 파벌을 이루는 정도까지 악화되어, 회군파와 투항파의 두 부류로 갈려 극렬하게 반목하면서, 이로 인해 정원은 진퇴양난에 빠진 채 극심한 중압감에 시달린다. 이러한 병사들의 불만은 여포에게 그대로 전달되어, 여포는 군심을 달래려는 조급한 마음에 정원에게 간다.

"장군, 요사이 군에 지급되는 군수품 보급이 중단되어 군사들의 사기가 엉망입니다. 병사들 사이에서도 이견이 분분하여 사태의 심각성이 단순하지가 않습니다. 병주로 회군하여 다시 기회를 보아 낙양을 공략하는 것이 최선책이라 생각합니다."

여포는 병사들의 불만이 일촉즉발의 위기에 다다르자, 사태의 심각성을 감지하여 정원에게 급히 알리지만, 정원이 발끈하여 화를 내며 대꾸한다.

"무슨 소리인가. 지금 낙양을 떠나 병주로 돌아가면, 다시는 낙양으로 올 수가 없네. 이번 기회에 동탁을 정벌하지 않으면, 동탁은 한을 송두리째 삼켜버리고 말 거야. 군수품이 바닥났더라도 조금만 버티면 해결이 될 수 있도록 조처를 할 테니, 봉선은 병사들을 독려하여 동탁을 몰아낼 방안을 찾아보도록 하게."

정원은 엄청난 중압감에 눌린 탓에 짜증스럽게 대꾸한다. 여포는 '정원이 사태의 심각성을 일부러 모르는 척한다.'는 생각에 이르자, 마구잡이로 군사를 독려하려는 정원에게 다시 현재 처해 있는 군의 분위기를 강력히 설명한다.

"지금 군심의 실태는 안이하게 '며칠은 버틸 수 있겠지' 하다가는 막장에 이를 정도로 심각합니다. 굶주린 일부 병주강 병들은 당장이라도 병주로 떠날 채비를 하고 있습니다. 빨리 결단을 내려주십시오. 시간이 지체되면 도저히 수습할 수 없는 상황이 전개됩니다."

"군사를 독려하라면 할 것이지, 웬 말이 그렇게 많은가?"

정원이 여포의 계속된 독촉에 짜증이 나서 불같이 화를 내자, 여포 또한 밀리지 않고 큰 소리로 대든다.

"지금 병사들은 병기를 들 힘도 없는데, 병사들에게 어떻게 전투를 하라고 명할 수 있다는 말입니까?"

여포의 불같은 성격에서 나오는 강렬한 반대의 의사가 큰 목소리에 실려 내뱉어진다. 정원도 거칠고 즉흥적이기는 여포보다 더하면 더 하지 덜 하지 않았다.

"이 무엄한 놈이 어느 안전에서 함부로 대드는 것이냐?"

정원은 들고 있던 화극을 여포에게 냅다 던진다.

물론 여포를 죽이려고 던진 화극은 아니지만, 분노하여 생각 없이 던진 화극이 그대로 여포의 심장을 향해 날아간다. 여포가 잽싸게 피하니 화극은 여포 뒤편 벽에 꽂힌다. 무용으로 다져진 날랜 여포가 아니었더라면 화극은 그대로 심장에 꽂혀 목숨을 잃었을 것이다. 여포도 앞뒤를 생각하지 않고 소지하고 있는 칼로 정원을 내리친다.

정원이 여포의 장검에 쓰러지자 여포도 정신이 아득해지지만, 여포는 잠시 후 정신을 차리고 사태를 어떻게 수습해야 할지를 생각하다가, 최종적으로 동탁에게 투항할 것을 결심하고, 정원의 수급을 들고 밖으로 나가 병사들을 향해 외친다.

"병사들은 모두 들어라. 비록 집금오 정원이 그동안 나를 자식같이 대우했으나, 작금의 전황을 제대로 읽지 못하고 우리 병주강병을 의미 없는 죽음으로 몰아넣고 있어, 나는 부득이 정원을 도모하였노라. 이제 선택은 둘 중 하나밖에 없다. 나를 따라 태위 동탁에게 투항하여 공생할 것이냐? 아니면 나와 싸워 개죽음을 당할 것이냐? 이는 오로지 병사들 스스로가 알아서 결정하라."

병주강병들은 고통에서 노예를 해방시킨 구세주를 받들듯이 여포를 따라 투항하기로 하자, 여포는 투항하는 병사를 이끌고, 정원의 수급을 취해 이숙에게로 간다.

이숙은 맨발로 뛰어나가 여포를 반갑게 맞이하더니 곧바로 동탁에게로 안내하자, 동탁은 여포를 맞아 개선장군에 준하는 연회를 베풀어주며, 황금갑옷과 비단전포를 내리는 은전을 베푼다. 여포는 황송함과 감사함에 몸 둘 바를 몰라 하며 자리에서 일어나 큰 절을 올리고 충성을 맹세한다.

"공적을 세운 것도 없는데 개선장군이라는 명예까지 세워주시고, 크나큰 은전을 베푸시고 환대해 주시니 황공무지합니다. 이 은혜는 생명을 바쳐 충성을 다함으로써 보답하겠습니다. 소생의 뜻을 받아주신다면 의부로 모시겠습니다."

"봉선의 뜻이 그러하다면, 나도 자네를 아들로 삼겠네. 듣기에는 과거에도 정원이 봉선을 아들과 같이 대우를 했으나, 부자의 결연을 맺지는 않았다고 들었네. 오늘, 나와는 조정 신료들이 모여 있는 환영식에서 부자의 연을 맺는 행사를 동시에 치르도록 하세."

동탁은 여포의 충성맹세를 더할 나위 없이 기뻐하며, 여포와 부자의 결연을 맺는 의식을 치른 후, 신료들을 향해 큰소리로 공표한다.

"지금 조정 신료들이 보시듯이 나와 봉선은 부자의 연을 맺었소. 이제부터 여러분들은 봉선 대하기를 나를 대하듯이 하시기를 바라오. 봉선에게 기도위를 임명하여 나의 옆에서 24시간 나를 수행하며 호위하고, 군사보고의 출납을 맡기도록 하겠소이다."

여포는 자신을 키워준 정원을 배반한 대가로 엄청난 은전을 받고, 앞길이 창창한 미래를 보장받는다. 낙양에서 최대의 정적 정원을 제거하고 천하의 용장 여포까지 얻은 동탁은 더욱 위세가 올라, 사도 왕윤의 입지도 고려하지 않고, 조정의 대소사와 인사권을 자기 마음대로 농단하기 시작하면서, 동탁은 스스로 전군을 지휘하는 영전군사 자리에 오르고, 종제 동민을 좌장군에, 여포를 중랑장 겸 도정후(都亭候)에 봉한다.

조정의 군권과 정무권을 한 손에 움켜쥐고, 병주강병까지 흡수하게 된 동탁은 마음만 먹으면 조정에서 못할 일이 없이 된다. 동탁은 다시 온명원에서 연회를 열어 조정의 대소 신료를 초청하고, 이 자리에서 중랑장 여포에게 명을 내린다.

"봉선은 갑사 1천명으로 연회장 좌우에 시립하여, 신료들에게 무언의 공포감을 조성하도록 하라."

동탁은 공포의 분위기를 조성한 속에서 신료들을 불러들여 연회를 개최한다. 분위기가 무르익어 절정에 이른 연회가 차츰 막바지에 다다르자, 동탁은 모든 관료들에게 시선을 한군데로 집중시키도록 명한다. 동탁은 여포가 조성한 위압적 분위기에 더하여, 공포심을 더욱 조성하기 위해 보검을 빼어들고 험악한 얼굴을 하며 외친다.

"천자가 위엄을 상실하여 종묘사직과 백성을 돌보기 어려워졌다. 이윤과 곽광의 고사를 따라 황제를 폐하여 홍농왕으로 하고, 진류왕을 황제로 추대하려고 한다. 지난번에는 역적 정원이 반대하여 내 이를 잠시 보류했으나, 천자의 자리는 한시도 위엄과 덕망을 잃은 사람에게 맡길 수가 없는 것이다. 오늘은 이 문제를 매듭짓고자 한다. 만일 오늘도 황제 폐립을 반대하는 신료가 나온다면, 나는 이 보검으로 기탄없이 그자의 목을 칠 것이다."

동탁의 겁박이 너무 심해 모두 숨을 쉬지 못할 정도로 긴장하고, 아무도 이의를 제기하지 못한다. 이런 공포 분위기에서 한 젊은 관료가 앞으로 나서며 큰소리로 동탁을 꾸짖는다.

"당치 않습니다. 황제 폐하께서 제위에 오른 지 4달도 되지 않아, 아직은 황제 폐하의 자질을 탓하기에 터무니없이 시간이 짧고, 또한 황제 폐하께서 제위기간에 특별히 잘못한 일도 없으신데, 폐립 운운하는 것은 역모에 다름이 없습니다."

모두들 쳐다보니 다름이 아닌 청류파의 중심인물 사례교위 원소이다. 이번에는 젊은 원소가 나서서 극렬히 반대하자, 동탁은 원소를 희생양으로 삼아 신료들 앞에서 본때를 보여주려고 한다.

"네 이놈, 너는 천하의 사람들에게 허명을 팔기 위해 공명심을 드러내지만, 지금은 오직 현실적 힘만이 가치라는 것을 보여주는 냉혹한 시대이다. 내가 하고자 하는데 안 되는 것이 무엇이냐. 애송이와도 같은 녀석이 감히 겁도 없이 나의 일을 막으려 하느냐! 내 놈의 목을 베어 전 내소신료들 앞에서 나의 지엄함을 보여주겠노라."

하며 보검을 빼들고 원소를 향해 다가간다.

원소 또한 지지 않고 칼집에 손을 대고 칼을 빼려다가, 동탁을 호위하는 여포의 매와 같은 눈길과 마주친다. 순간 원소는 잠시 깊은 생각에 잠긴다.

'충의를 외친 정원이 허무하게 목숨을 잃었고, 맹장 여포가 동탁의 곁을 호위하는데, 나 혼자서 현실로 존재하는 권력을 막아낼 수는 없다.'

원소는 혈기로 동탁에게 맞섰으나 현실은 냉혹한 것이라는 것을 너무도 잘 알고 있었다.

"천하에 힘이 있는 사람이 어찌 동공뿐이겠습니까?"

원소는 큰소리로 동탁을 향해 당당히 외치며 황급히 연회장을 빠져나간다. 원소는 곧바로 낙양의 성문으로 말을 달려 사례교위 인수를 성문에 걸어두고, 뒤도 돌아보지 않고 기주를 향해 떠난다. 원소는 수도 낙양의 행정, 사법을 총괄하던 사례교위의 직을 과감히 버린 채, 새로운 미래의 힘을 키우기 위해 현재의 짐을 내리고 낙양과의 단절을 시도한 것이다.

원소가 반발하고 연회장을 박차고 나가자, 동탁은 원소의 숙부인 태부 원외를 불러내어 심하게 질타한다.

"원공의 종질 원소가 무례한 짓으로 분위기를 흐려놓고 떠났는데, 이것이 또한 원공의 뜻과 같소?"

태부 원외는 낙양을 떠나버린 원소를 탓하며, 동탁의 말에 고분고분 응대한다.

"철없는 조카 놈의 무례를 용서하신다면, 이 몸은 천배 만배 노력하여 더욱 열심히 동공을 보좌하겠소이다."

조정 대신의 중심 격인 태부 원외가 동탁에게 충성을 맹세하자, 다른 신료들은 감히 드러내어 놓고 반발하지를 못한다. 닭 대신 꿩을 얻어 연회를 자신이 원하는 방향으로 성공리에 끝마친 동탁은 곧바로 시중 주비, 교위 오경, 의랑 하우에게 명을 내린다.

"연회장에서 나에게 모욕을 주고 달아난 원소의 목에 현상금을 걸고 잡아들여 나에게 끌고 오라."

시중 주비가 동탁에게 진언을 올린다.

"원소를 잡아들이는 것은 손바닥 뒤집기보다 쉬운 일입니다. 다만, 지방에 세력기반이 없어 가만히 놓아두면 아무 역할도 하지 못할 원소인데, 굳이 원소를 잡아들여서 문책하여 세간의 민심이 원소에게 집중이 되면, 황제 폐위의 문제에 뒷말이 오고 가서 오히려 누가 될까 두렵습니다. 차라리 그를 품어 변방의 태수자리 하나쯤 제수하시고, 지방에서 아무런 일도 할 수 없게 원소를 지방에 묶어두시면, 태위께서는 도량이 큰 자애로운 대인으로 추앙될 수 있으니, 이것이 일석이조

(一石二鳥)의 묘미가 아닐까 생각합니다."

동탁이 잠시 생각에 빠져들자, 교위 오경이 주비의 말을 맞받아치며 동조한다.

"원소는 수도 낙양에서 자라서, 지방에서는 어떤 일도 도모하기 어려운 온실 속의 화초입니다. 차라리 그를 그대로 지방에 머물게 하여, 작은 벼슬로 불만을 잠재우는 것이 최상책이라고 여겨집니다."

동탁은 그동안 자신에게 우호적으로 처신해온 주비, 오경의 뜻을 받아들여 원소의 징벌을 유예한다.

주비, 오경은 겉으로는 동탁에게 복종하는 듯이 행동해서 동탁의 신임을 얻고 있었지만, 내심으로는 동탁에 대한 반감이 깊어 동탁을 도모할 기회를 호시탐탐 노린다. 얼마 후, 주비와 오경은 원소를 지원하기 위하여, 원소와 가까운 유대, 공주, 장초, 장막을 낙양에서 가까운 주와 군의 행정과 군사를 다스리도록 동탁에게 천거한다.

주비와 오경의 속셈은 유사시에 자신들이 천거한 이들이 원소와 연합하여 큰일을 도모하게 하려고 한 것이다. 이런 주비, 오경의 뜻을 읽지 못한 동탁은 주비, 오경의 천거를 받아들이고, 원소에게도 발해태수를 제수하자는 안을 긍정적으로 검토하여, 통이 큰 대인의 풍모를 천하에 알리고자 한다.

3) 동탁, 황제를 폐위하고 하태후를 독살하다

189년(광희 원년) 갑술일, 동탁은 문무백관을 가덕전으로 불러들이고, 곧이어 여포에게 수천 명의 갑사를 시켜 황궁 주위를 삼엄하게 호위하게 명령한 후, 이유에게 지시를 내린다.
"천자가 위엄과 덕망이 부족해서 종묘사직과 백성들의 국태민안이 위협을 받아 황제를 폐위하고, 새로이 진류왕을 황제로 세우고자 하니, 그대는 책문을 읽어 문무백관들에게 공표하고 천하에 널리 전하게 하라."
이유가 책문을 펼쳐들고 큰소리로 읽어 내려간다.
"효령황제께서 붕어하시고, 지금의 황제가 뒤를 이어 황위를 계승하여 처음에는 모든 백성이 다 우러르고 존경하였다. 그러나 황제는 근본적으로 천성이 경하여 위엄이 없고 자질이 부족하여, 상중 임에도 법도를 지키지 못하고 제왕의 신분을 지키지 못하니, 황제의 그릇이 아님이 밝혀졌다. 또한, 섭정을 맡은 태후는 천하의 국모로서의 가르침을 베풀지 못해, 국사에 기강이 서지를 않고 있다. 그뿐만 아니라, 태후는 오라비 하진과 함께 시모인 동태후를 독살하여, 삼강오륜을 무너뜨리고 천하의 기강을 붕괴시켰다. 이에 조정에서는 국론을 하나로 모아 부덕한 황제를 폐위하고, 진류왕 협을 새로운 천자로 세우고자 한다. 진류왕 협은 성덕이 사해에 이를 정도로 넓고, 법도가 하늘을 찌를 정도로 높아 상중에도 효심을 잃지 않고 있으니, 이런 넓은 성덕과 높은 위엄은 마땅히 천하를 이어받아 만만세를 전함에 부족함이 없을 것이로다. 오늘부로 황제를 폐하여 홍농왕으로 삼고, 진류왕을 황위에 올리어 하태후의 섭정을 멈추도록 한다. 이를 문무백관과 백성들에게 공포하고 천지신명께도 고하노니, 천지신명은 굽어 살피시어 천하를 보존하여 주소서."

이유가 책문을 목청껏 읽어 내려가자, 문무백관들은 아연실색하여 몸서리를 치고, 소제는 옥좌에서 두려움에 벌벌 떠는데, 하태후는 격노하여 동탁을 향해 소리친다.

"역적 동탁 놈아! 네가 어찌 감히 천자를 마음대로 가지고 희롱을 하느냐! 네놈이 한 짓은 천추의 한을 심을 것이다."

하태후가 서릿발이 서린 저주를 하자, 동탁은 격노하여 좌우의 갑사들에게 명령한다.

"어서 저 여인을 끌어내어 후의를 벗기고, 평복으로 갈아입힌 후, 영안궁에 가두어 두어라."

하태후는 갑사들에게 끌려가면서도 큰소리로 외친다.

"황상, 절대로 황좌에서 내려오시면 안 됩니다. 천하의 주인은 오로지 황상밖에는 없습니다."

동탁이 갑사를 향해 호통을 친다.

"무엇을 꾸물거리느냐! 당장 저 여인을 끌어내라니까!"

하태후가 갑사들에게 개 끌리듯이 끌려 나가자, 동탁은 문무백관들을 향해 마지막을 마무리하는 독단을 내뱉는다.

"책문에서도 밝혔듯이 황제는 자질이 부족하고, 태후는 인덕이 없어 백성들이 본을 받을 것이 없소. 오늘부터는 폐위된 황제를 홍농왕이라 부르고, 태후와 함께 영안궁에 유폐할 것이니, 진류왕을 새 황제로 받들어 만만세를 이룹시다."

동탁은 소제를 황좌에서 끌어내려 인수를 풀어 앞으로 내어놓고, 옥새를 가져오게 한 후에 소제를 북면하여 진류왕 앞에 꿇어앉힌다.

한황실의 법도상 황제는 남면(南面)하여 옥좌에 앉고, 신하는 북면(北面)하도록 되어 있으니, 이제 소제는 동탁에 의해 신하의 반열로 내려앉은 것이다.

황제를 폐위하고 모든 의식이 다 끝날 때까지 문무백관들이 침통한 표정으로 아무런 말이 없자, 상서 정궁이 나서며 동탁에게 화답의 발언을 올린다.

"하늘이 한황실에 벌을 내려 그동안 재난이 너무 많았습니다. 옛날 채중이 홀을 폐하고 돌을 추대하여 세우니, 춘추에서는 그 처세를 높이 평가했습니다. 이제 태위께서 민심을 정확히 헤아려서 종묘사직과 백성을 위한 대책을 세워, 천지인의 뜻에 부합하게 하시니 만만세를 불러 응답하고자 합니다."

새로이 황제 자리에 오른 진류왕은 나이 겨우 9세에 등극하여, 후일 후한의 마지막을 장식한 헌제이다. 동탁은 연호를 초평이라 고치고, 스스로 상국에 올라 정무를 독단하며, 양표를 사도에, 황완을 태위에, 순상을 사공에 임명하는 등 동탁은 조정의 관직과 지방관을 자신의 측근으로 임명하여 국정을 더욱 확실하게 장악한다.

새 황제가 등극한 며칠 후, 동탁은 아직도 하태후와 하진에게 충성하는 세력이 있을 것을 우려하여 이유를 부른다.

"하태후를 제거하여 홍농왕과의 연락을 두절시킬 필요가 있는데, 이 문제를 어떤 방법으로 행하면 좋겠는가?"

이유가 한참 동안 뜸을 들이더니 대답한다.

"과거 동태후가 갑작스럽게 죽은 이후, 모든 배후가 하진과 하태후라는 유언비어가 있었습니다. 이 소문을 활용하여, 하태후를 제거하는 방법이 어떻겠습니까? 하태후가 영락태후를 핍박하여 죽음에 이르게 했으므로, 시모와 며느리 사이의 예를 어겨 충효를 버린 하태후를 불충불효의 행위로 몰아 처형하도록 조정 대신들에게 공론화시키시지요."

동탁이 아무리 생각해도 그 방법 외에는 소제와 하태후를 영원히 격리시킬 방법이 모색되지 않아 이를 따르기로 한다.

"그렇다면 내일 조정에서 황태후에 대한 처형을 공론화하여 대신들의 뜻을 정리하리다."

다음날, 동탁은 조정 대신들에게 형식적 공론화를 유도하여 억지로 뜻을 정리한 후, 나이 어린 헌제를 겁박하여 '하태후는 짐독으로 자진하라'는 황명을 받아내고 이유에게 전한다.

"그대는 지금 즉시 영안궁으로 가서 하태후에게 짐독으로 자진하도록 하라는 황제의 어명을 전하라."

이유는 10여 갑사를 이끌고 영안궁으로 가서 하태후를 접견한다. 하태후는 동탁의 앞잡이 이유가 예고도 없이 나타나자 깜짝 놀라며 묻는다.

"그대는 무슨 연유로 나를 만나려 하는가?"

이유가 능청스럽게 대답한다.

"태후마마, 황제 폐하께서 백년의 세수를 누리시라고 연수주를 내리셨습니다. 부디 드시고 오래오래 만수무강하시기를 기원합니다."

하태후는 불안한 예감이 들어 이유를 쳐다보며 단호한 어조로 말한다.

"나는 필요가 없다. 그대가 마시고 만세를 누리라."

하태후가 거부하자, 이유는 갑사를 시켜 하태후를 꼭 붙잡아 꿇어앉힌다.

하태후가 완강히 소리치며 저항한다.

"이것은 연수주가 아니고 짐독주이겠지?"

이유는 아무런 대꾸 없이 갑사들에게 눈짓으로 명을 내린다. 하태후는 꿇어앉힌 채 몸부림을 치면서 울부짖는다.

"역적 동탁 놈은 죄도 없는 우리 모자를 못살게 굴고, 너희들은 역적 놈의 앞잡이가 되어 악행을 일삼으니, 내 죽어서라도 너희에게 천벌을 내리리라. 불쌍한 내 아들 황상! 부디 오래 살아, 어미의 원한을 갚아주기를 천지신명께 기원하오."

이유는 악담을 퍼 대는 하태후의 목덜미를 잡아 전각 아래로 밀어 내리고, 전각 아래 엎어져 있는 하태후의 입을 억지로 벌려 짐독주를 부어 넣는다. 비천한 가문에서 태어나 황후에 이어 태후의 자리에까지 오른 하태후는 가련한 왕미인을 독살했던 짐독으로 자신의 생을 마감하니, 인간사는 심은 대로 걷는다는 명언이 조금도 틀리지 않았다.

9.
동탁의 곁을 떠나 낙향하는 조조

9. 동탁의 곁을 떠나 낙향하는 조조

1) 조조, 동탁의 폭정을 거부하여 진류로 낙향하다

원소는 동탁이 소제를 폐위하는 것에 반대하여, 낙양을 떠난 이후부터 기주에서 동탁과 대립각을 세우고 독자적 세력을 키워나가기 시작한다.

동탁은 왕윤을 태복으로 임명하여 명분상 왕윤과 함께 조정의 정무권과 행정권, 병권을 분할하는 형세를 취하여 앞장세우고, 중앙집권 세력을 확고히 한다는 명분으로 소제를 폐위시키며, 진류왕 유협을 제위에 올린 후, 하태후를 독살하는 등 외척세력의 씨를 말린다.

그해 189년(광희 원년) 11월 26일, 동탁은 스스로 상국에 오르니, 찬배불명(贊拜不明:황제를 만날 때 성명을 호명하지 않음)하고, 조회에서도 황제에게 고개를 숙이지 않고, 칼을 차고 황제의 전각에 오르는 검복상전(檢卜上殿)의 특혜를 받는다. 왕에 버금가는 특권을 얻은 동탁의 계속되는 불충과 월권, 독재로 인해 조정과 지방의 천하 민심이 동탁으로부터 등을 돌리며 세간의 여론이 시끄러워지자, 동탁은 이유를 불러 다시 정국을 타개하고자 획기적인 방안을 묻는다.

"지금 천하의 인심이 흉흉한데, 이 시끄러운 정국을 어떻게 돌파해야 하겠소?"

이유가 기다렸다는 듯이 그동안 생각해둔 조언을 올린다.

"천하의 인심을 얻기 위해서는 환관에 의해 '당고의 화'로 묶였던 많은 선비를 발탁하여, 조정에 새로이 참신한 인재가 입조할 수 있도록 해야 할 것입니다. 주비를 이부상서, 오경을 시중, 정태는 상서에 임명하여, 이들이 조정과 지방 각주에 인재를 배치할 수 있게 하십시오."

동탁은 이유의 자문을 받아들여, 주비를 이부상서, 오경을 시중, 정태는 상서에 임명하여 전국 각 지방의 인재를 발굴하도록 명하자, 동탁에게 발탁된 이후 한동안 동탁의 의중을 잘 헤아려 동탁으로부터 신임을 얻게 된 이들은 적당한 때를 기다리다가 동탁에게 조언을 올린다.

"지금 기주를 중심으로 천하의 인심을 얻고 있는 원소를 끌어안아서, 속히 원소를 발해태수로 임명하고 그를 용서하면 원소도 결국에는 상국을 따를 것입니다."

이에 동탁은 원소를 회유하고자 발해태수로 임명하고 강향후(慷鄕侯)로 제수한다. 동시에 동탁은 효율적으로 지방을 통제하기 위해서 지방관을 새로이 임명하는데, 이때 연주자사 유대, 예주자사 공주, 남양태수 장초, 진류태수 장막, 기주자사 한복 등이 발탁된다.

이들은 불과 몇 달 후에 궐기하는 반동탁연합군의 주축이 되는데, 이 중에서 기주자사 한복은 기주로 도피한 원소가 백성들에게 인망을 얻기 시작하자, 민심을 잃은 동탁이 원소를 두려워하여 원소를 견제하기 위해 발탁한 사람이었다.

동탁은 한황실의 후반에 이르러 번갈아 가면서 조정의 권력을 쥐고 흔들어온 환관과 외척의 세력을 척결시키고, 자신에게 위협적이었던 지방의 군벌을 평정한 후, 조정의 정적들까지 제거하여 거칠 것이 없어지자, 본래 지니고 있던 포악한 본심을 그대로 드러낸다.

이런 동탁에게 혐오를 느낀 조조는 평상시 가까이 있는 사람들에게 동탁에 대한 험담을 많이 하고 다녔다.

"동탁은 인품이 흉포하고 거칠며 욕심이 많아 결코 오래가지 못한다. 머지않아 천하에 반드시 소동이 일어날 것이다."

비록 측근 몇몇 사람들에게 비밀히 한 말이지만, 발 없는 말이 천리를 가는 법이다. 조조의 주변 사람들이 조조에게 소문이 안 좋으니, 입을 단속하고 근신하도록 조언을 해준다.

이 무렵 원소는 이부상서 주비의 추천으로 발해태수로 임명되어, 이를 기반으로 기주에서 세력을 키우는 작업에 크나큰 배경으로 활용한다. 어느 정도의 기반이 갖추어진 원소는 동탁의 계속된 독단과 광포를 전해 듣고, 격분을 억누르지 못하여 조정의 대신들에게 밀서를 보낸다.

"역적 동탁은 천자의 위에 올라 마음대로 천자를 폐하더니, 태후까지 독살하고 백성들을 함부로 대하고 착취가 심하여,

백성들의 분노가 하늘을 뒤덮을 정도입니다. 그러한데도 조정의 어른들이 이를 교정하려 하지 않고 동탁의 눈치만 보고 있으니, 이것이 과연 충효를 알고 인의를 실행하여야 하는 대장부들이 할 일입니까? 이는 한황실의 녹을 먹는 문무대신 관료들로서는 수치스럽고 부끄러운 일이 아니겠습니까? 본초, 한황실의 위엄을 다시 일으키고 한황실의 기강을 바로잡기 위해, 먼 변방에서 병마를 조련하고 백성들의 민심을 쌓고 있습니다. 만일 조정에서도 소인과 뜻을 같이한다면, 역적 동탁의 무리는 곧 붕괴될 것입니다. 부디 조정의 어른들은 대의명분을 지닌 한황실의 충신이 되시기를 바랍니다."

사도 왕윤을 비롯하여 청류파 활동을 같이하던 여러 동료들에게 보내진 밀서는 낙양에 남아 동탁의 눈치를 보고 숨죽여 지내는 대장부들의 심기에 변화를 일으킨다.

원소의 밀서를 받고 수치심을 가슴에 담게 된 많은 관료 중의 한 사람인 조조는 한없이 부끄럽고 창피스러운 마음에 오랫동안 고민을 하던 중, 동탁의 휘하에서 벗어나 새로운 이상을 펼치고자 낙양을 떠나기로 결심한다.

그러나 조조의 속마음을 모르는 동탁은 조조를 신뢰하여 자신의 곁에 두려고 효기교위에 임명한다. 조조는 이 직위를 받으면 동탁의 영역을 결코 벗어날 수 없으리라는 위기감을 느낀다. 지금 당장은 중용될지라도 언젠가는 자신이 동탁을 비방한 사실이 알려질 것이고, 그렇지 않더라도 천하의 민심을 잃은 동탁과 함께 행보을 하다가는 언젠가 자신에게 닥칠 참담한 미래가 눈에 선하게 들어오자, 조조는 동탁의 그늘에서 떠날 결심을 결행한다. 결국 조조는 임관에 임하지 않고 아침 조회를 마치자마자, 동문을 빠져 진류를 향해 달아난다.

동탁은 한 식경이 지나도 조조가 임관식에 임하지 않자, 조조에게 불미스런 일이 생기지 않았나 하고 걱정을 하게 된다. 그러나 조조가 한나절이 지나도록 상국부로 임명장을 받으러 오지 않자, 동탁은 의심스러운 생각이 들어 이유에게 영문을 알아보도록 지시한다. 이유는 불현듯이 이상한 생각이 들어 동탁에게 건의한다.

"조조의 집으로 사람을 보내 상국부로 오도록 부르십시오. 조조가 응답하면 개인적 사정이 있는 것이고, 응하지 않으면 다른 마음을 품은 것입니다."

동탁은 옳게 여겨 전령을 보내 조조를 데려오도록 지시한다. 얼마 후, 동탁의 명을 받고 조조의 자택을 방문했던 전령이 보고를 올린다.

"효기교위 조조가 오래전에 말을 몰고 자택을 나갔다고 합니다. 아직까지 효기교위 조조는 자택에 돌아오지 않았고, 집 안에는 가족들도 보이지 않습니다. 수소문하여 알아보니, 조조가 동문에서 급히 성문 바깥으로 나가는 것을 수문장이 제지하고 행선지를 물었다고 합니다. 이에 조조는 상국의 급한 지시로 진류로 출장을 간다고 했답니다."

동탁은 전령이 돌아와 보고한 내용을 듣고, 조조의 행위에 크게 분노한다.

"조조! 이놈이 다소 재능이 있어 보여 중용을 하려 했더니, 오히려 나를 기망하고 달아나다니! 이놈을 잡아들이도록 초상을 그리고, 복장과 특징을 적어 전 지방에 방문을 붙여라.

잠시 후, 상국부에 돌아온 이유가 방문 결과를 보고한다.

"조조는 오래전부터 상국을 험담했다고 합니다. 이 험담이 드러날까 두려워 낙향했다는 소문이 있습니다."

이유가 항간에 떠도는 소문을 전하자, 동탁은 한동안 이유를 쳐다보더니 어처구니가 없다는 듯이 묻는다.

"험담이라니 무슨 험담을 했다는 말이냐?"

이유는 우물쭈물하면서 제대로 보고를 하지 못하다가 겨우 입을 연다.

"상국께서 거칠고 포악하며 욕심이 많아, 남에 대한 관용이 없기 때문에 정권이 오래가지 못할 것이라 했답니다."

"등잔 밑이 어둡다고 하더니, 내가 어리석게도 이런 자를 신뢰하고 있었다니....."

동탁은 더 이상 말을 잇지 못하고 분개하며 가슴을 친다.

낙양 성문을 빠져나온 조조는 밤낮을 가리지 않고 말을 내달려 초군 중모현에 이른다. 조조는 이름을 숨기고 관문을 빠져나가려는데, 중모를 지키는 정장이 조조의 초상을 보고 의심을 하여 현청으로 잡아들인다. 현령이 심한 문초를 가하지만, 조조는 끝까지 거짓이름을 대고 신분을 속인다. 그때 마침 중모현의 공조(功曹)가 이전에 큰 은혜를 입었던 조조를 알아보고 현령에게 긴히 청원한다.

"지금 천하가 어지러워지고 있는데, 효기교위와 같이 천하를 구제해야 할 인재를 구금하여 죽임을 당하게 한다면, 이는 천하의 안정과 백성의 평안을 위해서도 전혀 도움이 되지 않을 것입니다. 교위를 풀어주어 천하를 안정시키는데 일익이 되도록 하심이 현령과 제가 행할 수 있는 최대한의 대의가 아닌가 생각합니다."

중모현의 현령은 대의와 현실 사이에서 깊은 고민에 빠지더니 공조에게 조심스럽게 묻는다.

"지금 우리가 심문하는 자가 조조라는 것을 아는 사람이 있겠소?"

"조조가 극구 자신의 신분을 밝히지 않아, 조조의 신분에 대해 정확히 알고 있는 사람은 현령과 저, 두 사람뿐입니다. 우리 둘이서만 알고 조조를 풀어주면 아무도 문제를 제기할 사람이 없을 것입니다."

중모현의 공조가 현령에게 간곡히 청하자, 현령은 공조의 보증을 받고 조조 일행을 현청에서 풀어준다. 평소 인간관계를 잘 맺은 덕에 운 좋게도 죽음의 문턱에서 벗어난 조조는 일행과 함께 밤낮으로 잠시도 쉬지 않고 내달려, 성고에 있는 옛 친구 여백사의 집 근처를 지나게 된다.

"여기 성고에는 나의 친구 여백사가 살고 있네. 나와는 막역하게 지내온 사이였기 때문에 하룻밤 편히 지낼 수 있을 것이네. 오늘 밤은 친구 집에서 편히 잠을 청하도록 하세."

조조의 일행은 여백사의 집으로 향한다. 조조는 일행과 함께 편하게 하룻밤을 보내려고 들리는데, 친구 여백사는 집에 없고 여백사의 어린 다섯 아들과 여백사의 빈객들만이 있었다. 이때 여백사의 빈객 중 한명이 조조를 빤히 쳐다보자, 조조는 도망자 신분이 발각된 것이 아닌가 우려하기 시작한다. 그러나 아무도 더 이상 의심하는 기색을 보이지 않고 스스럼없이 저녁상을 내어주어, 조조 일행은 오래간만에 포식하고, 여백사의 가족이 내어준 방에서 일순간 잠에 빠져든다. 한참 곤하게 잠들던 조조는 꿈결에 들리는 이상한 소리에 귀를 기울인다. 부엌 안에서 '서걱 서걱' 칼을 가는 소리가 들리자, 의심 많은 조조는 급히 일행을 깨운다.

"지금 부엌에서 여백사의 빈객들이 칼을 갈고 있는데, 일단 신경을 곤두세우고 사태를 주목합시다."

그때 빈객 한 사람이 여백사의 큰아들에게 나직이 내뱉는 소리가 들린다.

"잡으려면 묶어서 끌어와야 반발이 없겠지."

빈객이 내뱉는 속삭임이 조조와 일행에게는 천둥, 벼락을 치는 소리로 들린다. 조조는 참지 못하고 뛰어나가 빈객을 칼로 내리치자, 일행들이 함께 뛰어나와 여백사의 다섯 아들과 빈객들을 주살한다.

조조의 일행이 모두 여덟 명을 주살하고 말에 올라타고 떠나려는데, 부엌에서 돼지 한마리가 '꿀꿀'거리는 소리가 들린다. 일행이 부엌을 들여다보니, 몸통이 결박되어있는 돼지 한마리와 칼자루, 그리고 돼지를 삶으려고 물을 끓이는 솥이 널브러져 있었다. 조조는 '아차' 한다.

'그럴 싸 그러하니, 그렇게 느껴진다.'고 하던가? 조조의 일행은 너무 긴장한 나머지 돼지를 잡기 위한 칼갈이를 자신들을 잡으려는 칼갈이로 착각한 것이다.

"너무 예민해져서 우리를 대접하려던 사람들을 죽였으니 이를 어찌하면 좋겠소?"

조조 일행은 몹시 황당해하며 난처하다는 듯이 멍청히 허공을 바라보는데, 조조가 서둘러 말한다.

"이미 엎질러진 물이다. 이곳에 더 이상 머물다가는 큰일이 나게 되리라. 빨리 이곳을 떠나기로 하세."

조조는 눈앞에 벌어진 현실이 터무니없어, 마치 꿈을 꾸는 듯한 몽롱함을 느끼며 급히 성고를 떠난다. 무고한 민간인을 살해한 조조는 읊조리듯이 독백한다.

"내가 천하에서 욕을 먹을지언정, 천하의 사람들이 나를 저버리게 하지는 않을 것이다."

조조 일행은 자신들이 저지른 만행이 성고의 관청에 알려지기 전에 목적지로 도착해야 한다는 조바심으로 며칠 동안을 밤낮없이 달려, 저녁노을이 서산으로 질 무렵에야 하남 진류에 당도한다. 밤늦게 일행 몇 명과 쫓기듯이 기이한 몰골을 하고 조숭을 찾아온 아들을 보자, 조숭은 깜짝 놀라며 조조에게 연유를 묻는다.

"아무런 기별도 없이 이 시간에 갑자기 나타나다니, 무슨 다급한 사건이 있었느냐?"

조조는 담담히 대답한다.

"역적 동탁이 황제를 폐하고 태후를 독살하는 등 갖은 불충을 저지르고 국정을 농단하는 데에도, 조정중신들은 목숨이 두려워서 아무도 반발을 하지 못하고 동탁의 눈치만을 보고 있습니다. 가까운 지인들의 심정을 간파하여보니 분위기만 무르익으면, 이들은 동탁에게 등을 돌릴 것이 확실합니다. 소자는 동탁의 영향권에서 벗어난 곳에 둥지를 틀고, 자유롭게 의병을 모아 때를 기다리다가 때가 되면, 충의의 깃발을 들고 동탁을 몰아내고자 아버지께로 돌아왔습니다. 아버님의 도움이 없이는 동탁에 저항할만한 힘을 키울 수가 없습니다. 아버지, 저를 도와주십시오."

지난날 조조의 어린 시절, 동리 또래들과 어울려 방탕 무도한 생활을 즐기는 악동 조조를 못 마땅해 하는 집안 숙부가 조숭에게 조조를 단속하도록 고자질했었다. 조숭으로부터 꾸지람을 들은 조조는 숙부에게 반감을 지니고 있었던 어느 날, 조조는 길거리에서 숙부를 만나자 갑자기 길에 쓰러져, 얼굴을 일그러뜨리고 몸을 뒤틀며 침을 질질 흘리면서 땅에 드러누워 간질 증상을 보이기 시작했다. 숙부가 이를 황급히 조숭에게 전하자, 조숭은 크게 놀라며 조조가 쓰러졌다는 현장으로 달려갔다. 그러나 현장에 조조는 없었고 저녁이 되어 집으로 돌아온 조조를 불러들인 조숭이 낮의 일을 묻자, 조조는 숙부가 언제나 자신을 폄훼하고 다닌다고 조숭에게 고하는 바람에, 그 이후에는 조숭이 집안 숙부를 멀리하고 조조를 더욱 끔찍이 아껴왔다.

조숭의 아들 조조에 대한 지극한 사랑은 예나 지금이나 한결같았다. 조조가 놓인 입장을 알게 된 조숭은 근심스러운 표정을 지으며 잠시 생각에 빠져들더니 입을 연다.

"이 문제는 간단한 문제가 아닌 것 같은데, 시장할 테니 일단 식사부터 하거라. 잠시 생각하여 즉흥적으로 결정할 문제가 아니니, 심사숙고해서 방법을 찾다가 내일 구체적으로 상의하도록 하자."

조숭이 며칠은 굶은 듯한 처량한 아들 일행을 따뜻한 방으로 들여, 한상 푸짐하게 차려 내온다. 조조 일행은 게걸스럽게 식사를 마친 후, 졸음을 이기지 못해 잠에 곯아떨어진다.

이튿날 아침 일찍, 조숭은 조조를 불러내어, 지난밤에 자신이 밤잠을 설치면서 구상한 방안을 이야기한다.

"지난밤, 너의 장기적 구상을 가상히 생각하면서, 아비도 많은 생각을 해보았다. 의병을 모집하려면 일단 자금을 마련하는 것이 우선되어야 하고, 다음으로 뜻이 맞는 동지를 규합하여야 하는데, 일차적으로 문제가 되는 것은 자금을 마련하는 일인 것 같구나. 우리 집안의 재산으로 모을 수 있는 의병의 수는 한계가 있지 않겠니? 그렇다고 겨우 2~3백 명의 의병을 모아 기병한다는 것은 말만 의병이지 제대로 된 역할을 못하게 될 것이고, 그래서 내가 너에게 도움을 줄 만한 사람을 소개하련다. 그는 내가 태위 직위에 있을 때 나에게 큰 도움을 얻어, 나에게는 깍듯이 예우하는 사람이란다. 네가 그를 찾아가서 아비의 말을 전하고, 너의 충의를 피력한다면 큰 도움이 될 것이다."

조조도 부친 조숭에게 의병을 일으킬 명분은 말했으나, 조숭이 지닌 재력에는 한계가 있어 고민하던 중, 그가 도움이 될 만한 사람을 소개해 준다는 그의 말에 귀가 솔깃해진다.

"아버지, 그 사람이 누구입니까?"

"성은 위이고 이름은 자인데, 자를 사허라고 하며 진류군 양읍현 사람이란다. 하남에서 둘째가라면 서러워할 정도의 거부이지만, 속세의 명성을 중시하지 않고, 충의를 중히 여겨 많은 사람으로부터 존중받는 인물이지. 네가 찾아가서 진심으로 대의를 설파한다면, 반드시 너와 함께하게 될 것이야."

조조는 조숭의 말을 듣고 즉시 위자를 방문한다.

위자는 조조의 방문을 환영하며 푸짐한 상을 차려오게 한 후, 조조와 함께 깊은 담론에 들어간다.

"조숭 어른의 자제분 명성은 이미 들어 익히 알고 있었습니다만, 어떤 연유로 나를 만나려 먼 길을 오셨는지요?"

조조도 조숭으로부터 위자에 대한 인품을 익히 알고 왔기에 최대한 예의를 갖추면서, 거부 위자에게 열정적으로 자신의 뜻을 전하려고 노력한다.

"한황실이 환관과 외척의 다툼으로 혼란해진 틈을 타서, 역적 동탁이 황제를 폐위하고 태후를 독살하는 등 불충을 저지르고 국정을 마음대로 하여, 종묘사직과 백성의 삶이 위태로운 지경에 이르러 있습니다. 이 사람은 조정에서 동탁을 상대로 싸우는 것은 불가능하다고 여겨, 동탁의 힘이 미치지 않는 지방에서 세력을 키워 역적 동탁을 척결하고, 한황실을 다시 일으켜 세우고자 진류로 돌아왔습니다. 동탁이 임명한 효기교위를 팽개쳐 버리고 부친이 계신 곳으로 돌아와 의병을 모병하여 동탁과 대항하려고 하였으나, 저의 부친께서 의병을 일으키는데 필요한 자금을 지원하는 것은 한계가 있어 제대로 된 의병을 키우는 일에 어려움이 있다고 여겨져서, 위공께 협조를 구하고자 불원천리 체면을 불구하고 찾아왔습니다. 부디 이 맹덕의 뜻을 헤아려 주십시오. 역적 동탁은 너무도 많은 불충과 악행을 저지르고, 무자비한 폭정을 자행해서 결코 오래가지 못할 것입니다."

위자는 조조의 굳은 의지와 의연함에 호감을 가지나, 항간에 알려진 인품 그대로 쉽게 동요되거나 처신하지는 않는다.

"공의 뜻은 잘 알겠습니다. 생각할 시간을 좀 가져보겠습니다. 다음에 다시 방문하시어 나라를 위한 의견을 계속 연결하기로 합시다."

위자는 장막에 의해 효렴으로 천거되어 장막의 부장을 지냈는데 조정에도 널리 위자의 인품이 알려진 덕에, 결국 거기대장 하묘와 사도 양표가 위자를 중앙으로 발탁하려고 했으나, 세속의 허황된 출세를 좇지 않고 고향에서 군민을 위해 묵묵히 봉사해온 참 인물이었다.

며칠 후, 위자의 후한 접대를 받은 조조는 자신의 집으로 위자를 초대하여, 푸짐한 상을 차리고 위자를 맞이하는 등 수차례 교분을 익혀나간다. 몇 차례에 걸친 상호방문으로 깊은 교감이 오가고, 이날은 조조가 위자를 자택으로 초빙하여 둘이 거나하게 취한 날이다.

위자가 드디어 본인의 결심을 말한다.

"나에게 그동안 몇몇 세도가가 함께하자는 의사를 전해왔으나, 한 번도 응대한 적이 없었습니다. 이제 조공을 알게 된 이후로 진정으로 천하를 평정할 사람은 조공이라는 확신이 들었습니다. 공과 함께 뜻을 세워, 도탄에 빠진 황실을 구하고 백성들을 평안하게 하는 대업에 동참하고자 합니다."

조조는 위자가 동참의 뜻을 표명하자, 온 천하를 얻은 듯이 기뻤다. 조조는 위자가 뜻을 표명한 즉시 의병모집에 들어간다. 조조가 모병의 깃발을 높이 들자, 조조의 충의와 명망을 알고 있는 많은 인사들이 모병의 기치 아래 몰려든다. 양평 위국에서 악진이 조조의 깃발 아래 합류한 이래, 산양 거록에서 이전이 합류한다. 조조는 악진을 사마로 삼고, 이전을 장전리로 삼아 사무를 보게 한다. 조조 가문의 기반이 비록 환관의 가계일지라도 후한에서는 이름난 가문이었다. 조조 가문의 명성 덕에 조조의 집안 동생인 하후돈과 하후연 형제가 고향 패국 초현에서 조조와 뜻을 같이하는 의협을 동원해 만든 의병을 이끌고 조조에게로 합류한다.

하후돈은 자를 원양이라 하며, 패국 초현 사람으로 젊어서부터 혈기가 왕성하여, 열네 살이 되던 해에 스승을 모욕한 사람을 맨손으로 때려죽이고, 외방으로 피신하여 있다가 이종사촌 형인 조조가 의병을 모집한다는 말을 듣고, 함께하던 의협 무리를 이끌고 조조에게 불원천리 달려온 것이다.

얼마 후에는 사촌동생인 조인이 종제 조홍과 함께 조조에게 합류한다. 조인은 자를 자효라 하는데, 어려서부터 무예를 즐겨 활쏘기, 말타기를 즐겨했다. 조인은 1천여 명의 청소년 무리를 이끌고 회수, 살수에서 의협으로 지내다가, 조조가 의병을 일으켰다는 소식을 듣고 무리와 함께 사촌형님에게 힘을 보태고자 달려온 것이다.

위자가 재산을 털어 3천명의 의병을 모집하고, 조조는 사촌 형제들과 조숭이 가산을 털어 만든 의병 2천명으로 출발하니, 총 5천명에 달하는 군대다운 의병부대가 형성된다. 부대의 틀이 갖추어지고, 위자의 군자금으로 군의 위용과 틀이 갖추어지자, 주변의 뜻있는 부호들이 조조에게 군자금을 지원하고 나선다. 조조는 하후돈을 비장으로 하고, 하후연과 조인을 별부사마로, 조홍을 사마로 삼아 군사의 조련에 주력한다.

2) 동탁, 황보숭에게 죄를 씌우려 조정으로 불러들이다

원소는 동탁의 소제(小帝)폐위에 반대하여 동탁과 대립각을 세우고, 장안을 떠난 후에 기주에서 착실히 세력을 키워가고 있었다. 천하에 명망이 널리 떨쳐있던 원소에게는 각계각층의 많은 인재가 몰려들어 이미 휘하에 훈고학의 창시자 정현, 당대 최고의 학자 노식, 건안칠자의 한 사람인 대문장가 진림, 동소, 봉기, 신비, 신평, 순심, 허유, 고유, 유훈, 이연, 장도, 곽도 등과 같은 이름난 책사와 안량, 문추, 장합, 고람, 주령과 같은 명장, 그리고 서훈, 선우보, 수고, 수원진, 공손독, 곽조, 왕문, 주의, 도승, 장기, 조예, 주흔, 최거업, 한거자, 한순과 같은 장수들이 전 지역, 연령층에 걸쳐 포진해 있었다.

한편, 원소를 비롯한 뜻이 있는 인사들이 동탁에게 칼을 갈고 있는 시절인 190년(초평 원년) 1월, 동탁은 황보숭에 대해 지니고 있던 지난 시절의 악감정을 지우지 못하고 있다가, 천하의 민심이 자신에게서 점점 멀어지는 것을 느끼자, 백성들에게 절대적으로 민심을 얻고 있는 군사적 영웅 황보숭이 언젠가는 자신에게 칼을 겨눌지도 모른다는 불안감으로 황보숭을 제거할 계획을 세운다.

황보숭은 양주 안정군 조나현 사람으로 자를 의진이라 했다. 어려서부터 학문과 무예를 익혀 문무겸전의 장군으로 '황

건농민군의 기의' 등 크고 작은 반란을 진압하면서, 조정의 깊은 신뢰를 얻고 있었다. '당고의 금'으로 등용길이 막힌 청류파 학자들을 등용하고, 황건기의의 불길을 원천적으로 진화시키고 한황실을 안정시킨 공적은 전설로서 전해지고 있었다. 이때 올린 전공으로 기주목으로 승진되었을 때, 기아에 허덕이는 기주의 백성들에게 1년간의 조세를 나누어 징수함으로써 백성들의 칭송이 자자했다. 전장에 임해서는 진을 치고 노숙하는 군막이 완성되어 야영하는 병사들이 잠자리에 모두 들게 된 후에야 자신의 군막으로 돌아갔다.

또한, 모든 병사들이 식사하는 것을 확인한 후에야 자신이 식사에 임할 정도로 병사 하나하나를 애지중지했다. 이로써 군사들은 황보숭에게 무한한 신뢰를 지녀, 병사들은 몸을 아끼지 않고 황보숭을 위해 봉사하기를 원했는데, 황보숭의 그늘에 안주하여 뇌물을 챙기는 수하들이 있다는 것을 알게 되고는 그들을 불러 '신상에 어려움이 있으면 백성들에게 부담을 주지 말고, 자신에게 부탁을 하라'고 부드럽게 타이르면서, 전혀 내색하지 않고 자신이 지닌 금품을 나누어 주는 일까지 있었다. 이로 인해 뇌물을 받은 수하들은 부끄러움을 느껴, 더 이상 죄를 짓지 않았다고 한다.

비록 이것이 황보숭의 계산된 용병이라고 하더라도, 일반사람은 쉽게 흉내 내지 못할 행위이리라. 이런 황보숭의 일거수일투족을 지켜본 신도의 현령 염충이 황보숭에게 현 정국의 흐름을 알리며 천하의 패권에 나서기를 적극 권유했었다.

"장군의 기세는 초한 천하쟁패의 시절, 대장군 한신보다 강한데, 지금 황제와 동탁은 한고조 유방의 발끝에도 미치지 못하는 사람들이니, 언젠가는 이런 소인배에게 배신을 당해 한신과 같은 말로를 걷게 될지도 모릅니다. 장군과 같은 영웅께서는 그런 비극적 종말을 당하지 말고, 직접 부패한 정권을 몰아내고 새로운 왕조의 길을 열어보십시오. 그리하면 만백성이 쌍수를 들고 따를 것입니다. 과거 은의 탕왕도, 주의 무왕이 세운 공적도 장군께서 각종 반란을 진압하고, 한실을 다시 일으키신 당대의 공적에는 미치지 못합니다. 몸소 우러를 공적을 세웠음에도 불구하고, 장군께서는 북면(北面)하여 용렬한 황제와 역도를 섬기시니, 장차 이들로부터 시샘을 받아 신변의 안전을 보호받기 어려울 것입니다."

황보숭은 현령 염충과 측근들의 권유를 완강히 거절하며 담담하게 응답한다.

"나는 잠시도 마음속으로 충의를 잊은 적이 없는데, 어찌 내가 신변의 안전을 보장받을 수 없다고 하느냐? 우리가 충의의 정신과 백성의 도리를 잃으면, 하늘은 반드시 우리에게 벌을 내리게 되어 있노라."

지난 황보숭의 행적을 뒤집어보면, '서량의 난'이 일어나서 반란괴수 왕국이 군사를 이끌고 진창을 포위하였을 때, 조정에서는 황보숭과 동탁에게 진창을 구하도록 명령했었다. 황보숭과 동탁은 전투에 앞서 전략회의를 열었는데, 이때 황보숭과 동탁은 공격의 시기에 대해 의견이 상충했다. 동탁은 빨리 진창을 포위에서 구원하자고 했으나, 황보숭은 병법에서 적의 예기가 날카로울 때에는 잠시 기다리는 진화타겁(趁火打劫) 전략을 쓰는 것이 정도라고 하며 동탁의 권유를 무시했다.

황보숭이 인내심을 가지고 대치하자, 80여 일간 진창을 포위하고도 진창성을 함락시키지 못한 왕국이 결국은 포위를 풀고 퇴각하기 시작했는데, 황보숭은 이때를 기다려 이들의 후미를 공격하려 하였고, 이때는 오히려 동탁이 궁지에 몰린 적을 공격하면 죽음을 각오하고 싸울 것이라 주장하며 추격을 멈추자, 황보숭은 독자적으로 병사를 이끌고 왕국을 공격해 대승을 거두었다.

이를 두고 동탁은 황보숭이 자신을 궁지로 내몬다고 한없이 원망해왔는데, 이후 엉겁결에 조정의 전권을 쥐게 된 동탁은 좁은 소견으로 지난날의 앙갚음을 위해 황보숭을 제거하려고 한 것이다.

동탁이 황보숭에게 성문교위를 임명하여 조정으로 불러들여 죽이려고 할 때, 이를 감지하고 있던 황보숭의 수하장사 양연이 결연한 의지를 보이며 황보숭에게 말한다.

"지금 천하에는 장군만큼 위엄이 서고 명망이 큰 영웅이 없습니다. 동탁이 이를 시샘하고 두려워하여, 장군을 중앙으로 불러들여 목숨을 빼앗으려 하는 것입니다. 장군께서는 낙양으로 들어가시면, 필시 목숨을 잃게 될 것입니다. 이번 기회에 동탁을 도모하여 황실을 구하십시오. 저희가 목숨을 바쳐 장군을 보필하겠습니다."

"동탁이 나의 목숨을 노린다고 해도 황제께서 내리신 황명이거늘 어찌 이를 거부할 수 있겠느냐? 나는 잠시도 한눈을 판 적이 없기 때문에 동탁도 나를 어찌할 수는 없을 것이다."

황보숭은 양연의 충언을 거절하고 낙양으로 입성한다. 동탁은 황보숭이 백성과 군사들에게 높은 신망을 얻고 있어 함부로 죽일 수는 없다는 것을 알기에 황보숭을 감옥에 가두고 향후 처리를 고심한다.

이때 황보숭의 아들 황보견수가 동탁과의 인연을 활용하여, 동탁에게 하소연하며 황보숭의 사면을 간구한다.

"상국께서도 아시는 바와 같이, 부친께서는 한시도 다른 마음을 품은 적이 없는 올곧은 무장이십니다. 부친께서 다른 마음을 품었다면, 이번 조정의 부름을 쉽게 응하셨겠습니까? 부친께서는 상국께 다른 뜻이 없이 충성으로 보필하겠다는 뜻을 소신에게 피력하셨습니다."

동탁은 잘못을 찾으려고 해도 찾을 수 없는 황보숭의 처리 문제를 놓고 고심하던 중, 황보견수가 전하는 황보숭의 충성 맹약을 기꺼이 받아들인다.

"내가 자네의 효심을 보아서 황보숭을 의랑으로 임명하고,

곧바로 어사중승으로 승진시키겠다. 향후 애비가 나에게 행한 충성맹세를 잊지 않도록 각인시키도록 하라."

한 달이 지나고 동탁은 낙양에서 장안으로 이동하면서, 어사중승 이하 모든 관원들이 자신을 환영하여 나오도록 지시한다. 동탁은 지난날 자신이 황보숭에게 당했던 수모를 되갚기 위해, 황보숭이 자신에게 배웅을 나와 고개 숙이며 상전의 예를 올리도록 하는 간접적인 방법을 구사한 것이다.

우회적인 방법으로 황보숭의 복종을 받아낸 동탁은 황보숭을 집무실로 불러낸다.

"황보장군, 아직도 내게 복종하지 않을 용기가 있소?"

이에 황보숭은 계면쩍은 듯이 대답한다.

"어떻게 상국에게 복종하지 않을 수 있겠습니까?"

동탁이 황보숭을 빤히 쳐다보더니 재차 묻는다.

"지난날은 왜 나에게 함부로 대했소?"

황보숭은 동탁과 눈길을 피하면서 대답한다.

"그때는 상국께서 이런 자리에 오르실 것을 미처 생각하지 못했소이다."

동탁이 너털웃음을 지으며 말한다.

"연작(燕雀:제비와 참새)이 홍곡(鴻鵠)의 넓고 깊은 뜻을 어찌 알았겠소?"

이에 황보숭이 선문답으로 대꾸한다.

"과거에는 상국과 제가 모두 홍곡이었으나, 오늘에 이르러서는 오직 상국만이 봉황이 된 것일 뿐입니다."

황보숭의 선문답을 들은 동탁은 파안대소하더니, 황보숭의 양어깨를 붙들고 큰소리로 말한다.

"장군, 과연 대단하오. 아직도 홍곡이라는 자부심을 가지고 있으면서도, 상대를 더욱 높이는 처세는 장군이 아니면 누구도 흉내를 내지 못할 것이오."

동탁은 이후 황보숭에 대한 모든 악감정을 버리고 중히 여기게 된다.

10.
천하 18로 제후의 반동탁연합군 기의

10. 천하 18로 제후의 반동탁연합군 기의

1) 발해태수 원소, 반동탁연합군 맹주로 추대되다

190년(초평 원년) 1월, 동탁의 전횡과 불충에 분노하고 있던 동군태수 교모는 연주자사 유대와 공모하여, 삼군부의 칙조를 위조하고, 각 지방의 제후 및 호족에게 동탁을 도모하라는 허위격문을 돌린다. 동군태수 교모와 연주자사 유대가 돌린 허위격문에 원소도 기주에서 동참의사를 밝히면서, 원소가 이끌고 있는 발해의 관병과 원소의 인망을 따르는 모병이 모여 도합 3만 명의 병사들이 원소의 깃발 아래 동참한다.

교모와 유대의 허위격문에 천하의 모든 제후들이 동조하지는 않았으나, 총 18개 지역에서 제후 및 태수, 그리고 의병 5천을 이끈 조조가 동참의사를 밝힌다. 원소가 거기장군을 자칭하며 병사를 이끌고 먼저 진류에 도착하니, 이미 화북 16개 지역에서 동참의사를 밝힌 군웅들이 하나, 둘 진류로 몰려들기 시작한다. 뜻을 전해온 군웅들의 순서로 정리된 연판장을 살펴본 원소는 놀라움을 금치 못한다. 모두 당대에 이름을 날리기 시작한 빼어난 젊은 군웅들이기 때문이었다.

'세상의 민심은 결국 급류와 같이 변하는 도다.'

원소는 공자님 말씀을 새삼스레 되새김한다.

연판장에 참여의 의사를 밝힌 장수를 순서대로 살펴보면, 제일 먼저 후장군 남양태수 원술이 서명을 했고

제2진　기주목 한복

제3진　예주자사 공주

제4진　연주자사 유대

제5진　하내태수 왕광

제6진　진류태수 장막

제7진　동군태수 교모

제8진　산양태수 원유

제9진　제북상 포신

제10진　북해태수 공융

제11진　광릉태수 장초

제12진　서주자사 도겸

제13진　서량군벌 마등

제14진　북평태수 공손찬

제15진　상당의 군벌 장양

제16진　장사태수 손견

제17진　발해태수 원소

연판장에서 보듯이 그야말로 후한의 영걸은 거의 대부분 연판장에 기명한 것이다.

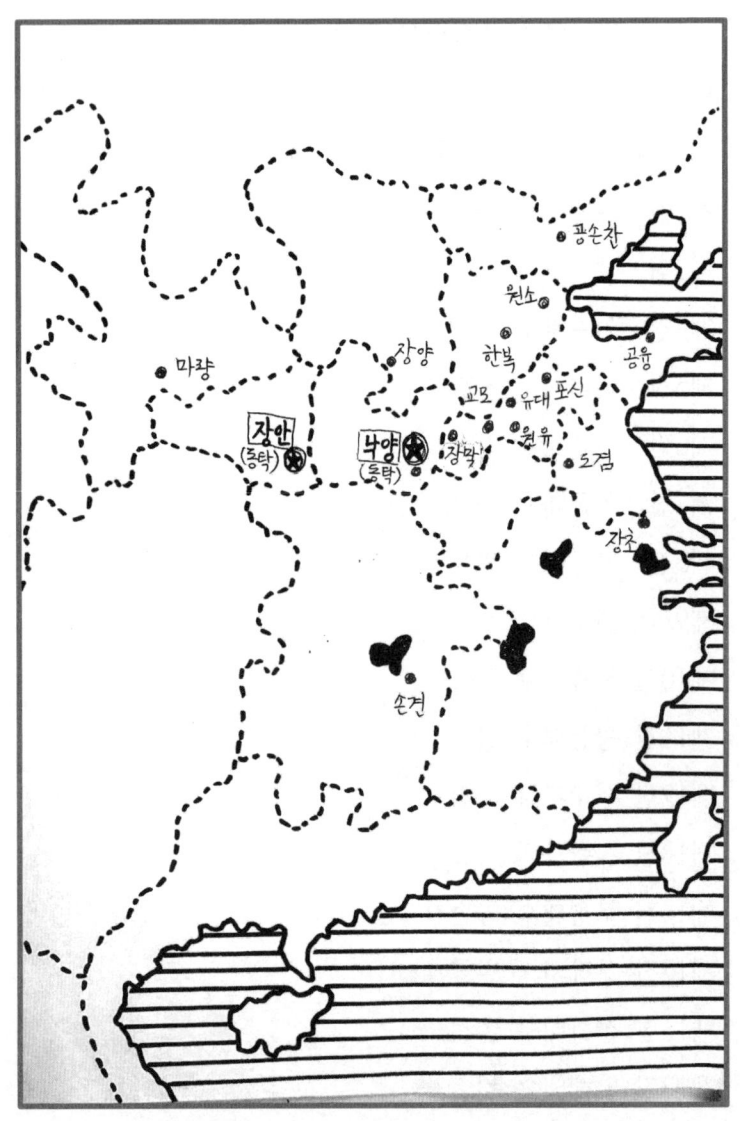

원소는 군벌들이 합세한 기세만으로도 동탁은 스스로 무너질 것이라는 안이한 생각까지 할 정도가 된다. 천하 18로 제

후가 반동탁 결성을 맺을 당시는 이들의 기치가 반동탁연합이라는 하나의 공동된 충의였으나, 후일 반동탁연합이 실패한 이후, 이들의 공동목표가 사라진 다음에는 이들 군웅의 치열한 각축은 위촉오 삼국으로 정립되기 전까지의 영토경쟁을 벌이는 군웅 쟁탈전의 효시가 된다.

그로 인해 후한 당시, 6천만 명의 통계를 나타내던 인구가 가혹한 전쟁의 희생이 되어, 위촉오 삼국이 종결되는 시점에서는 2천3백만 명으로 현격히 줄어든다. 이보다 극단적인 통계에서는 1천만 명 밖에 살아남지 못했다는 통계 결과가 나올 정도로 한황실 분열의 결과는 참담했다. 그래서 어떤 역사학자들은 유표가 사망한 후 형주가 조조의 손에 넘어가면서, 유비가 강하로 도피하여 손권을 부추겨 적벽대전을 벌이지 않았더라면, 손권도 순순히 조조에게 투항하여 중국이 전쟁으로 인해 수천만의 생명이 비참하게 죽어가는 일은 없었을 것이라는 아쉬움을 토로하기도 한다.

반동탁연합군 결성 초기, 거사에 참여하기로 약속한 지휘관은 제후가 17명이고 의병장 조조를 포함하여 총 18명이었으나, 실제로 참전한 주요 인사는 10개 지역의 제후와 스스로를 분무장군이라 자칭한 의병장 조조와 진류에서 조조를 따라 합류한 의병 유비 삼형제 정도이다.

북해태수 공융과 서주자사 도겸은 직접 참여하지는 않고,

동탁이 장안으로 천도를 하면서 폐허가 된 낙양에 남아서 반동탁연합군과 내응한 태복 주준을 맹주로 받들고 동탁과 대치하는 소극적 지원으로 일관한다.

공손찬의 경우는 북방에서 소규모 폭동을 일으키고 있는 황건농민군 패잔병을 진압하기 위해 참여하지 못하고, 하내에서 원소를 좇아 군사를 일으킨 상당의 군벌 장양은 처음에는 서명했으나, 동탁으로부터 상당태수를 약속받고는 곧바로 무리에서 이탈한다. 심지어 서량의 군벌 마등은 동탁이 장안으로 천도한 후, 반란죄를 사면해 주겠다는 조건을 받아들여 한수와 함께 곧바로 동탁에게 우호적으로 돌아선다.

광릉태수 장초는 종형 장막의 군영에서, 손견은 원술의 수하 부장으로, 유비는 조조의 의병 기치 아래 반동탁연합군에 참여한다. 기주자사 한복은 원소를 경계하면서 반동탁연합군의 분열을 조성하기 위한 공작의 일환으로 거사에 동참하기로 한 까닭에 전투에는 참여하지 않고, 업성에서 군수품을 지원하기로 하며 초지일관 기회주의적으로 처신한다.

반동탁연합군이 동탁을 타도한다는 기치를 올리자, 동탁은 원소를 주동으로 여겨 원소에게 보복하면서 동시에 원소를 돕는 배후세력을 정리하기 위해서, 원소의 친인척과 주변에 대한 대대적 숙청을 감행한다. 동탁은 태부 원회의 저택과 태복 원기의 저택에 각각 승상부의 병사 5백 명씩을 보내 에워싸고, 원소의 친인척을 모두 잡아들여 원소에 대한 보복을 시작한다. 동탁은 이들의 집에 불을 지르고 전 재산을 탈취한 후, 태부 원외, 태복 원기 등 일가 60여 명을 참하여 낙양의 재물로 삼는다. 이로 인해 백성들 속에서는 원소와 원술에 대한 동정심이 산불같이 확산되기 시작한다.

각 군벌이 수만 명씩 이끌고 온 병사를 합쳐 수십만의 병사가 진류에 집결하니, 이들의 사기는 당장이라도 동탁을 집어삼킬 기세이다. 하북에서 낙양으로 향하는 길목에 위치한 진류에 모여든 반동탁연합군은 단을 쌓고, 소와 양을 잡아 제단에 올리고 기원제를 올린다.

각 지역의 군웅들은 잔치가 끝난 후에 진군 계책을 구체적으로 논의할 때, 원소가 앞으로 나서서 일성을 가한다.

"지금부터 역적 동탁을 공략할 방법을 논의해야 할 것입니다. 연합군은 시작할 때부터 끝까지 처음 시작하는 마음을 버리지 말고, 서로 허심탄회하게 의견을 개진해야 할 것이오."

하내태수 왕광이 앞으로 나서며 발언권을 얻는다.

"전국 각처에서 뜻있는 제후와 군웅들이 한 가지 목표를 가지고 여기 모였습니다. 우리의 목표는 동탁을 제거하여, 한 황실의 권위와 부흥을 이룩하는 것입니다. 이 하나의 목표를 성공적으로 이행하기 위해서는 연합군의 체계적인 운용을 위해 맹주를 세우고, 그의 명을 따라 일사불란하게 군을 통솔해야 기강이 바로 서고, 단합된 힘을 효율적으로 발휘할 수 있을 것입니다."

"동의합니다."

자리에 있던 모두가 이구동성으로 찬성한다.

"연합군을 효율적으로 운용하려면, 천하에서 인망을 받는 사람을 지도자로 추대해야 합니다. 이에 합당한 사람을 여기 계신 군웅들이 추천하도록 합시다. 어느 분을 맹주로 모시는 것이 좋겠습니까?"

이때 조조가 나서서 논리정연하게 자신의 견해를 밝힌다.

"불초 맹덕, 한 말씀 올리겠습니다. 우리는 여러 지방의 군웅들이 연합한 군대이기 때문에 체계적이고 일체화된 지휘계통을 이루지 않으면, 일률적이고 총체적으로 통솔되는 동탁의 군대를 상대하기가 어려울 것입니다. 지휘계통을 효율적으로 하기 위해서는 천하에 명성과 명망이 널리 알려진 발해태수 원소 거기장군을 맹주로 삼는 것이 적격이라 생각합니다. 거기장군은 4대 3공을 연속 5명이나 배출한 명문 집안의 후예이어서 명망에서도 앞서고, 역적 동탁에 저항하여 멋지게 질책을 가하고 일찍이 그의 그늘에서 벗어나, 독자적으로 동탁과 대항하여 왔기 때문에 실질적으로도 상징성이 매우 큽니다. 그뿐만 아니라, 그의 휘하에는 뛰어난 책사와 장수가 많습니다. 거기장군을 우리 연합군의 맹주로 추대합니다."

조조의 말에 모두가 원소를 추대하자, 원소가 겸양을 내세우며 극구 사양한다.

"여러분의 뜻에는 감사합니다만, 소장은 큰일을 감당하기에는 부족함이 많은 사람입니다. 나보다 더 훌륭한 분을 추대해 주십시오."

원소는 마음속으로 매우 흡족해하지만, 예의상 겸양의 뜻을 표명한다. 그러나 원소의 의례적 사양에도 불구하고 대다수 제후들이 재차 권유하자, 원소는 마지못해 받아들이는 형식으로 연합군의 맹주가 되는 것을 수락한다.

이튿날, 맹주의 본영 앞에 삼층으로 단을 올리고 청, 황, 적, 흑, 백으로 된 오색 깃발을 단의 주변 다섯 방향에 세우고, 단의 위로는 백모(맹주의 상징 기), 황월(맹주가 사용하는 금도끼)을 올려놓고, 단 아래에는 병부(군 지휘자의 신표와 장인)를 깔아 놓은 뒤에 모든 군웅들이 원소를 단 위에 올린다. 원소는 양쪽으로 늘어선 군웅들의 가운데 길을 통해 단상에 올라 의연한 결기를 드러내면서 맹약의 글을 선포한다.

"한황실이 위엄과 기강을 잃어, 역적 동탁이 이 틈을 비집고 들어와서 한황실의 법통을 마음껏 유린하고, 천자를 핍박하여 황실을 혼돈되게 이끌고 있습니다. 이로써 종묘사직은 위태해지고, 백성들의 생명과 안위는 풍전등화가 되었습니다. 이에 본초를 위시한 천하 18로 제후와 의병장들이 반동탁연합군을 결성하여 역적 동탁을 몰아내고, 한황실을 수호하여 법통을 재정립하고자 군사를 일으켰습니다. 이제 우리 연합군은 결코 딴 뜻을 품지 않고, 한마음 한뜻으로 신하가 된 도리로 충의를 지켜 국태민안을 이룩하기로 맹약합니다. 이 맹약을 어기는 자는 생존할 수 없을 것이며, 그 후대 또한 영원히 단절될 것입니다. 이를 천지신명과 황천후토, 조종의 영에 고하노니, 우리의 뜻을 받아주시어 굽어 살피옵소서."

원소가 엄숙히 맹약의 선서를 하고, 하늘을 우러러 배례하며 백마의 피를 뿌려 땅에 기원하니, 현장에 모여 있는 군웅과 병사들이 목청 높여 충의의 맹세를 표방한다.

"이제 역적 동탁의 불충과 폭정을 반드시 쓸어버리리라."

"새 시대의 새로운 기운이 천하에 두루 펼치고 있다."

"종묘사직과 국태민안이 이제야 이룩될 징후가 나타났다. 목숨을 걸고 투쟁하리라."

군웅들과 병사들이 천하가 떠들썩할 정도로 소리를 질러 연합군의 사기가 하늘을 뚫을 듯해질 무렵, 원소가 단에서 내려와서, 본부의 막사로 들어와서 군웅들과 최초의 연합회의를 개최한다.

"여러분께서 모든 것이 미약한 본초를 맹주로 추대해 주셨습니다. 이제 맹주 자리에 오른 이상 마땅히 그 맡은 역할을 다 하는 것만이 한황실과 백성에 대한 도리이며, 여러분의 기대에 보답하는 길임을 잊지 않겠습니다. 이제부터는 군의 기강을 세워 공이 있는 장수에게는 그에 상응하는 상을 내릴 것이요, 죄가 있는 자에게는 반드시 벌을 내릴 것입니다. 국가에는 법도가 있고 군대에는 군율이 있는 것이니, 여러분께서도 각 군의 입장에 맞는 군율을 자율적으로 정해 엄히 이를 이행하시도록 간절히 부탁드립니다."

 원소가 군웅들에게 맹주의 자격으로 군사 운용에 대한 기본을 밝히자, 모든 지휘관들이 동조하며 이구동성으로 결의를 다진다.

 "맹주의 뜻을 받들어 우리의 목표를 성취하겠습니다."

 원소는 각 군대 지휘관들의 다짐을 들은 후에 각각의 역할 분배에 들어간다.

 "군이 사력을 다해 싸우려면 군수품의 지급이 상당히 중요합니다. 마침 기주목 한복이 업에서 군수물자를 후원한다고 했으나, 우리에게는 실질적으로 책임지고 앞장설 제후가 필요한데, 이를 맡을 적임자로는 남양태수 원술이 적합하다고 생각합니다."

 연합군 지휘자들이 원소의 뜻을 받들어 원술에게 군수품 보급의 중임을 맡기자, 원술은 이를 수락하며 각오를 밝힌다.

 "명을 받들겠습니다. 부족함이 많은 이 사람도 종묘사직과 백성의 안위를 위해 희생한다는 각오로 혼신을 다 바치겠습니다."

 원술이 원소의 명을 받들자, 원소는 다시 말을 잇는다.

 "군수품의 총관은 군의 사기와 직결되는 중책이오. 항상 대의를 생각하고 사심을 버려 병참의 수송과 보급에 차질이 없도록 하시오."

 원소는 평상시와 똑같이 얼굴에 근엄한 표정을 지으며 위엄이 서린 어조로 원술에게 새삼 당부를 하고, 곧이어 각 지역의 제후들을 향해 신중하게 입을 연다.

"낙양을 공략하려면 두 가지 경로를 활용하는 것이 효율적일 것입니다. 진류에 총괄 본부를 설치하고 2개 진영은 하내와 산조 두 곳으로 나누어 배치하고자 합니다. 다른 좋은 의견이 있으면, 기탄없이 의견을 주십시오."

자리에 모인 제후들은 모두 낙양을 통하는 길목으로 하내와 산조가 무난하다고 여겨 원소의 뜻에 동의한다.

2) 동탁, 정통성 논란을 잠재우기 위해 황제를 독살하다

반동탁연합군이 궐기할 당시는 아직 황건농민군이 완전히 궤멸되지 않아, 황건농민군 잔당의 수뇌 곽태가 10만의 잔여 세력을 이끌고 흑산적과 함께 서하에서 봉기하여 천하가 어수선한 시절이었다. 그런데 설상가상으로 반동탁연합군까지 낙양의 코앞에서 궐기하여 천하가 뒤숭숭해지자, 동탁은 연합군이 어쩌면 소제를 다시 옹립하여 자신과 정통성 논란을 일으킬지도 모른다는 두려움에 빠진다.

자신이 폐제를 살해했을 때의 민심 이반과 폐제를 살렸을 때의 정통성 논란 사이에서 어떤 선택이 유리한 것인지를 고민하던 동탁은 드디어 홍농왕을 독살하고자 결심한다.

동탁이 명분을 찾으려 혈안이 되어있을 즈음, 이런 결심이 있기 바로 얼마 전에 폐제 홍농왕은 영안궁에 유폐된 채 답답한 마음을 시로 읊은 적이 있었다.

遠望碧雲深
아득히 먼 곳에 구름은 푸르르고
是吾舊宮殿
그곳이 짐의 옛 궁전이었는데
何人仗忠義
그 누가 충의를 일으켜

洩我心中怨

가슴속 깊이 맺힌 한을 풀어 주리요

반동탁연합군이 궐기한 후, 영안궁을 지키는 병사 한명이 폐제가 읊는 시를 듣고, 공적를 이루고 싶은 마음에 그대로 동탁에게 보고한다. 동탁은 폐제가 읊은 시에 대해 의혹을 지니고 이유에게 묻는다.

"이 시가 시사하는 것은 홍농왕이 자신을 추종하는 무리들에게 충의를 충동질하려는 의도가 아니오?"

반동탁연합군이 궐기하여 위기를 느낀 이유는 동탁의 비위를 최대한 맞추면서 결단을 충동질한다.

"맞습니다. 이는 폐제가 상국 어른을 원망하면서 누군가가 상국을 제거하고, 자신을 궁궐로 다시 복귀시키기를 바라는 충동질입니다. 폐제를 그대로 방치했다가는 정통성 시비가 일어나 천하가 어지러워질 것입니다."

동탁은 크게 격노한다.

"여태까지 목숨을 살려준 은공을 모르고 나를 원망하다니, 폐제를 용서하면 반드시 나에게 칼을 들이댈 것이다. 조만간 중신회의에서 폐제를 정리하리라."

동탁은 폐제를 사사하는 것이 최선이라는 생각을 굳힌다.

그로부터 얼마 후, 영안궁에 유폐되어 있던 폐제 홍농왕은 낭중령 이유가 갑사 10명을 거느리고 190년(초평 원년) 1월

25일 영안궁으로 오자, 자신의 운명이 다했음을 알고 작별의 시를 지어 구슬프게 노래한다.

 天地易兮日月翻
 하늘과 땅이 바뀌니 해와 달도 뒤집히네
 葉萬乘兮退守藩
 천자의 자리를 버리고 물러나 평민의 처지가 되었는데
 爲臣逼兮命不久
 신하가 속박하니 명이 길지 못하리라
 大勢去兮空淚潸
 대세는 사라지고 부질없이 눈물만 흐르노라

폐제 홍농왕의 부인 당비는 이 시를 듣고, 목메어 울다가 눈물을 머금고 답 시를 보낸다.

 皇天將崩兮后土頹
 하늘의 신이 무너지니 땅의 신도 버티지 못하노라
 身爲帝姬兮恨不隨
 몸은 황제의 아내인데 따라가지 못함이 한 이로다
 生死異路兮從此別
 삶과 죽음의 길이 서로 다르니 이별만이 남아 있네
 奈何惸速兮心中悲
 홀로 남겨짐을 어찌 하리 가슴 속에는 슬픔만이 남노라

폐제 홍농왕과 당비의 이별시가 너무 애처로워서 갑사들이 모두 고개를 돌리자, 이유가 다시 병사들을 다그쳐 폐제에게 짐독주를 내리게 한다. 병사가 폐제에게 짐독주를 건네는데 폐제가 마시기를 거절하자, 이유는 억지로 폐제의 입을 벌려 짐독주를 강제로 부어넣는다. 폐제는 죽으면서 당비에게 함께 치욕적인 삶을 마감하여 절개를 지키기를 당부한다.

"황후, 황후는 천자의 정비이니, 내가 죽어도 절대로 다른 관리나 백성의 아내가 되어서는 아니 되오."

이에 당비는 한없이 흐느끼며 응답한다.

"폐하, 아무런 걱정을 마시고 편히 떠나시옵소서. 소첩 어찌 천자의 정비로서 아무에게나 시집을 들 수 있겠습니까? 먼저 가시더라도 편히 계시다가 소첩이 폐하께 돌아갈 때, 다시 만나 천년만년 해로할 것을 약속합니다."

당비가 모질지 못해 자신의 목숨을 끊지는 못하지만, 폐제와 약속한 절개는 그대로 지키면서 아름다운 일화로 전개가 된다. 폐제가 죽은 지 2년 후인 192년(초평3년) 동탁이 왕윤과 여포에 의해 암살을 당하고, 장안에서 난리가 발생한 와중에 장안을 차지하여 정권을 잡은 이각이 식량난으로 동관 지역을 약탈할 때, 폐서인이 된 당비가 고향 영천으로 돌아가려고 동관 지방을 통과하던 중, 이각은 난리 중에 당비를 만난다. 이각은 품위가 남다른 여인이 누구인지도 모른 채, 당비를 잡아 자신의 첩으로 삼으려 하나, 당비가 완강히 거부하며 끝까지 폐제에 대한 약속을 지킨다. 고향으로 돌아온 후에도 당비는 부친 당모가 폐제와의 연을 끊었음을 천하에 알리기 위해, 다른 대신에게 출가시키려 하나 당비는 끝까지 절개를 지킨다. 후일, 상서가 된 가후가 이 사실을 알게 되어 헌제에게 아름다운 귀감을 전하자, 헌제는 너무도 감격한 나머지 당비를 거두어들여 농원을 설치해주고, 시중에게 명하여 당비를 홍농왕비로 봉하며, 모든 백성들이 홍농왕비에 대한 예를 갖추도록 칙서를 내리기에 이른다.

이유가 폐제 홍농왕에게 억지로 짐독주를 마시게 하여 독살한 후, 동탁은 폐제의 황위 복위에 대한 시비를 없애고 정통성의 논란을 마무리 지었다며 다소 안심한다.

그러나 동탁은 수십만의 반동탁연합군이 낙양 바로 앞의 하내와 산조에 집결하여 낙양을 도모하기로 했다는 정보를 듣자, 임시로 운용할 별동대를 조직하여 중앙토벌군의 소집과 정비가 완비될 때까지 반동탁연합군의 예기를 꺾기 위한 만반의 준비를 갖추도록 명한다. 반동탁연합군은 원소를 맹주로 추대하여 그 기세가 하늘을 뒤엎을 정도로 강성했으나, 폐주 홍농왕이 독살당하고도 별다른 군사작전을 펼쳐지지 않자, 그 이후부터는 군사들의 사기가 땅에 떨어지고, 막상 전투가 눈앞에 임박해서는 군벌들이 모두 소극적으로 임한다.

연합군의 특성 그대로 혼자만이 혼신을 다 바쳐서 전투에 임했을 때, 자신에게 일어날 경제적, 군사적 손실이 막대할 것을 우려한 때문이리라. 군벌 모두가 자신들의 이익만을 생각하여 뒤로 빠질 때, 조조, 손견, 포신, 왕광 그리고 조조를 따라온 유비 삼형제만이 전투에 적극적으로 참여한다.

원소는 수만의 병사를 이끌고 진류에 합류했으나, 이후 형식적으로 연합군에 가담한 기주자사 한복이 원소를 견제하여, 결정적인 순간에 군수물자 보급을 끊어버리는 바람에 적극적으로 전투를 벌이지 못하게 되는 답답한 현상까지 일어난다.

반동탁연합군이 거병한 이후 장기간 군사작전을 감행하지 않자, 동탁은 반동탁연합군을 토벌할 총체적 전략을 논하는 자리에서 중랑장 서영에게 명한다.

"중랑장 서영은 토벌군이 편성되기 전까지 별동대를 지휘하여 원소의 반란군을 척결하고, 중원의 각 제후와 태수들이 반란군에 동조하지 못하도록 감리 감독할 것이며, 군사적 요충지를 미리 점거하여 중앙토벌군이 결성될 때까지 반란군을 초기에 진압하는 역할을 수행하라. 나는 이에 필요한 모든 권한을 중랑장에게 부여하노라."

대임을 맡은 중랑장 서영은 결연한 의지를 보인다.

"중랑장 서영, 상국의 기대에 어긋남이 없이 임무를 수행할 것이며, 만일 추호의 차질이라도 빚어진다면 기꺼이 목숨을 내어 놓겠습니다."

서영은 발령을 받은 즉시 수하들에게 연합군의 동향을 먼저 살피도록 명한다.

원소는 군사를 효율적으로 운용하고자 하내와 산조에 진용을 구축하고, 주력군을 하내 진용에 두어, 남양태수 원술, 하내태수 왕광, 기주자사 한복, 연주자사 유대, 동군태수 교모, 산양태수 원유가 원소와 합류하고, 진류군 산조 진용에는 예주자사 공주, 진류태수 장막, 광릉태수 장초, 제북상 포신 그리고 의병장 분무장군 조조가 합류한다.

대략적 전략은 연합군 지휘관 회의에서 행하고, 각각의 전술과 전투는 각 지휘관의 독자적 판단으로 임하기로 하고, 원소는 하내 진용에서 전략회의를 개최하며 의견을 말한다.

"왕광장군의 군사들이 먼저 하양진으로 가서 낙양의 길목을 지키도록 했으면 합니다. 동탁은 아직 중앙군의 편성을 마치지 못한 상황인 듯하니, 연합군이 활동하는 데 시간적으로 다소 여유가 있을 듯합니다."

반농탁연합군의 하내 진용에서는 동탁이 중앙토벌군을 편성할 때까지 독자적 작전을 수행하는 중랑장 서영의 별동대를 과소평가하고 있었던 연유로, 왕광은 군사를 이끌고 원소의 명을 즉시 이행할 것을 밝힌다.

"태산병을 하양진에 주둔시켜 장차 연합군이 합류하면, 남쪽 강으로 내려와서 낙양으로 진출하여 진격할 터전을 마련하고자 합니다."

"왕광장군은 계획대로 잘 이행하시어, 아군에게 사기를 고무시킬 수 있도록 총력을 기울여 주시기 바랍니다. 나는 총괄적인 전황과 지원사항 등을 꼼꼼히 점검하여 전투에 차질이 없도록 하겠습니다."

작전회의를 마치고 나온 왕광은 병사들을 하양진으로 총집결시켜 군영을 구축하기 시작한다. 이것을 목격한 중랑장 서영은 부장들을 불러들여 전략을 논한다.

"왕광이 군사를 하양진으로 불러들이는 것은 강을 건너 곧바로 낙양을 향하려는 것으로 보인다. 부장들은 먼저 전투를 벌이지 말고, 평음진으로 군사들을 이끌고 가서 전략적으로 적병에게 위계를 부려 허장성세를 펼치고, 마치 대군이 평음진에서 북동쪽으로 도강할 것이라는 착각을 일으키도록 유도하라. 나의 암도진창(暗渡陳倉:관중으로 가는 척하다가 진창으로 향함) 전략이 성공하면 왕광은 군사를 둘로 나누어 평음진으로 도강하려는 아군을 막기 위해 하양진에서 평음진 맞은편으로 군사를 분리하여 배치할 것이다. 나는 여러 부장들이 평음진에서 적과 대치하는 동안, 군사를 은밀히 소평진으로 이끌고 도강하여 하양진의 배후를 공격해서 궤멸시키고, 곧바로 평음진 건너편의 적군을 공격하겠다. 우리 병사가 하양진의 적군을 공격하는 전투 상황을 감지하게 되면, 평음진에 있는 부장들은 평음진 북쪽으로 도강할 준비를 마치고, 우리가 하양진에 있는 적병을 물리치고 평음진 반대편으로 이동하여 적을 공격하면, 그때 도강하여 적군을 도모하라."

동탁군 별동대장인 중랑장 서영은 평음진에서 황하를 건널 것처럼 위계를 써서 왕광의 군사를 묶이 놓고, 몰래 소평진으로 북상해서 하내태수 왕광의 배후를 기습 공략하여 왕광군을 궤멸시키면서 하내태수 왕광은 홀로 태산으로 돌아가 몸을 숨긴다. 왕광군을 궤멸시킨 서영은 곧바로 변수(汴水)로 이동하여 군영을 세우고 동탁의 명령을 기다린다.

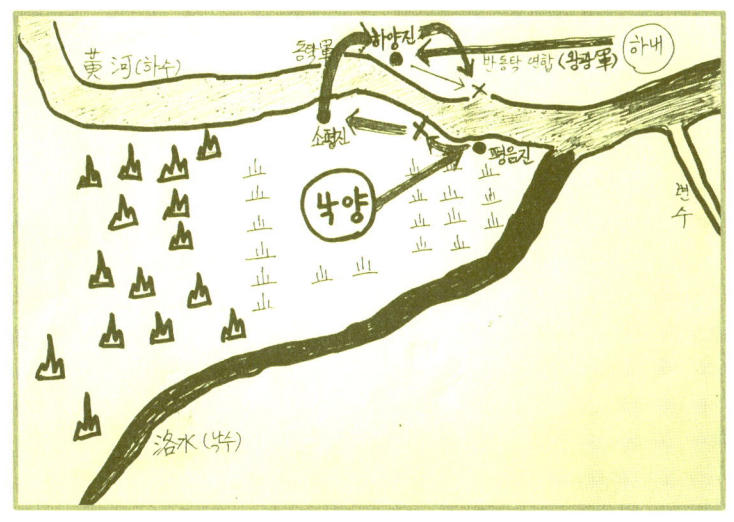

3) 조조는 변수전투에서 대패하여 고향으로 돌아가다

 산조 진용에서는 반동탁연합군이 궐기하고 한 달이 지나도록, 연합군 본부에서 낙양 공격에 대한 명령은커녕 공성 논의조차 없자, 조조가 제북상 포신과 함께 원소를 만나러 하내 본영으로 간다. 조조가 원소의 본영에 모인 군사들과 군의 진용을 살펴보다가 깜짝 놀란다.
 얼마 전에 왕광이 동탁의 별동대장 서영에게 참패를 당한 후유증 때문인지는 몰라도, 반동탁연합군이 궐기한 이후 한달이 지났는데도, 군령이 엉망이고 군기도 문란하여 모든 것이 어수선해 보였다.
 "우리가 천하에 대의를 선포한지가 한 달이 지나도록, 아무런 공격명령이 없어 적군들에게 오합지졸의 집합체라는 인식을 주게 되면, 이것이 오히려 아군에게 약점으로 부각되어 공격을 당하는 빌미가 되지 않을까 우려가 됩니다."
 조조가 원소에게 깊은 우려를 표명하며 충언을 하지만, 원소는 대수롭지 않다는 듯이 대답한다.
 "맹덕, 각 지역의 군사가 연합하면 다 그런 것이 아니겠소? 크게 괘념하지 말고 조금 기다려 봅시다. 가장 중요한 것은 역적 동탁을 몰아내겠다는 신념을 가진 동지들이 모였다는 것 자체가 가장 큰 힘이 될 것이오."

조조가 원소의 안이함에 분격하여 완강히 반발한다.

"우리 연합군이 대의명분 아래 뭉쳐 사기가 하늘을 찌르는 것은 사실이나, 이것은 신기루와도 같은 것입니다. 이대로 무기력하게 시간이 흐르면, 결국에는 군의 사기가 떨어지게 됩니다. 연합군의 사기가 느슨해지기 전에 군사들을 독려하여 낙양성을 공격해야 합니다."

원소는 자신의 권위에 도전하는 듯한 태도가 귀찮다는 듯이 무표정하게 대꾸한다.

"아직 군의 전열이 정비되지 않아서, 군을 이끌고 사수관을 돌파하여 낙양성을 공성하기에는 때가 이르오."

조조가 답답하다는 듯이 원소를 재촉한다.

"아니오. 지금 군사들의 사기가 충천할 때, 사수관이나 신관을 공략해야 피해를 줄이고 쉽게 공성할 수 있습니다."

계속되는 조조의 설득에 짜증이 난 원소는 일갈한다.

"맹덕, 맹주의 판단도 있는 것이 아니겠소? 혼자만이 옳게 판단한 것이라고 주장한다면, 맹주 한 사람이 모든 제후의 의견을 어떻게 통솔할 수가 있겠소."

옆에서 포신이 조조의 의견에 힘을 싣는다.

"맹주께서 하는 말을 모르는 것은 아니나, 우리 군사의 전열이 정비되지 않았다고는 해도 일단 대대적으로 공성에 들어가면, 적은 우리 진용에 집결한 수십만에 달하는 군사를 보고 사기가 떨어질 것입니다."

원소는 화를 '벌컥' 내며 소리를 친다.

"그렇게 싸우고 싶으면, 두 사람이 알아서 싸우시오."

원소의 반박에 할 말을 잃은 조조와 포신은 군영으로 돌아와 서로의 의견을 교류한다.

"맹주가 협조하지 않으니 대규모로 낙양성을 공략하는 것은 어렵겠고, 그렇다고 매양 손을 놓고 때를 기다리고 있을 수도 없지 않소?"

조조의 말에 포신이 답한다.

"산조 진용의 지휘관들도 모두 전투에 앞장설 생각은 않고 서로 관망만을 하고 있으니, 우리끼리라도 선제공격에 나서는 것이 어떻겠소? 우리가 먼저 싸워 기세를 올리면 저들도 합류할 것이오."

조조가 깊은 근심에 빠지더니 힘겹게 말한다.

"제북상과 이 사람의 군사를 모두 합쳐보아야 1천이 채 되지도 않는 기병을 포함해 1만 명 정도인데, 이 정도의 군사로 사수관을 돌파하더라도 사수관에서 많은 병사들이 손상될 것이고, 손상되지 않은 나머지 병사들로 낙양성을 공략하려면, 군사들이 터무니없이 부족하게 될 것이오."

조조의 말에 한참을 생각하다가 포신이 묻는다.

"그러면 황하를 타고 남쪽 낙수로 진입하여, 곧바로 낙양성으로 진입하는 방법이 어떻겠소?"

조조가 즉시 대답한다.

"나도 그 생각을 해 보았으나, 낙수를 통해 들어가려면 맹진을 통해야 하는데, 이곳에는 우리보다 월등히 많은 적의 수군이 포진하여 있을 것이오."

제북상 포신은 장막과 함께 조조에 대한 신뢰와 기대가 남달라서 조조를 난세를 이끌 지도자라고 평가할 정도였다. 포신은 모든 군벌들이 원소에게 연합해도 장막과 함께 조조를 지지하고 있었다. 그런 포신이기에 조조에게 화답을 보낸다.

"야음을 틈타서, 내가 아우 포도와 함께 낙수를 통해 맹진 맞은편에 진을 구축할 테니, 맹덕은 위수를 부장으로 삼고 이수를 따라 올라와서 함께 합류하여 변수로 진격합시다. 진류태수 장막에게도 함께 합류하기를 권유해 보겠소."

제북상 포신이 자신과 조조와 호흡이 맞는 장막에게 찾아가서 함께 전투에 참여할 것을 권유한다.

"진류태수께서 함께 전투에 참여한다면 큰 힘이 될 것이라는 생각이 듭니다."

진류태수 장막은 어떤 연유인지 선뜻 나서기를 꺼려한다.

"내가 볼 때 아직은 연합군의 전열이 정비되지 않은 관계로 좀 더 기다리다 움직여야 할 것이라는 생각이 드오."

포신은 장막을 설득하는 것을 포기하고, 조조와 그리고 조조가 함께한 유비 삼형제, 아우 포도와, 장막의 부장 위자와 황하의 지류인 낙수와 이수를 거슬러 올라와서, 맹진 맞은편에 있는 하남군 형양 방면으로 진격하여 형양 변수(汴水)반대편에서 합류한다. 서영이 일찍부터 이곳에서 군영을 구축하고 있어, 포신과 조조는 이곳에 잠시 진형을 꾸리고 정황을 관찰하기로 한다. 조조가 서영과 장기간 대치하면서 서영의 군영을 살펴보는데, 군영의 진열 배치와 군막형성이 엉성하고, 병사들에게 날카로운 예기가 전혀 느껴지지 않았다.

조조가 포신, 위수, 포도에게 의견을 말한다.

"내가 볼 때 적의 군영 배열이 너무 엉성하여, 혹시나 적장이 위계를 쓰는 것이 아닌가 하여 주변의 기운을 느껴 보았소. 그러나 주변의 어떤 곳에서도 새로운 조짐을 발견하지 못했소. 지금 서영이 우리가 진형을 세운 변수의 건너편에 별동대 진형을 세우고, 아군과 대치하고 있는 것은 우리가 어떤 출혈을 입더라도 도강하리라는 것을 서영이 이미 간파했다는 뜻이 아니겠소? 그래서 서영은 도강을 막기 위한 준비를 했을 것이오. 나는 이런 점에 착안하여 척후병을 통해 주변의 분위기를 파악하게 하고 군사의 기강을 살펴보도록 지시했소. 그랬더니 척후가 보고하기를 서영이 도강을 막기 위한 궁노수 및 중장보병의 배치 등을 꾀한 조짐이 전혀 감지되지 않는다고 하오. 혹시나 하여 주변의 지형지물을 이용한 매복의 조짐이 있는지를 면밀히 살펴보도록 지시했으나, 척후병은 서영의 특공대원들이 첫 전투를 승리로 장식한 영향인지, 긴장이 풀린 조짐만이 여러 곳에서 보인다고 하오. 우리 기병을 적병으로 위장시켜 적병의 위병 근처를 지나치게 했는데도 검문이 제대로 행해지지 않았고, 매복이 의심되는 곳을 살펴 보도록 했으나, 매복이 의심되는 곳을 발견도 하지 못했을 뿐만 아니라, 한 번도 적병이 순찰하는 것을 본 적도 없다고 하오. 척후병의 이러한 보고들에 대해 어떻게 생각하시오?"

포신과 포도가 조조의 의견에 동조하여 말한다.

"우리도 그런 느낌을 받았소. 무언지 몰라도 전쟁에 대한 지나친 자신감이 있는 것같이 교만해져 있소이다."

이때, 조조의 부장 위자가 만일의 경우를 대비한 계책을 제시한다.

"그렇기는 해도 만일을 위하여 군사를 둘로 분리합시다. 맹덕과 내가 일진으로 공격하고 제북상과 부장 포도가 이진으로 뒤에 남아 있다가, 우리가 무탈하게 서영의 군영을 붕괴시키면, 그때는 제북상과 부장 포도가 함께 군사를 이끌고 와서 함께 적진을 궤멸시킵시다. 만일 우리 일진이 적의 함정에 빠진 것이라면, 2진으로 적의 후미를 쳐서 양면을 공격하는 전술을 쓰면 어떻겠습니까?"

조조와 포신이 위자의 제안을 받아들이면서, 서영의 특공대를 전면전으로 몰아붙이는 방안을 내어놓는다.

이튿날 아침, 새벽의 여명이 밝아오기 직전, 조조가 선봉으로 나서 부장 위자와 함께 귀수를 건너 변수 방면 서영의 군영을 급습하자, 서영의 군영에서 크게 혼란이 일어나면서 서영의 군사들이 우왕좌왕하기 시작한다.

서영의 군영으로 진입한 조조의 군사에게 불미스러운 일이 일어나지 않고 서영의 군영이 어수선해지자, 2진으로 대기하던 포신이 군사를 이끌고 귀수를 도강하여, 서영의 군영으로 쳐들어와 쌍방 간에 치열한 교전이 일어난다.

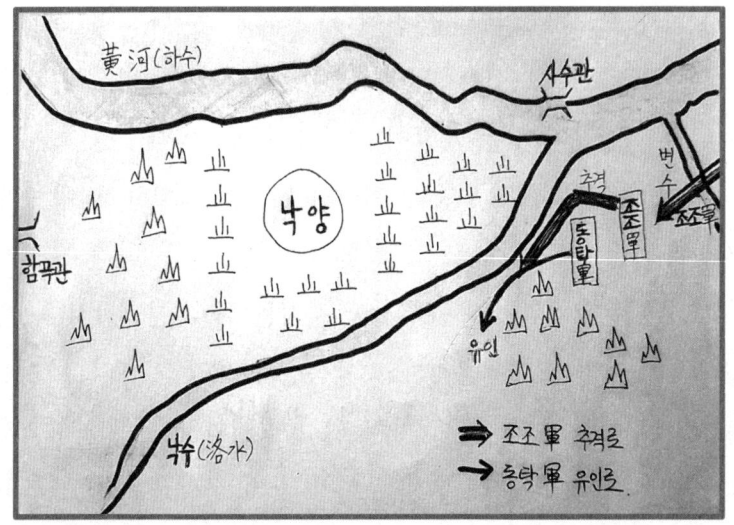

한참 밀리며 싸우던 서영의 병사들은 힘에 부치는 듯, 강변의 뒤편에 있는 산길을 향해 급히 퇴각한다.

조조, 포신, 포도, 위자가 하나의 몸이 되어 서영의 별동대를 쫓아 산을 감아 돌아서는데, 갑자기 양쪽 산기슭에서 화살과 쇠뇌가 사정없이 날아든다. 선봉에 섰던 조조는 산에 매복해 있던 궁수가 쏜 화살에 왼팔 어깨를 맞고, 말 아래로 떨어지는 크나큰 부상을 당한다. 조조가 포위망을 벗어나기 위해 급히 말고삐를 부여잡고 달아나려 할 때, 조조의 뒤를 따르던 위자의 말 또한 화살을 맞고 고꾸라지면서 위수도 말에서 떨어져 땅바닥에 내쳐진다.

위자는 칼을 들고 달려드는 서영의 군사들을 상내로 처절하게 칼을 휘둘렀으나, 결국에는 중과부적으로 목숨을 잃는다. 조조의 말도 깊은 부상을 입은 탓에 얼마를 가지 못하고 앞으로 쓰러지자, 서영의 군사들이 조조에게 달려들기 시작하여 조조의 생명이 위급한 상황에 이른다. 조조가 말에 떨어져서 허둥대고 있는데, 한 무장이 조조 주위의 적병을 낙엽 쓸 듯이 쓸어내리면서 쏜살같이 달려와 소리친다.

"형님, 빨리 나의 말에 오르십시오."

조조가 황급히 눈을 돌려 소리 나는 곳을 쳐다본다. 조조의 사촌동생 조홍이었다.

조홍이 말에서 내려 자신의 말을 조조에게 건네준다.

"자렴, 자네는 어떻게 하려고?"

조홍이 단호한 어조로 대답한다.

"형님, 시간이 없습니다. 빨리 말에 오르세요. 천하에 저 조홍은 없어도 되나, 형님이 없으면 아니 됩니다."

조조는 조홍의 말을 옮겨 타고, 조홍과 함께 산속의 외진 곳으로 도피했다가, 야음을 틈타 변수로 돌아온다. 조조와 조홍은 변수로 와서 도강하려고 하나, 강물이 깊어 건너기가 어려웠다. 조홍은 조조를 갈대숲에 숨기고, 강가 주변을 뒤져 나룻배 한 척을 구해 조조와 함께 패국 초현으로 돌아가기로 한다. 모든 가산을 털어 힘겹게 모병한 5천 의병을 전부 잃은 조조는 고향으로 돌아가서 그곳에서 조홍과 함께 다시 모병을 시작하기로 결심한 것이다.

서영의 매복으로 패주하여 변수로 피해온 장막의 부장 위자와 포신의 종제 포도는 서영군의 추격을 뿌리치지 못하고, 결국에는 죽임을 당하고 포신은 크게 부상을 입는다. 변수전투에서 대승을 거둔 서영의 별동대는 산조의 연합군을 궤멸시키고자 하루 종일 전투를 벌였으나, 살아남은 장막의 진류 병사들과 유비 삼형제를 포함한 의병이 완강히 저항하자, 서영의 별동대도 크나큰 피해를 입게 되어 서영은 연합군을 완전히 토벌하는 것을 포기한 채, 별동대의 임무를 완료했다는 것에 만족하고 낙양 별동대의 본영으로 되돌아간다.

원소는 조조와 포신의 패전 소식을 들은 후, 고향으로 돌아간 조조에게 위로의 전문을 보낸다.

"맹덕, 비록 크게 패배하여 고향으로 귀향했으나, 맹덕은 드높은 기상으로 적은 병사로도 적군과 과감히 맞서는 용기를 우리에게 불러일으켰소. 맹덕의 뜻이 하루 빨리 이루어져 다시 손을 잡고 역적 동탁을 함께 도모할 수 있기를 바라오."

과연 원소는 청류파를 이끌던 지도자의 면모를 잃지 않고 있었다. 비록 자신의 뜻과 달리 움직여 자존심을 크게 상했을지라도, 끝나고 나서는 따뜻하게 포용하는 그런 면모가 오랜 세월 인애와 충의의 상징적 지도자로서 지속할 수 있으리라.

연전연승한 동탁의 별동대장 서영은 이몽과 함께 형양에 네 차례나 출격하여 하남, 형양 일대 연합군 군영을 초토화하여, 이로써 하남 일대에서 반동탁연합군은 활약하기가 한층 어려워진다.

4) 조조는 고향으로 돌아가서 다시 의병을 모집하고 산조로 다시 되돌아오다

진류군 기오현에서 어렵게 일으킨 5천의 의병을 거의 잃고, 고향 패국으로 돌아온 조조는 다시 의병을 모집하기 위해 조홍과 함께 고군분투하기 시작한다. 사실 조조의 사촌동생 조홍은 미축, 노숙과 함께 후한(後漢)이래 삼국시대를 걸쳐 3대 부호에 이름을 올리고 있는 인물이었다. 이런 사실에 의존하여 조조는 모든 가산을 통틀어 일으킨 의병을 모두 잃고도 조홍의 형제애와 큰 재력을 배경으로 다시 재기하겠다는 희망의 끈을 놓지 않을 수 있었다.

동탁의 별동대장 서영의 활약으로 반동탁연합군은 하내, 산조, 형양 3방면의 군사 진입로가 초토화되어, 연합군은 낙양을 공략하기 위한 본진의 구성이 상당한 차질을 빚게 된다. 그로부터 오랜 시간이 지나고 동탁의 정규 중앙토벌군이 완전히 편성이 되어, 동탁이 서영을 낙양으로 회군시켜 낙양을 사수하도록 지시하고 나서야, 겨우 산조 지역에 반동탁연합군의 본영이 제대로 세워진다.

비록 서영이 반동탁연합군의 예기를 끊어놓아 동탁이 중앙진압군을 구성할 만한 충분한 시간을 얻게 되었지만, 반동탁연합군 봉기가 바로 낙양을 마주하고 있는 관동지방 진류, 상

당, 남양, 하내, 동군, 예주, 산양, 연주, 제북, 발해, 광릉, 서주, 형주, 북해 등 전국 각처에서 들고일어난 후, 낙양 주위에 수십만의 연합군 병사들이 집결하여 자칫 잘못하면 낙양이 함락될지도 모른다는 우려가 생기자, 동탁은 근본적인 대책을 마련하기 위해 참모들과 심도 있게 대책을 논의하는데, 이때 책사 이유가 앞으로 나서며 획기적인 안을 제시한다.

"상국께서 아시는 바와 같이, 지금까지는 중랑장 서영장군이 별동대 역할을 충실히 이행하여, 세 갈래 방향에서 쳐들어오는 적병을 잘 물리치고 중앙진압군을 편성할 수 있는 시간을 벌었으나, 적군이 본영을 설치하여 수십만 군사들이 대형을 이룬 이제부터가 본격적인 전투에 진입하게 된 것이라고 보아야 할 것입니다. 이번 반란군 진압전에서 낙양은 지역적, 전략적으로 불리합니다. 우리가 잘못하면 수도가 함락될지도 모른다는 불안감을 가지고 싸우게 된다면, 심리전에서 벌써 한풀 꺾이는 전투에 임하게 되는 것입니다. 우리 별동대가 타격전에서 이겨 군의 사기가 높을 때 천도를 하면, 전투에 패해서 도피하려고 천도한다는 비웃음을 사지 않고, 멀리 장래를 내다보고 대전환을 도모하려 한다는 인식을 줄 수가 있어 군사를 부림에도 효과적일 것입니다. 그렇지 않고 이대로 싸워서 끝까지 낙양을 사수하더라도, 상국께서 입게 되는 피해는 실로 엄청날 것입니다. 만일 우리가 낙양 사수를 실패하여 쫓기듯이 천도를 한다면, 새로운 도읍의 안정과 기틀도 이룩하지 못한 상태에서 싸우게 되어, 이는 승산이 없는 수성에 집착하게 되는 것입니다. 이리되면 상국께서는 설 땅이 없어지게 될 수가 있습니다."

동탁은 자신이 우려하는 바를 꿰뚫고 있는 이유의 생각에 동감하여 묻는다.

"천도의 필요성은 나도 느끼고 있었는데, 공은 어디로 천도를 하는 것이 적합하다고 보는가?"

이유가 다시 나선다.

"상국께서는 서량의 거대한 군사력을 가지고 계십니다. 그 군사력을 활용할 수 있는 곳으로 천도해야, 병법 상으로 가장 큰 이득을 얻을 수가 있습니다. 그곳은 다름 아닌 관중의 장안성이라 생각합니다. 장안으로 천도한다면, 전략상 낙양을 적에게 내어주더라도 적군이 함곡관 등 험난한 지형을 뚫고 침략하기도 어렵고, 유사시에는 서량의 군벌 마량과 한수 등을 활용하여 적들과 충분히 대적할 수가 있습니다. 이번 기회에 적군에 가담하기로 연판장에 연명한 마량과 한수를 회유하여, 반란죄를 사면하고 높은 벼슬을 내리신다고 하면, 이들은 서량에서 상국과 부딪치지 않기 위해서라도 상국에게 충성할 것입니다. 장안으로 천도한다면, 설혹 상국께서 관동지방에서 패배하더라도, 단단한 기반을 지니고 있는 서량주와 옹주를 기반으로 새로이 힘을 키울 수도 있습니다. 상국께서 힘을 키우면 다시 관동을 회복하는 것은 시간문제입니다. 반면, 적들은 관동에서 세력을 구축하더라도, 관중으로 들어오는 길이 좁고 험하여 병참의 어려움을 겪게 될 것이기 때문에 쉽게 장안을 침공할 수가 없습니다. 이들 각지의 반란군들이 관동에서 장기간 지체하게 된다면, 주인이 없어진 관동에서 이들은 기득권을 확보하기 위해 서로 이전투구(泥田鬪狗)하게 될 것은 명약관화한 일입니다. 결국에는 장안으로의 천도는 일석삼조(一石三鳥)가 되는 것입니다. 상국께서는 어차피 상실한 관동에서의 지방통제권을 포기하는 대신, 적들이 서로 이권을 챙기려고 서로 간의 전력을 허비할 때까지 기다리면서 어부지리를 노렸다가, 서량의 철기병을 이끌고 적장이 '예기치 못한 때에 예기치 못한 곳'을 공략한다면, 관동을 다시 수복할 가망성이 있는 '신의 한수'가 됩니다."

동탁이 이유의 말에 전적으로 동의한다.

"그렇지. 장안으로 가기만 한다면, 만일 천하의 기운이 내게 오면 천하를 호령할 것이요, 천하의 기운이 내게 오지 않더라도 서량과 관중에서 만이라도 천자와 같은 권력을 누리게 될 것이야."

동탁이 오랜만에 기쁜 표정을 지우며 동조한다.

"일단 낙양을 사수하면서 천자와 대신, 백성들을 장안으로 이주시키고, 낙양의 재물들과 문화재 등을 차질 없이 옮길 수만 있다면 천도가 가장 현명한 방책입니다."

이때, 이각이 끼어들어 한껏 분위기를 거들자, 이유가 시중에 나돌고 있는 동요를 거명하며 동탁을 자극하여 말한다.

"지금 시장거리, 저잣거리에서 아이들이 부르는 동요가 의미심장합니다.

西頭一個漢

서쪽에 하나의 한이 있고

東頭一個漢

동쪽에 또 하나의 한이 있네

鹿走入長安

사슴이 장안으로 들어오니

方可無斯難

근심 걱정이 사라지리라

서쪽 하나의 한나라는 한 고조를 일컫는 말인데, 장안 12대의 태평을 의미합니다. 동쪽 하나의 한나라는 광무제가 장안 동쪽 낙양에 한을 다시 건국하여, 오늘에 이르기까지 12대를 끌어온 것을 의미합니다. 사슴이 장안으로 들어왔다는 것은 곧 천운이 이제 다시 장안으로 들어왔다는 것을 의미합니다. 상국께서 장안으로 천도하게 됨은 하늘의 뜻을 따름이며, 이로써 모든 근심이 없어지게 된다는 의미입니다."

시중에 나도는 동요가 천운이 자신에게 온 것을 암시하는 것이라는 해석에 동탁은 가슴이 벅차오른다. 동탁은 빨리 천도해야겠다는 결심을 더욱 굳힌다.

11.
동탁, 반동탁연합군의 공세를 피해 장안으로 천도하다

11. 동탁, 반동탁연합군의 공세를 피해 장안으로 천도하다

 동탁은 190년(초평 원년) 2월5일, 조정의 대신을 불러들여, 장안으로 도읍을 옮기려는 안을 공론으로 조의에 올리고, 이유가 대신들 앞에서 천도의 필요성을 적극적으로 설파한다.
 "낙양은 각 지역의 반란군이 포위하여 누란지위(累卵之危)에 빠져있습니다. 이제 장안으로 천도해야 할 시기가 되었습니다. 동도 낙양은 광무제께서 천도한 지 2백년이나 되었던 관계로 그 기운이 이미 다 소멸했습니다. 시중에 떠도는 동요에서도 보시듯이 천기가 장안에 서려 있으니, 이제야말로 장안으로 천도할 시기가 된 것으로 보입니다."
 그동안에는 일반적인 안건들은 동탁의 측근에서 주도하는 대로 통과되었으나, 천도의 문제는 대신들 사이에서도 워낙 이해가 깊이 얽혀 있어 쉽게 통과되기가 어려운 중대한 사안이다. 조의에 참석한 백관들이 당혹감과 우려 속에서 서로 얼굴을 마주 보고 어찌할 바를 몰라 하는데, 사도 양표가 무거운 침묵이 흐르고 한참을 지나서야 입을 연다.
 "낙양은 광무제 이래 12대의 황제로 이어온 지역입니다. 이런 수도를 옮기고 바꾸는 것은 쉽게 결정할 수 없는 천하의 대사입니다. 은나라 시절에는 반경이 다섯 차례나 천도하여 백성들의 원망을 샀으며, 왕망은 관중을 일으켰으나 그때마다 궁실을 불태우자 따르는 대신이 한명도 없게 되었습니다. 그 후, 광무제께서 천명을 받아 낙양으로 도읍을 정하고 천하가 평안해졌는데, 아무 까닭도 없이 천도를 강행하게 되면 백성들이 경악하여 민심이 돌아서게 될 것입니다. 백성이 동요하여 민심이 돌아서면, 다시 안정시키기는 극히 어려운 것입니다. 상국께서는 깊이 생각하시기 바랍니다."

동탁이 사도 양표의 반대에 격노하며 소리를 지른다.

"사도는 국가의 존망이 걸린 문제를 이대로 방치하기를 원하는가? 관중은 비옥한 토지가 있기 때문에 진시황은 여섯 나라를 병합할 수 있었소. 장안으로 천도하면 관동의 역도들이 공격해 온다고 하더라도 당장에 격파하여 사막 속으로 밀어낼 수 있을 것이오."

이때 태위 황완이 동탁의 심중을 헤아리지 못하고, 곧이어 동탁의 비위를 거스르는 주장을 한다.

"옛적 전한 시절 왕망이 반항하는 쪽을 척결하기 위해 장안을 불살라버린 탓에, 지금의 장안은 기와조각까지도 다 타버린 황폐한 성이 되어 있습니다. 낙양과 같이 훌륭한 궁궐과 수만호의 가옥을 불태우고, 폐허의 장안으로 천도하는 것은 과거 왕망의 전철을 밟게 되는 것입니다. 다시 한번 숙고해 주십시오."

동탁은 열이 뻗쳐 큰소리로 일갈한다.

"관동의 도적들이 낙양의 코앞에서 소란을 피우고 있는 이 때, 태위는 낙양의 입지로는 도적들을 막기에 어려움이 크다는 것을 생각해 보았는가? 장안에는 효산과 함곡관 같은 지형이 험준한 요새가 있다. 그뿐만 아니라, 궁궐을 짓는데 필요한 큰 나무와 석재, 벽돌과 기와 등을 쉽게 구할 수 있는 농우 지방이 가까워서 새 도읍을 짓는 데 유리하도다. 궁궐은 불과 몇 달이면 지을 수 있으니까, 그대는 공연한 걱정은 지워버리고 집에 가서 쉬도록 하라."

동탁의 노여움에도 아랑곳하지 않고, 이번에는 사공 순상이 다시 반대를 표명한다.

"지금 천도를 한다면, 이곳에 터전을 둔 백성들이 일자리를 잃게 되어 민심을 크게 잃을 것입니다."

동탁은 사공 순상을 향해 말한다.

"나는 세상을 크게 보고 실행하는 사람이다. 장안 천도는 앞으로 우리가 더욱 발전하는 방향으로 지향하는 것인데, 천하의 운명을 이해타산을 지닌 몇몇 사람 때문에 바꿀 수는 없지 않는가?"

끓어오르는 분을 참지 못한 동탁은 조의를 파한 즉시, 사례교위 선파에게 탄핵을 상주하게 하여 사도 양표와 태위 황완, 사공 순상을 해임한다. 동탁이 묘당을 나와 수레에 오르려는데, 이번에는 이부상서 오경과 시중 주비가 동탁이 타려는 수

레의 앞에서 두 손을 공손히 모은 채로 있다가 다가간다.

"상국 어른, 아뢸 말씀이 있습니다."

동탁이 이들의 움직임에 대해 감하게 반응하며 언짢은 기색을 하고 묻는다.

"무슨 일이오?"

두 사람은 입을 맞춘 듯이 합창을 한다.

"오늘 조의에서 천도 문제를 논의하신다기에 긴히 아뢰고자 보러왔습니다."

"그래서, 무얼 어쩌겠다는 말이냐?"

"장안으로의 천도는 아니 될 말씀입니다. 한황실 12대에 이르러....."

동탁은 천도의 논의를 잠재울 희생양으로 주비와 오경을 삼았던 듯했다. 두 사람의 말이 그치기도 전에, 동탁은 노한 얼굴로 주비와 오경을 노려보더니 큰소리로 외친다.

"이부상서와 시중에게는 천하를 안정시킬 인재를 천거하라고 했더니, 천거한 자들이 모두 반란군에 합류했는데, 내가 이를 어떻게 이해해야 하겠는가? 그대들은 필경 역도들과 역모에 가담했음이 틀림이 없을 것이다. 그대들은 생명을 내어놓음으로써 이에 답해야 할 것이다."

동탁은 곧바로 주비와 오경을 주살하도록 명한다.

주비와 오경은 분위기를 읽지 못하고, 가벼이 운신하다가 하나뿐인 생명을 마감한다.

묘당을 나온 동탁은 주준을 따로 불러 그의 의견을 듣고 도움을 확인하고자 한다.

"하남윤 주준은 태복 자리를 맡아서 나를 보좌하여, 장안 천도를 성공적으로 수행하도록 도와주시오."

주준은 동탁에게 자신의 뜻을 강력히 피력한다.

"상국께서 천도를 강력히 주장하기에 더 이상 소신은 반대의 의사를 피력하지 못했으나, 소신은 천도에 대해 비관적입니다. 장안으로의 천도는 천하를 버리고, 관중의 정치를 선택하는 미시적 안목입니다. 상국께서 천도를 하신다면, 그때부터는 지방군벌들이 중앙의 통제를 우습게보아 지방 군웅의 할거시대로 진입하게 될 것입니다. 소신은 천도의 적임자가 아닙니다. 사도 왕윤은 천도에 대해 강력히 반대의사를 표명하지 않고 있습니다. 그런 점으로 보아서는 사도 왕윤이 천도를 맡을 적임자가 아닌가 생각합니다."

동탁은 주준의 반대에 상당히 불쾌했으나, 주준의 뛰어난 용병술과 행정적 재능을 아껴 그에게는 아무런 죄를 묻지 않고, 최대한 호의를 베풀어 부드럽게 받아넘긴다.

"태복 주준은 언제나 호탕해서 좋습니다. 나의 장안 천도를 부디 반대하지 말기를 바라오."

동탁이 장안 천도에 대해 워낙 확고한 의지를 지니고 있어, 대신들은 아무도 이를 거부하지 못하여 장안 천도는 일사천리로 감행된다. 폐허이다시피 한 장안으로의 천도이기 때문에, 천도하는데 소요되는 막대한 재원이 필요하여 동탁은 또 다시 고민에 빠진다. 이를 눈치 차린 이유가 동탁에게 조달방법에 대해 조언을 올린다.

"지금 보유하고 있는 국고로만 새 도읍을 완성하기에는 재원이 어림없이 부족하기 때문에, 획기적인 새로운 재원 조달 방법이 필요합니다."

동탁이 귀가 솔깃하여 이유에게 답한다.

"나도 그것 때문에 크게 고민하고 있소이다. 공은 무슨 좋은 방도를 가지고 있소?"

이유가 어렵지 않다는 듯이 쉽게 말을 내뱉는다.

"지금 낙양에는 이 지역을 중심으로 엄청난 재산을 모으고, 세력을 키워 온 토호들이 많습니다. 이들은 새로운 도읍으로 천도했을 때 벌어지는 기득권의 손실을 너무도 잘 알고 있을 것입니다. 따라서 이들은 천도에 완강히 저항하거나, 때로는 소극적으로 협조할 것입니다. 이들에게 반란군과의 역모에 가담했다는 구실을 만들어 척결하고 재산을 몰수한다면, 천도에 필요한 재원도 어렵지 않게 확보할 수가 있고, 눈치를 보는 기회주의자들에게는 일벌백계로 천도를 따르게 할 수 있을 것입니다. 그리고도 부족한 재원은 황실의 무덤을 파헤쳐 금은보화를 꺼내고, 벼슬아치와 부호들의 무덤을 파헤쳐서 충당하도록 하면, 크게 부족함이 없이 새 도읍의 형태를 갖출 수 있을 것입니다."

동탁은 이유의 책략에 감탄한다.

"좋은 생각이오. 그리하면 일석이조의 효과를 볼 수 있을 것 같소. 즉시 시행하도록 합시다."

동탁은 측근을 총동원하여 천도에 비협조적이거나 반항하는 낙양의 토착부호들을 색출하여 잡아들이니, 그 수가 수천 명이나 되었다. 동탁은 이들을 낙양성 밖으로 끌어내어 주살하고 전 재산을 몰수한다. 그리고 그들의 집 대문에는 '역적도당으로 참수한다.'라는 깃발을 꽂아, 낙양의 모든 백성이 불안에 떨면서도 천도의 길을 따라나서게 된다.

동탁은 장수들을 동원하여 1개 부대별로 수천 명의 조를 짜게 해서 백성들을 안내하도록 한다. 제대로 천도 준비를 해 본 적이 없는 이들은 천도를 서두르는 병사들에 이끌리어, 마구잡이로 길에 내버려지니 낙양 전 지역이 아비규환이었다.

젖먹이를 품에 안고 이주하는 아낙, 병든 가족을 등에 업고 끙끙대면서 행렬을 따르는 사람, 제대로 걷지 못하는 노인과 유소년, 준비 없이 천도의 행렬에 끼어들어 먹을 것이 없어 제대로 걷지 못하는 낭인 등으로 아수라장이 되었으니, 피난 대열에서는 지옥문으로 들어가는 길이 이러하리라는 자조가 팽배하게 퍼진다.

더욱 가관인 것은 수양이 되지 못한 군졸들이 벌이는 만행이다. 이들은 행렬에서 뒤처지는 노약자들에게 가혹한 매를 들이대고, 지쳐서 쓰러지는 백성들을 길거리 아무 곳에나 방치하여 내버린다. 반반한 처녀나 유부녀는 끌어내어 함부로 겁탈까지 한다.

　백만에 이르는 백성이 혼란 와중에 인파에 짓밟히고, 가족과 헤어져 버려지고, 먹을 것을 구하지 못해 길에 버려지는 자가 거리를 메워 버리니 그야말로 이곳이 지옥이었다.

　동탁은 백성들을 모두 장안 천도 길에 올리고, 종묘와 궁궐, 관청을 방화하는 동시에 모든 민가에 불을 지르게 하니, 낙양은 한 달 이상이나 불길이 멈추지 않는다. 결국에는 낙양의 사방 2백리는 아무것도 없는 폐허로 변해 버린다.

　그나마 역사적으로 다행인 것은 왕윤이 조용히 천도를 집행하면서, 역사적 사료가 되는 진귀한 서적을 위시해서 국가적으로 문화적으로 중요한 문화재와 유적을 차질 없이 천도 길에 올렸다는 것이다.

　동탁은 다시 주준을 불러 간곡히 요청한다.

　"태복은 나와 함께 장안으로 들어가서 부상국(副相國)을 맡아, 조정의 대소사를 나 대신 관장해 주십시오. 나는 군권만을 쥐고, 실무의 모든 것은 부상국이 맡아주시기를 부탁드립니다." 주준이 완강히 거부한다.

　"상국께서 장안으로 들어가시면, 낙양은 누가 지키겠습니까? 비록 낙양이 폐허가 되었을지라도 군대만은 남아서 낙양을 지켜야 장안이 보호를 받을 수 있습니다. 소신이 낙양에 남아서 낙양을 지키겠습니다."

동탁은 주준의 주장이 일리도 있었지만, 무엇보다도 주준의 고집을 꺾을 수 없어, 주준을 하남윤으로 임명하여 낙양에 남도록 하고 자신은 천도의 길을 재촉한다.

12.
반동탁연합군과 동탁의 낙양 공방전

12. 반동탁연합군과 동탁의 낙양 공방전

1) 관우, 술잔의 술이 식기도 전에 화웅의 목을 베다.

동탁의 별동대장 서영에게 연속적으로 패퇴하여 예정보다 진용이 한참 늦게 구축된 반동탁연합군은 우여곡절 끝에 겨우 진용이 자리를 잡자, 동탁진압군과 체계적으로 전투를 펼치고자 대대적인 작전계획을 준비한다.

이때 서영에게 대패하여 고향 패국으로 돌아온 조조가 패국 초현에서 다시 사재를 끌어 모아 5백 의병을 모집하는 동안, 조홍은 친구인 양주자사 진온의 도움을 얻어 여강에서 정예 무장병 2천명을 얻고, 동쪽으로 이동하여 단양에서 의병 2천명을 얻은 뒤에 패국으로 돌아와서 조조와 예주 패국 용항현에서 합류한다. 그러나 그날 한밤중에 동탁 측근의 사주를 받은 주동자에 의해 용항에서 한바탕 난리가 일어난다. 그들은 조조가 머물던 장막으로 난입하여 불을 지르고 공격하자, 조조는 급히 대피하면서 반동자 수십 명을 주살하고, 겨우 5백 명의 의병만을 이끌고 패국 질현으로 대피한다.

조조는 패국 질현과 건평현에서 다시 병사를 모으고, 조홍이 이끌고 온 가병 1천명의 병사를 포함한 의병과 함께 원소가 있는 하내 군영에서 다시 합류한다.

190년(초평 원년) 3월, 장안 천도를 마친 동탁은 태사 자리에 올라, 황제까지도 자신을 상부(尙父)라 부르게 하고, 그는 황제가 타는 수레를 탔으며, 동생 동민을 좌장군으로 임명하고 호후로 봉한다. 조카 동황을 시중 겸 중군교위로 임명하여 군을 통솔하게 한다. 동씨 일족들은 특별히 우대하여 조금만 호감이 가면, 능력이나 성별 관계없이 열후에 봉하고 관직을 부여하니, 동탁의 천하라고 간주 될 정도였다.

그러는 와중에 동탁의 계속된 요청에도 이를 뿌리치고 낙양을 사수하겠다는 명분으로 낙양에 남아 있던 주준은 반동탁연합군과 내통하기 위해 원술에게 사자를 보낸다.

"후장군이 신관 쪽으로 군사를 보내면, 내가 호응하여 낙양의 길목을 열어줄 테니, 장군은 충분히 검토하여 거사 일을 결정하고 협조에 필요한 계책을 알려주시오. 나는 만반의 준비를 갖추었다가 장군과 추호도 차질이 없이 내응을 이행하겠소. 내가 보내는 인편에 연락을 바라오."

주준이 보낸 전서를 받은 원술은 크게 기뻐하며, 주준에게 즉답을 보낸다.

"불초 소인에게 깊은 신뢰를 보내주심을 감사드립니다. 이번 3월 그믐날, 어둠을 기해 서주자사 도겸, 북해태수 공융으로 하여금 하내를 평정하게 하면서 신관으로 공격하도록 하겠습니다. 그때로 공격하는 날짜를 맞추어 신관을 열고 함께 낙양을 공격하도록 하시지요. 하남윤 어른께 특별히 당부 드리고 싶은 것은 거사 일까지 부디 보안이 지켜지시기를 부탁드린다는 것입니다."

원술이 답서를 보내고 거사 준비를 하는 동안, 장안에서 동탁은 주준에 대한 신뢰와 기대, 애정으로 주준을 낙양에 주둔시켰으나, 무언지 모를 막연한 불안감으로 주준을 감시하는 정탐꾼을 주변에 심어두고 있었다. 하남윤 주준이 연합군의 하내 진용에 자주 사람을 보내는 낌새를 차린 정탐꾼이 동탁에게 보고를 올린다.

"상국께서 지시한 대로 잠시도 감시의 끈을 놓지 않고 하남윤을 감시하고 있는데, 요사이 하남윤 주준의 동정이 미묘합니다. 상국께서 주준을 소환하여 한번 심문해보십시오."

동탁은 정탐꾼의 보고를 받은 즉시, 전령을 보내 주준을 장안으로 불러들인다.

"하남윤께서 '낙양 수호를 위해 한시도 쉬지 않고 고생을 하고 있다'고 하니 고마울 뿐이오. 이에 관하여 몇 가지 상의할 문제가 있으니 장안으로 입성하시기를 바라오."

주준은 장안에서 온 전령으로부터 동탁의 전서를 받고 다소 의아하게 생각한다.

'동탁은 낙양을 잠시도 비우지 않게 하려고 작전을 지시할 때, 언제나 전령을 통해 지시사항을 전달하는데, 평상시와 달리 낙양을 비우고 입성을 하도록 명령하는 저의가 무엇일까?'

한참을 생각하던 주준은 거사가 탄로 났음을 인식하게 된다. 주준은 그길로 형주로 달아나서, 형주에서 모병한 군사와 도겸이 후원한 정예병 3천명과 공융이 지원한 3천명을 합쳐 낙양을 공략하는 일에 가담한다. 주준은 동탁이 주준 대신 새로이 임명한 하남윤 양의를 죽이고 하남을 평정하지만, 낙양 일대가 폐허로 되어 있어 군자물품 조달이 어렵게 되자, 사례 중모현으로 근거지를 옮겨 도겸, 공융과 함께 연합하여 동탁에 저항한다. 동탁은 주준이 연합군과 호응하여 하남윤 양의를 척살했다는 보고를 받고 분격하여 이각을 불러들인다.

"장군은 즉시 군사 2만을 이끌고 중모로 가서 배신자 주준을 도모하라."

동탁의 명을 받은 이각은 곽사를 부장으로 삼아 주준을 공략한다. 주준은 한황실에서 '황건농민군의 황건기의'는 물론 대소의 반란을 진압한 당시 몇명 되지 않는 지혜와 용맹을 겸전한 명장이지만, 워낙 많은 대군을 이끌고 공격하는 이각과 곽사의 서량철기병을 당해내지 못하고 정처 없이 도주한다. 이각은 주준에게 협조한 영천군 등 예주, 형주 일대의 백성을 색출해 학살하고, 가뜩이나 초토화되어 있던 낙양 일대를 불모지로 만들어 버린다.

결국에는 동탁이 장안으로의 천도는 성공적으로 마쳤지만, 반동탁연합군과의 서전인 낙양 공방전에서 낙양이 무너지면 장안까지 위험해 지리라는 생각에 미치자, 동탁은 호진을 대도독으로 삼고, 여포를 기독으로, 화웅을 도독으로 삼아 낙양을 끝까지 사수하라는 특명을 내린다.

이로써 역사적으로 유명한 낙양 공방전이 시작된다.

대도독 호진은 동탁의 특명을 받아 도독과 장수들을 불러들여 회의를 개최하고, 곧이어 사수관을 지키던 화웅에게 특별히 지시한다.

"상국께서 '화웅 도독에게 선봉장이 되어 군사를 몰고 사수관 밖으로 나가, 반란군이 사수관으로의 공략을 포기하도록 먼저 공세를 펼치게 하라'는 명령이 내려졌으니, 지금 당장 출전하시오."

화웅은 동탁의 명을 받아 군사를 이끌고, 원소의 본진을 향해 무서운 기세로 돌진하여 원소의 진형 앞에서 싸움을 걸어온다. 화웅의 무용을 익히 알고 있는 원소는 우려가 섞인 목소리로 장수들을 향해 묻는다.

"누구 적의 선봉장 화웅을 도모하겠소?"

"소장이 단숨에 적장을 척살하여 연합군의 사기를 드높여 보겠습니다."

모두가 돌아보니 원술이 아끼는 용장 유섭이었다.

유섭은 앉아있던 자리를 박차고 일어나서, 칼자루를 움켜쥐고 가슴을 '쿵쿵' 두드리며 전의를 불태우자, 주변에 있던 원소와 좌중의 군벌들 모두는 사기가 하늘로 충천하는 기운을 느낀다. 원소가 유섭에게 술을 한잔 내리고, 유섭은 술잔을 단숨에 들이키더니 세차게 말을 몰고 나간다.

잠시 후 병졸이 헐떡거리며 달려와 보고를 올린다.

"유섭이 불과 3합 만에 화웅의 칼에 목숨을 잃었습니다."

용장의 대열에서 빠지지 않는 맹장 유섭이 단지 3합 만에 목숨을 잃었다는 보고가 올라오자 모두가 아연실색한다. 모두가 침통한 표정으로 침묵하고 있을 때, 이번에는 맹장 반봉이 자신 있게 앞으로 나서며 호언장담을 한다.

"소장이 단번에 상대의 목을 베어 오겠습니다."

주변의 모두가 바라보니, 기주자사 한복의 수하로서 기주에서 용장으로 이름을 떨치고 있는 반봉이란 장수이다.

원소가 반갑게 반봉을 맞이하여 말한다.

"오! 반봉이신가? 기주에서 이름난 장수인 자네라면 다소 안심이 되겠네. 꼭 화웅을 베어 전군의 사기를 올려주시게."

원소는 유섭에게와 마찬가지로 반봉에게도 따듯한 술을 한잔 따라주며 할 수 있는 최대한의 격려를 보낸다.

반봉은 냉큼 술잔을 비우고 흑마를 타고 커다란 화염부 도끼를 움켜쥔 채 적진을 향해 달려가는데, 한참이 지나도 보고가 없자, 모든 사람들이 마음속으로 반봉의 승리를 기대하면서도 몹시 궁금해 한다. 이때 병졸 하나가 부리나케 달려와서 비통한 표정으로 보고를 올린다.

"반봉 장수께서 20여 합 만에 화웅에게 당했습니다."

기대하던 두 맹장이 맥도 못 추고 화웅에게 목숨을 잃고, 제후와 태수, 제장이 맥없이 한숨을 쉬자, 원소도 따라서 맥이 빠져 깊이 한탄을 하기에 이른다. 오늘 낙양 공방전의 첫 전투에서 용장 두 사람을 간단히 처리하는 화웅을 접하면서, 모두 할 말을 잃고 넋이 빠져있을 때, 원소가 크나큰 아쉬움을 토로한다.

"아! 아쉽도다. 명불허전이라더니. 나의 맹장 안량과 문추 둘 중에 한 명 만이라도 데리고 왔더라도 이렇게 맥없이 당하지는 않았을 터인데……"

모두들 비통에 빠져 갈피를 잡지 못하고 있을 때, 한 비장이 과감하게 앞으로 나선다.

"소인에게 한번 기회를 주십시오. 화웅의 목을 베어 여기 계신 모든 분을 기쁘게 해드리고 싶습니다."

모두가 우렁차게 소리 나는 쪽으로 고개를 돌려본다. 키가 아홉 자에 붉게 익은 대춧빛 같은 얼굴에는 봉의 눈이 있고, 그 위에는 누에같이 굵은 눈썹이 살아 움직이는 듯한 용모에 수염이 허리까지 늘어진 허름한 옷차림의 비장이다.

"저 장수가 누구인가?"

원소가 처음 보는 용모의 비장을 보더니, 옷차림부터 특이하여 의아하다는 듯이 묻는다.

"맹덕을 따라 의병을 이끌고 연합군에 합류한 유비의 의형제 관우, 운장입니다."

조조가 원소에게 관우를 소개한다.

"지금 어떤 임무를 맡고 있소?"

원소가 관우에게 묻는다.

관우는 맹주 원소 앞에서 조금도 주눅이 들지 않은 자세로 당당히 외친다.

"유비 현덕 휘하에서 마궁수로 있습니다."

이때, 옆에서 관우를 지켜보던 원술이 어이가 없다는 듯이 코웃음을 치며 호통을 친다.

"어디에서 의병 마궁수 따위가 용장들 싸움에 끼어들려고 하는가? 내가 직위를 따지는 것이 아니라, 아직 장수 중에 관우라는 이름은 들어본 적도 없소. 우리 연합군을 망신시키려는 어리석은 짓을 멈추고, 당장 단상 앞에서 물러나시오."

관우는 원술의 모독에 가까운 발언으로 분노가 끓어올라 붉은 얼굴이 더욱 붉어진다.

이때 조조가 원술을 가로막으며 관우를 추천한다.

"세상에 태어나서 처음부터 명성을 드높인 인물은 아무도 없소이다. 어떤 획기적인 계기가 있어야 드러나는 것입니다. 관우 운장은 여태까지 적장과의 일기토를 접해보지 않아 이름을 날릴 기회를 부여받지 못했으나, 소장이 현덕 3형제와 패국에서 의병 모집을 함께하며 의병을 훈련시키는 과정에서 운장의 높은 무예를 감탄했었소. 이번에 한번 기회를 주어도 능히 해낼 수 있는 인물입니다."

연합군 본진에서는 화웅과의 일기토를 두려워하여 아무도 나서려 하지 않는 판국이었다. 원소는 이러지도 저러지도 못하고 주변의 분위기만 살핀다. 유비가 단상 앞으로 나아가더니 강한 결의를 밝힌다.

"소인 유비, 목을 걸고 약속드리겠습니다. 우리는 탁현에서 의형제의 결의를 하면서 한날한시에 죽겠다는 맹약을 했습니다. 운장이 화웅에게 패해 목숨을 잃는다면, 소인도 맹주께 목숨을 내어 드리겠습니다."

유비가 말을 마치자마자, 장비 또한 단상 앞으로 나와서 각오를 밝힌다.

"이 사람 익덕, 또한 의형제의 맹약을 위해 맹주께 목을 맡기겠습니다."

유비 의형제들이 이 정도의 결의를 보이니, 주변에 있는 많은 지휘관들이 원소에게 청한다.

"아군 진용에서 특별히 화웅을 대적할 방법이 있는 것도 아니니 한번 맡겨보시지요. 아군이 화웅과의 일기토를 계속 회피하면, 아군의 사기가 급격히 저하될 것입니다. 의병 마궁수의 의기가 남과 다르니, 어쩌면 화웅을 도모할 수도 있을 것 같습니다."

평소 얼굴에 희로애락(喜怒哀樂)의 표정을 잘 나타내지 않는 원소가 얼굴에 불쾌한 표정을 지으며 썩 내키지 않는 마음으로 관우의 출전을 허락한다.

"관운장은 나가 싸워서 승리하여, 우리에게 희망을 가져다 주기를 바라오."

이때, 조조가 관우를 격려하는 의미로 따듯한 술을 한산 가득 따라 관우에게 내민다.

"따듯한 술을 한잔 드시고 힘내시오."

조조가 건넨 술잔을 건네받은 관우가 술잔을 탁자의 위에 올려놓고 큰소리로 한마디 호언장담을 한다.

"이 술잔의 술이 식기 전에 화웅의 수급을 들고 와서 마시겠습니다."

관우는 말을 마치자마자, 청룡언월도를 비껴들고 쏜살같이 화웅에게로 나아간다. 관우가 북소리, 고동소리, 징소리를 뒤로하고 병사들의 환호를 받으며 말을 달리자, 내달리는 말에서 일어나는 뿌연 먼지 속으로 순식간에 관우의 모습이 사라진다. 두 호웅의 일기토가 벌어지고, 불과 3합 만에 화웅은 관우 청룡언월도의 예기 앞에 목을 내어준다. 반동탁연합군 병사들이 북과 징, 나각을 불며 함성을 지르는 소리에도 크게 기대를 하지 않고 결과를 기다리던 원소와 지휘관들 앞에 관우가 수급 하나를 땅에 내던지며 기백이 있게 말한다.

"화웅의 수급입니다."

관우는 곧바로 조조가 따라준 술잔 앞으로 다가가서 술잔을 높이 들어 올린다. 술잔은 아직도 따듯한 온기를 지니고 있었다. 원소와 각 지휘관들이 경탄하며 박수갈채를 보낼 때,

관우의 쾌거에 사기가 충천한 장비가 큰소리로 외친다.

"운장 형님께서 화웅의 목을 베어 군사들의 사기가 드높을 때 사수관을 돌파합시다."

장비가 1장8척의 장팔사모를 높이 쳐들고 흥분하여 승리의 기쁨을 표명하자, 원술이 급히 장비를 제지하며 호통을 친다.

"그대는 일개 의병의 보궁수로서, 어찌 많은 제후들이 있는 앞에서 분수를 모르고 함부로 나대는가?"

"지금이 적병을 혼낼 수 있는 시기가 맞습니다."

조조가 장비의 말에 힘을 실어주자, 원소도 조조와 장비의 의견에 동감한다.

"지금 곧바로 군사들에게 공격명령을 내리시오."

그동안 화웅의 용맹에 기가 죽어있던 연합군 군사들이 사기가 올라 용기백배하여 화웅의 군사를 몰아붙이자, 동탁의 진압군들은 겁을 먹고 멀리 사수관으로 도주한다. 원소와 제후들이 동탁의 진압군을 혼낸 것을 기뻐하며 들떠 있을 때, 조조가 분위기를 살리고자 축하연을 베풀 것을 제안한다.

"직위와 신분을 떠나 공이 있는 자에게는 상을 내리고, 죄가 있는 자는 벌을 내리는 것이 국가를 이끄는 근본입니다. 우리가 나라를 위해 기병하여 싸우고 있는데 그런 근본을 무시한다면, 어느 누가 나라를 위해 싸우겠습니까? 이번에 큰 공을 세운 운장을 위해 축하연을 베풀고 우리의 단합을 공고히 했으면 합니다."

원소는 대의명분을 소중히 하는 유교주의자이다. 비록 관우가 무명소졸이지만, 큰 공을 세우자 상을 내리고 축하연을 베풀며 말한다.

"오늘 큰 공을 세운 운장을 위해 축하연을 베풀 테니 마음껏 즐기고, 모두 마음의 짐을 내려놓은 연후에 힘을 한껏 배양하여 사수관을 공략하도록 합시다."

관우의 공으로 벌려진 연회 덕에 병사들이 배불리 먹고 마시고 흥이 돋자, 연합군 병사들의 사기는 하늘을 찌르듯 드높아진다.

2) 유비와 관우, 장비는 삼전여포(三戰呂布)로 대적하다

동탁이 장안으로 천도를 감행한 후에 지른 불로 인해 낙양의 주변 일대가 한 달 이상을 불바다가 되고, 동시에 동탁이 백성들을 장안으로 이동시키면서 아수라장으로 변한 낙양으로 인해 천하 백성의 민심이 들끓고 있는데, 관우가 도독 화웅을 단 3합 만에 저승으로 보내어 연합군의 사기가 하늘을 찌르자, 조조는 자신이 제시한 축하연을 마친 후, 곧바로 군사들의 사기가 드높은 지금이 낙양으로 공략할 적시임을 주장한다.

"거기장군, 아군의 사기가 하늘로 충천해 있을 때 사수관을 공략하면, 쉽게 천혜의 요새인 사수관을 돌파할 수 있을 것입니다. 동탁이 아직 사수관에 대해 철저한 용병을 취하지 못한 이때를 놓치면 나중에는 공략하기가 쉽지 않을 것입니다."

원소가 조조의 안을 받아들여 연합군 대군이 사수관을 향해 진군한다. 동탁은 사수관이 무너지면 장안도 위기에 빠질 수 있다고 생각하여, 병력을 총동원하여 낙양의 근처에 철저히 방어진을 구축하도록 지시한다.

"지금 반군이 사수관으로 몰려오고 있는데, 사수관을 철저히 방어하여 낙양을 보존해야 장안이 안전하게 될 것이다. 이각, 곽사는 병사 3만을 이끌어 함곡관을 지키도록 하라. 여포

는 군사 5만을 이끌어 사수관(이곳은 당나라에 이르러서는 관문을 성으로 바꾸면서 호로관 또는 호뢰관이라고도 부르게 됨) 앞에 진용을 꾸리고 반군의 사수관 공략을 저지하라. 이숙에게는 군사 5만을 배정할 테니, 신관의 관문과 하내에서 낙양으로 연결되는 관문을 책임지고 지키도록 하라."

동탁은 용병을 마치고 자신은 이유, 장제 등과 5만 명의 병사를 이끌고 사수관 안으로 들어간다. 사수관으로 말할 것 같으면, 낙양과 장안으로 이어지는 중요한 관문으로 이곳만 철저히 지켜도 상대편 군사의 통로가 철저히 차단되는 천혜의 요새이다.

조조는 동탁이 배치한 군사 배치도를 보고, 하내 본영에 모인 지휘관들에게 단호하게 공격하자는 의견을 내어놓는다.

"지금 동탁이 사수관을 지키며, 여포로 하여금 사수관 앞으로 영채를 구축하게 한 것은 사수관의 천연지형을 활용하여, 우리와 장기적으로 대치하고자 하는 계책일 것입니다. 이것은 우리 연합군의 단점인 지휘체계의 다원화로 인한 분열을 기다리는 장기전 포석일 수 있습니다. 그리고 이각, 곽사에게 함곡관을 지키게 하는 것은 유사시 낙양의 방어선에서 아군에게 치명적 손상을 입어 물러나게 되더라도, 함곡관과 동관을 완전히 봉쇄하여 장안에서 관중정치로 돌입하겠다는 의미일 것입니다. 이숙에게 하내로 연결되는 관문을 지키게 하는 것은 여차하면 하내를 통해 연합군의 후방을 공격하려는 계책입니다. 따라서 우리는 군사를 둘로 나누어 이들의 전술에 과감하게 대항해야 합니다."

원소는 조조의 계책을 받아들여 조조, 유대, 교모, 원유, 장막을 사수관으로 보내고, 나머지 군웅과 군사들은 하내 진용을 지키도록 한다. 원소가 연합군을 이끌고 사수관으로 진군하자, 여포는 연합군이 더 이상은 사수관으로 접근하지 못하도록 하려고, 연합군이 진형을 구축하기도 전에 싸움을 유도한다. 여포는 세 갈래로 땋아 올린 머리에는 자금관을 쓰고, 허리에는 사자의 모형을 새긴 사만대 띠를 두르고, 방천화극을 높이 쳐들어 적토마 위에 높이 앉아있는데, 그 모습은 과연 천하무적의 기상에 결코 모자람이 없었다.

"반란군들은 봉선의 방천화극 아래 무릎을 꿇고 항복하라. 항복한다면 반란군에 참여하여 그동안 지은 죄를 모조리 용서해 주겠노라."

이때, 서영에게 참패하여 기반을 잃고, 연합군의 사기에도 적잖은 악영향을 끼쳤던 왕광은 태산에서 병력을 다시 모집하여 연합군 대열에 합류한 후, 실추된 명예를 회복하고 싶은 마음에 자신이 가장 아끼는 용장 방열을 독려하여 여포와의 일기토를 명한다. 이때 방열은 여포를 깊이 관찰하지 않은 채 자신만만하게 여포를 단숨에 척살하겠다는 객기를 보인다.

"소장이 동탁의 하수인 여포의 목을 단번에 꿰뚫겠습니다."

방열이 말을 끝내자마자 여포에게 달려드는데, 여포는 미동도 하지 않은 채 그 자리에서 있다가 단번에 방천화극으로 방열의 심장을 찔러 말 아래로 떨어뜨린다. 왕광은 가장 아끼던 방열이 맥없이 쓰러지자, 수하의 장수들에게 당장 여포를 공격하라고 명령한다. 그러나 왕광의 수하 장수들은 여포에게 접근도 못하여 보고, 방천화극에 의해 추풍낙엽처럼 말 위에서 떨어진다. 여포가 곧바로 서량철기를 이끌고 왕광의 대열로 밀고 들어오자, 왕광은 자신의 철갑기병을 이끌고 산양태수 원유의 군영으로 도피하고 만다.

 사수관에 모여 있던 연합군 지휘관들은 여포가 사기충천한 서량철기를 이끌고 파죽지세로 공격해 오자, 이들의 사기를 떨어뜨리기 위해 여포를 물리칠 장수를 찾는다. 이때 연합군 중군 부장이 한껏 의기를 세우며 나선다.

 "소장이 사기가 떨어진 연합군의 사기를 진작시키기 위해 여포의 목을 가져오겠습니다."

 모든 지휘관이 중군 부장의 기세 높은 의기를 보고, 여포와의 일기토에 기대를 건다. 그러나 호기롭게 여포에게 달려든 부장은 여포의 근처에도 가보지 못하고 방천화극에 찔려 말 아래로 떨어진다.

 연합군의 맹주 원소를 위시한 지휘관들은 여포의 위세에 눌려 모두 유체이탈 상태에 빠진다. 여포는 일기토로 연합군의 맹장들을 도륙하여 동탁진압군 병사들의 사기가 한층 치어 오르는 것을 보자, 재미가 붙었는지 계속 연합군 진용 앞으로 달려와 일기토를 유도한다.

"천하의 봉선이 여기에 있다. 원소는 직접 나와 일기토를 벌이자. 내가 네놈의 목을 단번에 베겠노라."

원소가 들을수록 간담이 써늘해지게 하는 사자후이다.

"저 무뢰한 여포의 기세를 꺾을 방도가 없겠소?"

여포가 격노하여 말하자, 공융의 부장 무안국이 50근 철퇴를 끌고 원소 앞에 버티어 선다.

"소장이 한번 방약 무도한 역도 동탁의 하수인 여포와 붙어보겠습니다. 장수의 명예는 싸우다가 죽더라도 전장에서 죽는 것이 장수다운 명예로움이 아니겠습니까?"

무안국이 50근 철퇴를 휘두르며 여포에게 달려들었으나, 겨우 10합을 버티지 못하고 여포가 휘두른 방천화극에 철퇴를 휘두르던 왼팔이 잘리고, 이를 지켜보던 원소는 급히 군사들을 보내 무안국을 구출하게 한다. 연합군이 여포와의 계속된 일기토에서 패해 군의 사기가 계속 저하되자, 반동탁연합군 진영에서는 실추된 병사들의 사기를 올리려는 전술을 찾는 것이 당면한 최대의 과제가 된다.

이때 조조가 원소에게 조언을 올린다.

"여포와의 일기토로는 우리 병사들의 사기를 저하시킬 뿐이지 전혀 효과가 없습니다. 여포는 장수와의 일기토에 재미를 붙여 우리 진용까지 따라올 때, 서량철기병 수천 명 만을 이끌고 왔습니다. 전력 면에서 우리가 월등 앞서고 있으니, 여포가 다시 우리 진용에 와서 다시 까불 때, 일시에 병사를 풀어 대대적으로 공략하도록 합시다."

조조가 원소에게 조언을 마칠 즈음, 여포가 연합군 진용 앞으로 나아와서 연합군을 희롱한다.

"연합군이라고 이름만 앞세웠지, 하나도 제대로 된 장수가 없는 오합지졸! 원소는 당장 나와서 목을 내놓아라."

여포의 일성에 연합군의 자존심이 구겨질 대로 구겨져, 원소와 조조가 병사를 내보내는 것을 잠시 보류하고 있는데, 한 무사가 소리치며 여포에게 달려든다.

"연인 장비가 여기 있다."

누군가가 갑자기 내지르는 고함소리에 놀라 모두 소리 나는 쪽을 쳐다보니, 다름 아닌 유비 수하의 보궁수 장비였다. 그동안 유비 3형제는 하내 본영에 있다가 사수관에서의 전투 소식을 듣고, 전투에 조금의 힘이라도 보태려고 3형제가 사수관으로 이동하여 방금 전에 도착했던 것이다. 장비는 자신이 직접 나서면 비루한 직위 때문에 망신을 당할 것 같아서 앞으로 직접 나서지 못하고, 이제나저제나 때를 기다리다가 부르는 사람이 없자, 곧바로 여포에게 달려든 것이다.

"주군을 배신하고 부귀영화를 누리는 한심한 쓰레기 여포야! 장비의 장팔사모의 맛을 보여주겠노라."

여포가 적토마 위에서 몸을 곧추세우고 쳐다본다. 고리 눈을 치켜뜨며 호랑이 수염을 곤두세우고, 험상궂게 일그러진 얼굴로 장팔사모를 비껴들고 달려드는 형국이 자못 맹장으로 보였으나, 몸에 걸친 갑주나 투구, 마장의 형색을 보고, 여포는 일개 무명소절이리라는 판단을 하게 된다.

"냉큼 사라지거라. 결코 졸개가 나설 자리가 아니니라."

여포가 장비를 향해 냉소적으로 내뱉는 말투에 장비는 더욱 열이 나서 소리를 지른다.

"역적 여포야! 연인 장비의 장팔사모 맛을 보아라."

여포를 향해 내리치는 장비의 장팔사모에서 나오는 날카로운 예기를 느낀 여포는 잠시 움찔한다. 장비가 다시 한번 여포를 향해 장팔사모를 휘두르자 여포가 황급히 몸을 돌리는데, 장비의 장팔사모가 적토마의 갈기를 스치고 지나가자, 비로소 여포는 심상치 않은 무예를 가진 무명소졸이라고 여겨 기를 가다듬고 대적한다.

장비에게는 천하제일의 무예를 지닌 여포와 싸워 이름값을 높이는 천재일우의 기회이다. 여포와 싸우다가 죽어도 장수의 최고 명예라고 생각하고 혼신을 다하여 장팔사모를 휘두르는 장비의 행색을 보고 우습게 생각했던 여포를 정신이 '확' 들게 만드는 순간이었다.

두 영걸은 불꽃이 튀는 혈전을 벌이고, 장팔사모와 방천화극이 그리는 순간순간의 움직임은 양쪽 진용의 사람들이 손에 땀을 쥐게 하는 대서사시를 연상하게 한다. 여포의 명성에 걸맞게 여포가 휘두르는 방천화극은 하늘이 내린 선물로서 부족함이 없을 정도이다. 여포가 방천화극을 한번 휘두를 때마다, 장비는 머리끝으로 소름이 돋을 정도의 공포를 느낀다.

또한, 장비의 장팔사모가 여포의 자금관을 스치거나 연환철갑을 닿으면서 여포도 간담이 서늘해짐을 느낀다. 어느 한 쪽도 밀리지 않고 50여 합을 넘기고, 적토마도 장비의 준마도 비 오듯이 땀을 흘리며 재갈을 씹는다. 말은 지쳐도 여포와 장비는 지치는 기색이 없다. 몇 차례 더 교접하면서 장비가 조금씩 예기가 꺾이기 시작하자, 관우가 힘차게 말을 몰고 여포에게로 달려든다.

"여기 관우 운장이 있다. 역적 여포는 나의 청룡언월도 맛을 보거라."

관우가 여포에게 달려들어 청룡언월도를 내리치자, 한때 고전하던 장비가 잠시 숨 쉴 틈을 얻는다. 잠시 후, 장비가 관우와 협공하여 여포에게 공격하니, 세 사람이 물고 물리면서 공기를 가르는 창검술이 천상 최고의 무예를 선보이는 듯했다. 세 사람이 어우러지기를 30여 합이 지나도 결판이 나지 않고 있을 때, 이번에는 유비가 쌍고검을 휘두르며 여포에게 맹렬한 속도로 달려든다.

"유비 현덕이 간다. 여포는 냉큼 목을 내어 놓거라."

여포는 유비, 관우, 장비의 협공을 받아 세 방향에서 서로 부딪히는 병기가 이끌어내는 불꽃은 이를 관전하는 수만 병사들의 눈에서 뿜어내는 불꽃보다도 더 강렬하다.

유비가 휘두르는 쌍고검을 방천화극으로 번개같이 막고 유비를 향해 화극을 찌르면, 곧바로 관우가 청룡언월도로 여포를 내리치고, 여포가 몸을 피해 관우를 향해 화극을 휘두르면, 장비가 장팔사모를 곧추세워 여포를 찌르려고 달려들기를 수십 차례 반복된다. 이제는 보고 있는 모든 사람들이 무아지경에 빠져 전투라는 사실도 잊고 넋을 잃고 관전하는데, 창과 칼이 불꽃을 일으키며 허공에서 난무하던 중, 여포가 내리치는 화극이 유비의 머리 위로 떨어지려는 순간, 관우의 언월도와 장비의 사모가 동시에 유비의 머리 위로 올려지며 여포의 방천화극을 막아낸다. 곧이어 관우와 장비가 여포를 향해 양쪽에서 찌르고 들어가자, 여포가 몸을 휘청거린다.

여포가 적토마를 잠시 뒤로 돌리자, 적토마가 지친 듯이 땅을 '쿵쿵' 치면서 계속 뒷걸음질 친다. 여포는 더 이상 싸울 수 없다고 생각하고, 적토마의 머리를 돌려 본영으로 돌아간다. 그동안 넋을 놓고 '세기에 한번 볼까 말까 한 무예전'을 관전하던 원소와 군웅들은 그제서야 정신을 차리고, 여포의 서량철기병을 향해 대대적인 공격명령을 내린다.

사기가 오른 연합군은 우레와 같은 함성을 지르면서, 여포의 철기병을 추격하며 사수관 앞까지 진입한다. 여포가 천혜의 요새 사수관에 다다르자, 여포와 철기병을 들여놓은 사수관의 관문이 굳게 닫힌다. 원소가 연합군을 이끌고 사수관을 돌파하려고 하는데, 이미 오래전에 방비책을 마련해 놓은 진압군의 강렬한 저항을 받는다.

관문 위에서 하늘을 수놓은 듯이 화살이 날아오고, 양쪽 절벽에서 통나무와 암석, 바위가 비 오듯이 쏟아진다. 연합군은 유비 3형제의 승리에 들떠 정신없이 여포의 군사를 추격하면서 사수관까지 진입하게 된 것이니, 연합군이 공성에 대한 만반의 준비를 갖추고 공격에 나선 것은 아니었다.

원소는 이런 정도의 승리에 만족하고 군사를 본영으로 돌리기로 한다. 원소는 유비 삼 형제의 승리를 축하하는 연회를 열어, 전 병사들이 오랜만에 풍족히 먹고 마시며 편히 휴식을 취하게 하고, 한동안 휴식을 취해 병사들이 기력을 회복하자, 원소는 하내 진용에 집결한 연합군으로 다시 한번 사수관을 향해 총공격을 명령한다. 원소는 사수관을 효율적으로 공략하고자 조조를 선봉으로 삼아 앞장을 세우고, 자신은 후방에서 군사지휘와 병력보충을 하도록 하고, 원술에게 차질없이 군수물자를 지원하도록 지시한다.

3) 조조, 맹진에서 대패하면서 오히려 큰 교훈을 얻다

동탁은 사수관을 지키는 장수들을 격려하기 위해, 폐허가 된 낙양성의 남문 앞에 본영을 세워 대군을 이끌고 주둔하고 있었는데, 조조가 사수관으로 진격해 들어오자 다소 긴장한다. 조조가 사수관의 관문 앞에 이르러 하후돈, 하후연을 앞세우고 관문으로 출격시킬 때, 사수관의 하늘에서 화살이 소낙비 쏟아지듯이 쏟아진다.

후위에 있던 조인은 기병을 이끌고 여포의 서량철기군의 공세를 대비하고, 하후돈은 조홍, 하후연의 후방을 지원한다. 철통같은 사수관의 방비로 인해 조홍은 사수관 공략이 수월치 않음을 조조에게 전하자, 조조는 하후돈, 하후연, 조인, 조홍을 본진으로 불러들인다.

"아우들은 사수관 공세를 어떻게 보고 있는가?"

하후돈이 오랜 고민이었다는 듯이 차분히 말한다.

"형님, 이곳 사수관을 통한 공세는 한계가 있습니다. 동탁은 사수관 후방에서 주둔하면서, 형양에서 쳐들어오는 연합군을 막기 위해 5만의 군사를 제외하고는 전부 사수관과 낙양 일대의 관문에 배치하였습니다. 이 때문에 사수관에는 적의 강병이 포진되어 있습니다. 마침 우리 연합군도 이곳에 대군을 이끌고 있는 관계로, 동탁은 사수관 주변에 더욱 많은 정

예병을 배치할 것입니다. 우리는 사수관을 통한 방법보다는 다른 방법을 모색해야 할 듯합니다."

조조와 형제들이 하후돈의 전적으로 말에 공감하면서 전략의 변경을 시사한다.

"동탁은 연합군에 가담했던 남양태수 장자가 손견에게 살해되는 등 연합군에서 불화가 일어나 분위기가 한동안 뒤숭숭한 탓에, 수군을 이끄는 손견이 본격적으로 전투에 임하기 어려워서 연합군의 수군이 원활히 움직일 수 없다는 약점을 정확히 인지하고 있는 듯하네. 이로 인해서 동탁은 연합군이 귀수, 이수 방면으로 군사를 이동하여, 수군으로 공격에 임하는 것이 불가능하다고 확신하는 듯하니, 이를 역으로 이용해 낙양을 공략하는 것이 어떨까 생각한다."

조홍이 옛일을 반추하면서 말한다.

"형님, 귀수와 변수를 이용한 전투는 걱정이 많이 됩니다. 지난날, 우리 형제가 변수로 나아가 낙양을 치려다가 서영에게 목숨까지 빼앗길 뻔한 적이 있어 적잖이 두렵습니다."

조조가 '껄껄' 웃으면서 대답한다.

"천하의 자렴이 두려워하는 것도 있나? 나는 이를 이용해서 '허허실실' 전략을 활용하고자 함이다. 동탁은 우리 연합군이 변수에서 대패하여 심리적으로 이곳을 회피하기에, 여태까지 수로를 이용한 전투를 벌이지 못한다고 생각하는 듯이 보이네. 나는 이를 역이용해서 무중생유(無中生有:허를 찔러실을 얻음) 전략을 활용하여 '허허실실'을 이루고자 한다."

진용의 모두가 기발한 조조의 발상에 혀를 내두른다.

"형님께서는 어디에서 그런 꾀가 나오는지 모르겠습니다. 기발한 꾀뿐만 아니라, 한번 궁지에 빠져도 포기하거나 두려움이 없이 다시 도전하는 끈기와 패기는 어떤 영걸들도 따라오지 못할 추진력입니다."

조조는 껄껄 웃으며 사촌형제와 수하의 부장들에게 명령을 내린다.

"하후돈, 하후연은 여전히 반동탁연합군 대군이 사수관을 공략하기 위해 모든 군사력을 투입하는 것처럼 사수관 앞에서 허장성세를 부리도록 하라. 조인은 소수의 기병과 군마를 이용해서 후위에서 말발굽 소리와 군사훈련을 행하는 고함소리를 일으켜 아직도 대군이 사수관 주변에 주둔한 것처럼 분위기를 조성하라. 조홍은 나와 함께 귀수와 이수를 통해 낙양으로 진입할 것이다."

전략회의를 마치고 조조는 원소와 원술에게 확보할 수 있는 최대한의 배를 조달하도록 부탁한다.

얼마 후, 조조는 원소와 원술이 1백여 척의 배를 조달하여 보내자, 배에는 조홍이 이끄는 1만의 병사를 태우고, 자신은 귀수 이남의 육지를 따라 맹진 맞은편 나루로 이동한다. 얼마 후, 동탁은 사수관에 있는 줄 알았던 연합군이 대거 맹진 건너편에 집결하여 맹진으로 도강할 준비를 취하자, 크게 당황하며 서영과 이유에게 이들을 상대할 계책을 묻는다.

이때 이유는 태연하게 서영을 바라보면서 말한다.

"상국께서는 크게 우려하지 않으셔도 될 것입니다. 병법에 '천시가 지리적 이점보다 못하고, 지리가 인화를 이룬 군사만 못하다(天時不如地利 地利不如人和)'고 했습니다. 서영 중랑장은 이곳의 지형을 꿰뚫고 있을뿐더러, 인화로 똘똘 뭉친 수만의 정예병까지 양성하고 있습니다. 서영 중랑장이 지리에 밝고 군사들과의 인화가 돈독한데, 분무장군을 자칭하는 조조라는 핫바지가 중랑장을 이겨낼 수 있겠습니까?"

동탁은 이유의 말에 흡족해하며 서영에게 묻는다.

"지난날, 서영장군은 조조의 대군을 이곳에서 대파하여, 적군을 두려움이 떨게 했는데, 이번에도 멋진 승리를 안겨줄 대책을 마련했는가?"

서영이 조심스럽게 동탁에게 요청한다.

"상국께서도 아시듯이 조조는 병서에 주석까지 달면서 비평할 정도로 꾀가 많은 장수입니다. 지난 전투에서 완패하고도 이번에 다시 변수를 통해 낙양으로 공략하려는 것은 나름대로 전략을 지니고 있기 때문이라고 생각합니다. 소장이 역지사지(易地思之)로 조조의 입장에서 생각을 해 보았는데, 이는 조조가 사수관에 자기들의 대군이 있는 곳처럼 허장성세를 형성한 것에서부터 유추해 보았습니다. 조조는 우리 진압군이 사수관의 방어에 혼신을 기울여, 이곳에 군사력이 다소 미약하리라 생각한 것으로 사료됩니다. 따라서 우리는 장계취계(將計就計:적의 의도를 알고 역으로 취함) 전략으로 이곳에 아군의 허점을 부각시켜 군사력이 부족한 것으로 위장하고, 적병이 안심하고 귀수를 도강해 맹진으로 진입하도록 유도해야 합니다. 아군은 이들이 도강할 때 큰 저항을 하지 말고, 장수들은 적병들이 도강을 성공적으로 마치도록 방치하게 하십시오. 적병이 귀수를 모두 건너와서 배수진을 치도록 하고, 이때 우리는 대군을 풀어 전면전으로 승부를 내야 할 것입니다. 그리고 함곡관에 있는 곽사장군에게 수만의 지원병을 끌어오도록 하면, 전력에서 우위에 있는 진압군이 결국은 승리할 것입니다. 상국께서 소장을 믿고 전군을 용병할 권한을 주신다면, 제게 주신 권한 만큼의 승리를 가져오겠습니다."

병법에 대해 최소한의 조예가 있는 동탁이 들어보아도 대단한 포부이다. 동탁은 매우 기뻐하며 서영의 청을 흔쾌히 받아들이며 말한다.

"장군의 뜻대로 군사를 운용할 전권을 다 주겠노라."

이윽고 조조가 전군에게 명하여 도강을 감행하는데, 동탁진압군 측에서 특별히 강력한 저항을 보이지 않아, 조조의 연합군은 수월하게 도강을 마친다.

서영은 맹진의 전면에 조조의 군사보다 약간 적은 병사를 배치하여, 조조의 군사들이 심리적으로 안이하게 만들고 이때를 즈음하여, 서영은 맹진 뒤의 산중턱에는 복병이 숨어있는 것으로 착각하도록 유도해 놓는다. 이렇게 해서 조조가 예전에 매복을 당했던 경험을 피해 곧바로 낙양성 앞의 벌판으로 진입하게 유도해 놓고 그다음, 반동탁연합군 병사들이 넓은 벌판에 당도할 때, 대기하고 있던 병주강병들에게 돌격명령을 내려 전면전을 벌이도록 미리 배치해 놓았었다.

 조조와 조홍이 맹진나루 근처에서 동탁의 진압군을 만나 이들을 강력하게 밀어붙이자, 동탁의 진압군은 큰 저항이 없이 뒤로 후퇴를 하더니 산기슭을 돌아 도주한다. 예전에 산중턱의 양쪽에서 공격하는 매복병에 걸려 크게 완패한 경험이 있는 조조는 자신이 일부 병사를 이끌고 산기슭에서 진형을 짜고 대기한다. 이는 서영이 조조에게 기습을 가하려고 복병을 엄폐시켜 놓았을 경우를 대비한 전술이었다. 조조는 산기슭에서 서영의 복병이 지쳐서 하산할 때를 대비하여 병사들에게 산 아래에서 편히 쉬도록 배려하고, 조홍으로 하여금 1만의 대군을 이끌고 낙양의 동문 앞 벌판으로 공격하도록 지시한다. 조조가 산에 숨어있을 매복병을 도모하려고 대기하고 있는 동안, 조홍은 도주하는 동탁진압군이 일부러 패한 척하는 것을 모른 채, 동탁진압군을 거세게 공략하면서 낙양성의 벌판에 당도한다.

 이때, 폐허로 인해 아무도 없을 것 같던 낙양성에서 조홍의 3배 이상이나 되는 병주강병이 징과 북을 치고, 고동을 불고, 함성을 지르며 조홍의 군사를 향해 돌진한다. 조홍의 군사들이 깜짝 놀라 무기도 내던지고 도주하니, 조홍은 맹수와 같은 용맹을 발휘도 하여보지 못하고, 조조가 대기하고 있는 산기슭으로 말을 달려오더니 조조를 보자마자 큰소리로 외친다.

"형님, 군사를 이끌고 맹진으로 가서 도강해야 합니다."

조홍이 패주하여 허겁지겁 달려오자, 그 모습을 보고 조조와 함께 매복병의 기습을 대비하던 군사들은 모조리 앞을 다투어 맹진나루로 도망치니, 진형은 형편없이 붕괴되고 조조도 별다른 도리 없이 맹진나루로 가서 연합군 본영으로 돌아가게 된다. 이때, 조조는 처절한 패전에도 불구하고 서영과의 전투에서 많은 것을 얻었다고 자위한다.

'병법에 지피지기 백전백승(知彼知己 百戰百勝)이라는 말은 전투에 임할 때, 반드시 인식해야 할 기본이로구나. 상대편의 전투력과 계책을 경시하고, 경솔히 움직이는 용병은 반드시 실패하는 근본 원인임을 이제라도 깨달았으니 다행이로다. 다시는 이런 과오를 되풀이하지는 않으리라.'

조조가 패배하여 본영으로 돌아오자, 반동탁연합군 진영에서는 걱정이 태산 같아진다. 비축된 양초, 군수품이 넉넉하지 못한 상태에서, 대의명분만을 좇아 급히 형성된 반동탁연합군이었기에 시간이 갈수록 군량미가 부족해지고, 전투에 소요되는 군수장비는 바닥을 드러내기 시작한다.

동탁과의 일전에서 대승을 거두어 동탁을 제거할 수 있다는 희망을 보이면, 기회주의적 성향을 지닌 제후들과 지역의 군벌들로부터 제대로 지원을 받을 수 있으리라는 기대를 했으나, 각종 전투에서 대패하면서 연합군이 기대하던 이런 후원도 물거품이 되어가고 있었다.

연합군의 본영으로 돌아온 조조는 모든 지휘관 앞에서 자신의 무능을 탓하며 벌을 청한다.

"연합군을 대표하여 군사를 이끌고 낙양을 공략했으나, 소장의 무능으로 아무것도 얻지 못하고, 많은 군사만 잃고 돌아왔습니다. 소장에게 벌을 내려주십시오. 달게 받겠습니다."

맹주 원소가 조조의 어깨를 들어 일으켜 세우며 말한다.

"맹덕, 자책하지 마시오. 우리 모두의 잘못입니다. 우리들이 조금만 더 깊이 상의하고 협조했더라면, 이런 참혹한 결과를 낳지는 않았을 터인데, 우리들이 각자의 입장만을 먼저 생각하다가 대의를 잃은 탓이오."

원소는 조조를 통해, 반동탁연합이라는 대의명분을 잊고 각자의 이해타산과 명분축적만을 노리며, 소극적으로 또는 형식적으로 참여하고 있는 지휘관들을 지상매괴(指桑罵槐:뽕나무를 상대하는 척하며 사실은 회화나무를 탓함) 방식으로 질타를 가한 것이다. 사수관에서 대치하고 있던 하후돈, 하후연, 조인은 조조의 패전 소식을 듣고 연합군 본영으로 회군한다.

4) 반동탁연합군, 내부 반목으로 연합의 동력을 상실하다

낙양 인근 사수관에서 벌어진 공방전은 백성들이 기대한 만큼 만족스럽게 전개되지 못하자, '천하 18로 제후'에 대한 주변 제후들의 지원이 끊기고, 반동탁연합군은 군량미와 각종 군수품의 부족으로 어려움을 겪는다. 주변 제후들이 지원하던 식량이 끊긴 것은 말할 것도 없고, 연합군에 협조하기로 한 제후들도 등을 돌려 더는 연합군을 유지하기가 어려워진다.

또한, 반동탁연합군 내부에서 분열이 일어나는 바람에 동탁으로부터 왕예의 후임으로 형주자사로 임명되었던 유표가 처음에는 연합군의 기세에 눌려 연합군의 연명장에 동참하겠다는 서명을 올렸으나, 처음부터 기회주의적으로 일관하다가, 연합군의 기세가 꺾이고 연합군의 기류가 무사안일로 빠져들자 연합군에서 발을 뺀다. 그러나 그 무엇보다 더욱 연합군에 타격을 입힌 것은 연합군에게 군수물자 보급을 맡은 기주자사 한복이 연합군에게 보내는 군량을 끊어 연합군 병사들이 기아 직전까지 몰리게 된 사건이다.

한복이 그러한 반칙을 행한 원인을 살펴보면, 반동탁연합군 초창기에는 비록 연합군이 전투에서는 지지부진했어도, 원소의 영향력은 계속 확산되어 가고 있었던 탓에, 이를 우려한 기주 치중종사 유자혜가 주군인 기주목 한복에게 수하의 입

장에서 느끼는 바를 중심으로 진언했었다.

"원소는 이전부터도 백성들의 신망이 깊었던 관계로 기주목 이른의 영향력이 미치지 못했는데, 원소가 연합군을 재정비하여 낙양을 탈환하게 되면, 원소는 기주목 어른의 영향력을 벗어나서 통제가 불가능한 사태로 진입하게 될 것입니다. 기주목께서는 군량보급을 신중히 하여 원소의 영향력을 최소화시키는 일에 주력해야 할 것입니다."

한복은 최측근 유자혜의 진언을 받아들여 원소에게 보내는 양초의 보급을 중단시키는 바람에, 원소를 비롯한 하내 진용의 군사들이 낙양성을 공략하기는커녕, 동탁진압군과 대치하는 일에도 상상할 수 없는 어려움을 겪도록 만들었다. 이로 인해 하내 진용의 연합군이 와해의 직전까지 내몰리게 되어 있을 때, 조조와 장막이 원소를 찾아온다.

"연합군의 현재 상황에서는 시간을 끌수록 전황은 더욱 불리해지게 되어 있습니다. 동탁이 장안으로 천도한 혼란을 틈타서 다시 총공격을 감행하면, 사수관을 돌파하고 낙양성을 함락시킬 수 있습니다."

원소는 안타깝다는 듯이 대답한다.

"기주목 한복이 군량보급을 중단하여, 지금 용병에 상당한 어려움을 겪고 있소이다. 군량이 확충될 때까지 잠시 공격을 유예해야 할 것 같소."

"용병에는 때가 있습니다. 지금과 같은 천시(天時)를 활용하지 못하면, 다시는 사수관을 돌파할 기회를 잡기 어려울 수 있습니다."

"물론 분무장군의 말이 옳지만, 병사들이 굶으면서 전투를 벌일 수는 없는 일이오. 천시(天時)도 중요하지만, 인화(人和)는 더욱 중요한 용병의 요체가 아니겠소?"

"이런 식으로 용병해서는 미래를 보장받기 어렵습니다. 우리는 독자적으로 용병을 하도록 하겠습니다."

조조, 장막 등이 원소의 용병에 반발하여 원소에게서 이탈하고자 한다. 이에 원소는 분란을 수습하고자 각 지휘관들을 부추겨서 한복의 이중적 행위를 징벌하는 방법으로 연합군 내부의 반발을 무마시키려고 한다.

"내가 군량의 보급을 막는 한복을 응징하여 일벌백계로 다스려서 곧 군량 문제를 해결하여 낙양성 공략을 재개하도록 하겠소. 잠시 독자적 군사행동을 멈추어주시오."

말을 마친 원소는 곧바로 한복에게 군령을 전한다.

"기주목께서는 병사들에게 보급할 군량을 적시에 공급하지 않는 군령위반이 군법상 어떤 징벌에 해당하는지를 알고 계십니까?"

원소는 직속상관에 대한 예의를 최대한 갖추기 위해 존대를 쓰면서도, 군령을 어긴 행위에 대해 가혹한 질타를 가한다. 궁지에 몰린 한복은 연합군 진영의 반발을 무마시키고자 변명으로 일관한다.

"나는 군수물자의 보급을 치중종사 유자혜에게 일임을 하였소. 그런데 치중종사 유자혜가 전혀 상상도 할 수 없는 일을 벌였다니, 나는 치중종사 유자혜에게 군령불이행의 죄목을 걸어 그를 처형하려고 하오."

반동탁연합군 진영의 반발에 접한 한복이 유자혜에게 죄를 뒤집어씌워 그를 처형하려고 하자, 한복의 최측근인 경무 등이 직언을 올리며 막아선다.

"유자혜는 기주목 나리를 위해 군량보급을 중단했습니다. 이제 그 죄를 전부 유자혜에게 씌어서는 기주목께 쏟아지는 천하의 비난을 피할 길이 없어집니다. 유자혜를 추방하는 선으로 끝내면서 반발을 마무리해야 천하의 비난도 모면하고, 측근도 믿음으로 기주목 나리를 위해 생명을 바칠 것입니다."

한복이 유자혜를 추방하는 선에서 사태를 마무리 짓고, 다시 군수보급을 재개하여 연합군의 불만은 잠잠해지지만, 하내와 산조의 연합군은 지휘관들의 동상이몽과 불협화음으로 동탁에 대한 효율적인 공략을 강행하지 못한다.

이를 답답해하던 장막이 원소의 무원칙한 용병을 탓하더니 급기야 원소의 독단적이고 오만한 태도를 규탄한다.

"거기장군은 어찌 군사를 부림에 있어 원칙이 없고 우유부단합니까? 여태까지는 연합군 맹주로서 예우를 갖추었으나, 이제부터는 친구의 입장에서 할 말을 해야겠소. 장군은 한복이 중단한 군량보급 문제가 해결되면, 곧 낙양을 공략하겠다고 공언을 했소. 그러나 군량보급의 문제가 해결된 이후에도 장군의 독단적 판단에 의거하는 바람에, 여태까지 미적거리다가 공격의 시점을 놓쳤는데, 이것은 장군의 용병에 문제가 있다는 것을 증명시키는 것이 아니오?"

원소는 자신을 비하하는 장막에게 반발하여 장막을 꾸짖더니 조조에게 명을 내린다.

"맹주의 군사적 판단을 독단이라고 폄훼하는 행위는 상관모독죄에 해당하오. 결코 좌시할 수 없소이다. 분무장군은 진류태수를 군율에 따라 처리하시오."

조조가 차분히 장막의 입장을 설명한다.

"거기장군, 나도 이제는 친구의 입장에서 말하겠소. 그동안 장군은 용병에 있어 주변의 의견을 듣고 판단한 것이 아니고, 자신의 독단적 판단에만 의존하여 용병의 중요한 때를 놓치고 말았소. 이런 잘못을 지적하는 친구를 해치려는 행위는 옳지 않으니 이를 중단하시오."

5) 손견은 양현전투에서 대패하여 노양으로 도주하다

반동탁연합군이 효율적으로 낙양공략을 벌이지 못하고 서로 반목하고 있는 동안, 손견은 연합군 본영에는 참여하지 않고, 연합군과는 별개로 원술의 휘하에서 독자적인 별동대 비슷한 역할을 하며, 형양 일대의 친동탁 성향의 군소군벌들을 하나씩 정리하면서 남양주에서 형양으로 북상하고 있었다.

손견은 연합군 내부에서 반목이 일어나기 바로 직전, 형주자사 왕예를 죽이는 하극상을 벌이고, 또한 '천하 18로 제후의 의거'가 일어났을 때는 군량을 제대로 보급하지 않는다는 이유로 남양태수 장자를 살해하는 등으로 연합군 내부의 위계질서를 뒤흔드는 바람에 지휘관들의 공분을 사게 되어 죽임을 당할 처지에 놓여있었는데, 이때 든든한 가문의 배경을 등에 업은 원술의 도움으로 죽임의 위기에서 벗어난 후, 원술의 충실한 부장으로 활약하는 중이었다.

원술의 후원으로 파로장군 겸 예주자사에 오르게 된 손견이 190년(초평 원년) 10월, 영천 등 예주의 몇개 군에서 모집한 병사를 이끌고 노양으로부터 남양까지 와서 원술의 후원으로 수만의 남양용병대를 결성한 후, 3천리나 되는 장거리를 잠시도 쉬지 않고 북상하여, 양현(양성)에 이르러서야 비로소 군영를 세우고 주둔한다.

손견이 남양용병대 수만 명을 이끌고 올라오자, 서영은 동탁의 명령을 받고 손견과 대적하기 위하여 양성에서 주둔하며, 손견의 진입을 방비한다. 서영의 철통과도 같은 방비에도 불구하고 손견이 노양에서 남양을 거쳐 형주를 관통하여 낙양의 인근 양현으로 북상하자, 동탁은 허리가 끊기는 위협을 느낀다. 이에 동탁은 서영에게 더욱 적극적으로 손견의 북상을 총력 저지하도록 명한다.

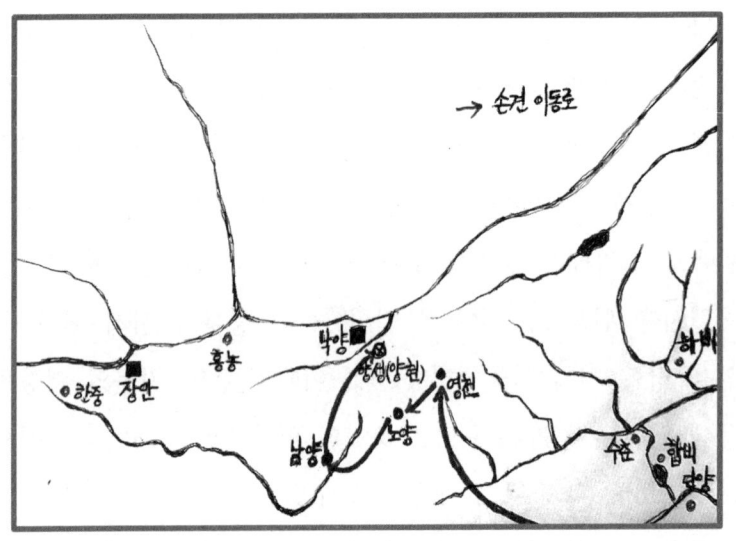

　한편, 손견의 군사들은 밤낮을 가리지 않고 북상했던 탓에 양현에 당도했을 때, 이들은 엄습해오는 엄청난 피로로 몸과 마음을 가누지 못할 지경이 된다. 그동안 남양용병대는 형주로 진격해 올라오는 과정에서, 주변 군현의 큰 저항을 받지

않고 손쉽게 친동탁의 군현들을 복속시키면서 심리적으로 안이함을 지니고 있었다.

이 때문에 손견의 남양용병대는 양현에 도달하자마자, 교만에 빠졌는지 상대방 군사의 동향을 무시한 채 특별한 경계도 없이 곧바로 휴식에 들어간다. 이런 약점을 간파하고 있던 서영이 이일대로(以逸待勞)전략을 펼쳐, 야간에 양성에서 몰래 출성하여 손견의 양현 주둔지를 기습적으로 공격하자, 손견의 남양용병대는 속수무책으로 격파되고, 손견은 서영의 추격을 받아 부리나케 달아나기 시작한다. 서영은 달아나는 손견을 발견하고, 손견을 향해 악을 쓰면서 추격하기 시작한다.

"붉은 융단 두건을 두른 자가 적장 손견이다. 그자를 추적하라. 적장을 잡는 자에게는 큰 상을 내리겠다."

이에 모든 병사들이 붉은 융단 두건을 쓴 손견을 향해 추격하기 시작하자, 조무가 얼른 손견에게 다가가서 다급하게 속삭인다.

"장군, 장군의 두건을 소장에게 건네주십시오."

손견이 우려 섞인 목소리로 반문한다.

"그대는 어찌하려고?"

주무가 단호한 어조로 대답한다.

"장군 대신 적을 다른 곳으로 유도한 후, 반드시 살아서 주군께 돌아가겠습니다."

조무가 손견의 두건을 대신 쓰고 적병을 다른 곳으로 유도

하는 바람에, 손견은 샛길로 빠져 안전하게 노양으로 돌아가는 길로 들어선다. 조무 또한 적을 다른 곳으로 유인한 후, 손견이 안전하게 도주한 것을 확인하고, 무덤 사이사이 타다 남은 기둥에 손견의 두건을 걸어두고, 멀리 풀숲에 숨었다가 적을 따돌린 채 노양을 향해 달아나기 시작한다.

서영의 별동대 기병에게 대패하여 수만 명의 군사를 다 잃은 손견은 겨우 기병 수십기 만을 이끌고 노양으로 퇴각하는데, 이 전투에서 승리한 서영은 손견에게 투항하고 동탁에게 등을 돌린 예주종사 이연과 영천태수 이민을 생포하여 끓는 물에 삶아 죽인다. 양현전투에서 원술이 지원하는 손견도 참혹한 패배를 당한 후, 반동탁연합군은 형양의 일대에서도 활약하기가 한층 어려워진다.

중랑장 서영이 손견을 양인성(양현)에서 물리치고 동탁이 다소 마음에 여유가 생긴 시기에, 춘절을 맞아 꽃이 피기 시작하면서 낙양의 근교에서는 주민들이 겨우내 움츠렸던 몸과 마음을 털어내고, 마을의 축제를 즐기기 위해 곱게 몸단장을 한 채 가무를 즐기고 있었다.

동탁이 낙양 근처의 방비와 민심의 동향을 살피기 위해 군사를 이끌고 낙양성 외곽의 양성을 지나는데, 주민들이 순찰 중인 동탁을 발견하지 못하고 그대로 유흥을 즐긴다. 주민들이 자신을 경멸한다고 곡해를 한 동탁은 엄청나게 비위를 상한다. 동탁은 이들이 상국에 대한 예를 갖추지 않는다는 괘씸

한 생각이 들자, 뒤틀어진 심기를 억제하지 못하고 경호병들에게 이들을 모두 잡아들이라고 지시한다.

"지금 이 시기는 반란군 때문에 군량미도 부족하고, 군수품도 모자라서 모든 백성이 고충을 겪고 있는데, 이것들은 따듯한 날씨가 왔으면 일할 생각을 하지 않고 몸치장이나 하면서 열심히 일하는 주변의 눈살을 찌푸리게 하다니. 백성들의 단합을 저해하는 저들을 벌하여 일벌백계할 것이다. 저 무례한 것들을 모두 잡아들여라."

경호병들이 이들을 모두 잡아들이자, 동탁은 이들이 역도라는 누명을 씌어 남자들은 모두 학살하고, 여자들은 병사들에게 첩이나 노비로 삼게 한다. 자신에게 예를 갖추지 않고 도전하는 사람들은 추호도 용납하지 못하는 편집증이 힘없는 양민에게도 똑같이 나타났다. 이후 양민을 무자비하게 학살했다는 사실이 알려질 것을 우려한 동탁이 경호병들에게 거짓 소문을 내도록 지시한다.

"낙양 외곽을 순찰하다가 양성에서 도적 떼를 만나 도적들을 모두 척살하여 시신을 불태우고 개선했다."

동탁은 시신까지 유기하여 백성의 눈과 귀를 속이려 했으나, 손바닥으로 하늘을 가릴 수는 없는 법이다. 사건의 전말은 불과 며칠이 지나지 않아 백성들 입에서 입으로 전해져 백성들은 동탁의 잔인함에 치를 떤다.

6) 원소는 연합군의 명분을 위해 천자 폐위를 거론하다

원소는 연이은 패전으로 반동탁연합군의 사기가 침체되고 무기력에 빠져들어 가기 시작하자, 새로운 동력을 얻어내기 위해 191년(초평2년) 정월, 한복 등과 함께 헌제를 폐위하고, 유주자사 유우를 새로운 황제로 옹립하려고 전략회의를 개최한다.

"지금 우리 연합군은 새로운 체제가 필요합니다. 지금 헌제는 동탁이 세운 허수아비 황제로 동탁은 이를 이용해서 천자의 칙령을 빙자하여, 우리를 역도로 몰면서 연합군의 우호 세력들도 우리를 돕지 못하도록 방해하고 있습니다. 우리는 동탁의 협천자를 막아야 동탁의 월권을 통제하여, 각 지방의 제후들로부터 군량이나 군수품의 지원을 받을 수 있을 것입니다. 이대로 가다가는 군량미와 군수품의 부족으로 연합군을 유지하기가 상당히 어려울 것입니다. 게다가 천자가 어려서 동탁의 폭정을 막아내기 어려울 뿐만 아니라, 천자가 함곡관, 동관의 관문으로 막힌 먼 관중에 있어 생사조차 확인할 방법이 없습니다. 따라서 헌제를 대신하여 정통성과 명분에도 문제가 없고, 백성들에게 인망이 높은 유주자사 유우를 새로운 천자로 옹립해서 새로이 출발했으면 합니다."

이때 원술은 원소가 새로운 천자를 옹립하면, 원소의 세력

이 배가 되는 것을 질시하여 극렬히 반발한다.

"무릇 신하가 되고자 하는 사람은 두 마음을 가져서는 아니 될 것입니다. 하나의 하늘에 두 개의 태양이 있을 수 없듯이, 한황실에 천자를 두 명 둘 수는 없는 것입니다."

조조 또한 원소의 안에 강력히 반발한다.

"동탁의 죄악이 천하에서 공분을 사고 있어, 반동탁연합군이 거병하자 낙양에서 원근(遠近)을 떠나 호응하지 않는 곳이 없었습니다. 이는 우리가 대의를 따라 거병을 했기 때문입니다. 지금 황제가 비록 미약하여 간신 동탁에게 압제를 당하고는 있으나, 전한 초기의 창읍왕처럼 망국의 징조를 아직까지 내보인 적이 없습니다. 천하의 뜻을 물어보지도 않고 우리끼리 천자의 폐립을 논한다면, 천하의 어떤 사람들이 천자의 폐립에 동의를 하겠습니까? 거기장군이 유주자사 유우를 옹립하기 위해 북쪽을 향한다면, 나는 장안의 천자를 모시기 위해 서쪽을 향하겠습니다."

유주자사 유우를 새로운 천자로 옹립하고자 하는 논의는 결국 당사자인 유우가 완강히 거부하여 무산되었지만, 이때부터 반동탁연합군은 내부적으로 더욱 분열되어 서로 질시하고 반목하게 된다. 더 말할 나위도 없이 하내와 산조 진용에서의 낙양공략은 지지부진하게 되어, 연합군은 하릴없이 세월만 흘려보내는 형국이 된다.

13.
손견, 연합군 최초로 낙양성으로 입성하다

13. 손견, 연합군 최초로 낙양성으로 입성하다

1) 강동 호랑이, 손견

손견은 양현(梁縣)에서 서영에게 수만의 병사를 잃고, 노양으로 피신하여 재기가 어려울 것처럼 보였으나, 191년(초평2년) 2월, 원술의 후원을 받아 새로이 모병한 군사 수만을 다시 이끌고, 낙양을 공략하기 위해 형양 방향으로 재차 진격하여 양인에서 대대적으로 군을 정비하기 시작한다. 이에 대응하여 동탁은 호진을 총사령관으로 하여 대도독으로 삼고, 기독으로 여포, 도독으로 서영 등을 수하로 보내 손견을 대적하게 하면서 출정을 떠나는 대도독 호진에게 단단히 당부한다.

"대도독 호진은 용맹으로는 둘째가라면 서러워할 장수이지만, 성격이 급한 점은 용병에 다소 해가 될 여지가 있으니 신중히 군사를 부리기 바라오."

동탁의 완곡한 당부에 호진은 굳은 결의를 보인다.

"태사(太師)의 가르침을 명심하여 꼭 승리를 가져오겠습니다. 만일 이번에 출정하여 손견의 수급을 얻지 못하면 결코 돌아오지 않겠습니다." 동탁은 호진의 굳은 결의를 보고 흡족해하며 총론적인 작전명령을 내린다.

"대도독은 군을 몰고 신속히 진군하되, 광성에 도착해서는 행군을 멈추고 군을 신속히 정비하라."

동탁의 구체적이고 명확한 당부를 받고, 양인에 있는 손견을 상대하러 떠난 호진은 잠시도 쉬지 않고 내달아 광성에 당도하였으나, 손견을 격파할 생각에만 몰두하여 동탁의 당부도 잊고 손견의 본진으로 계속 진격한다. 호진이 봄철의 따스한 햇살을 받으며 잠시도 쉬지 않고 내달려온 보병의 피로는 전혀 감안하지 않고 전공만을 눈앞에 그리는 바람에, 병사들은 지쳐서 움직이기도 귀찮아할 지경에 놓인다.

이런 판국에도 대도독 호진은 계속 진군을 하니, 병사들은 불만이 팽배하여 드디어 뒤에서 대도독 호진을 비방하기 시작한다. 이를 감지한 호진이 병사들의 분위기를 읽고 잠시 머뭇거리는 사이, 옆에서 따라오던 여포가 한마디를 거든다.

"대도덕, 양인성 주변이 조용한 것을 보니, 역도들이 우리의 위세를 두려워하여 도주한 것 같습니다. 역도들의 뒤를 계속 추격하는 것이 어떻겠습니까?"

호진은 그렇지 않아도 공적을 눈앞에 그리고 있었는데 휘하의 기독이 심리를 부추기자, 기운이 뻗쳐 보병들의 고충은 생각지도 않고 다시 진군명령을 내린다. 병사들이 죽을힘을 다해 양현의 양인성 근처에 당도했을 때는 모든 병사들이 몸을 가누지 못할 정도의 지경에 이른다. 우여곡절 끝에 호진의 군사들이 양인성에 도착하여 보니, 여포의 예측과는 달리 양인성은 이미 철저히 방비가 되어 있었다.

　손견은 호진이 아침에 군사를 이끌고 출발하여, 이른 신시(辛時) 오후에 양인에 도착한 시간을 계산하여 보고, 호진의 군사들이 쉬지 않고 강행군을 했다는 것을 확신한다. 손견은 부장 중에서 조무를 대동하여 병사를 이끌고, 양주 동쪽으로 돌아 나와서 호진을 공격한다. 비록 호진의 군사들이 쉬지 않고 강행군하여 보병은 초주검이 되어있었을지라도, 여포의 철기병과 서영의 정예병들은 백전의 용사들이었다.

　맹장 여포와 지장 서영의 격렬한 저항을 받은 손견은 오히려 패배하고, 조무의 도움으로 위기를 벗어나서 양성으로 되돌아간다. 성으로 돌아온 손견은 정보, 황개, 한당, 조무를 불러들이더니 함께 참전했던 조무를 바라보며 묻는다.

　"태영은 전투를 하면서 이상한 점을 느끼지 못했는가?"

　조무가 공감하는 표정을 지으며 대답한다.

　"전투에서 호진의 보병이 여포의 기병과 힘을 합쳐 전력을 다해 싸웠더라면, 장군과 소장은 헤어나지 못할 위기에 빠질 뻔했으나, 호진의 보병에게 전혀 예기를 느낄 수 없었습니다. 그들은 그냥 건성으로 창칼을 쥐고 서 있는 듯했습니다."

　손견이 무릎을 '탁' 치며 화답한다.

　"바로 그것이오. 지금 호진의 보병들은 모든 것이 다 귀찮고 빨리 휴식을 취했으면 하는 생각뿐이 없소. 그러나 호진은 공적에 눈이 어두워 있어 지친 보병을 막무가내로 다그치면서 전투에 임하게 하였소. 적병은 다행히 여포의 기병이 거세게 공세에 나서면서 이번 첫 전투에서 승리하였음에도, 호진은 쓸데없는 공명심에 도취가 되어 억지로 자신의 용병이 뛰어나 승리했다는 합리화를 꾀하려 하고 있소이다. 그러면서도 내심으로는 여포의 공적을 인정하지 않을 수 없는 이유로 내가 보병을 앞세우는 전투진형을 세우면, 호진은 틀림없이 보병전으로 승리를 취하기 위해 무모하게 지친 보병을 이끌고 전투에 임할 것이오. 앞서 전투에서도 자신이 용병을 훌륭히 해서 승리했다는 것을 합리화시키기 위한 심리적 부담 때문에도 그리할 것이오. 이제 성에는 태영(조무)이 수성에 필요한 소수의 병사만 남겨 지키고, 덕모(정보), 공복(황개), 의공(한당)은 나를 따라 전 병력을 이끌고 성 밖으로 나가 호진의 군사를 공략합시다. 덕모와 공복이 기병을 이끌고 여포의 기병을 방어하며 최대한 시간을 끌면서 버티면, 나와 의공은 그 사이 호진의 보병을 척결한 후, 여포의 기병을 공략하는데 합류하겠소."

손견은 정보와 황개에게 지시를 내리고 다시 호진의 진형을 향해 나아가더니, 호진이 세운 진형을 바라보며 말한다.

"내가 보병 중심의 전투 진형을 세울 때, 호진이 어떤 전술로 나오는지를 면밀하게 관찰했다가, 내가 예측한 것과 다른 전술로 나오지 않는 한, 사전에 지시한 전술대로 임하시오."

손견이 동탁진압군을 상대로 전투 진형을 세우고 있을 때,

호진은 여포와 함께 5천의 기병, 보병을 이끌고 대치한다. 이때, 여포가 손견의 진형을 굽어보더니, 호진에게 기병 위주의 전술로 임할 것을 제안한다.

"지금 반란군이 세운 진형을 보면, 완전히 보병을 중심으로 하는 전술을 구가하고 있습니다. 그러나 우리가 반란군의 전술에 말려들어서는 함정에 빠지게 됩니다. 내가 서량철기병을 이끌고 적진을 뛰어들어 적의 진형을 흔들어 놓을 테니, 대도독께서는 전면에서 철기병의 공격이 수월하도록 궁노를 무제한 날려주십시오."

호진은 직전의 전투에서 승리하였으나 찜찜하고 어쭙잖은 승리였던 탓에, 이번 전투에서는 공적을 여포에게 빼앗기고 싶지 않은 욕심으로 가득 차 있었다.

"기독의 서량철기병을 먼저 투입시켰다가 보병들의 거센 반격을 받아 기병들만 희생되면, 전투는 승리를 떠나 크나큰 피해를 입게 될 것이오. '이에는 이, 눈에는 눈이라'고 했소. 반란군이 보병 위주의 전투를 구사한다면, 우리도 용맹한 보병으로 적진을 붕괴시켜야 하오."

"대도독, 우리 보병은 장시간을 쉬지 않고 진군하여 피로에 찌든 상황입니다. 한번은 정신력으로 사력을 다해 싸워 이겼으나, 다시 정신력을 기대하여 싸우는 것은 만용입니다."

"기독, 서량의 용맹스런 용사들을 욕보이려 하는가?"

여포는 할 말을 잃고, 결국은 독자적으로 전투에 임하기로 한다. 여포와 호진이 반목하여 호진의 보병과 여포의 기병이 따로따로 작전에 임하자, 동탁진압군은 기병과 보병을 적절히 용병하는 협업의 이점이 사라지고 만다.

손견의 예측대로 호진이 보병을 이끌고 백병전에 임하자, 손견은 특유의 용력으로 남양용병대를 지휘하며 호진의 보병을 상대로 사력을 다해 싸우니, 지친 호진의 보병들은 싸우려는 투지를 잃고 도망치기에 바빴다. 기병은 보병의 엄호가 없으면, 작전을 수행하는 일에 한계가 있을 수밖에 없다. 호진의 진형이 붕괴되고 보병의 대열이 무너지자, 여포도 기병전을 펼치기 어려운 상황이 되고 한편, 대도독 호진은 손견의 군사들에 둘러싸여 목숨이 경각에 놓이게 된다.

이때, 도독 서영이 말을 몰고 달려와서, 손견의 남양용병대를 추풍낙엽 쓸 듯이 쓸어버리고 호진을 구하여 달아난다. 여포는 손견의 기병이 앞길을 막으며 싸움을 걸자, 이들을 상대로 선전을 했음에도 대도독 호진의 보병이 대패하여 도주하자, 자신도 기병을 거두어 군영으로 돌아간다. 동탁은 양인전투의 패배를 보고 받은 후, 패배의 원인이 호진과 여포의 불화 때문이라는 것을 알게 되지만, 두 장수 모두 자신이 가장 아끼는 장수인지라 패배에 대한 체벌을 논하지 않는다.

손견이 호진과 여포를 격파한 여세를 몰고 사수관을 향해 계속 북상하자, 동탁은 친히 대군을 이끌고 양인으로 나와 양인에서 손견과 장기간 대치한다. 손견은 전략적 고지를 점령하여 유리한 입장에서 장기전에 대비했으나, 고지대에서의 장기간의 대치는 군량미와 각종 군수품이 부족한 손견에게는 치명적 결점이 될 수밖에 없었다.

손견은 원술에게 그동안의 전과에 대한 승전 보고를 올리고 고갈되어 가는 군량미와 군수품의 지원을 요청하자, 원술은 빠듯한 군량미와 군수품의 배분을 손견에게 우선적으로 배분하려고 군수담당관을 부른다. 이때 군수담당관이 원술을 걱정하는 마음으로 조심스럽게 조언을 올린다.

"손견을 일컬어 '강동의 호랑이'라고들 합니다. 손견이 지금은 기반이 없어 장군의 휘하에 있지만, 낙양을 먼저 함락시켜 일등공신이 되면, 그 거친 성격에 끝없이 교만해져서 언제 장군의 휘하에서 독립하려 할지 모릅니다. 손견을 장군의 휘하에 오래도록 잡아두려면, 손견보다는 다른 지휘관이 먼저 낙양을 함락시키도록 지원하여 그들이 낙양을 점령하도록 한 후, 장군이 손견을 부려 공적을 배분받아 지분을 챙기는 것이 손견도 잡아두고 공적도 챙기는 가장 현명한 일석이조의 처세가 될 것입니다. 그러기 위해서는 손견에게 군수물자 지급을 중단하여 손발을 잠시 묶어두는 것이 최선의 선택입니다."

원술은 장수의 의견이 일견 맞는 면도 있다는 생각에 손견에게 보내는 군수지원을 끊고, 돌아가는 상황을 조심스럽게 지켜보기로 한다. 원술은 한정된 군량과 군수품으로 자기와 대등한 관계에 있는 지휘관을 지원하여, 그들의 환심을 사는 것이 후일의 구도에도 큰 도움이 될 뿐만 아니라, 손견도 영구적으로 자신의 수하로 묶어두게 되리라는 착각에 빠져, 결국은 손견에게 끝까지 지원물자를 보내지 않는 우를 범한다.

이윽고, 동탁은 유리한 입지에 놓여있는 손견이 갑자기 공격을 멈추는 이상한 동태를 감지하고, 척후병을 보내 손견 군영의 내부를 정탐하도록 한다.

"적병들이 꼼짝하지 않고 군영에서 칩거하는 원인을 살펴보도록 하라."

척후병이 며칠 동안 손견의 본영에서 벌어지는 현황을 파악하고자, 손견 본영의 주변을 탐지하다가 급기야 인근의 산에 올라 손견의 진채를 관찰한다. 그 후, 한동안 손견의 본영을 관찰하던 척후병들이 돌아와서 동탁에게 보고를 올린다.

"손견의 병사들에게 오랫동안 병참이 이루어지지 않고 있어, 병사들의 움직임이 형편없이 둔할 뿐만 아니라, 병사들의 사기가 말할 수 없이 추락해 있습니다. 취사장의 굴뚝에서는 밥을 짓는 연기가 하루 두 차례에서 하루 한 번으로 현격히 줄어들고 있습니다."

동탁은 보고를 받은 즉시 이숙을 불러들여 손견을 공격하도록 지시한다.

"중랑장, 지금 손견의 군영에서는 어떤 연유인지는 몰라도 양초가 제대로 공급이 되지 않고 있는 것 같다. 병주강병 1

만과 서량철기병 5천을 이끌고, 손견의 본영으로 밀고 들어가서 전면전을 펼치라. 만일 그대가 손견의 위계에 걸려들어 매복에 빠지는 상황이 된 것이라면, 궁수들을 통해 하늘로 불화살을 날려라. 그런 사태가 발생하면, 나는 이각을 통해 즉시 구원병을 보내겠노라. 그러나 지금 적진이 놓여 있는 상황을 냉정히 살펴 보건데, 적병이 움직이지 않는 것은 위계를 꾸미는 손견의 계책은 아닌 것 같다. 그대는 전혀 두려워할 필요 없이 과감히 공격하라."

이숙이 동탁의 명령대로 군사를 이끌고 손견의 본영을 향해 무서운 기세로 몰려오자, 제대로 먹지 못해 사기가 떨어진 손견의 병사들은 싸울 생각은 전혀 하지 않고 무조건 도망갈 궁리만을 먼저 하기에 이른다. 이런 병사들을 이끌고는 전투가 어렵다고 느낀 손견은 동탁진압군의 공세로 입게 될 피해를 최소화하고자, 진압군이 당도하기 전에 금선탈각(金蟬脫殼:퇴각시 단계적으로 퇴각의 수순을 밟음) 전략으로 안전한 퇴각을 시도하기로 한다.

손견은 본영을 그대로 보존하여 여전히 군사들이 주둔한 것처럼 위장하고, 퇴각하는 후방에 정예군을 배치하여 후방을 철저히 방어하게 하면서, 전체 군사들이 단계적으로 철수하도록 명령하여, 결국 손견은 금선탈각 전략을 통해 군사적 손실을 최소화하며, 성공적으로 군사를 이끌고 양인에서 원술이 있는 본영까지 2백리를 후퇴하는 데 성공한다. 무사히 원술의 본영에 도착한 손견은 정보, 황개와 함께 원술의 본진으로 찾아가서 다짜고짜 손견을 다그친다.

"장군, 나는 연합군의 대의를 좇아 군사를 일으킨 이후, 장군의 도움으로 입지를 굳혀 장군께 감사하면서 살아왔습니다. 그렇기때문에 장군께 받은 은혜를 보답하고자, 여태까지 장군의 휘하에서 일관되게 충성을 다하며 일한 결과, 마침내 양현까지 진격하여 동탁의 주력군만 공략하면, 곧바로 사수관을 붕괴시킬 수 있는 그런 절호의 기회를 맞이했습니다. 그러나 병참이 제대로 이루어지지 않는 바람에 놓치고, 어이없이 이대로 퇴각하여 다시 본진으로 돌아왔으니, 이 어찌 통탄할 노릇이 아닙니까? 도대체 당장 시급한 병참을 신속히 행하지 않은 이유가 무엇입니까?"

원술은 손견이 용맹하고 강인하나 직선적이고 단순하며 행동이 경박한 성품의 소유자라는 것을 잘 알고 있었기에 크게 당황해하며, 지난날 손견이 왕예에게 대책 없이 행했던 하극상을 떠올린다.

'지난날, 손견은 형주자사 왕예가 자신의 경박함과 무식, 무례를 탓하자, 왕예가 자기를 무시한다는 이유 하나만으로 왕예를 죽이는 하극상을 벌였고, 그래서 동탁은 왕예의 후임으로 유표를 형주자사로 새로이 임명하면서 손견에게 중형을 내리려 할 때, 내가 원씨가문의 힘으로 손견을 비호하여 보호해주었었고 또한, 연합군이 기치를 세운 후에는 내가 남양태수 장자가 병참의 책임을 지고 있는 나에게 비협조적이라고 손견에게 불평을 늘어놓자, 손견은 곧바로 장자를 찾아가서 주살하고 남양을 통째로 나에게 바치는 등 생각보다 행동이 앞서는 손견이 아닌가.'

 이런 생각에 이른 원술은 손견의 강력한 항의에 직면하자, 자기를 위해 조언을 해준 군수담당관에게 죄를 물어 주살하고, 손견에게 궁색한 변명으로 일관함으로써 사태는 조용히 묻혀 버린다.

2) 손견, 반동탁연합군 최초로 낙양성으로 입성하다

원술로부터 군량미와 군수품을 충분히 보급 받은 손견은 다시 동탁과 대치하던 양인으로 군사를 이끌고 진군한다. 손견이 양인으로 군사를 이끌고 다시 북상하자, 동탁은 곤혹스러운 표정으로 측근들에게 손견을 요리할 비책을 청한다.

"강동의 손견이라는 피곤한 아이가 또다시 나를 곤혹스럽게 하는구나. 저 아이를 어떻게 요리를 해야 할지 좋은 의견을 제시해 보라."

동탁의 표정을 살피던 참모 유애가 나선다.

"태사께서는 크게 우려하시지 않으셔도 될 것입니다. 손견은 과거 미양전투에서 서영장군에게 대패하여 군사를 모두 잃고, 겨우 수하 수십 명을 이끌고 노양으로 패주했습니다. 지금 손견이 이끌고 있는 병사들은 노양에서 다시 급하게 모병한 군사들이기에 훈련을 제대로 받지 못한 신참입니다. 손견의 군사적 재능은 우리 본영의 이각, 곽사장군 만도 못합니다. 이각과 곽사장군을 불러들이면 충분히 손견을 요격할 수 있을 것입니다."

동탁은 고개를 '절레절레' 흔들며 대답한다.

"아닐세. 지난번 미양에서는 손견이 성급히 북진하다가 병사들의 기력이 저하되어 싸워보지도 못하고 패주한 것이지,

손견의 패착이 결코 아니네. '강동의 호랑이'라는 소문이나, '서량의 호랑이'라는 소문은 공연히 나오는 말이 아니다. 손견은 비록 급하고 단순한 성격이기는 하나, 본인이 직접 앞장서서 솔선수범하여 병사들의 사기를 진작시키는 등 용병에 전혀 하자가 없네."

동탁은 손견의 용맹을 인정하면서, 은근슬쩍 자신이 '서량 호랑이'라는 평에 대한 세간의 평가를 높이려는 의도까지 겸해서 손견을 후하게 평한다.

동탁의 의중을 파악한 이유가 앞으로 나서며 말한다.

"손견과는 전면전을 펼치기보다 손견을 회유하는 방법으로 우리에게 협조하도록 유도해 봄이 어떻겠습니까?"

동탁은 이유의 제안을 받아들여, 손견과의 화친을 제의하기 위해 손견과 친분이 있는 이각을 부른다.

"그대는 손견에게 가서 나의 화친의 사를 전하고, '손견의 아들들에게 자사와 태수를 주겠으니, 나와 함께 천하를 호령하자'라는 친서를 전달하라."

동탁의 명을 받은 이각이 즉신 손견에게 찾아가서 동탁의 뜻을 전한다.

"태사께서 손견장군을 흠모하여 함께 천하를 호령하자고 하였습니다. 자제분들에게는 모두 자사와 태수를 임명한다고 하니 함께 손을 잡고 일해 봅시다."

이각이 과거의 친분을 무기로 갖은 교언영색으로 손견을

유혹하지만, 손견은 이각을 거들떠보지도 않고 허공에 대고 대답한다.

"그대는 내가 사리사욕에 빠져 동탁과 같은 역적과 야합을 할 사람으로 생각하시오? 나는 동탁의 삼족을 멸하지 못한다면, 죽어서도 눈을 감지 못할 것이오. 당신도 지금 당장 내 앞에서 사라지지 않으면 단칼에 목을 베겠소."

손견은 동탁을 심하게 폄훼하면서 사수관을 향해 계속 진격할 의향을 나타낸다.

이각이 손견을 설득하지 못하고 돌아와서 동탁에게 손견의 뜻을 전하자, 동탁은 일대 결전이 불가피함을 인식하고, 낙양 90리 앞의 대곡에서 진형을 구축하여 손견과의 일전을 대비한다. 얼마 후, 손견이 대곡에 도착하여 척후병에게 주변의 지형과 적의 진형을 살펴보도록 지시하자, 척후병이 주변 정찰을 다녀와서 보고를 올린다.

"적의 진형은 계곡의 입구를 틀어막은 채, 진형의 선두에 기병을 배치하고 중앙에 주력군을 배치한 예진입니다. 중앙군의 후미에는 '태사 동탁의 깃발'이 있습니다."

정찰병의 보고를 받은 손견은 측근의 장수들을 불러놓고 대책을 논의한다.

"지금 적병의 진형은 정찰병의 보고와 같소. 동탁은 선두에 기병을 세우고 중앙을 정예병으로 두텁게 포진한 것으로 보아, 대곡의 입구를 틀어막는 동시에 아군의 허점을 노려, 상황에 따라 전술의 변형을 구사하려는 것 같은데, 부장들은 어떻게 대응해야 한다고 생각하시오?"

"장군의 말씀대로 대곡의 입구에 예진을 형성할 경우 방어의 의미가 크지만, 선두에 기병을 세우고 중앙에 정예군을 포진시켰다는 것은 여차하면 어린진이나 쐐기진으로 변형하여, 아군을 전방에서 격퇴하겠다는 의도일 것입니다. 동탁은 주력군을 대곡으로 총집결하여 우리보다 몇 배 많은 병력이 포진해 있습니다. 아군은 정면에서 벌어지는 대규모 공세를 피하고, 후면을 기습적으로 공격하여 적진의 후미에 있는 동탁에게 위기의식을 일으켜 적병을 심리전으로 제압하도록 해야 할 것입니다. 다행히도 동탁은 대곡 입구의 계곡에 군사를 매복시키지 않았습니다. 오늘 밤의 깊은 야음을 틈타서, 강노수 2천명을 좌우로 갈라 계곡 양쪽의 구릉으로 은밀히 이동시킵니다. 아침이 밝아오는 대로 적진의 선봉군에는 우리 보병과 궁노수로 적의 기병이 근접하지 못하도록 대치시키고, 우리 기병을 적의 기병과 대적시켜 팽팽히 견제한 후, 보병을 앞으로 전진시켜 적군의 전면에서 전선을 형성합니다. 적장이 아군을 상대로 계곡의 입구를 지키면서 아군의 허점을 찾아 공략하기 직전, 구릉에 매복한 강노수들이 언덕에서 동탁의 후미를 공략하면, 갑작스러운 기습에 동탁이 놀라 적진은 혼란이 일어나게 될 것입니다. 이때 남양용병대에게 총공격 명령을 내리면 우리에게 승산이 있습니다."

장사도위 주치가 자신있게 말하자, 손견은 주치의 전술대로 야음을 통해 강노수를 계곡의 구릉으로 은밀히 이동시킨다. 아침이 밝자마자 손견은 대군을 대곡으로 보내 대접전을 벌이더니, 갑자기 동탁의 후미를 향해 궁노수를 활용한 기습전을 펼치게 한다. 갑자기 후미에서 나타난 궁노수의 기습으로 동탁의 진형에서는 큰 혼란이 일어나면서 진형이 붕괴되고, 동탁은 황급히 군사를 수습하여 장안으로 퇴각하기 시작한다.

대곡에서 동탁 본진을 물리친 손견은 여세를 몰아 낙양의 벌판으로 진입하고, 성을 쉴 사이 없이 공략하면서 낙양성을 지키는 여포를 몹시 긴장하게 한다.

여포는 수성에만 임할 뿐 출성을 포기하고 성안에서 궁노수를 통해 무수히 많은 화살과 쇠뇌를 날리며, 손견의 군사가 성벽으로 접근하지 못하도록 강력하게 저항한다. 양측 군사들이 장시간을 대치하면서, 폐허가 된 낙양에서는 화살, 쇠뇌, 화약 등 군수품과 군량미가 자체적으로 충당이 되지 못하자, 여포는 동탁에게 획기적인 방향의 전환을 요청한다.

"의부님께서 낙양을 수호하라면 목숨을 걸고 수호하겠지만, 폐허가 된 낙양을 지키는 것은 아무런 의미가 없는 것 같습니다. 의부님께서 특단의 결정을 내리심이 필요합니다."

동탁이 이유에게 여포의 전서를 보이며 대책을 구한다.

"그대는 봉선의 뜻을 어떻게 생각하는가?"

"기독의 뜻은 폐허가 된 낙양을 지키는 것은 계륵과 다름이 없다고 생각하는 듯합니다. 신도 낙양을 지키는 정열을 장안의 함곡관에 쏟는 것이 현명하다고 생각합니다."

동탁이 이유의 답변에 대해 긍정적으로 받아들이면서도 다시 묻는다.

"그러면 봉선을 장안으로 불러들이자는 말인가?"

"네, 그렇지만 낙양을 떠나면서 당장 여포 기독이 해야 할 일이 있습니다."

"봉선이 사전에 해야 할 일이라니?"

"장안으로 천도하면서 지금 낙양은 어느 정도 폐허가 되었지만, 이제 태사께서 완전히 낙양을 버리는 강수를 둔 이상, 견벽청야(堅壁淸野:성을 철저히 지키며 성의 주변을 풀 한포기 나지 않게 초토화시킴) 전략에서 청야(淸野)전략으로 변경하여, 낙양을 풀 한포기도 없이 완전한 불모지로 만들고 성에서 퇴각해야 합니다."

동탁은 이유의 조언을 받아들여 여포를 장안으로 불러들이는 동시에, 중랑장 동월에게 면지 지역을, 단외에게 화음 지역을, 우보에게 안읍을 맡겨 굳건히 방비하도록 명하고, 이숙에게는 함곡관을 맡겨 장안 주변의 방어를 책임지도록 하고 여포에게는 낙양을 초토화시키고 퇴각하도록 명한다.

여포가 동탁의 명을 받아 장안으로 퇴각하자마자, 손견은 아무런 저항도 받지 않고 곧바로 낙양성으로 무혈 입성한다.

14.
반동탁연합군의 분열

14. 반동탁연합군의 분열

1) 손견, 낙양에 입성하여 궁궐을 복원하다

　손견은 여포가 장안으로 물러난 얼마 후, 곧바로 낙양성에 입성하고 제일 먼저 원술에게 성에 입성하는 데 성공했음을 알린다. 이에 원술은 손견에게 자신이 낙양으로 입성할 때까지 낙양의 복구에 만전을 기울이도록 지시한다.
　사실 원술은 연합군과 별도로 손견을 자신의 별동대와 같이 수하에 두고, 본인과 직접 소통하여 군량미와 군수품을 직접 보급하고, 자신의 충실한 수하로 길들이고 있었다. 동탁이 장안으로 천도한 지 불과 1년밖에 되지 않았으나, 손견이 처음 접한 낙양은 마치 수백 년 동안이나 방치해 놓은 성읍처럼 귀신이 나올듯한 을씨년스러운 분위기였다.
　동탁의 청야(淸野)전략으로 풀 한포기도 남지 않은 낙양은 정통성이 있는 수도라는 상징적 의미 외에는 아무런 가치가 없었다. 손견은 낙양성에 입성한 후 옛 조정의 건장전 터에 진지를 구축하고, 직접적으로 원술의 지시와 지휘를 받으며 훼손된 종묘와 사직을 세우고, 폐허가 된 궁궐 등을 보수하기 위해 동분서주한다.

손견은 불에 달궈져 조각조각으로 부서진 채로 대궐의 마당에 산더미같이 쌓여있는 기와조각과 불에 타다 남은 목재 기둥 등을 모두 쓸어내고, 사용이 가능한 물자와 목재 등을 다시 활용하기 위해 군사들에게 세심한 관리를 주문한다.

 동시에 역대 황제의 신위를 모시고 제사를 차리기 위해, 불에 타 없어진 태묘(太廟)터에 3칸짜리 임시 사당을 짓는다. 며칠 동안 복구 작업에 매진하던 손견은 낙양성이 워낙 황폐해져서 어디에서부터 어디까지 손을 대야 할지 모를 정도로 난감함에 빠져, 저녁 늦게 군막에 들어 잠을 청하려 하나 마음이 심란하여 잠을 이루지 못한다. 다시 군막을 나온 손견이 건장전의 돌층계에 걸터앉아 북녘의 하늘을 바라보는데, 천자의 상징 자미원 성좌의 주위에 뿌연 기운이 잔뜩 끼어 암울한 기운이 서려 있는 것을 발견한다.

 "帝星不明 천자의 별이 밝지 못하니
　賊臣亂國 역적이 나라를 혼란하게 하여
　萬民塗炭 백성들이 암흑기에 들고
　京城一空 낙양은 공허한 터전으로 바뀌었도다."

 손견은 화려했던 시절의 낙양을 회상하면서 탄식하며 눈물을 흘린다. 이때 건장전 부근에서 야간경계를 서던 병사가 손견을 보고 달려와 큰소리로 외친다.

 "장군, 건장전 남쪽 우물에서 오색영롱한 빛이 밝은 빛을 발하다가 사라지고, 얼마 후 다시 밝은 빛을 밝히곤 합니다."

손견은 경비병의 보고가 너무도 신기하여 우물가로 달려가서 우물 속을 들여다본다. 그때 우물 속에서 발하던 영롱한 빛이 갑자기 환상적인 빛으로 변한다.

"병사의 보고가 틀림이 없는 것 같다. 우물 속으로 들어가서 횃불을 밝혀 보아라."

손견의 지휘를 받아 우물 속으로 들어갔던 경비병은 한참이 지난 후에야 우물 속에 숨겨 있던 여인을 건져 올린다. 여인의 시신은 오랜 시간이 지난 듯했으나, 신기하게도 형체를 알아볼 수 없을 정도로는 훼손되지 않았다. 궁궐 여인이 입는 옷을 입은 것으로 보아서는 내궁의 여인이 분명한데, 여인의 목에는 큰 비단주머니가 걸려 있었고, 죽은 여인의 손은 그 비단주머니를 꽉 움켜쥐고 있었다.

주변의 경비병들이 기이한 광경을 보고 탄성을 올리자. 손견은 너무도 기이한 일련의 상황을 돌이켜 보면서, 주체할 수 없는 궁금증이 일어나 경비병에게 즉각적으로 지시를 내린다.

"여인의 목에 걸려 있는 비단 주머니를 끌러 보아라."

경비병이 달려들어 여인이 꽉 움켜쥔 비단주머니를 떼어내려 하지만, 워낙 꽉 움켜쥐고 있어 쉽게 떼어지지를 않는다. 두세 명의 경비병이 달려들어서야 겨우 떼어내고, 경비병이 여인에게서 떼어낸 비단주머니를 손견에게 건네자, 손견은 횃불을 밝히게 하고 비단주머니 속의 물건을 살펴보던 순간 깜짝 놀라며, 주변의 측근들을 불러들여 함께 보도록 한다.

"부장들은 이것을 좀 보시오."

손견과 함께 금실과 은실로 수놓은 비단주머니 속에서 나온 귀중한 보석함을 보던 부장들의 눈이 휘둥그레진다.

"아니, 값비싼 보석함에 채워진 황금 자물쇠와 열쇠를 왜 물에 빠진 내궁의 여인이 들고 있는가?"

모두가 궁금해 하는 가운데 손견이 직접 상자의 자물쇠를 열어본다. 상자 속에는 도장이 하나 들어있는데, 보석처럼 빛나는 돌의 윗부분에는 다섯 마리의 용이 새겨져 있었다. 아래와 위의 길이가 4치 정도의 크기로 윗부분에는 서로 뒤엉킨 5마리 용이 아로새겨져 있고, 약간 떨어져 나간 한쪽 모서리에는 황금으로 봉을 박아 메워 놓았으며, 바닥의 인면에는 전자로 글이 새겨져 있었다.

손견이 제장에게 묻는다.

"이것이 무엇일까?"

손견이 큰 도장을 앞으로 내밀며 묻자, 정보가 손에 들고 자세히 살펴보더니 깜짝 놀라며 말한다.

"이것은 전국(傳國)의 옥새입니다."

"전국의 옥새라고?"

"네, 틀림없는 전국의 옥새입니다."

정보는 옥새를 횃불 가까이 가져가서 인면에 새겨진 글자를 읽는다.

"受命於天 하늘로부터 명을 받으니

旣壽永昌 그 기운이 영원토록 번창하리라"

모두가 어안이 벙벙해서 입을 다물지 못하고 있을 때, 원술이 궁궐 보수와 종묘의 복구를 위해 손견에게 파견한 문사가 앞으로 나서며, 전해져오는 옥새에 대한 전래를 설명한다.

"옛날, 형산에 변화란 사람이 있었다고 합니다. 그는 뒷산의 바위에 봉황새가 앉아있는 것을 기이하게 여겨 돌의 중앙부를 잘라내었답니다. 잘라낸 그 돌을 초나라의 문왕에게 바치자, 문왕은 기이하게 여겨 그 돌을 소중히 간직했다고 합니다. 그 후, 천하를 통일한 진시황이 그 돌을 차지한 후, 당대 최고 장인인 옥공을 시켜 갈고 닦게 하여 방원(둥근 것과 모진 것)의 4치 옥새로 만들었답니다. 이것이 바로 그 옥새인 것 같습니다. 여기 새긴 글씨는 재상 이사가 쓴 글이라고 합니다. 진시황 28년에 시황제께서 순시하던 중, 동정호를 건너게 되는 데 갑자기 풍랑이 일어 배가 뒤집힐 지경이 되었다고 합니다. 진시황이 이 옥새를 호수에 던지며 '천하의 진시황이 왔노라'고 하자, 풍랑이 멈췄답니다. 진시황의 위엄이 능히 용왕을 압도하여, 용왕이 진시황에게 안전한 순시 길을 열어주었다고 모두가 신기하게 여겼답니다. 진시황 38년에 진시황이 다시 순시 길에 올라 화음의 지방에 이르렀는데, 어떤 낯선 사람이 길을 막아서서 옥새를 보이며, '이 옥새를 시황께 돌려드리고자 합니다.' 하며 옥새를 건네주고는 자취도 없이 사라지면서, 옥새가 다시 진나라로 돌아왔다고 전해지고 있습니다. 그 이듬해 진시황이 붕어한 이후에 진나라 3대 황제인 자영이 한고조 유방에게 이 옥새를 바쳤답니다. 왕망이 반역을 일으켜 황위를 찬탈하자, 효원 황태후께서 옥새를 빼앗으러 온 왕심과 소헌을 이 옥새로 내리쳐서 한쪽 모퉁이가 깨어져 나갔답니다. 그때 깨어진 귀퉁이를 금으로 때워 쓰다가 광무제께서 이 옥새를 건네받아 지금까지 대를 이어 전해 내려왔답니다. 그 이후 '십상시의 난'이 일어나면서 사라졌는지는 몰라도, 소제께서 그들에게 끌려가셨다가 북망산에서 환궁해 보니 옥새가 없어진 것을 알게 되었답니다."

역사에 밝은 문사의 말을 들은 손견은 옥새를 보석함에 다시 넣고 잠시 생각에 빠져든다. 이때 측근의 장수들이 손견에게 경축하며 한목소리로 축하의 말을 건넨다.

"이 옥새는 진실로 열심히 한황실을 위해 싸운 장군을 위해 하늘이 내린 것입니다. 이 옥새를 장군께서 잘 보관하시어 후일 용이하게 쓰십시오."

손견은 측근들의 권유를 받으면서도 아무런 대답도 없이 군막으로 돌아와서 한참을 고민하느라고 잠을 이루지 못한다.

2) 반동탁연합군, 내부의 반목으로 분열이 시작되다

　손견은 며칠 동안 폐허가 된 궁궐을 정비하여 태묘(太廟) 터에 임시 사당을 완공한 후, 연합군 지휘관들에게 이를 알리고, 역대 황제의 신위께 낙양수복의 제사를 올리도록 청하자, 맹주 원소가 전 지휘관들과 함께 낙양에 입성하여 사당에 참배하고 종묘사직에 제례를 지낸다.
　반동탁연합군 지휘관들은 내부적으로는 서로가 불만과 불신을 지니고 있었지만, 일단은 황실에 대한 충의를 표시하는 제례에 신하가 된 도리를 다하기 위해 참석한다. 맹주 원소는 참석한 지휘관들과 함께 폐허가 된 궁터에서 축하연을 펼치면서 다소 격앙된 목소리로 승리를 자축하며 말한다.
　"우리 파로장군 손견이 결국은 낙양을 탈환하여 연합군 모두의 명예를 드높였소이다. 오늘은 모두가 한마음으로 파로장군을 축하해주고 마음껏 회포를 푼 후, 모든 제후들이 함께 모여 논공행상을 하도록 합시다."
　이때 조조가 분연히 일어나더니, 맹주 원소와 연합군 지휘관들을 향해 큰소리로 질타를 가한다.
　"나는 대의를 따라 여러분과 함께 뜻을 세우고, 역적 동탁을 도모하고자 노력했습니다. 나는 동탁이 낙양을 버리고 장안으로 들어간 이후에도 계속해서 장안 공략을 전개해야 최종적으로 동탁에 대한 응징이 마무리되는 것이라고 주장했습니다. 맹주 원공에게 청하기를 하내의 군사를 이끌고, 나는 맹진과 산조 지역을 지키면서 장안의 한쪽 방면을 묶어두고, 다른 지휘관들은 성고를 굳게 지키되, 오창산에 진을 치고 환원과 대곡의 험준한 요새를 제압하도록 하고, 원술장군은 남양의 군사들로 단수, 석현에 주둔한 후에 무관으로 진격하여 장안을 외딴섬처럼 고립시키고, 이어 장안의 동·서·북을 지키는 경조와 우풍익, 좌부풍 등 삼보군을 진동시키자고 했습니다. 이런 전술을 통해 동탁의 군사를 묶어두고, 연합군은 길게 참호를 파서 보루를 높이 쌓은 후에 허장성세를 활용하는 수상개화(樹上開花:나무에 꽃이 활짝 핀 듯이 허세를 부림) 계책으로 적을 위협하여 대세가 이미 우리에게 기울어진 것처럼 과시했다면, 천하의 민심을 완전히 연합군 쪽으로 유도하여 역적 동탁을 완전히 제거할 수 있었을 것입니다. 그러나 지휘관들은 자신들의 입지만 생각하여 복지부동하고, 맹주는 제후들의 눈치나 보면서 나아가지 않고 우유부단하게 임하는 바람에 역적을 몰아낼 결정적 기회를 박탈당한 채, 겨우 폐허가 된 낙양을 탈환하고 승리한 것처럼 들떠 있으니, 이 사람 맹덕은 천하의 사람들 보기에도 참으로 부끄럽고 면구스럽게 생각합니다. 이 사람은 진실로 여러분과 함께 연합군 활동을 한 것을 한탄하지 않을 수가 없소이다. 더욱이 이제는 승리 같지도 않은 승리에 도취하여, 각 지역의 제후와 태수들은 서로가 불신하고 서로 몸을 도사리는데, 연합군이 애초 뜻을 모았던 역적 동탁을 근본적으로 척결하기가 쉽겠습니까? 이런 가운데에서도 원공은 몇몇 동조자를 규합해서 새로이 황제를 옹립하려고 불충한 의도를 내비치니, 이는 천하의 인심을 잃고 민심을 몰아내는 몰지각한 행위일 뿐입니다."

사리에 어긋남이 없는 조조의 발언으로 연회장은 찬물을 끼얹은 듯이 조용해진다. 이때 원술이 다급하게 발언권을 얻어 자신의 견해를 밝힌다.

"분무장군 맹덕은 그동안 손견장군과 함께 가장 열정적으로 역적 동탁을 척결하기 위해 많은 희생을 감수했습니다. 그가 입은 피해는 어떤 누구도 보상할 수 없을 정도의 빚을 우리가 지고 있습니다. 우리가 비록 동탁을 완전히 척결하지는 못했지만, 동탁을 함곡관 너머로 쫓아내어 최소한의 목적은 달성했다고 보아야 합니다. 그러나 연합군 거병의 제일 목표가 낙양성 탈환과 역적 동탁의 척결인 만큼, 다시 힘을 합쳐 장안을 탈환할 때까지는 힘을 합쳐 연합군을 존속시켜야 할 것입니다. 맹주께서는 전공자에 대한 논공행상을 장안에서 완전히 동탁을 몰아낸 연후에 해도 늦지 않을 것입니다."

원술은 자신의 휘하에 있는 손견이 낙양을 탈환했기에 연합에서 얻는 지대한 공적을 버릴 수 없어, 연합군의 존속은 그대로 유지되기를 바라면서도, 그렇다고 낙양의 탈환으로 소기의 목적을 얻은 것처럼 인정하면, 맹주인 원소 한사람에게 돌아가는 천하의 관심을 인정하기도 싫어, 완전한 승전은 인정하지 않은 상태에서 장안을 탈환하여 최후의 승리를 쟁취하자고 주창한 것이다. 이때 손견이 낙양에 대한 향후의 처리 방향을 궁금해 하며 질문을 던진다.

"여러 제후께서는 연합군의 피와 땀과 눈물을 대가로 어렵게 얻은 낙양성을 어떻게 처리하고자 하십니까?"

이에 원술은 손견의 내심을 대변하여 강력히 자신의 주장을 펼친다.

"비록 헌제께서 장안으로 피신하셨지만, 낙양은 여전히 수도로서의 상징성을 가지고 있습니다. 장안으로 도피한 동탁이 정통성을 주장하더라도, 낙양성이 복구되어 수도로서의 상징성만 지속할 수 있다면, 동탁의 정통성은 철저히 봉쇄될 수 있을 것입니다. 낙양을 폐허 이전의 모습으로 복원하는 것이 천하의 대의에도 부합할 것 같습니다. 지금 낙양을 복원하지 않고 폐허의 상태 그대로 방치한다면, 점차 폐허의 정도가 더욱 심해져 아무도 살지 못하는 공포의 도시가 될 것입니다. 그렇게 어영부영 세월이 흐른 후에는 낙양을 재건해야 할 필요성이 부각되는 방향으로 천하의 뜻이 모아지더라도, 그때는 천문학적인 재원이 소요되어 낙양은 영원히 복구하기 힘들게 될 것입니다."

원술이 낙양복원을 강력히 주장하자, 이때 손견이 원술의 발언에 열렬히 지지의 의사를 표명하지만, 원소와 대부분의 제후들이 난감한 표정을 짓는다. 원소가 대다수 제후를 대신해서 반대의사를 설파한다.

"낙양복원에는 막대한 예산이 필요 되어, 지금의 연합군 형편으로는 복구가 어렵소이다. 더구나, 황제도 신료들을 따라 장안으로 도피했고, 낙양에 거주하던 백성들이 대부분 장안으로 강제이주를 당해서, 개미 새끼 한 마리도 없는 낙양에 재원을 퍼붓는다는 것은 무의미한 일이라고 생각하오. 다만, 상징성을 유지하기 위한 종묘사직과 사적지는 보존하고, 훼손된 황실의 묘역은 지금과 같이 복구하기로 합시다."

맹주 원소의 주장에 대다수 지휘관이 지지의 뜻을 표명하지만, 고생한 대가도 없이 공적을 잃게 된 원술은 손견과 함께 이들에게 강력히 항의한다.

"여러분들의 의중이 그러하시다면, 나와 파로장군 만이라도 낙양을 복원하는 작업을 강행하겠습니다."

이때 조조가 분연히 일어서며 말한다.

"이렇게 하려고 그 많은 세월을 백성들의 생명과 재산을 바치면서 고생했다는 말입니까? 오로지 허무하다는 말 이외에는 어떤 단어도 떠오르지 않습니다. 지난 세월이 후회스러울 뿐입니다. 지금 이 순간부터 맹덕은 연합군의 연명에서 빠지고, 오늘부로 연합군을 떠나 나의 길로 가겠습니다."

조조는 의병 대다수를 잃고 엄청난 가산을 탕진하게 되었음에도 본디 지니고 있던 낙천적인 성품을 잃지 않는다. 낙양

탈환의 축하연에서 연합군 군웅들에게 따끔한 질타를 가한 조조는 미래에 대한 기약도 없이 동군으로 떠나면서, 함께 의병을 일으켜 고생한 유비에게 찾아가 유비의 의향을 묻는다.

"진류와 패국에서 의병을 일으킨 이래 많은 고생을 함께 하였는데, 이렇게 성과도 없이 헤어지게 되어 참으로 면구합니다. 나도 미래에 대한 확신이 없이 떠나는 관계로 현덕 공에게 어떤 도움도 주지 못하지만, 현덕 공이 지닌 향후의 계획을 듣고 싶습니다."

유비는 미안해하는 조조를 오히려 위로하며 차분히 자신의 행로를 밝힌다.

"분무장군께서는 너무도 큰 희생을 치루면서 아무런 보람도 없이 낙양을 떠나게 된 것을 이 사람은 너무도 가슴 아프게 생각합니다. 그러나 장군께서는 어느 누구보다도 집념이 강하고 뜻이 깊어, 반드시 목표한 것을 이룰 것입니다. 부디 강건히 다시 일어서기를 바랍니다. 이 사람 현덕, 이미 스승 노식 문하의 사형인 공손찬 장군에게 찾아간다는 기별을 올려놓았으니, 분무장군이 떠날 때 함께 떠날 것입니다."

조조가 유비에게 이별을 고하며 동군을 향해 떠나자, 유비 또한 공손찬에게로 발길을 돌려 떠난다.

이윽고, 반동탁연합군의 주요 의제인 동탁의 척결, 낙양복원의 문제, 새로운 황제 옹립에 대해 여러 제후들의 의견이 분분해지자, 낙양탈환을 자축하는 축하연은 어색하게 끝나고 얼마 후, 원술이 손견의 군막으로 찾아온다.

"파로장군이 전국 옥새를 습득했다고 하는데 어떻게 할 생각이오. 한황실이 정상적이라면 황제에게 돌려주어야 마땅하지만, 황제에게 옥새를 보낼 경우에 결국은 역적 동탁에게 힘을 실어주게 되는 것은 명약관화(明若觀火)한데, 이를 뻔히 알면서도 황제에게 옥새를 보낼 수는 없을 것이오."

손견은 원술에게 옥새를 보여주며 굳은 충의를 덧붙인다.

"파로장군 손견은 후장군의 은혜를 한시도 잊은 적이 없습니다. 오로지 한황실의 재건과 부흥을 위해 반동탁연합군에 참여하여 후장군의 도움으로 낙양을 탈환했습니다. 이 사람, 후장군과 맺은 맹세 또한 잊지 않고 주공으로 변함없이 모실 것입니다. 이 옥새는 마땅히 한황실로 돌아가야 하나, 지금은 역적 동탁이 전 권력을 모두 장악하고 있어 옥새를 그에게 줄 수는 없고 해서 후장군에게 맡기고자 합니다."

손견의 충직하고 강직한 성품에 감동한 원술은 손견에게 조심스럽게 응대한다.

"파로장군, 장군이 원하는 바가 있으면 말해주시오. 힘이 되어 드리고 싶소."

손견은 손사래를 치면서 말한다.

"소장은 옥새에 대한 대가를 원하지 않습니다. 오로지 소장은 폐허가 된 낙양을 다시 복구하고 싶을 뿐입니다."

원술은 손견의 충의를 칭송하며 굳게 약속한다.

"장군의 충의는 모두가 본받을 만하오. 연합군 중에서 장군과 분무대장 조조, 포신, 왕광 등을 빼고, 어느 누가 사심이 없이 전투에 임했습니까? 내가 힘이 되는 대로 협조할 테니, 나와 함께 낙양을 복구해 봅시다."

손견은 원술의 지원을 받으며 낙양의 복구를 위해 혼신을 다 바치지만, 그로부터 서너 달이 지난 후 다른 제후들이 전부 손을 떼면서, 낙양을 복원하는데 필요한 재원을 조달하는 대사가 한계에 부딪친다. 여력이 생기는 대로 손견에게 재원을 지원하던 원술도 더는 방법이 모색되지 않자 낙양에서 복원 사업에 직접 몰입하고 있는 손견에게 전서를 보낸다.

"파로장군, 그동안 나는 뜻이 있는 몇몇 호족들과 함께 낙양을 복원하기 위해 재원 조달과 인력 충원, 군량미와 군수품 확충에 만전을 기했으나, 더 이상은 이를 조달하는 데 한계를 느끼고 있소이다. 낙양을 복구하여 천하에 파로장군과 나의 위세를 떨치려 했으나, 유력 제후들이 협조하지 않는 한, 낙양복원은 '밑 빠진 독에 물 붓기'라는 현실에 부딪혀 있소. 장군에게는 송구하지만, 현실을 직시하여 낙원복원은 뒤로 미루고 장군은 낙양에서 철수하여 노양으로 돌아가기 바라오."

손견 또한 어렵게 낙양을 복원하기 위해 혼신을 다하여 왔으나 원술로부터는 지원이 끊기고, 폐허가 된 낙양에서 직접 재정을 충당하는 일이 쉽지 않고, 군량의 자급자족도 결코 쉽지 않은 현실을 직시하고는 노양으로 되돌아간다.

15.
군웅이 할거하는 지방시대의 서막

15. 군웅이 할거하는 지방시대의 서막

1) 반동탁연합군, 결국 내부의 반목으로 해체되다

조조가 연합군 지휘관들의 행위를 질타하며 떠나고, 원술이 손견과 함께 본거지로 돌아간 이후에도 반동탁연합군 내부에서는 군사를 운용하는 면에서 서로의 이해관계가 첨예하게 대립하여, 병사들이 엄청난 혼란을 겪는 한편, 설상가상으로 식량난까지 겹치자 연합군 내부는 크게 동요하기 시작한다. 특히 기주목 한복은 원소를 견제하기 위해 때때로 군량의 보급을 지연시키거나 유예하여, 원소가 군사작전을 체계적으로 이행하지 못하도록 철저하게 방해공작을 펼친다.

연주자사 유대는 예하 동군태수 교모와 함께 삼공부의 조서를 위조하여 반동탁연합군의 기치를 높이 세우게 한 주동자이다. 유대는 반동탁연합 결성의 주동자라는 책임감 때문에 연합군 제후들에게 책을 잡히지 않으려고 분에 넘치는 많은 군사를 동원했다.

그 결과, 유대는 시간이 흐를수록 병사들에게 지급할 군량미가 터무니없이 부족하게 되면서 심한 고민에 빠져들게 된다. 교모 또한 유대와 함께 반동탁연합군 궐기의 주역이었지만, 그에 걸맞지 않게 군사는 기대한 만큼 모집을 하지 않았기에 군량의 소모가 적어 여전히 창고에는 양곡이 충분히 비축되어 있었다. 이를 알게 된 연주자사 유대는 자신의 직속 수하인 동군태수이면서, 함께 삼공부의 조칙을 위조해 연합군 궐기를 주동한 교모에게 군량지원을 요청하기에 이른다.

그러나 교모는 이런저런 핑계를 대면서 유대의 요청을 번번이 거절하자, 유대는 사태를 조속히 해결하기 위해 정욱을 불러 도움을 청한다.

"동군태수 교모는 나의 직속 수하의 태수로서 내가 군량 때문에 엄청난 고충을 겪게 되어 협조를 요청했음에도, 말도 되지 않는 변명을 대면서 나의 청을 무시하고 있으니 이를 도저히 묵과할 수가 없소. 나는 이를 괘씸하게 여겨 교모를 도모하려고 하나, 명분을 찾기가 쉽지를 않아 고심하고 있소이다. 좋은 해결책이 있겠소?"

유대가 정욱을 불러 도움을 청하자, 뛰어난 책사인 정욱은 청산유수로 거침없이 해답을 제시한다.

"동군태수와 경쟁 관계에 있는 왕굉(王宏)을 활용하시지요. 왕굉은 지난해 반동탁연합군 활동 당시부터 교모의 막후에서 수하의 태반을 잃는 수난을 겪으면서도 많은 활약을 했으나, 이후 교모로부터 그에 합당한 대가를 받지 못해, 겉으로는 표현은 하지 않고 있지만 내심으로는 교모를 한없이 증오하고 있습니다. 왕굉에게 밀서를 보내 '고(孤)의 직속 수하인 동군태수 교모가 상관인 고(孤)의 명령을 불복하기에 이를 도모하려고 하니, 고(孤)와 함께 교모를 도모하여 제거하게 되면, 왕굉 그대에게 동군태수를 제수하게 해주리다.'라고 청해 보십시오. 왕굉은 지금 자사 어른과 마찬가지로 교모를 몹시 혐오하고 있기 때문에 필히 호응할 것입니다."

연주자사 유대는 정욱이 제시한 굴항대호(掘抗待虎:함정을 파고 호랑이가 빠지기를 기다림) 전략을 받아들이고 심히 기뻐하며, 정욱이 자문한 그대로 왕굉에게 밀서를 보낸다.

"고(孤)의 직속 수하인 동군태수 교모가 상관인 고(孤)의 명령을 불복하기에 이를 도모하려고 하니, 고(孤)와 함께 교모를 도모하여 제거하게 되면 그대 왕굉에게 동군태수의 직을 누리게 해주리라. 고는 교모를 도모하는 행동강령을 그대에게 보내니, 그대가 이 전략을 활용하면 일을 성사시키는 데 큰 도움이 될 것이오. 즉, 그대는 교모에게 거짓전서를 보내 '연주자사 유대가 아무런 이유도 없이 나를 핍박하여 나의 관할지를 습격하여 포위하였으니, 동군태수 교모가 나를 도와 동군의 군사를 이끌고 와서 구원해 주시면, 나는 동군태수와 함께 연주자사 유대를 격파하고 동군태수가 유대에게서 받은 수모를 돌려주도록 하겠다.'고 거짓으로 교모를 유혹하시오. 이에 교모가 응하여 관할지로 군사를 이끌고 진입하면, 교모를 치소로 불러들인 다음 나와 함께 교모를 주살합시다."

유대가 이런 취지의 밀서를 왕굉에게 보내자, 즉시 왕굉이 호응하여 교모를 유인하기 위해 교모에게 위계전서를 보낸다.

"소장은 동군태수의 휘하로 들어온 이래 지금까지 수많은 전투에서 동군태수의 그늘 하에서 묵묵히 봉사해 왔습니다. 특히 반동탁연합군 시절에는 소장의 군사가 절반이나 살상을 당하는 참혹한 현실에도 오직 한황실을 구한다는 이념으로 참고 버텨왔는데, 최근에 연주자사 유대가 아무런 이유도 없이 나를 겁박하여 나를 해치려 하고 있으니, 도무지 그를 용서할 수가 없습니다. 그러나 소장은 유대를 상대할 만한 군사력을 보유하고 있지 않으니, 부디 태수께서 소장을 거두어들여 도와주신다면 평생 은혜를 잊지 않고 보은하겠습니다."

교모는 왕굉이 보낸 전서를 믿고 무방비한 상태로 왕굉의 치소로 들어갔다가, 교모를 주살하기 위해 미리 전각에 숨어 있던 왕굉의 살수에게 처참하게 목숨을 잃는다.

이런 엽기적인 사태가 연합군 내부에서 계속 발생하자, 연합군의 사기는 급격히 떨어지고 제후들의 의식 속에는 서로에 대해 엄청난 불신이 쌓여간다. 이에 연합군의 분열을 우려한 원소가 곽도를 불러 대책을 묻는다.

"지금 연합군 내에서는 최근에 일어나는 일련의 사태에 대해 맹주로서 결단력이 없이 우유부단하게 처세한다고 나에게 강력히 항의하여 오는데, 이에 대해 공칙은 내가 어떻게 처신해야 한다고 생각하는가?" 곽도는 이미 원소의 심리를 읽고 있었다는 듯이 시원스럽게 해답을 제시한다.

"주군께서 누구의 편을 들을 수 있겠습니까? 주군께서는 4세 3공을 다섯 분이나 배출한 명문가의 자손으로서 명망은 있으나, 지방 군웅으로서의 기반은 아직도 매우 미약합니다. 지금 주군께서는 유주자사 유대와 왕굉을 응징할 힘도 없을뿐더러, 세력이 있더라도 이미 죽은 동군태수를 위해 굳이 살아 있는 세력인 유주자사와 왕굉을 상대로 반목하여 적으로 돌릴 필요가 있을까요? 어차피 우유부단하다는 비판을 들어도 무 대응으로 일관하는 것이 상책일 것 같습니다."

원소가 껄껄 웃으면서 대답한다.

"그것이 바로 내 생각일세."

연합군 내부에서는 식량문제로 이와 비슷한 사건들이 발생하면서 연합군은 서로를 불신하게 되어, 반동탁연합군은 '역적 동탁 토벌'이라는 일관된 동력을 상실하게 된다.

원소가 한복과 함께 반동탁연합군의 새로운 동력을 얻으려고, 유우를 황제로 옹립하려 하는 계획이 원술 등의 극렬한 반대로 무산된 이후, 반동탁연합군은 끊임없이 각지의 제후와 태수들끼리 반목과 질시, 내분으로 분열되더니, 결국은 대의명분은 현실적 실리 문제로 오래가지 못하고 유야무야 해체될 지경에 이른다.

2) 국부의 상징인 기주에서 군웅들의 탐색전이 벌어지다

 반동탁연합으로 뜻을 함께했던 각각 군웅들이 서로 반목하여 임지로 돌아가고, 더 이상 반동탁연합군을 유지할 명분이 사라진 원소 또한 발해로 돌아가기를 원한다. 그러나 유명무실해진 연합군의 맹주인 원소를 더는 예우할 필요가 없다고 생각한 기주자사 한복은 측근들을 충동질하여 원소가 발해로 돌아오는 것을 방해한 결과, 원소는 한참 동안 발해로 돌아가지 못하고 임시로 하내에 떠돌아다니게 된다.
 기주자사 한복의 공작으로 한동안 하내에서 어려움을 겪던 원소는 한참이 지나서야 기주 주변 태수들의 도움을 받아, 우여곡절 끝에 겨우 기주 발해군으로 돌아오게 되지만, 발해로 돌아와서도 원소는 휘하에 거느리고 있는 군사에 비해 어림없이 부족한 양곡을 도저히 구할 길이 없어 또 다른 곤경에 처하게 된다. 그렇다고 인망과 명성을 중시하는 유교주의자 원소의 처지에 병력을 유지하기 위해 백성들을 약탈할 수도 없는 진퇴양난의 상황으로 몰린다.
 이때 기주자사 한복은 원소가 자신에 대해 깊은 불신과 불만을 갖고 있다는 것을 알게 되고, 이를 잠재우려고 원소에게 양곡 수천석을 군량미로 지원하기로 결정한다.
 기주자사 한복의 뜻하지 않는 지원으로 일단 급한 불을 끈

원소는 한복에게 고마워하면서도, 한편으로는 한복을 어떻게 처리해야 할지를 고민한다. 원래 한복은 백성들에게 인망을 받고 있는 원소를 견제하기 위해 동탁이 기주목으로 임명한 인사였다. 그는 반동탁연합군이 결성될 때, 동탁과 원소의 사이에서 기회주의적 행각을 벌이다가, 천하의 민심이 원소를 따르자 반동탁연합군에 합류하였다.

그러나 연합군에 합류하여 양곡의 운송을 맡은 한복은 원소의 진용에 있는 연합군에게 보내야 할 군량수송을 결정적인 순간에 차단하곤 했다. 이로 인해 원소진용의 연합군들은 한때 고사 일보 직전까지 몰렸던 적도 있었다. 원소가 한복에 대한 처리문제로 고민하고 있을 때, 마침 연주자사 유대의 격문이 원소에게도 당도한다.

"기주목 한복은 강병을 거머쥐고 동탁을 비호하면서, 연합군의 활동을 와해시키는 기회주의적 행위를 한 역적이므로 동탁을 제거한 후에는 한복을 치는 것이 순리이다."

원소는 한복을 제거했을 때에 발생하는 명분과 현실 사이에서 여러 가지의 고심을 한다. 이때 원소가 부모의 6년 상을 치를 때부터 원소의 지척에서 수발을 들었던 심복 봉기가 원소를 찾아와 흉심을 털어놓는다.

"천하를 호령하던 대장부께서 어찌 기회주의자 한복의 조그만 배려에 안주하여 대업을 포기하려 하십니까?"

"어찌 그대는 이렇게 많은 양곡, 3천 석이라는 막대한 군량을 보낸 일을 조그만 배려라고 하는가?"

"물론 많은 양곡이기는 하지만, 주군이 그리는 그림에는 '새 발의 피'에도 불과합니다. 작은 정을 버리고 큰 뜻을 새기십시오. 기주는 축적된 양곡과 재물 그리고, 군마가 풍족하여 주군이 대업을 이루는 기반으로 부족하지 않습니다. 백성이 많고 토양이 비옥하기 때문에 매년 풍작을 이루고, 인근의 지방에도 덕을 베풀게 되어 많은 인재를 불러들일 수 있는 최고의 요지입니다. 한복을 몰아내고 기주를 취하십시오."

원소가 고민스럽게 대답한다.

"원도의 뜻은 나의 뜻과 같네. 하지만 기주자사는 발해태수인 나의 행정직제 상으로 직속상관일 뿐만 아니라, 기주자사는 나에게 양곡을 지원하는 배려까지 했는데도 내가 기주를 도모한다면, 천하의 사람들이 나를 신의가 없는 사람으로 여길 것이 아닌가?"

이에 봉기가 정색을 하며 반론을 펼친다.

"주군. 한복은 용렬하고 소심한 성품의 인사로서, 기회주의적 성향은 천하에 알려져 있습니다. 그는 지난 반동탁연합군 활동 당시에도 아군을 궁지에 몰아넣는 배신적 행위를 아무런 거리낌도 없이 행해서, 모든 제후들에게 지탄을 받고 있습니다. 마침 연주자사의 격문까지 천하에 널리 돌고 있으니, 천하의 이목은 두려워할 바가 아니라고 생각합니다."

원소는 회심의 미소를 띠며 묻는다.

"명분에는 큰 문제가 없다고 하더라도, 현실적으로 상대도 되지 않는 소수 발해의 병사를 가지고 기주의 많은 병력을 상대로 싸워 승산이 있겠는가?"

봉기는 기다렸다는 듯이 단호하게 대답한다.

"병법에서 말하는 차도살인(借刀殺人)계책을 활용하십시다. 주군이 먼저 백마장사 공손찬에게 밀서를 보내 한복의 기회주의 행각을 부각시키며 한복에 대한 토벌의 정당성을 내세운 다음, '나와 함께 기주를 협공하여 한복을 제거하고 기주를 양분하자'라는 제의를 하면 공손찬은 반드시 기뻐할 것입니다. 지금 공손찬은 북방 오랑케를 평정한 후, 동북 최대의 군웅이 되어 있으나, 증강된 군마와 병력, 기마병을 유지할 양곡과 재물이 터무니없이 부족합니다. 그동안 그는 기주를 호시탐탐 넘보고 있었으나, 쉽게 기주를 공략하지 못하고 있습니다. 한복이 두려워서가 아니고, 주군의 행보를 의식하기 때문입니다. 주군께서는 비록 병마가 적고 영지는 좁으나, 4대를 걸쳐 3공을 다섯 분이나 배출한 명문 가문일뿐더러 개인적으로도 천하의 인심을 얻고 있어, 주변에 인재가 구름같이 모여있는 천하의 영걸입니다. 공손찬은 용맹하고 의리가 깊으나, 많은 사람을 포용하기에는 넉넉함이 부족합니다. 전투 전술에는 능할지 모르나, 참모가 없어 전략과 정세의 판단에는 많이 부족합니다. 이런 관점을 활용하여, 주군이 공손찬과 함께 한복을 제거하고 기주를 양분하자고 하면, 공손찬은 반드시 응하게 되어 있습니다. 그 후 전술적으로는 공손찬이 먼저 기주를 공격하게 유도하고 우리는 천천히 기다리면, 한복은 필히 주군에게 도움을 청할 것입니다. 왜냐하면, 한복이 동탁에게 도움을 요청하려고 해도 동탁과는 지정학적으로 너무 떨어져 있어 도움이 되지 못한다는 것을 알고 있기 때문입니다. 기회주의적 성향이 강한 사람은 자신에게 도움이 된다고 기대되는 사람에게는 철저히 밀착하게 되어 있습니다. 이때를 놓치지 않고 한복에게 손을 내밀면, 손쉽게 기주를 얻을 수 있을 것입니다. 다만 주군께서는 공손찬과 밀약을 맺었다는 사실은 서로 비밀로 하자고 공손찬에게 미리 맹약하여야, 공손찬과의 밀약을 모르는 한복이 주군에게 안심하고 다가오게 할 수 있을 것입니다."

원소는 이미 기주를 얻은 양 들뜬 마음으로 공손찬에게 밀서를 보낸다.

"기주는 땅이 넓고 기름지며 수백만 백성이 풍족하게 지내고 있으나, 한복은 기주를 이끌 인사가 못 됩니다. 역적 동탁을 토벌할 당시의 한복이 행한 기회주의적 행위는 천하의 공분을 일으키고도 남습니다. 한복은 천하의 민심을 잃었습니다. 무신불립(無信不立)이라고 합니다. 신의를 잃은 한복은 더 이상 설 땅이 없습니다. 도정후께서 먼저 군사를 내어 기주를 치면, 본초 또한 서남에서 기주를 협공하겠습니다. 기주를 차지한 후에 나와 도정후가 기주를 나누어 다스린다면, 기주의 백성들도 홍복으로 여겨 세세손손 평안할 것입니다. 끝으로 도정후와 이 사람 본초의 밀약은 비밀로 하시기를 바랍니다. 한복이 알게 되면 동탁의 무리들이 개입할 명분을 제공할 수도 있기 때문입니다."

원소의 밀서를 받은 공손찬은 진작부터 기주의 기름진 땅과 풍부한 물자, 식량에 눈독을 들였는데, 이제야 기회가 왔나 싶어 크게 기뻐한다. 원소의 밀서를 받은 공손찬은 깊은 생각에 잠기더니 곧바로 출정 준비를 명한다.

'어차피 중앙조정은 지방통제권을 완전히 상실했고, 지금은 누구도 말릴 수 없는 지방 군웅의 할거시대로 들어섰다. 이제부터는 지방에 강한 세력을 지닌 자가 천하를 호령하게 될 테니, 나 또한 조정의 의중을 살필 이유가 전혀 없도다.'

공손찬이 출정 준비를 마쳤다는 소식을 듣고, 원소가 이번에는 기주에 밀정을 풀어 공손찬이 기주를 치려고 한다는 소문을 퍼뜨린다. 이 소식을 전해들은 한복은 깜짝 놀라 휘하태수들에게 전령을 보내 함께 모여서 대책을 강구하도록 하자, 원소는 기주의 예하 행정기관인 발해태수의 입장에서 순욱의 종형 순심과 신평을 사자로 보내어, 원소 측의 입장을 설파하게 한다. 사신으로 기주를 방문한 순심이 말하기를

"공손찬이 연(燕)과 대(代)의 군사를 이끌고 기주를 공격한다면, 기주목께서는 공손찬의 기세를 꺾기 어려울 것입니다. 더구나, 공손찬의 진중에는 반동탁연합군에서 맹활약을 한 유

비, 관우, 장비까지 휘하에 있습니다. 다행히도 우리 기주에는 발해태수 원소와 같은 지혜와 인망, 용병이 출중한 영걸이 있고, 수하에는 뛰어난 명장과 책사들이 많습니다. 발해태수 원소에게 도움을 청하십시오."

라며 원소를 치켜세우고, 곧이어 신평이 순심의 변론을 함께 거들어 논리를 굳게 다진다. 그러나 공손찬과의 전쟁을 불사하자는 주전파의 반발이 심해 회의는 결론도 없이 끝난다.

191년(초평2년) 봄, 백마장사 공손찬이 백마의종(白馬義從) 용사들과 보병들을 대거 소집하여 출정을 선포한다.

"나는 한황실의 은혜를 입어 변방에서 한의 백성들을 성심껏 보호할 수 있었다. 그러나 작금에 이르러 역적 동탁이 한황실을 능멸하고 황제를 핍박하여, 나는 백마장사의 명예를 걸고 동탁을 척결하기 위해 혼신을 바쳐 왔으나, 여러 현안의 문제 때문에 동탁을 도모하지 못하고 있었다. 그런데 최근 동탁의 측근 한복이 가증스럽게도 반동탁연합군을 농락한 사실이 명명백백하게 드러났다. 이에 백마장사는 동탁의 측근 한복을 토벌하여 천하의 민심을 만천하에 알리고자 한다."

공손찬은 동탁을 타도한다는 명분을 들어, 기마병 '백마의종' 5천의 기병과 보병 1만명을 이끌고 기주를 침공한다. 한복은 주전파의 주장을 좇아 안평에 군사를 배치하고 공손찬의 침공에 대적하고자 진형을 구축한다.

이때 안평에 당도한 공손찬은 한복이 배열한 진형을 보고는 큰소리로 비웃는다.

"참으로 한심한 한복의 참모들이여! 이 백마장사에게 기주를 넘겨주려 하는구나! 나는 숱한 북방의 오랑캐를 기마병을 중심으로 굴복시킨 무적의 백마장사로서 천하최강의 기병 '백마의종'을 보유하고 있다. 병사의 운용도 모르는 자들이 천하최강의 기병을 상대로 대평원에 일자진(一字陣)을 배열하다니! 백마장사가 단 한방에 너희를 궤멸시켜 주리라"

공손찬은 종제 공손월과 공손범을 불러들인다.

"내가 '백마의종'으로 한복군의 중앙을 뚫고 들어가 중군을 궤멸시키고, '백마의종'을 좌우로 분리하여 적진의 후방을 교란시키겠노라. 공손월은 곧바로 좌측에 있는 적의 기병에게 화살을 날려 기병의 예기를 꺾은 다음, 보병으로 신속히 적병의 좌측을 공략하라. 공손범은 공손월과 마찬가지 방법으로 신속히 적병의 우측을 공략해 들어가라."

공손찬은 기주자사 한복의 궁노수들이 쏘아대는 화살이 채 미치지 않는 가장 적당한 지점에 '백마의종'을 대기시켜 놓고, '백마의 종'에게 전술을 숙지시킨 후 적병의 화살이 뜸해지는 시점을 기다린다.

한참이 지난 후, 마침 그때가 오자 기회를 놓치지 않고 적진의 중앙을 몰아쳐 중군을 교란하고, '백마의종'을 좌우로 나누어 적진의 후미를 공략하게 한다. 동시에 공손월과 공손범이 좌군, 우군으로 병사를 휘동하여 한복의 군사들을 공략하니, 한복은 제대로 싸워보지도 못하고 패퇴해 달아난다.

한복의 군사들이 맥없이 궤멸되자, 공손찬의 기세에 놀란 안평 주변의 여러 군현들이 공손찬에게 차례로 투항한다. 공손찬이 기주를 공략하여 안평에서 한복을 패퇴시킨 시점에 또 한편으로는 흑산적 장연, 어부라, 장양 등의 군벌이 부족한 식량을 충당하기 위해 기주의 약세를 비집고 기주의 전역을 교란시킨다.

한복은 원소에게 흑산적의 침략으로부터 구원해 달라는 요청을 하게 되고, 이에 부응하여 원소는 안량을 보내서 흑산적 무리들을 완벽히 진압하는 데 성공한다.

흑산적을 굴복시키고 투항자를 자신의 병사로 흡수한 원소는 더욱 늘어난 병력을 활용하여, 한편으로는 한복을 겁박하고, 한편으로는 책사 순심, 곽도, 고간, 장도를 사신으로 보내 한복을 회유하면서 기주의 주도권을 잡고자 한다. 한복이 원소가 보낸 사신들을 받아들여, 기주장사 경무, 별가 민순, 치중 이력, 기도위 저수 등과 함께 자리를 만들고 향후 방향을 논의한다. 이 자리에서 순심이 원소의 사신단을 대표해서 발언권을 구한다.

"지난 안평전투에서 보았듯이 공손찬은 천하 3호(虎) 중 한 사람입니다. 명불허전(名不虛傳)이라고 공손찬의 위세는 북방뿐만 아니라, 천하 3호(虎)라고 불리는 동탁과 손견도 따라올 수 없는 절세 영웅입니다. 공손찬은 동탁도 두려워하지 않으며, 손견을 아기호랑이로 취급할 정도로 무용이 뛰어날뿐더러, 위세 또한 따를 자가 없을 정도로 천하가 인정하는 당대 최고의 군웅입니다. 그러나 이런 공손찬도 가장 어려워하는 영걸이 있습니다. 바로 반동탁연합군 거병 당시 맹주로 추대되었던 발해태수 원소입니다. 발해태수 원소는 공손찬이 가지지 못한 천하의 명망과 인망, 그리고 뛰어난 책사와 당대 최고의 명장들을 거느리고 있습니다. 공손찬은 군사 방면에서는 신출귀몰하지만, 천하의 인재들에게 깊은 신망을 얻지 못하고 있어 발해태수 원소가 주도하는 기주에는 곁눈질도 하지 못하고 있었습니다. 이러한 점들을 감안하여 이 어려운 난국을 발해태수 원소가 타개하도록 맡기고, 기주목께서는 향후 새로운 변화가 올 때를 기다려, 다시 기주가 안정과 태평을 얻으면 그때 다시 기주목의 지위를 되찾는 것을 논의해 보는 것이 어떻겠습니까?"

순심이 과거, 현재, 미래를 총망라한 논리를 설파하자, 기주목 한복은 순심의 뜻을 따르려는 듯이 고개를 끄덕인다. 이때, 기주장사 경무가 분연히 일어나서 자못 격앙된 목소리로 반론을 펼친다.

"발해태수 원소는 지금 외로운 나그네 신세입니다. 그나마 너그러우신 제후께서 기주로 받아주셔서, 겨우 발해태수를 수행하고 있을 뿐이지 기주목께서 그를 거두지 않았다면, 그의 군사들은 헐벗고 굶주려 우리 자사의 눈치나 살피면서 눈에 벗어난 행위를 하지 않으려고 온갖 아양을 떨었을 것입니다. 이제 어느 정도 기력이 살아나니까, 기주를 넘보는 원소는 결코 믿을 수 있는 자가 아닙니다. 지금 기주목께서 군량보급을 끊으면, 당장이라도 도태될 발해태수에게 일시적일지라도 기주를 맡기겠다는 것은 고양이에게 생선을 맡기는 것과 다름이 없는 위험한 발상입니다."

경무가 강력히 반대의견을 내자, 한복의 최측근인 민순과 저수 또한 경무에게 동조하여 강력히 원소를 거부한다. 그러나 이들은 한복의 복심을 제대로 읽지 못하고 반대의견을 피력한 것에 지나지 않았다.

그동안 한복 자신도 자신이 처한 입지와 기주의 현실, 앞으로의 전망 등을 깊이 생각해오던 중, 안평전투에서 공손찬에게 대패한 이후 자신은 위기상황에서는 기주를 다스리기가 쉽지 않겠다는 생각으로 미래의 거취에 대해 심각하게 고심하고 있었다. 그러던 중, 경무가 피력한 반대의 논리는 오히려 한복으로 하여금 기주를 원소에게 맡기는 것이 자신의 미래와 기주의 안전을 위해 필요하다는 생각을 굳히게 만든다.

'종사 경무가 말했듯이 원술은 나에게 크게 은혜를 입었다. 따라서 원소는 대의명분을 거슬러서 나를 배신하지는 못할 것이다. 내가 지금 당장이라도 양초 보급을 끊으면, 원소는 스스로 어려움에 봉착하여 죽기 살기로 나에게 도전할 터인데, 이리되면 나는 두 군벌을 상대로 싸워야 하므로, 기주의 안보와 나 자신의 안위를 보장받을 수가 없도다. 공손찬과 같이 과격한 성품의 인간에게 투항하느니, 이것보다는 원소와 같이 자신의 명망을 손상하지 않으려고, 세속의 이목에 크게 신경을 쓰는 인사에게 귀의하는 것이 미래를 도모하는 상황에서는 도움이 되리라. 내가 나의 속내를 밝히지 않아도 이를 참모들이 스스로 알아주었으면 좋으련만.....'

이런 생각에 미치자 한복은 조금 더 신중히 결정하려는 듯, 원소의 동태를 살피도록 파견했던 기주종사 조부와 정환을 불러들여 원소의 동태에 대해 세세히 묻는다.

하양에서 강노병 1만 명을 거느리고 위영을 지키던 조부는 한복의 명령으로 맹진에서부터 동쪽으로 돌아, 원소가 진지를 구축하고 있는 조가의 청수구까지 내려와서 원소의 군영을 정탐한 결과를 빠짐없이 보고한다.

"원소의 군사는 기주목께서 우려하신 바와는 달리 허약하여, 기주목께서 직접 지휘하시면 열흘 안에 격파하고, 모든 병력을 공손찬 쪽으로 돌려 방어를 할 수 있을 것입니다. 원소의 군대는 흑산적 패잔병과 농민으로 급조된 병사들이 많아 기강도 나태할 뿐만 아니라, 여기저기 산발적으로 분산되어 있는 관계로 명령체제 또한 문란하며, 동시에 군량미도 터무니없이 부족하여 군의 사기도 크게 저하되어 있습니다."

조부의 보고를 들은 한복은 회심의 미소를 짓는다.

'공손찬과의 싸움에서 내가 이길 자신은 없고, 그렇다고 공손찬에게 기주를 통째로 바치면 다시는 찾아올 수 없으리라. 그렇다면 대신 기주를 관리할 인사가 필요한데, 그 대상으로는 원소가 가장 적격이리라는 내 생각이 옳도다. 만일 원소의 세력이 강대했다면 원소는 나의 도움을 필요로 하지 않고, 독자적 세력으로 기주를 장악하려 할 것인데, 그렇게 되면 나는 영원히 기주를 되찾지 못하리라. 다행히 원소의 세력이 약하다고 하니, 일단은 원소에게 기주를 맡기고 기주를 구한 연후에 원소로부터 기주를 다시 찾아오는 것이 단계적으로 취해 볼 가장 안전한 전략이리라.'

공손찬이 안평전투에서 한복을 완전히 제압하고도 원소와의 밀약을 지키기 위해 잠시 기주에 대한 공략을 멈춘 사이, 원소에게 임시로 기주를 맡기려는 결심을 굳힌 한복은 원소를 업성으로 불러들여 기주목 자리를 이양하기로 결정한다.

3) 원소, 기주를 이양 받아 업성으로 들어가다

191년(초평2년) 7월, 한복이 원소에게 기주목을 이양하기로 결정하고 업성 성문 앞으로 배웅을 나서려 하자, 치중종사 경무는 별가 민순, 이력 등과 함께 마지막까지 강력한 반대의사를 피력한다.

"기주목께서 원소의 공략을 막으시려 마음만 먹으시면, 지금 당장이라도 원소에게 보급하는 식량을 끊어 원소를 고사시킬 수 있습니다. 원소에게 기주목을 이양하는 일은 다시 한 번 재고하여 보시기 바랍니다."

한복은 이들의 충심을 높이 인정하면서도 자신의 뜻을 관철하려고 한다.

"그대들은 너무 우려하지 마시오. 내 그대들의 충심을 모르는 바는 아니나, 나에게도 생각이 있소. 나도 원래는 원씨 집안의 도움을 받아 벼슬을 지낸 사람이오. 그러나 이보다 내가 더 중요시한 것은 원소를 내치고는 내가 공손찬을 당해 낼 수가 없다는 사실이오. 나보다 재능과 인망이 뛰어난 원소에게 기주를 맡겨야 기주를 온전히 지킬 수 있소이다. 성현들은 '현인에게 다스림을 양보하는 것이 군자의 자세라'고 했소. 나의 마음을 잘 헤아려 주시기 바라오."

경무는 한복의 안이한 정세판단을 보면서, 가슴 속 깊이 뭉쳐지는 답답함을 느끼며 통탄한다.

"이제는 주공께서 후회할 일만 남았도다."

경무 등이 올리는 충심이 받아들여지지 않자, 신변에 불안을 느낀 한복의 측근 30여 명이 벼슬을 버리고 한복의 곁을 떠난다. 원소가 한복의 연락을 받고 업성으로 들어올 때, 막연히 풍겨오는 살기를 느낀 한복의 하위직 종사들도 1천여 명이 뒤를 이어 한복의 곁을 떠난다.

이런 분위기 속에서 경무는 자신과 뜻을 같이해 온 기주별가 민순과 함께 원소가 들어오는 길목을 막고, 칼을 높이 빼어들며 원소의 척살을 외친다. 이때 한복에게 각종 직언을 서슴지 않고 하여 한복에게서 항상 소외되었던 전풍과 심배가 이 사실을 원소에게 은밀히 알린다.

"거기장군께서는 업성에 들어오실 때, 치중 경무과 별가 민순을 특별히 조심하십시오. 이들은 장군을 척살하고자 만반의 준비를 갖추고 있습니다."

원소는 경무과 민순의 계획을 이미 알고 있었다는 듯이 크게 동요하지 않고, 신중하게 두 사람의 문제를 처리하도록 전풍과 심배에게 부탁한다.

"깊으신 우의에 감사드립니다. 이 사람 본초, 비록 미약하나 두 분의 높으신 명성을 익히 알고 있습니다. 선생께서는 기주별가를 맡기고, 심배 선생께서는 치중을 맡겨 나와 함께 기주의 백성들을 편안하고 안전하게 살 수 있도록 동행했으면 합니다. 동시에 전풍선생께 부탁을 드리고 싶은 것이 있는데, 다름이 아니라 선생께서 경무과 민순 등의 문제를 신중하게 처리해 주셨으면 하는 것입니다. 내가 업성으로 입성하자마자 경무과 민순을 나의 손으로 처형하여 첫 출발부터 피를 보게 된다면, 이는 기주 백성들의 기대를 깨뜨려 신망을 잃게 되는 처사가 될 것입니다."

원소의 차도살인(借刀殺人)계책은 자신의 명망을 지키는 무서운 병기이다. 전풍은 '원소의 뜻이 옳다'라고 여기게 되어, 부리고 있던 자격들을 풀어서 경무와 민순과 그의 추종자들을 먼저 척살한다.

이 무렵, 한복과 예하 군신들이 성벽 위에 정기를 게양한 후 원소를 기주목의 신분으로 맞이하는 바람에, 원소는 아무 저항도 없이 위풍당당하게 업성으로 입성한다. 원소는 병법에 있는 그대로 싸우지 않고 이기는 최상책을 구사하여 반객위주(反客爲主:손님의 입장에서 기회를 엿보다가 주도권을 잡음) 계책을 펼쳐 성공적으로 기주목에 추대되고, 한복과 예하 군신들의 추대로 성청에 앉아 취임사를 발표하기에 이른다.

"지금 기주는 전례가 없는 내우외환을 겪어 백성들이 대내외적으로 많은 고초를 겪고 있습니다. 이런 중차대한 시기에 부족한 이 사람에게 감당할 수 없는 중임을 맡겨주심에 무엇부터 어떻게 해야 할지 몸 둘 바를 모르겠습니다. 그러나 한 가지 확실한 사실은 기주의 백성들이 이 사람에게 기주를 맡기신 것은 우리 기주가 놓여있는 현실의 위기를 잘 간파해서 구원해 달라는 의미로 알고, 혼신을 다 바쳐서 이 난국을 헤쳐 나갈 것을 문무 관리와 백성들께 약속드립니다. 모든 면에서 부족한 이 사람이지만 우리 앞에 놓여있는 난국을 헤쳐 나가려면, 가장 먼저 정사를 바르게 하는 것이 영토의 토대를 굳건히 하는 첫걸음이라고 생각합니다. 이를 위해서는 나를 보좌할 인사들이 유능하고, 충직하며, 인의에 충실해야 합니다. 기주의 조직을 이런 기준에 의거하여 구성하고, 이들을 통해 하부조직을 완벽히 구축해서, 백성들을 보살핌에 추호의 부족함이 없도록 하겠습니다."

기주자사에 오른 원소는 한복을 분위장군으로 임명하고, 한복에게서 소외되어 있던 세력인 심배를 별가로, 전풍을 치중으로 삼는 동시에, 저수를 기도위로 중용하여, 업에서 자신의 우호세력을 철저히 강화시키는 일로 첫걸음을 내딛는다.

그다음, 원소는 자신의 우호세력이 어느 정도 구축이 되자 한복의 측근들을 순식간에 숙청하고, 그다음 단계로 한복으로부터 소외된 세력을 대거 중용한 후, 마지막으로 분위장군 한복의 군권을 전부 몰수하여 한복을 명목뿐인 분위장군으로 한정시킨다.

한편, 이복형 원소와 새로운 황제의 옹립 건으로 다툼을 벌이고, 그 이후 사이가 틀어질 대로 틀어져 근거지 남양으로 떠났던 원술은 원소가 기름진 옥토가 많은 기주를 차지했다는 소문을 듣고 특유의 경쟁심이 발동한다. 그러나 원술은 단순한 시샘 때문에 자신에게 이익이 될 수 있는 것을 포기할 정도로 우매한 인사는 아니었다.

원소가 기주를 차지했다는 소식을 듣자, 원술은 곧바로 원소에게 1통의 전서를 보낸다.

"형님께서 기주를 차지하게 되었다는 소식을 듣고, 공로 또한 무한히 기뻤습니다. 그동안 이 사람 공로는 사세 삼공의 명망이 우리 대에서 끊어질까 항상 노심초사했는데, 형님께서 가문의 기업을 이어갈 배경을 만드셨으니, 이는 조상의 홍복이 아닌가 생각합니다. 이 아우는 역적 동탁을 토벌하는 대업이 유야무야 끝난 후, 남양으로 내려와서 차분히 기업을 일으키고 있으나 아직 어려움이 많습니다. 특히 군마와 양곡이 터무니없이 부족한 실정입니다. 양곡은 형주자사 유표에게 부탁을 하면 되겠지만, 군마는 남방의 말들이 종자가 좋지 않아 고심하고 있었습니다. 그러던 중에 형님이 기주를 차지하셨다기에 조상님께 크게 감사드리게 되었습니다. 기주의 북방에는 좋은 군마가 많이 있다고 하여, 감히 형님께 군마 1천필을 부탁드리고자 합니다."

원술로부터 전서를 받은 원소는 측근과 상의하였으나, 아무도 찬성하는 사람이 없다. 심복 곽도가 원소의 심중을 헤아려 분위기를 유도하고자 입을 연다.

"지금 주공께서는 북방 최고실력자인 공손찬이 벌일지 모르는 전혀 예측할 수 없는 전쟁을 대비해야 할 상황입니다. 그는 반드시 주공에게 기주의 반을 요구할 것입니다. 주공께서 이 요구를 받아들이지 않으면, 공손찬은 곧바로 군사를 이끌고 공격할 것입니다. 지금은 공손찬의 기습에 대한 대비가 가장 시급한 시점입니다."

이번에는 전풍이 기주의 정세를 거론하며 나선다.

"우리 기주가 비록 옥토라고는 하나, 아직 주공께서 기주백성의 민심을 전부 얻은 것은 아니기 때문에 언제 불순한 무리로부터 침략을 당할지 모릅니다. 옥토가 황폐화하는 것은 한순간입니다. 지금은 오로지 유비무한(有備無患)입니다. 공손찬의 공격에 대한 준비가 항상 되어 있어야 합니다."

이때 심배도 신중하게 자문을 건넨다.

"지금 주공께서 가장 신경을 써서 대비해야 할 군웅은 공손찬이 맞습니다. 공손찬은 '백마의종'이 1만이요, 일반 기병도 1만에 보병도 10만에 육박합니다. 이에 반해 기주의 군마는 공손찬에 비해 어림도 없이 부족한 수준입니다. 원술장군에게 군마를 지원함은 기주에 불순한 세력을 끌어들이는 일과 다름없는 일입니다."

측근 책사들의 의견을 종합하여 원술에게 군마를 지원하는 것은 불가하다는 판단을 내린 원소는 원술에게 기주의 뜻을 전한다.

"아우님은 혼자 힘으로 남양에서 큰 세력을 구축하고 있다는 소식은 듣고 있네. 참으로 기쁜 일이네. 계속 노력하여 가문의 영광을 위해 끝까지 노력하세. 일전 종제가 부탁한 군마는 나 자신이 기주를 차지한 지가 얼마 되지 않아, 아직은 군마가 충족하지 못한 관계로 도와주지 못함을 양해해 주시게. 사정이 나아지면 꼭 도와주리다."

원소의 의중을 알아차린 원술은 격분하여 외친다.

"원씨 집안 종놈이 이제는 가문의 기강까지 뭉그러뜨리려고 하는구나. 내가 너를 꼭 응징하고 말 것이다."

4) 천하의 군웅, 각 지방에서 독자적으로 둥지를 틀다

 공손찬은 한참을 기다려도 원소가 기주를 양분할 조짐을 보이지 않자, 종제 공손월을 원소에게 보내 약속을 이행하도록 재촉한다. 그러나 원소가 이런저런 이유를 대면서 공손월을 돌려보내자, 비로소 원소에게 속은 것을 깨달은 공손찬은 격분하여 원소를 정벌하겠다고 천하에 공표하기에 이른다. 이에 편승하여 이복형 원소에게 불만을 품은 원술이 공손찬과 동조하여 원소를 도모하기로 맹약한다.
 원술은 반동탁연합군이 기치를 올리기 이전, 동탁에 의해 남양태수로 제수되었지만, 불과 몇 달이 지나지 않아 반동탁연합군이 거병하자, 가장 먼저 반동탁연합군의 연명서에 연명하고 합류했었다. 원술은 남양태수로 제수된 지 불과 몇 달도 되지 않는 짧은 기간에 반동탁연합군에 참여하게 된 관계로 군량, 군장비, 군수품을 충당하는 데 상당한 애를 먹어야 했다.
 또한, 반동탁연합군이 붕괴된 이후에도 폐허가 된 낙양에 미련을 버리지 못한 원술은 낙양을 복원시키기 위해 총력을 기울이지만, 워낙 비축된 재원이 없어 진퇴양난에 빠져있었다. 어쩔 수 없이 원술은 남양 군민들에게 수탈에 가까운 가혹한 세금을 거두어들이고, 지나치게 엄격한 법과 행정을 집

행함으로써, 원술은 반동탁연합군 활동이 끝난 후에도 남양뿐 아니라 인근의 단양군 등에서도 토호와 백성들로부터 많은 견제를 받고 있었다. 이런저런 여러 가지 사정으로 사면초가에 몰린 원술은 위기를 모면하고자, 원소와 대립의 관계에 있는 공손찬과 동맹을 맺을 수밖에 없다고 보아야 할 것이다.

원술이 자신에게 등을 돌리자 원소는 자신의 세력을 배후에 깔기 위해 191년(초평2년) 가을, 원술이 예주자사로 임명한 손견을 젖히고, 양주 회계군 사람 주앙을 예주자사로 임명하면서, 손견과의 충돌은 불가피해진다.

주변의 모든 상황이 정리되지 않은 중에도 원술은 아직도 낙양에 미련을 버리지 못하던 중, 원소에 의해 예주자사로 임명된 주앙이 원술의 배후를 공격해서 사례주와 남양의 중간 지점인 양성(양현)을 탈취한다. 원술은 양성을 빼앗기는 바람에 낙양을 복원하기 위한 물자를 남양에서 차분히 지원할 수 없게 되고, 남양의 존위도 크게 위협을 받게 되면서 공손찬에게 지원병을 요청한다.

공손찬은 원술이 지원을 요청하자 이에 응하여, 기마병 1천 명과 기병을 통솔할 장수로 공손월을 파견한다. 이에 원술은 손견을 양현으로 파견해서 공손월과 함께 양성을 공략하도록 한다. 이 전투에서 원소가 내세운 주앙이 참패하여 원소의 영향권에 있는 양주로 되돌아가지만, 원술도 손견을 지원하던 공손월이 유시(流矢)에 맞아 전사하는 등 큰 피해를 입는다.

그렇지 않아도 원소가 자신을 능멸했다고 분노하고 있던 공손찬은 원소의 사주를 받은 주앙과의 전투에서 종제 공손월을 잃게 되자, 분격한 마음을 가다듬지 못하고 장수들을 한 곳으로 불러들인다.

"이 사람 백마장사, 더 이상은 본초의 눈꼴사나운 행태를 용납할 수가 없소이다. '백마의종'을 이끌고 전투에 나서기만 하면 천하가 벌벌 떠는 백마장사를 하찮은 원소가 두 번씩이나 능멸하는데, 이를 용납하는 것은 백마장사가 죽었다고 공표하는 것과 무엇이 다르겠소? 도저히 원소를 용서할 수가 없소이다. 내 지금 당장 본초를 도모하려 하오."

그 결기는 무섭다 못해 공포를 느끼게 할 정도였다.

하지만 공손찬이 가장 아끼는 공손범이 강력히 만류한다.

"모든 일에는 선후(先後), 경중(輕重), 완급(緩急)이 있습니다. 원소의 행태는 용서할 수 없으나, 지금 북방은 황건농민군 잔당이 심상치 않게 움직이고 있어, 원소를 도모하려다가 원소를 도모하기는커녕, 잘못하면 우리의 기반까지 붕괴될 여지가 있습니다. 먼저 황건농민군을 진압한 후에 원소를 도모하는 것이 순서일 것입니다."

공손범의 주장에 동조하여 엄강, 진해 등 측근들도 적극적으로 만류를 하자, 공손찬도 청주에서 다시금 황건농민군이 봉기할 조짐을 인식하고, 원소를 도모하려는 계획을 당분간 유예하기로 한다. 하지만, 원소를 공략함이 어렵게 된 공손찬의 심중에 갇힌 분노는 땅속에서 이글거리는 용암과도 같아, 공손찬은 때가 되면 더욱 강력하게 보복할 것을 다짐한다.

한편, 원술은 시간이 지날수록 군량을 확보하는 문제가 더욱 어려워지자, 견디다 못해 체면을 무릅쓰고 평시에도 관계가 원만하지 않은 유표에게까지 도움을 청하기에 이른다.

그러나 사사건건 손견을 사주하여 자신을 괴롭혀온 원술에게 유표가 도움을 줄 리가 없었다. 유표로부터도 도움을 거부당한 원술은 또다시 크게 분격하여, 남양에서 멀리 떨어진 원소보다는 가까이 있는 유표를 먼저 도모하기로 계획을 수정한다. 원술은 원소가 차도살인(借刀殺人)계책으로 한복을 몰아내고 기주를 차지한 계략을 모방하여, 자신도 손견을 활용하여 차도살인 계책을 펼치고자 손견에게 밀서를 보낸다.

"파로장군, 지난날 유표가 장군의 길을 막고 괴롭힌 것은 뒤에서 본초가 시킨 일이오. 조만간 본초와 유표는 강동을 공략할 것입니다. 그들이 준비할 시간을 주지 않고 우리가 그들을 기습한다면, 우리는 반드시 승리할 수 있을 것이오. 파로장군이 군사를 일으켜 유표를 도모한다면, 나는 장군을 위해 본초를 치겠소. 이 작전이 성공하면 우리 모두는 지난날의 원한을 갚고, 장군은 형주를 나는 기주를 얻어, 우리의 기업이 세세대대로 번창할 것이오."

손견은 보잘것없는 강동지역 신흥 상인가문 출신이라는 열등감이 뇌리에 박혀 있어, 한편으로는 명문가문 출신에 대해 이유도 없이 경멸하고 저항하면서도, 다른 한편으로는 이들을 우러르고 심지어는 맹종까지 하는 이분적 성향이 있었다. 반동탁연합군 활동 이전에도 명문가문의 왕예가 자신을 무시하자, 특별한 이유도 없이 척살한 사건도 사실은 명문가문에 대한 열등감에서 발단된 저항감의 발로였으리라.

또한, 자신의 하극상을 해결해 준 것도 명문가문의 명성을 활용한 원술에 의해 큰 파장이 없이 정리된 것을 보고, 손견은 명문가문 출신인 원술에게 스스로 의탁하기도 할 정도였다. 원술이 거론한 '가문의 영구한 명성과 번창' 운운하는 것은 손견이 천하의 군웅과 함께 반동탁연합군 활동을 하면서, 가문의 열등감을 더욱 심하게 가지게 했던 아픈 손견의 상처로서, 원술은 손견의 심리를 정확히 간파하여 손견의 의표를 꼭 집어내고 이를 최대한 활용한 독심술이었다.

손견은 밀서를 읽자마자 정보, 황개, 한당을 불러 심도 있는 논의를 펼친다. 이때 침착하고 정세분석에 예리한 정보가 앞으로 나서며 반대의견을 개진한다.

"4대 3공의 후손이라고 해도 원술은 원소와 다릅니다. 원소는 최소한의 천하 이목을 의식하기 때문에 대의명분에 맞지 않으면, 우유부단하다는 혹평을 들어도 재고할 줄 압니다. 그러나 원술은 호탕한 것 같지만, 명문가 사람들이 인격을 수양하지 않았을 때, 통상적으로 나타나는 오만하고 방자한 심성을 그대로 지니고 있습니다. 이들은 모든 사건이나 관심이 자기중심적으로 움직이지 않으면, 시샘하고 주변을 분탕질하는 경향이 강한데, 원술이 바로 그런 유형의 전형입니다. 원술은 허영심만 가득할 뿐 남에게 베풀 줄을 모르고, 자신은 남을 존중할 줄 모르면서 모든 사람이 자기를 떠받드는 것을 당연시하는 소인배입니다. 가지와 잎은 무성한 듯이 보이나, 뿌리가 빈약해 오래가지는 못할 것입니다."

손견은 용맹하고 강직하지만 깊은 사고와 지식을 갖추지 못해 순간적 격정에 쉽게 흔들리곤 한다.

"내가 후장군과 함께 유표를 도모하려 함은 미래를 위한 포부 때문이지, 단순히 후장군의 충동에 따른 것은 아니요. 나를 아무것도 모르는 암장(暗將)으로 보지 마시오. 후장군이 아니라 나를 위하여 유표와 싸울 것이오."

손견은 형주자사 유표를 도모할 의사를 확고하게 밝히면서, 측근 책사와 장수들에게 형주를 공략하기 위한 준비를 철저히 갖추도록 주문한다.

한편, 191년(초평2년)에는 흑산적 두목 수고, 우독, 백요 등이 수십만 흑산적을 이끌고, 연주의 동군과 기주의 위군을 침입하고, 연주에서는 동군태수 왕굉이 출전하여 격렬하게 싸웠으나 흑산적에게 대패한다.

이 당시 조조는 반동탁연합군 당시 동탁을 뒤쫓다가 전장에서 서영에게 참담한 패배를 겪은 관계로 가산을 모두 탕진하여 오갈 데 없이 원소와 함께 잠시 하내에 머물고 있었다.

그러다가, 원소가 발해로 돌아간 후에는 홀로 동군으로 와서 오랫동안을 정처 없이 떠돌고 있을 때, 원소가 오갈 곳이 없는 조조에게 동군에 난입한 흑산적을 공략하도록 주문하면서 군사를 지원하자, 조조는 순식간에 복양에서 흑산적 두령 백요를 격파하고 흑산적으로부터 무조건 항복을 받아낸다.

원소가 조조의 공로를 인정하여 유대에게 조조를 동군태수로 천거하자, 연주자사 유대는 원소의 추대를 받은 조조에게 동군태수를 명하며, 황건잔당 토벌과 공손찬의 공격을 대비하도록 동군의 경비를 맡긴다. 떠돌이 의탁생활을 해오던 조조에게 동군이라는 근거지가 생기자, 물길을 만난 잉어가 된 조조는 경향각지에서 유능한 인재들을 초빙하고 군사를 확충하기 시작한다. 이때 원소의 식객으로 있던 순욱이 순유와 함께 조조를 찾아온다.

순욱은 예주 영천군 영음현 출신으로 자를 문약이라 했다. 어려서부터 재주가 뛰어나 '왕좌지재(왕을 보좌할 인재)'라는 평을 듣는 인걸이 확실한 기반을 지니고 있던 원소를 떠나, 이제 갓 기업을 일으키기 시작한 조조를 찾아왔으니, 조조의 기쁨은 말로 표현할 수 없을 정도였다.

순욱은 '원소는 오직 새로운 왕조를 꿈꾼다'는 야심을 읽어내고, 한실을 중심으로 지킬 능력을 지닌 영웅으로 조조를 낙점하여 선택한 것이다. 조조는 보잘것없는 자신을 찾아온 순욱에게 황송할 정도로 감사한 마음을 가지고 격찬을 올린다.

"순욱 선생은 한고조를 도와 천하를 도모하게 한 장자방에 비견되는 인걸이십니다. 선생과 같은 왕좌지재(王座之材)가 소장과 같은 하찮은 사람을 찾아주심은 한황실을 지켜 천하의 도를 밝히라는 뜻으로 받아들이겠습니다. 선생에게 행군사마를 맡길 테니 부족한 맹덕을 이끌어주십시오. 종질인 순유 선생께서는 행군교수로 보임할 테니 옆에서 함께 맹덕을 보좌해 주시기 바랍니다."

이때, 강남의 여강태수 유훈과 함께 활동하던 명사(名士) 유엽 또한 유훈과 함께 조조에게 귀의한다.

조조는 유엽에게도 감사의 말을 전한다.

"선생과 같이 뛰어난 인재가 맹덕과 같이 부족한 사람을 찾아주시어, 무한한 행복과 동시에 감사를 느낍니다. 함께 힘을 합쳐 위기를 극복합시다."

"태수께서 환대해 주심을 진심으로 감사드립니다. 환대에 답하여 한 가지 선물을 올리겠습니다. 태수께서 천하의 기대에 부응하려면 세력을 키워야 합니다. 이를 위해서는 여강이 최적의 대상이 될 수 있습니다. 여강을 도모하십시오. 여강에는 중앙의 힘이 미치지 못해, 호족 진란이 수만의 사병을 거느리고 있으나, 진란은 기회주의 성향이 강해 주민들에게 큰 호응을 얻지 못하고 있습니다. 태수께서 여강의 진란을 도모하시려고 하면 쉽게 여강을 탈취할 수 있을 것입니다."

조조가 유엽의 조언을 받아들여 여강을 공략하기로 하고,

수차례에 걸쳐 진란을 공격하지만 쉽사리 정벌하지 못한다.

조조는 잠시 휴식을 취하기 위해 수춘으로 이동하였다가 다시 진란을 공략하기로 하는데, 이때 소모적 전투가 장기간 이어지면서 크게 지쳐 사기가 떨어진 수하들이 조조에게 조언을 올린다.

"강동의 호족에 불과한 진란을 도모해 보았자 큰 실익이 없고, 잃어도 큰 손실이 없으니 포기하도록 합시다."

이때 유엽은 오히려 조조에게 다부진 공격을 주문한다.

"진란을 토벌하여 태수의 위세를 보이지 못하면, 향후 군사들이 용맹하게 전투에 임하기를 기대하는 것은 어려움이 따를 수 있습니다. 이번 전투에서 성과가 없이 지지부진한 것은 장수들이 꼭 쟁취해야겠다는 필요성을 인식하지 못하기 때문입니다."

조조는 유엽의 조언이 의미가 있다고 판단을 하고, 군사들에게 상벌을 확실히 하는 등으로 동기를 부여하여 사기를 올려주자, 이들은 총력을 다해 용맹스럽게 싸우고 마침내 진란을 토벌한다. 조조는 훌륭한 책사를 얻은 것을 기뻐하며, 명사 유엽에 대한 예우로 그를 사공창조연에 임명한다.

유엽은 산양군 창읍 출신 만총을 책사로 천거하고, 조조는 만총을 종사로 삼으니, 만총은 후일 조조가 연주목이 될 때, 행정과 농경을 부강시키기 위해 모개를 천거한다.

5) 원소와 공손찬, 기주의 주도권을 놓고 격렬히 다투다

191년(초평2년) 11월, 청주와 서주에서 새로이 황건농민군이 재차 봉기하더니, 흑산적과 연합하여 30만여 명이 화북으로 올라와서 발해군의 경계를 침범한다. 원소와 일전을 벼르고 있던 공손찬은 이들을 진압하느라 원소에게 신경을 쓸 여유가 없게 되고, 결국에는 '백마의종'과 보병 2만을 이끌고 이들을 토벌하러 방향을 돌린다.

이번 동광현 전투에서 공손찬은 특유의 용맹을 보여줌으로써 흑산적의 수급 3만을 취하고, 궁지에 몰린 흑산적에게 욕금고종(欲擒姑縱:고양이에게 몰린 쥐에게 도망갈 길을 열어줌) 전략을 펼쳐, 10만의 흑산적을 강 쪽으로 유도하여 그들이 강을 반쯤 건너게 한 연후, 강노병을 활용하여 다시 수만 명을 척살하고 7만 명을 생포한다.

이로써 공손찬의 위명은 천하에 크게 퍼져나가는 바람에, 공손찬은 당대 최고의 군웅으로서 위상을 주변에 다시 한번 확인시키게 된다.

공손찬은 황건농민군 잔당을 성공적으로 토벌한 후 군사력을 확충하고, 192년(초평3년) 1월에는 마침내 벼르고 벼르던 원소 정벌에 나서, 인근의 친(親)원소 군현을 하나하나 굴복시키면서 계교까지 진출하여 반하에 군사 4만을 집결시킨다.

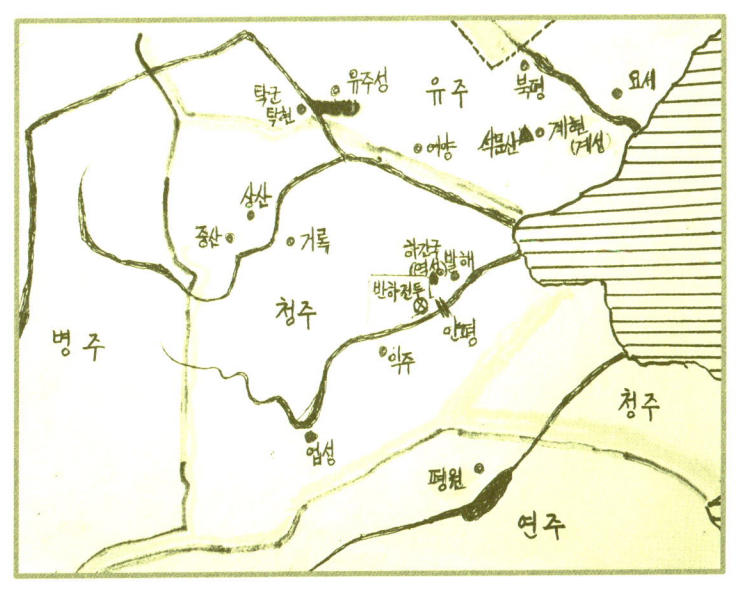

　이에 두려움을 느낀 원소는 발해태수의 인수를 공손범에게 넘겨주며, 공손찬과 화의를 요청하지만 공손찬은 일언지하에 거절하고, 화북지역에 대한 영향력을 공고히 하고자 헌제에게 표문을 올린다.
　"신이 황제 폐하께 윤허를 받아 지방행정 책임자를 추천하려고 했으나, 폐하께서 장안으로 천도한 이후, 소통이 끊긴 중앙정부와의 단절로 인해, 지방의 관리를 맡길 적임자가 부임하지 않아 지방행정이 큰 차질을 빚고 있습니다. 이에 소신이 지방의 관료를 임시로라도 임명해서 지방행정의 업무를 차질없이 이행하려고 합니다. 이는 소신에게 사심이 있어서가 아니고, 오직 애국심의 발로임을 인정하시어 황제 폐하께서 이를 가납해 주시기를 주청 드립니다."

공손찬은 황제에게 표문을 올린 후, 엄강을 기주자사, 전해를 청주자사, 선경을 연주자사, 추단을 병주자사로 삼고, 기주·청주·연주·병주 모든 군현의 태수와 현령을 자신의 영향권 아래에 있는 장수로 임명한다. 공손찬은 이를 애국의 행위라고 선언을 했지만, 사실은 지방군웅 할거시대를 맞이하여 자신이 4개주에 대한 영향력이 있음을 강화하려는 포석이었다.

공손찬은 지방행정의 수장을 임명하여 화북에서의 자신의 영향력을 구축한 후, 곧바로 장안의 헌제에게 원소의 10가지 죄상을 알리는 상주문을 작성하여 포고한다.

"황제 폐하께 거기장군을 자칭하는 원소의 음란하고 경박한 행적 10가지를 상주해 올리겠나이다.

첫째, 원소는 사례교위로 있을 당시, 하진을 보좌하면서 바른 자를 추천하지 않고, 아양을 떠는 불순한 자들이나 불러들이고, 정원을 흑산적으로 가장시켜 맹진을 초토화시키고 천자를 농락하였습니다.

둘째, 동탁이 천자를 인질로 잡아 권세를 농단할 때에도 자신만이 살기 위해 홀로 도망치기에 바빴습니다.

셋째, 자신의 일신만을 위해 원씨의 일문이 파멸에 이르도록 하고도 뻔뻔스럽게 뉘우침이 없습니다.

넷째, 백성을 현혹하여 거병한 지 2년이 지나서 기주를 탈취했으나, 자신의 이익만을 도모하여 백성을 수탈하는 일을 일상화하고 있으며, 다섯째, 기주자사 한복을 속여 기주를 도적질하고, 멋대로 옥새를 만들어 조직이라 남발하며 분에 넘치는 월권을 하여 천하의 위계를 무너뜨리고 있습니다.

여섯째, 자신에게 상서로운 기운을 조장하기 위해 천문을 보는 자들을 매수하고, 기일을 받아 주변의 군현을 약탈하고 있을 뿐만 아니라, 일곱째, 원소는 유훈과 함께 거병했음에도 사소한 일로 노하여 유훈에게 혹형을 가하고, 반면에 사악한 자들을 신뢰하여 그들을 끼고 돌고 있습니다.

여덟째, 원소는 옛 상곡태수 고언, 옛 감릉국상 도공이 원소에게 전 재산을 강탈당한 것에 반발하여 저항하자, 이들의 입장을 전혀 고려하지 않고 처참하게 죽여 버렸습니다.

아홉째, 원소의 어미는 노비출신으로 본분이 비천했으나, 후일 자식의 명성을 등에 업고서는 겸양할 줄 모르고, 교만이 하늘을 찌를 듯이 막무가내가 되어 비천한 출신의 사람들을 함부로 대하고 있습니다.

열째, 장사태수 손견이 동탁을 몰아내고 능묘를 정비하는 등 황실의 복원에 크게 기여했으나, 원소는 장사태수 손견을 시기하여 그의 관직을 빼앗았고, 동탁과의 교전에서는 군량을 끊어 연합군을 곤혹스럽게 만들어, 오늘날 동탁이 아직도 건재하도록 하는 데 일조를 했습니다.

이같이 원소의 죄상은 너무 많아 소신은 일일이 열거하기에도 정신이 어지러울 지경입니다. 신이 비록 미천하여 제환공과 진문공에는 비교할 수 없으나, 조정의 대은을 입어 중임을 담당하고 있는 만큼, 폐하께서 내려주신 부월(斧鉞)의 임무를 수행하기 위해 파렴치범 원소를 토벌하고자 합니다. 신이 원소를 토벌하는 대사에 성공한다면, 제환공이나 진문공과 같이 충성을 다해 황제 폐하를 봉공하겠나이다."

공손찬이 상주문을 포고한 후, 원소를 도모하기 위해 기주를 향해 출격하자, 그 위세가 하도 무시무시하여, 기주와 청주, 연주의 수많은 성읍이 공손찬에게 무조건으로 투항하는 등 상황이 한 치 앞을 볼 수 없을 정도로 전개된다.

원소도 공손찬과의 전면전이 불가피함을 인식하고, 계교 남쪽 20리 지점에서 진용을 꾸린 후, 공손찬을 두려워하여 함부로 나서지 못하고 있는 장수들에게 선봉장을 추대하도록 하지만, 아무도 추대하지 못하는 가운데 서량주 서평출신 국의가 자진해서 과감하게 앞으로 나선다.

"주공, 국의가 선봉에 서겠습니다. 병법에 적을 알고, 나를 알면 백전백승이라고 했습니다. 서량에서 오랜 세월을 보내면서 북방이민족의 전투행태와 공손찬의 전술을 잘 알고 있습니다. 공손찬의 전술은 '백마의종'과 그 외의 많은 기병을 활용하여 저돌적으로 중앙을 뚫고 들어와서, 좌우를 분리시켜 상대방을 교란한 후에 좌우로 신속하게 보병을 투입하여 속전속결을 꾀합니다. 기병이 공세를 펼치지 못하도록 기를 꺾어 버리면, 이들은 공세를 연결시키지 못하여 혼란에 빠질 것입니다. 이때를 놓치지 않고 질풍같이 전 병력으로 보병을 몰아친다면 승리할 수 있을 것입니다. 소장에게 정예병 8백과 강노병 1천을 주신다면, 선봉에서 보병으로 방진을 세우고 교병계(驕兵計)를 통해 공손찬의 기병을 유린시키겠습니다."

원소는 크게 기뻐하며 국의에게 정예병 8백과 강노병 1천을 이끌게 하여 선봉에 세우고, 자신은 장수들과 수만의 병사로 후위에서 신속한 공격에 유리한 어린진(魚鱗陳)을 구축한다. 이때, 계교를 건너 원소와 대치한 공손찬은 3만의 보병으로 일자진(一字陣)을 구축하고, 1만의 기병은 좌우익에 5천씩 배치한다. 최종적으로 '백마의종'은 중견에 배치하여 공손찬이 직접 지휘하고자 한다.

진형을 구축한 공손찬은 원소의 진형을 굽어보다가, 선봉에 있는 국의의 병력이 극히 적은 것을 보고 교만해진 마음에, 선봉대가 배열한 지역을 취약지역으로 간주하여 기병에게 특별한 주문도 없이 돌격명령을 내린다.

국의의 정예병들은 큰 방패에 의지하여 참호에 숨어 최대한 몸을 낮추어 대응도 하지 않고, '백마의종'이 가까이 접근할 때까지 기다리더니, 마침내 이들은 공손찬의 기병이 참호 가까이에 접근하자, 큰 방패에 의지해 숨어있던 복병들이 일시에 함성을 지르며 참호에서 일어나 반격을 시도한다.

참호에 숨어있던 복병들의 갑작스런 돌출에 공손찬의 기병과 말이 깜짝 놀라고, 참호에서 갑자기 뛰쳐나와 달려드는 복병에게 공손찬의 기병들은 얼이 빠진다. 이때를 놓치지 않고 매복해 있던 1천의 강노병(强弩兵)이 강노를 쏘아대자, 기병 1천여 명이 갑작스런 화살 공세를 피하지 못하여 목숨을 잃고, 이로 인해 큰 혼란에 빠진 기병들은 정신없이 도주한다.

선봉장 기주자사 엄강은 국의에게 생포되어 죽임을 당하고, 승세를 몰아 파죽지세로 계교까지 쳐들어간 국의는 계교를 지키는 공손찬의 중견군을 맞아, 계교 다리를 향해 집중적으로 화살을 쏘아댄다.

다리 위에 몰려 있던 공손찬의 방비군이 소나기 화살을 피하려고 우왕좌왕하자, 국의는 기병을 이끌고 일시에 다리를 건너, 반하의 본영을 점거하고 공손찬의 대장기를 탈취한다. 국의의 활약으로 반하전투에서 크게 승리한 원소는 국의를 편히 쉬게 하고, 최거업에게 새로이 후속의 임무를 부여한다.

"그대는 병사 수만을 이끌어, 공손찬이 대피하고 있는 탁군의 고안성을 함락시키도록 하시오. 고안은 장군이 지형을 잘 알기 때문에 가장 잘 요리할 수 있을 것으로 생각하오."

비록 최거업이 고안의 지형을 잘 알고는 있었으나, 용병의 진수를 모르는 최거업으로 천하의 백마장사를 도모하려 한 용병은 원소의 큰 무리수였다. 지리를 잘 알아도 사람을 다룰 줄 모르면 어려움을 겪게 된다(地利不如人和)는 병법의 기본을 간과한 대가는 컸다.

최거업은 잠시도 쉬지 않고 고안성을 수차례 공략하지만, 공손찬의 강한 저항에 부딪치며 공성에 성공하지 못하고 군사들의 피로만을 누적시키고 있을 때, 공손찬의 수하들이 성 밖으로 나가서 최거업을 공략하기를 청한다. 공손찬은 최거업의 용병을 한참 동안 눈여겨 관찰하다가, 수하의 장수들을 불러들여 향후 전술을 제시한다.

"장군들도 최거업의 용병을 지켜보았겠지만, 그의 용병은 단조롭기 그지없소이다. 원소가 최거업을 발탁했을 때에는 고안의 지형을 활용하여, 아군을 효율적으로 공략하라는 뜻이었을 터인데, 그는 초지일관 공성에만 매달리니, 이는 조호이산(調虎離山:호랑이를 산에서 끌어내어 힘을 약화시킴) 계책으로 아군을 자신들이 싸우기 유리한 지형으로 끌어내는 전략을 숙지하지 못한 장수라는 사실을 의미하는 것으로 조만간 그의 군사들은 지쳐 회군하게 될 것이오. 모르기는 몰라도 최거업은 회군하면서도 금선탈각(金蟬脫殼)의 절차를 무시할 것이오. 나는 최거업이 회군하기를 기다렸다가 때가 되면, 그를 추격하여 완전히 쓸어버리는 전술을 쓸 것이오. 장군들도 이에 대한 만반의 준비를 철저히 갖추도록 하시오."

드디어 공손찬의 예상대로 최거업은 성을 함락시키는 것이 여의치 않자 군사를 거두어 회군을 시작한다. 이때를 기다리던 공손찬은 기병과 보병 3만으로 최거업을 추적하여, 거마수에 이르러 최거업의 군사 7천여 명을 죽이는 대승을 거둔다.

공손찬은 그 여세를 몰아 평원국까지 남진하여 용주에서 원소의 대군과 팽팽하게 대치한다. 이에 원소가 대군을 보내 공손찬을 상대로 방비를 구축하자, 공손찬은 청주자사 전해와 평원상 유비를 동쪽으로 이동시켜, 제(濟)국 땅을 점령하고 청주 제(濟)국에 주둔하게 한다. 용주에서 원소의 대군과 장기간 대치하던 공손찬은 원소의 군사들이 오랜 대치로 긴장이 풀려있는 것을 확인하고 192년(초평3년) 12월, 전면전을 펼칠 준비에 들어간다. 이를 간파한 원소는 국의를 불러들여 대치국면에서 공손찬을 격파할 전략을 묻는다.

"공손찬이 평원의 벌판에 '백마의종'과 일반 기병 그리고, 보병을 대거 포진시켜, 그 위세만 보고도 아군이 사기가 바닥으로 떨어질 정도라오. 이를 타개할 전략이 과연 있겠소?"

"조호이산(調虎離山:호랑이를 산에서 끌어내어 힘을 쓰지 못하게 함) 전략으로 공손찬을 야산으로 유인해야 합니다. 공손찬은 기병 위주의 전술을 애호하기 때문에 평야를 선호하지만, 아군은 벌판에서 전면전을 펼쳐서는 승산이 없습니다. 아군에게 유리한 지형으로 적군을 끌어들여야 합니다. 지금 즉시 군사배치를 변경하여, 후군의 궁노수를 뒤로 빼돌려서 야산의 중턱에 배치시키고, 중군을 지금 후군이 있던 자리에 배치하고, 최전방의 군사들은 공손찬과 전투를 벌이다가 서서히 뒤로 밀려나서 중군의 위치까지 끌어들인 다음, 중군이 나서서 전투를 벌이게 될 때, 최전방의 군사들이 좌우로 갈라져서 공손찬의 군사를 포위하게 합니다. 이때를 신호로 야산의 중턱에 있는 병사들이 일제히 '백마의종'을 향해 궁노를 쏘아대면, 신속성을 장점으로 하는 기병들이 혼란에 빠지게 될 것입니다. 이때 전군, 중군, 후군이 일제히 공손찬의 기병과 보병에 맹공을 퍼부으면 승세를 잡을 수 있을 것입니다."

국의가 펼친 조호이산(調虎離山)계책을 따라, 원소는 공손찬에게 유리한 벌판에서 싸우게 하는 대신, 공손찬의 기병을 원소 자신에게 유리한 야산으로 끌어들이는 계책에 성공하고, 국의가 펼친 전술대로 작전을 펼쳐 공손찬을 크게 격파한다.

이후, 공손찬과 원소가 1년 동안을 쉬지 않고 대규모 전투를 벌이며 일진일퇴를 거듭하게 되면서, 공손찬은 잠시 숨을 고르기 위해 유주로 회군하며, 다시 전해에게 청주를 강도 높게 공략하도록 지시한다. 전쟁이 빨리 종식되기를 바라던 양군은 여의치 않게 장기전으로 진입하게 되어 가뜩이나 만사가 귀찮아지고 있는데, 이 시기에 하북(河北)에는 설상가상으로 병충해가 횡행하기 시작한다.

양측의 백성들과 병사들이 전쟁으로 시달리면서 크게 고통을 받던 와중에 하북(河北)에서 엄청난 병충해가 횡행하자, 이로 인해 발생한 대규모 흉작 때문에 백성들과 병사들은 상상할 수 없을 정도의 기아로 허덕이게 되면서, 화북의 백성들과 병사들은 정국에 큰 변혁이 일어나기를 고대한다.

부　록

후한(後漢) 13개 주의 군(郡) 단위 행정 구역

사례(司隷):경조, 풍익, 부풍, 하남, 하내, 하동, 홍농

예주(豫州):양국, 초국, 진국, 패(沛) 3군, 영천, 여남

기주(冀州):위국, 조국, 상산 3군, 중산국, 안평국, 하간국, 발해, 거록, 청하, 평간, 진정, 광천

서주(徐州):임회 3군, 초국, 노국, 광릉, 하비, 사수, 동성, 낭야, 동해, 팽성, 광릉, 임회

연주(兗州):동평국, 임성국, 진류, 산양, 동, 제음 3군, 동, 화양, 태산 6군, 대하, 제북, 성양

청주(靑州):제국 6군, 제남, 북해, 동래, 평원, 낙안, 천승, 교동, 교서, 치주

형주(荊州):남양, 남, 강하, 의도, 형양, 상동, 임하, 장사국, 영릉 6군, 계양, 무릉, 신성, 임강, 양양

병주(幷州):대 6군, 태원, 상당, 상, 서화, 낙평, 신흥, 오원, 삭방, 안문, 운중, 정양, 고문

유주(幽州):요동 속국, 연국, 북평국, 탁, 상곡, 광양, 어양, 범양, 요서, 요동, 한 4군

양주(揚州):육안국, 예장 5군, 여강, 구강, 회계, 단양, 오, 여릉, 파양, 임천, 기춘, 임해, 신도, 건안

량주(涼州):무도, 금성, 신평, 농서, 천수, 무위, 안정, 북지

익주(益州):한중, 파, 촉, 문산, 익주, 월전, 월수, 광한, 건위, 파동, 파서, 촉, 건녕, 운남, 영창, 장가,

교주(交州):교지, 남해, 일남, 창오, 상 10군, 울림, 합포, 구진, 주애, 담이

발 행 일	2021년 10월 30일
저 자	강 영 원
발 행 처	도서출판 생각하는 사람
발 행 인	강 영 원
출 판 등 록	2007년 3월 19일
주 소	서울시 서대문구 홍연8길 32-15(연희동)
전 화	010-5873-9139

값 12,000원

N 979-11-976209-1-1
N 979-11-976209-0-4 (세트)

ⓒ 강영원 2021

본 책 내용의 전부 또는 일부를 재사용하려면
반드시 저작권자의 동의를 받으셔야 합니다.